KB156891

글쓰기의 감옥에서

발견한 것

글쓰기의

감옥에서

발견한 것

위화 지음

김태성 옮김

푸른숲

일러두기

1. 이 책은 위화가 서울, 베이징, 프랑크푸르트 등 세계 곳곳에서 했던 강연을 위해 준비한 원고를 모아 묶은 글을 바탕으로 합니다. 글쓴이의 육성을 생생히 전달하기 위해 입말을 살려 옮겼습니다.

2. 외국 인명과 지명은 국립국어원 외래어표기법을 따랐으나, 몇몇은 현지 발음이나 관용적인 표기를 따랐습니다.

3. 장편소설, 소설집 등 서명(書名)은 《 》, 잡지, 신문, 중편소설, 단편소설, 영화 등은 〈 〉로 묶었습니다.

4. 서명 중 국내에 출간되지 않은 책 제목은 원제를 번역해 표기하였고, 국내에 출간된 책은 한국어판 제목을 썼습니다. 한국어판 판본이 여러 가지인 경우 가장 잘 알려진 제목을 썼습니다.

5. 옮긴이 주는 ○, 편집자 주는 ●로 본문에 표기하고, 내용은 본문 하단에 두었습니다.

차례

문학의 가치는

지금 이 순간에 있는 것이 아니라

나중에 있다고 할 수 있습니다.

지금 이 순간의 것들은

뉴스가 해야 할 일들이지요.

읽고 쓰기

나와
동아시아

서울

2017. 5. 21.

'나와 동아시아'는 박재우 교수가 정해준 제목입니다. 대단히 큰 제목이라 무슨 얘기든 다 할 수 있을 것 같습니다. 작가인 저로서는 당연히 저의 글쓰기에 관해 이야기하는 게 바람직하겠지요. 하지만 저는 이미 30년 넘게 저의 글쓰기, 그리고 제가 이해하는 문학에 대해 이야기해왔습니다. 얼마나 많이 얘기했는지 모를 정도지요. 원고를 쌓으면 아주 큰 산이 되지는 못하겠지만 작지도 크지도 않은 산 하나는 될 겁니다. 또 이런 얘기를 하면서 튀긴 침방울을 다 합치면 제가 빠져 죽을 정도일 겁니다.

　　저는 이런 주제로 글도 아주 많이 썼습니다. 중국에서는 먼저 여기저기에 발표했다가 나중에 책으로 출판하기도 했지요. 그래서 저를 이해하는 수많은 독자들은 제가 어떤 생각을 하는지 이미 잘 알고 있습니다. 그러다 보니 이런 상황을 마주하기 시작했습니다. 가령 제가 강단 위에서 열심히 뭔가를 얘기할 때, 때로는 강단 아래 낯선 청중들의 얼굴에서 회심의 미소를 발견하게 되는 겁니다. 그러면 저는 방금 한 얘기가 그들이 이미 들었던 내용이라는 것을 깨닫게 되지요. 어쩌면 한 번 들은 것이 아닐지도 모릅니다. 이럴 때면 저는 재빨리 뇌에서 즙을 짜내 뭔가 새로운 것을 얘기해야 합니다. 오늘 이 자리에 앉아 계신 분들은 한국과 일본에서 오셨지만 중국 독자들보다 저를 잘 알고 계실 겁니다. 제가 반 마디를 하면 그 뒤에 올 반 마디를 알아차릴 수 있으실지도 모르지요. 여러분의 얼굴에 회심의 미소가 떠오르지 않기를 바랍니다. 물론 놀란 표정이 나타나기를 기대하지도 않습니다. 그냥 무심하게 들어주시기만 하면 됩니다.

2009년 프랑크푸르트 도서전에서 있었던 일이 기억나는군요. 저는 작가인 친구와 함께 다른 두 친구를 만나 식사를 하기로 약속했습니다. 우리 두 사람은 도서전에서 각자 다른 행사에 참여했지요. 제가 참여하는 행사가 먼저 끝나는 바람에 저는 친구가 있는 곳으로 이동하여 무대 아래에서 그가 하는 얘기에 귀를 기울이게 되었습니다. 그의 강연은 아주 훌륭했고 얘기가 끝나자 독일 청중은 그에게 뜨거운 박수갈채를 보냈습니다. 저는 그를 잘 알지요. 문학에 대해 그가 쓴 수많은 글을 읽기도 했고 그와 함께 이런 행사에도 무수히 참여했으니까요. 때문에 독일 청중으로부터 대대적인 환영을 받은 그의 강연 내용은 제게도 너무 익숙한 것이었습니다. 그가 무대에서 내려오자 저는 그와 함께 밖으로 걸어 나가면서 앞으로는 우리도 관료들이 판에 박힌 말을 하는 것을 비판할 수 없을 것 같다고 말했습니다. 우리도 같은 말을 반복하고 있으니 우리의 말도 관료들과 마찬가지로 판에 박힌 말이 아니겠냐는 뜻이었지요.

저는 그 친구는 예외일 것이라 생각하고 있었습니다. 그가 문학에 대해 쓴 수많은 글을 읽었고 그와 함께 문학 행사에 무수히 참석하면서 이 친구에게는 남다른 능력이 있다고 믿어왔지요. 매번 그가 하는 얘기는 제가 처음 듣는 얘기였기 때문에 저는 그가 매 순간 사유하는 사람이라고 오해했던 겁니다. 하지만 그는 농구, 축구, 테니스 등의 경기를 텔레비전으로 보는 데 많은 시간을 쓰고, 작은 정원을 관리하는 데도 적지 않은 시간을 들입니다. 심지어 그는 잠을 자는 시간도 저보다 길지요. 그런데 어떻게 새로운 생각을 그렇게 많이 갖게 된 것일까요?

나중에야 그에게 한 가지 비결이 있다는 얘기를 듣게 되었습니다. 다름이 아니라 몇 편의 강연 원고를 글로 발표하지 않고 간직하면서 독자들이 볼 수 없게 하는 것입니다. 물론 저도 볼 수 없었습니다. 강연을 할 때마다 청중이 누구냐에 따라 강연 원고에서 내용을 골라 이야기하기 때문에 전에 그의 강연을 들었던 사람들이라 해도 처음 듣는 것처럼 느끼게 되는 것이지요. 며칠 전에 우연히 그를 만나 혹시 이런 게 아니냐고 물었습니다. 그는 약간 득의양양한 표정으로 제 생각이 맞다고 하더니 금세 기가 죽어서 앞으로는 그런 방법이 잘 통하지 않을 것 같다고 하더군요. 교수로 있는 그의 친구 하나가 작가들이 문학을 논하는 내용의 총서를 편찬하게 되었기 때문입니다. 그 총서의 출판을 위해 그는 상자 맨 밑바닥에 간직하고 있던 보배들을 꺼내놓지 않을 수 없게 된 것이지요. 좀 기다려보지요. 몇 년 더 지나면 그의 충실한 독자들도 그의 강연을 들을 때 처음 듣는 이야기라는 느낌이 들지 않을 겁니다.

*

이어서 제가 무슨 얘기를 하면 좋을까요? 저는 여러분이 저의 글쓰기에 관해 듣고 싶어 하신다는 걸 잘 알지만 이번에는 얘기하지 않기로 하겠습니다. 그 이야기는 다음에 만났을 때 다시 하기로 하고, 이번에는 동아시아에서 제 작품이 어떤 운명에 부딪혔는지에 대해 말씀드리도록 하겠습니다.

동아시아 4개 국가 가운데 북한에서는 저의 책이 출판되지 않았고 저도 그곳에 가보지 않았습니다. 제 주변에는 북한에 다녀온 친구가 둘 있습니다. 한 친구가 북한에서 돌아와 말하기를, 그곳에는 뚱보가 단 한 명이고 나머지는 전부 비쩍 말랐다고 하더군요. 또 한 친구는 평양의 공기가 정말 좋다고 했습니다. 지금 이 순간, 전 세계의 눈길은 북한을 주시하고 있습니다. 14일 새벽에 북한은 제7차 탄도미사일 시험 발사를 단행했지요.[•] 게다가 제6차 핵실험 준비를 다 해놓고 실행만 남겨두고 있는 터라 이는 동아시아 전체에 큰 위협이 아닐 수 없습니다. 중국 매체들은 북한에서 1만 기의 미사일이 서울을 조준하고 있다고 보도하고 있습니다. 부조리 소설에 나오는 이야기처럼 느껴지겠지만, 1만 기의 미사일이 서울을 조준하고 있는 상황이라면 지금 우리가 '나와 동아시아'라는 제목으로 학술대회를 진행하고 있는 이 공간도 그리 안전하다고는 할 수 없을 겁니다. 1만 기 중 하나만 있어도 우리 모두를 처리할 수 있을 테니까요.

저는 이런 시기에 제가 서울에 와 있다는 것이 무척 재미있습니다. 전쟁의 위협 아래 있는 민중의 삶을 볼 수 있기 때문이지요. 방금 이즈카 유토리^{飯塚容} 교수도 자신이 서울에 오기 전에 몇몇 친구들이 가지 말라고 말렸다고 털어놓았습니다. 일본 매체들도 중국 매체들과 마찬가지로 전쟁의 위협을 과장하여 보도했기 때문이겠지요. 원래는 중국 교수 한 분도 이 학술대회에 참가할 예정이었지만 서울에서 죽음을 맞고 싶지 않다며 오지 않았습니다. 가오위^{高玉} 교수는 비교적 용감한 분이라 괘념치 않고 참석했습니다. 하지만 우리가 서울에 도착해서 본 것은 태평성대의 풍경이었

•   "北 '신형 중장거리 미사일 발사 성공… 美 본토 타격권'"(SBS 뉴스, 2017-05-15)

습니다. 거리를 걷는 사람들 모두 활짝 웃고 있었고 상점 안에서도 사람들이 떼를 지어 물건을 사느라 바삐 움직이고 있었습니다. 음식점에서 먹고 마시는 소리는 거리 건너편에 있는 음식점까지 들릴 정도였지요. 한국의 친구들은 제게 전쟁 위협은 이미 70년 동안이나 지속된 일이라 말해주었습니다. 늑대가 나타났다고 소리치는 일이 70년이나 계속된 셈이지요. 이 학술대회가 끝나면 저는 서울 국제문학포럼에도 참가할 예정입니다. 그리고 나주로 가서 한국전력공사에서 한 차례 강연을 또 해야 하지요. 원래는 열흘 정도 시간을 들여 한국인들이 북한 핵 문제를 어떻게 생각하는지 알아보는 것도 재미있을 거라 생각했지만 이제는 아무 의미도 없을 것 같다는 느낌이 드는군요.

오늘의 주제로 돌아가보겠습니다. 한국과 일본의 중국 연구자들 가운데 맨 처음 제 작품을 번역한 사람은 일본의 이즈카 유토리 교수였습니다. 사실 그는 세계 최초로 제 작품을 번역한 사람이기도 하지요. 아마 1990년의 일이었던 것 같습니다. 어느 날 저는 그가 보내준 일본 잡지 〈현대중국소설現代中國小說〉을 받았습니다. 그 안에 제 단편소설 〈십팔 세에 집을 나서 먼 길을 가다〉●가 수록되어 있더군요. 그가 쓴 편지 한 통과 명함도 첨부되어 있었습니

●　　《내게는 이름이 없다》(이보경 옮김, 푸른숲, 2007)에 수록되어 있다.

다. 당시 그는 조교수였지만 지금은 정교수가 되었습니다. 저는 그가 어떻게 제 주소를 알아냈는지는 알지 못하지만 일본의 중국 연구자들의 자료 수집 능력은 전 세계 중국학계가 공인하는 터였으니까요. 그 뒤로 우리는 편지 왕래를 이어갔지요. 1990년대에 그가 베이징에 올 때마다 항상 적십자 호텔에 묵었던 것도 기억납니다. 우리는 그곳에서 여러 차례 유쾌하고 깊이 있는 대화를 나눴습니다.

　　이즈카 유토리가 제 작품을 가장 먼저 번역하긴 했지만 일본에 출간된 제 책들은 한국에 비해 상황이 좋지 않았습니다. 한국에서는 저의 작품이 거의 다 출간되었거든요. 일본에서는 일곱 권밖에 출간되지 않았고 그것도 네 개 출판사로 나뉘어 나왔습니다. 제 경험에 의하면, 작품이 다른 나라에서 출간될 때 여러 출판사에서 나온다는 건 그다지 성공하지 못했다는 의미입니다. 작품이 진정으로 성공했다면 처음 출간한 출판사가 그다음 작품을 놓칠 리가 없거든요. 처음 책을 낸 출판사가 반드시 그다음 작품도 출간하려 했을 테니까요. 저는 농담으로 이즈카 유토리에게 이것이 그의 책임이라고 말한 적이 있습니다. 이즈카 유토리는 겸허하게 고개를 끄덕이며 확실히 자기 책임이라고 말하더군요.

　　물론 이는 이즈카 유토리의 책임이 아닙니다. 운명의 책임이지요. 모든 사람에게 그만의 운명이 있는 것과 마찬가지로 책에도 나름의 운명이 있습니다. 일본에서 정식으로 출판된 저의 첫 작품은 《인생》이었고, 이는 장이머우張藝謀 감독의 영화가 일본에서 상영된 것과 무관하지 않습니다. 이즈카 유토리는 겨우 한 달 남짓한 기간 만에 번역을 끝낸 듯합니다. 2002년의 일이었고 책은 가도카와角川 출판사에서 출간되었습니다. 8천 부를 인쇄한 초판은 몇 년이 지나서야 간신히 다 팔렸습니다. 가도카와에서는 중쇄를 찍지 않았습니다. 출판사에서는 영화가 소설의 판매를 이끌어주기를 기대했지만 결과는 그다지 이상적이지 못했지요. 가도카와는 결국 이 책을 포기했고, 작가인 저도 함께 포기했습니다.

《형제》 또한 또 다른 실패 사례입니다. 이 책의 일본어 번역자는 이즈미 교카泉京鹿였습니다. 나머지 여섯 권은 전부 이즈카 유토리가 번역했지요. 당시 분게이이순주文藝春秋 출판사는 《형제》에 큰 기대를 갖고 있어서, 홍보 활동을 위해 특별히 저를 도쿄로 초청하면서 일등석 비행기표와 도쿄에서 가장 비싼 호텔을 제공했습니다. 그리고 〈요미우리신문讀賣新聞〉에 대대적으로 광고를 하기도 했지요. 그들이 적지 않은 돈을 들였는데도 《형제》는 겨우 2만 세트(상, 하 두 권으로 분책)밖에 팔리지 않았습니다. 1만 세트는 단행본이고 1만 세트는 문고판이었지요. 분게이이순주는 대단히 실망했습니다. 그들은 그보다 훨씬 많이 팔리기를 기대했거든요. 제 작품의 운명은 일본으로 항해를 시작한 뒤로 가도카와에서 처음 좌초한데 이어 분게이이순주에서 두 번째로 좌초한 셈이었습니다.

이어서 저의 작품은 가와데쇼보河出書房와 이와나미쇼텐岩波

書店으로 가게 되었습니다. 저는 한때 가도카와가 제 책을 계속 내줄 일본 출판사가 되기를 바랐고 그 뒤에는 분게이슌주에 기대를 걸었지만, 지금은 가와데쇼보와 이와나미쇼텐이 그렇게 되기를 바라고 있습니다. 8천 부와 2만 부라는 판매 실적은 가와데쇼보와 이와나미쇼텐에게는 이미 적지 않은 수치입니다. 그들은 무척 만족하는데 왜 가도카와와 분게이슌주는 만족하지 못했던 것일까요? 원인은 아주 간단합니다. 가도카와는 영화의 힘에 편승하여《인생》이 잘 팔리기를 기대했고 분게이슌주는《형제》의 판매를 위해 많은 홍보 비용을 썼기 때문이지요. 결과는 둘 다 그다지 이상적이지 못했습니다. 기대가 큰 만큼 실망도 클 수밖에 없었던 겁니다.

저는 이것이《인생》과《형제》의 운명이 아니라는 것을 잘 압니다. 이 작품들의 운명은 억지로 키우려다 싹을 죽이는 것이 아니라 자유롭게 성장하는 것이어야 했습니다.《인생》이 맨 처음 중국에서 출판되었을 때는 2만 부를 인쇄했지만 몇 년이 지나도 다 팔리지 않았습니다. 그러다가 1998년 이후에 갑자기 독자들에게 큰 인기를 얻게 되었고 지금까지의 총 판매 부수는 7백만 부를 넘어서고 있습니다.

2003년에《인생》의 영문판이 출판되었을 때, 미국 랜덤하우스Random House의 편집자는 5천 부만 팔 수 있어도 좋겠다고 했지만 결과적으로는 5만 부 넘게 팔렸습니다. 프랑스의 악트쉬드Actes Sud 출판사는 1997년부터 제 책을 한 권 또 한 권 계속 출간했지만 판매 실적은 그다지 좋지 않았습니다. 그러다가 2008년에 《형제》가 잘 팔리면서 이전에 출간된 책도 덩달아 움직였지요. 미국의 랜덤하우스와 프랑스의 악트쉬드는 영화 덕분에 책이 잘 팔리는 상황을 기대하지 않았고 홍보를 위해 돈을 쓰지도 않았습니다. 그래서 그들은 제 작품에 아주 만족하는 것입니다.

한국에서 제 책은 비교적 자유롭게 성장할 운명이었습니다. 이는 백원담 교수 덕분입니다. 백 교수가 1997년에 《인생》을 번역하여 푸른숲 출판사에서 낼 수 있게 해준 데에 심심한 감사의 뜻을 전합니다.● 백원담 교수 외에 최용만 선생이 《허삼관 매혈기》와 《가랑비 속의 외침》, 《형제》●● 등을 번역했고 이욱연 교수와 김태성 등도 일부 작품을 번역했습니다. 그 외에도 제가 알거나 모르는 역자들이 더 있을 겁니다. 그 뒤로 한국에서 출간된 제 작품은 전부 푸른숲과 문학동네에서 역자를 섭외했지요.

맨 처음, 작품이 별로 환영을 받지 못하고 있던 1999년에 백원담 교수가 민족문학작가회의^{현 한국작가회의}를 대표하여 저를 한국에 초청했습니다. 인터뷰도 적지 않게 했지요. 공개적으로 진행된 인터뷰도 있고 몰래 이루어진 인터뷰도 있었습니다. 왜냐고요?

●   당시에는 《살아간다는 것》이라는 제목으로 출간되었다.
●●   《형제》의 한국어판은 1, 2권으로 나뉘어 출간되었다.

백원담이 좌파라서 우파 매체와의 인터뷰를 허락하지 않았기 때문입니다. 예컨대 〈조선일보〉가 그랬습니다. 백원담은 한국에서 영향력이 가장 큰 이 신문을 몹시 싫어했지요. 출판사는 좌파든 우파든 따지지 않았기 때문에 인터뷰 자리를 마련해주었지만 백원담이라는 장벽에 막혔습니다. 나중에 우리는 백원담을 피해 도둑처럼 몰래 인터뷰를 마쳤습니다. 백원담은 〈조선일보〉에 게재된 제 인터뷰 기사를 보고는 제게 "넌 정말 문제가 많은 친구야."라더군요. 그러더니 또 〈조선일보〉는 영향력이 크니까 인터뷰를 하는 것도 나쁘지 않다고 하는 겁니다.

당시 민족문학작가회의에서는 베트남 작가와 프랑스 작가도 각각 한 명씩 초청했습니다. 베트남 작가는 무척 소박하고 진실한 사람이라 저랑 금세 친구가 되었습니다. 프랑스 작가는 몹시 오만했고 행동거지에 부자 티가 넘쳤습니다. 우리는 주최 측에서 회의에 참가한 작가들에게 약간의 사례를 한다는 사실을 알았지만 얼마나 주는지는 이미 잊고 있었습니다. 당시 '세계 작가와의 대화'를 주최한 사람은 한국의 유명 시인 김정환이었습니다. 그는 프랑스 작가에게 주어야 할 돈을 저와 베트남 작가에게 나눠주었습니다. 김정환은 이 프랑스 작가는 돈이 많기 때문에 돈을 줄 필요가 없다고 하더군요. 저는 그 프랑스 작가가 강연에 늦게 도착하여 사람들을 몹시 초조하게 했던 것도 기억합니다. 하지만 회의를 주재한 김정환은 전혀 걱정하지 않는 듯한 표정으로 이리저리 기웃

거리면서 사람들과 여유 있게 한담을 나누고 있었습니다. 초조해 하던 사람들이 김정환에게 프랑스 작가가 끝내 나타나지 않으면 어떻게 하느냐고 물었지요. 김정환은 그녀가 아슬아슬한 것을 좋아한다고 말하더군요. 프랑스 작가는 반 시간이나 늦게 한국에 주재하는 프랑스 대사를 데리고 나타났습니다. 하지만 무대 아래에는 청중이 아무도 없었고, 민족문학작가회의 직원들이 대신 자리를 채웠지요.

제가 강연을 할 때는 청중이 자리를 가득 메웠습니다.(회의장은 그리 크지 않았습니다만.) 전부 백원담의 학생들이었지요. 백원담은 독재 교수였습니다. 그녀는 모든 학생에게 반드시 제 강연을 들어야 한다고 명령했어요. 제 강연에 오지 않는 학생은 졸업을 시키지 않을 수도 있다고 했습니다. 그러면서 학생 두 명에게 회의장 입구에 출석부를 들고 서서 참석하는 학생들을 체크하게 했습니다.

저는 한국에 보름 동안 체류하면서 적지 않은 곳들을 돌아다녔습니다. 한국을 떠날 때 푸른숲 출판사 김혜경 사장은 저와 작별의 포옹을 나누면서 그렇게 많은 인터뷰를 했는데도 제 책이 잘 팔리지 않는다고 말하더군요.

중국에 돌아와 2년이 지나서야 푸른숲 출판사로부터 《허삼관 매혈기》가 갑자기 한국 독자로부터 큰 인기를 얻기 시작했고 다른 책들도 점차 반응을 얻고 있다는 소식이 날아왔습니다.

이어서 중국 얘기를 해야 할 것 같습니다. 중국에서 제 책을 출판한 이야기라면 아주 많아서 어디서부터 이야기해야 할지 모르겠습니다. 이리저리 생각해보니 아무래도 처음부터 얘기하는 게 좋을 것 같네요. 박재우 교수는 제게 A4 용지 서너 장 분량의 강연 원고를 준비하라고 했는데, 곧 네 장째로 접어들게 되는군요. 여기에 이야기하면서 덧붙인 내용까지 더하면 네 장은 족히 넘을 것 같습니다. 지금부터 하는 이야기는 맨 처음부터 시작하지만 이 이야기에도 끝이 있겠지요. 저는 이 이야기를 오늘 강연의 마지막으로 삼으려 합니다.

저는 1982년에 소설을 쓰기 시작했습니다. 중국이 문화대혁명(1966~1976)이라는 재앙에서 벗어난 지 몇 년 되지 않은 때였지요. 그때는 문학잡지의 황금기로서 문화대혁명 기간에 정간되었던 문학잡지들이 전부 복간되었고, 적지 않은 수의 문학잡지가 새로 창간되었습니다. 당시의 중국에서는 잡지라고 하면 거의 전부가 문학잡지였지요. 문화대혁명 이후에 글을 쓰기 시작한 저와 같은 세대의 중국 작가들이 갖는 한 가지 공통점은 먼저 단편소설을 쓰기 시작하여 어느 정도 숙련된 다음에 중편소설을 쓰고, 더 숙련된 다음에 장편소설을 썼다는 것입니다. 우리의 목표는 문학잡지에 작품을 발표하는 것이었지요. 그때는 작품을 단행본으로 출판하는 일이 그다지 중요하지 않았거든요. 중요한 것은 가장 좋은 잡지에 작품을 발표하는 일이었습니다.

작은 진鎭●의 치과의사였던 저는 낮에는 이를 뽑고 밤에는
글을 써서 단편소설 한 편을 완성하면 먼저 〈인민문학人民文學〉이
나 〈수확收穫〉에 원고를 보냈고, 반송되어 돌아오면 다시 〈베이징
문학北京文學〉과 〈상하이문학上海文學〉에 보냈습니다. 또다시 반송되
어 오면 조금 덜 중요한 잡지에 보냈지요. 제가 손으로 쓴 원고는
이렇게 문학잡지가 나오는 여러 도시를 돌아다녔습니다. 그 뒤로
30년 동안 제가 돌아다닌 도시보다 더 많았지요. 당시 저희 집에는
마당이 있었습니다. 우편배달부는 담장 밖에서 반송된 원고가 든
커다란 편지봉투를 마당 안으로 던져 넣었지요. 저희 아버지는 '파
닥' 하는 소리만 나면 제게 또 원고가 반송되어 왔다고 말씀하셨습
니다. 가끔씩 가벼운 편지가 날아 들어올 때면 아버지는 이번에는
희망이 있는 것 같다고 하셨지요.

이렇게 마구잡이로 하던 투고는 1987년까지 이어졌습니다.
〈십팔 세에 집을 나서 먼 길을 가다〉를 비롯하여 나중에 선봉先鋒
문학°으로 평가된 몇몇 작품이 발표되고 나서야 다른 문학잡지 편
집자들도 제 작품에 관심을 보였습니다. 그리고 그들이 편지로 제
게 원고 청탁을 하기 시작했지요. 이리하여 저는 어지럽게 마구 원
고를 보내는 단계에서 청탁을 받고 원고를 쓰는 단계로 발전하게
되었습니다. 기분이 더할 나위 없이 좋았습니다. 저는 원고 청탁 편

●　　중국의 지방 행정 구역의 하나. 우리나라로 치면 '읍' 정도에 해당한다.

지 몇 통을 펼쳐 아버지께 보여드렸습니다. 아버지는 무슨 뜻이냐고 물으셨지요. 저는 제가 유명해진 것이라고 대답했습니다.

○ 기존의 예술 관념이나 형식을 부정하고 혁신적 예술을 주장한 중국 당대 문학운동으로서 중국의 개혁·개방 정책이 실효를 거둔 1980년대 중반에 등장하였다. 대표적인 작가로는 위화, 모옌(莫言), 마위안(馬原), 쑤퉁(蘇童), 거페이(格非) 등을 들 수 있다.

문학잡지 백 권 읽느니
바이런의 시 한 줄을

상하이
上海

2007. 4. 20.

저는 줄곧 훌륭한 작가는 무엇보다도 먼저 훌륭한 독자여야 한다는 생각을 갖고 있었습니다. 좋은 작품을 읽으면 훌륭한 문학적 취향을 기를 수 있기 때문이지요. 특히 이제 막 글을 쓰기 시작한 작가에게는 독서가 더욱 중요합니다. 지난 20여 년 동안 해온 글쓰기를 돌이켜보면 저는 무척 운이 좋았다는 생각이 듭니다. 몇 번의 중요한 순간에 선택한 길이 전부 정확했으니까요. 적어도 지금 생각해보면 그렇습니다.

1982년, 스물두 살의 나이에 저는 글을 쓰기 시작했습니다. 당시 〈상하이문학〉이나 〈수확〉 같은 문학잡지는 대부분 발행 부수가 수십 만 부에 달했습니다. 당시 길거리의 신문판매대에 진열되어 있는 잡지는 거의 전부가 문학잡지였지요. 그 외에 다른 잡지는 거의 없었고 〈중국청년中國青年〉이라는 잡지만 인기가 있었습니다. 이 잡지는 문학잡지가 아니었지만 적지 않은 소설과 산문, 시가 수록되어 있었습니다. 저는 막 글쓰기를 시작할 무렵 이런 잡지에 발표된 소설을 읽었고, 나중에야 제 소설을 쓰기 시작했습니다. 그 유명한 잡지들에 발표된 소설이 그다지 대단하게 느껴지진 않았어요. 제가 쓴 작품에 비해 크게 뛰어나진 않다고 생각했습니다. 그런데도 그런 작품은 유명한 잡지에 발표되는데 제 소설은 유명하지 않은 잡지에도 발표할 수 없으니 마음속에 불만이 가득했습니다.

우리 부모님이 베이징이나 상하이의 문학잡지 편집자였으면 얼마나 좋을까 하는 생각도 했습니다. 하지만 유감스럽게도 두 분은 하이엔海鹽 현성의 의사였지요. 우리 조상들은 문학과는 완전히 동떨어져 있었고, 문학을 하는 친척 하나 없어 사방을 둘러보면 막막하기만 했습니다. 저는 '젠장', '염병할' 따위의 욕을 얼마나 내뱉었는지 모릅니다. 그러다가 한 가지 이치를 깨닫게 되었지요. 저처럼 누구도 알아주지 않는 시골 현성의 무명작가가 문학잡지에 소설을 발표하려면 그런 잡지에 이미 발표된 것과 견줄 정도로는 안 된다는 것이었습니다. 이미 발표된 소설들보다 월등히 뛰어나야 가능성이 있었던 것이지요. 조금 나은 정도가 아니라 훨씬 더 훌륭해야만 편집자가 투고 원고 더미에서 반짝이는 저의 소설을 발견할 수 있을 것 같았습니다.

그때 저는 아직 젊었어요. 아마 여기 계신 여러분과 나이 차가 별로 나지 않았을 겁니다. 저는 그 유명 작가들은 도대체 어떻게 소설을 쓰는지 알고 싶었습니다. 그래서 유명한 사람들이 남긴 유명한 글귀에서 지름길을 찾아보기로 했지요. 운 좋게도 잭 런던

이 작가가 되려는 젊은이에게 쓴 편지를 읽게 되었습니다. 그 편지
에서 그는 바이런의 시를 한 행 읽는 것이 문학잡지를 백 권 읽는
것보다 낫다는 취지의 말을 했습니다.

저는 금세 그 이치를 깨달았지요. 시간과 정력을 문학잡지
에 낭비하지 말라는 것이었습니다. 아무리 뛰어난 문학잡지라 해
도, 그 잡지에 발표된 작품 가운데 50년, 백 년 뒤에도 여전히 읽힐
작품은 얼마 되지 않을 거라는 생각이었지요. 별로 뛰어나지 않은
잡지라면 더 말할 것도 없고요. 그때부터 저는 문학잡지를 읽지 않
으려고 했습니다. 대신 본격적으로 세계적인 문학 유산이라 할 수
있는 작품을 읽기 시작했지요. 지금 제 서가에 꽂혀 있는 책 가운
데 절반 이상의 문학작품이 그때 읽은 것들입니다. 그 무렵엔《전
쟁과 평화》가 2위안밖에 하지 않았던 것으로 기억합니다. 이런 책
의 정가는 보통 5마오° 에서 2위안 사이였습니다. 그때는 수입도
많지 않아 월급이 36위안밖에 되지 않았기 때문에 먹는 걸 줄여서
책을 사야 했지요. 이런 고전문학 작품들이 저의 허구 세계를 풍부
하고 다채롭게 해주었습니다.

제가 말하는 허구 세계는 사실 누구나 다 갖고 있는 것입니
다. 현실에서 드러나지 않는 각양각색의 환상과 명상 같은 것들 말
입니다. 저는 이후에 이처럼 위대한 문학작품을 읽고 난 느낌을 담

° 　　10마오가 1위안이다.

아 《따스함과 만감이 교차하는 여정溫暖和百感交集的旅程》(2004)이라는 제목의 책도 한 권 냈습니다.

물론 그 느낌은 그때그때 달랐습니다. 어떤 작품은 단번에 뭔가가 느껴지고, 어떤 작품은 뭔가 느껴지는 것 같기도 하고 그렇지 않은 것 같기도 했지요. 제 경험으로는 독자와 작가, 그리고 작품이 만나는 것은 일종의 인연인 것 같습니다. 인연이 닿지 않으면 느낌도 없지요. 저와 루쉰의 만남이 그랬습니다.

사실 저는 루쉰의 작품 속에서 성장했습니다. 초등학교와 중고등학교의 교과서에 나오는 소설과 산문, 시가 전부 루쉰 아니면 마오쩌둥의 작품이었으니까요. 어렸을 때 저는 중국에 작가가 루쉰과 마오쩌둥 두 사람밖에 없는 줄 알았습니다. 생각해보세요. 저는 매일 루쉰을 접했습니다. 매일 똑같은 밥과 반찬을 먹는 것이나 마찬가지였어요. 그러다 보니 정말로 루쉰을 좋아할 수가 없었습니다. 심지어 싫어하기까지 했지요. 중고등학교 때도 루쉰이 좋은 작가라고 생각하지 않았습니다. 당대의 정치적 상황이 낳은 산물이라고만 여겼지요.

1983년 연말에 저는 문화관●에 배정되어 일을 하게 되었습

● 문화예술 활동을 위해 중국 정부가 설립한 기구. 소설가, 음악가, 화가 등 예술인들이 일하는 곳이자 대중이 문화활동을 즐길 수 있는 곳이다. 대중을 위한 문화행사를 열거나 무형문화유산을 수집하고 연구하는 역할도 한다.

니다. 우리가 일하던 창작실 밖 로비에는 벽 쪽에 탁구대가 하나 놓여 있었습니다. 탁구대 아래에는 문혁^{문화대혁명} 시기에 출판된 루쉰 전집이 가득 쌓여 있었지요. 지금 생각하면 너무나도 진귀한 판본이었습니다. 저는 사무실을 드나들 때마다 이 루쉰 전집 옆을 지나쳤지만 단 한 권도 건드리지 않았습니다. 남의 재앙을 고소해하듯이 이 작가도 이제 한물 갔구나 하고 생각했지요.

여러 해가 지나 1996년, 친구 하나가 루쉰의 소설을 텔레비전 연속극으로 만드는 프로젝트를 하면서 제게 각색 작업에 참여하겠느냐고 묻더군요. 나쁘지 않은 수준의 보수를 주겠다고 하면서 말입니다. 저는 일단 이 제안에 동의했습니다. 그러고 나서야 집에 루쉰 책이 한 권도 없다는 사실을 알았지요. 저는 서점에 가서 《루쉰소설전집^{魯迅小說全集}》을 샀습니다. 맨 처음 실린 작품이 〈광인일기〉였지요. 소설 머리 부분에서 '광인'은 세상이 잘못됐다고 느낍니다. 그는 "그렇지 않다면 자오 씨네 집 개가 왜 나를 쳐다보겠어?"라고 말합니다. 이 한 마디를 읽는 순간, 저는 놀라움을 금치 못했습니다. 루쉰은 이 한 문장으로 한 사람을 광인으로 만든 것입니다. 저는 마음이 숙연해지면서 그에게 존경심을 품게 되었습니다. 그가 정말 대단한 작가라는 생각이 들었습니다. 제가 초등학교에 다닐 때부터 고등학교를 졸업할 때까지 교과서에는 예외 없이 〈광인일기〉가 실려 있었습니다. 저는 이 작품을 여러 번 읽었을 뿐만 아니라 외운 적도 여러 차례 있었습니다. 동자승이 아무 생각없이 불경을 외웠다가 전부 잊어버리는 것처럼 저도 외운 것을 전부 잊었지요.

《루쉰소설전집》에서 세 번째로 읽은 작품은 〈쿵이지〉•였습니다. 〈쿵이지〉를 다 읽고 나서 저는 그 친구에게 전화를 했습니다. 루쉰의 작품을 함부로 각색해선 안 될 것 같다고, 루쉰을 망가뜨리지 말자고 했지요.

〈쿵이지〉도 제가 초등학교에 다닐 때부터 고등학교를 졸업할 때까지 교과서에서 읽었던 소설입니다만, 대략적인 줄거리만 기억날 뿐 세부적인 묘사에 대해서는 생각나는 부분이 없었습니다. 하지만 〈쿵이지〉는 높은 평가를 받는 단편소설 중에서도 모범이라고 할 수 있지요. 왜 모범이라고 하냐고요? 높은 평가를 받는 수많은 작품이 막상 읽으면 이해하기 어려운 데 반해 〈쿵이지〉는 그렇지 않기 때문입니다.

소설의 시작부터가 평범하지 않지요. 루쉰은 루전魯鎭 주점의 구조를 설명하면서 장삼長衫을 입은 사람이 벽을 사이에 두고 다른 방에서 술을 마시고 있고, 짧은 옷을 입은 가난뱅이 하나가 계산대 앞에 서서 술을 마시는 장면을 묘사합니다. 쿵이지는 유일하게 장삼을 입고 계산대 앞에 서서 술을 마시는 사람이지요. 쿵이

• 〈공을기(孔乙己)〉라는 제목으로 수록한 한국어판 루쉰 소설 전집도 있다.

지의 사회적 배경과 삶에 대한 묘사가 겨우 몇 백 자로도 모두 빠짐없이 드러납니다. 루쉰은 가장 빠른 속도로 자신이 도달하고자 하는 목표에 도달했던 것이지요. 소설의 결말 부분은 정말 찬탄을 금할 수 없습니다.

1996년쯤 되자 저는 저 스스로 충분히 훈련을 받았고 이미 어느 정도 자질을 갖춘 소설가가 되었다고 생각했습니다. 사람들도 저를 소설가로 인정하기 시작했지요. 그 무렵에는 다른 작가의 소설을 읽을 때면 저도 모르게 글쓰기 기교에 관심을 갖곤 했습니다. 루쉰은 강한 책임감을 가지고 글을 쓴 소설가였습니다. 그는 〈쿵이지〉에서 이런 상황에 맞닥뜨립니다. 쿵이지의 다리가 튼튼했을 때는 그가 매번 어떻게 술집에 와서 술을 마셨는지는 쓰지 않아도 됐지만 그의 다리가 부러진 뒤에는 그가 어떻게 술집에 왔는지를 묘사해야 했던 겁니다. 훌륭한 소설가라면 반드시 짚고 넘어가야 하는 대목이지요. 아주 작은 디테일일지 모르지만 위대한 작가와 평범한 작가의 차이를 드러내기에는 충분합니다.

루쉰은 이를 대단히 훌륭한 방법으로 처리했습니다. 그는 먼저 '나'가 어떻게 계산대 뒤에서 꾸벅꾸벅 조는지 설명한 다음, 쿵이지가 계산대 앞에서 황주를 한 사발 달라고 외치지만 아무도 보이지 않는 상황을 묘사합니다. '나'는 황주를 한 사발 들고 계산대 앞으로 나가서야 쿵이지가 땅바닥에 앉아 있는 것을 보게 됩니다. 사람들이 그의 다리를 부러뜨린 뒤로 쿵이지는 손바닥을 이용해 몸을 움직입니다. 그러다 보니 동전 몇 닢이 쥐여 있는 손은 온통 진흙투성이가 되어 있었겠지요. 이때 루쉰은 쿵이지가 어떻게 술집에 왔는지를 설명합니다. 알고 보니 그는 두 손으로 땅을 짚으면서 술집까지 왔던 겁니다.

그 뒤로 저는 서점에 가서 5백 위안이 넘는 돈을 들여《루쉰전집》을 샀습니다. 문득 문화관 시절 탁구대 밑에 쌓여 있던 문혁판《루쉰전집》이 생각났지요. 루쉰은 아이들의 작가가 아니라 어른 독자를 위한 작가였습니다. 교과서를 통해 아이들에게 억지로 루쉰을 읽게 하는 것은 사실 루쉰에 대한 존중이 아닙니다. 제가 진정으로 루쉰을 발견한 것은 이미 서른여섯 살이 되어《허삼관 매혈기》를 출간한 뒤였습니다. 그 무렵엔 글쓰기의 기교와 스타일 면에서 루쉰은 이미 제게 영향을 미칠 수 없었지만 정신적으로 저를 고무시키기에는 충분했습니다.

*

2005년에 저는 노르웨이에 갔었습니다. 오슬로대학교에서 강연을 하면서 저는 저와 루쉰의 관계에 관해 얘기했습니다. 오슬로대학교에서 중국 역사를 연구하는 마크만 교수는 제 강연을 다 듣고 나서는 제게 다가와 말을 걸었습니다. 제가 어렸을 때 루쉰을 싫어했던 것이 자신이 입센을 싫어했던 것과 마찬가지라고 하더군요. 나중에 뉴욕에서 저는 한 인도 작가와 함께 행사에 참여하게 되었습니다. 그때도 저는 저와 루쉰의 관계에 관해 얘기했습니다. 이 인도 작가도 제 얘기를 다 듣고 나더니 제가 어렸을 때 루쉰을 싫어했던 것이 자신이 타고르를 싫어했던 것과 너무나 똑같다고 말하더군요.

저는 줄곧 이런 생각을 했습니다. 인간은 일생에서 유익한 경험을 아주 많이 하지만 그것을 정리하면 몇 마디에 지나지 않을 거라고요. 앞서 얘기한 것처럼 젊었을 때는 유명한 사람들이 남긴 명문을 찾으면서 자신의 글쓰기에 도움이 되기를 기대하곤 하지요. 하지만 대부분은 별 소용이 없고, 확실하게 도움이 되는 명문을 만나는 경우는 구우일모九牛一毛 중에서도 아주 가느다란 한 가닥에 지나지 않습니다.

저는 1980년대에 회의주의에 관한 책을 읽은 적이 있습니다. 그때 저는 회의주의적 사유 방식이 저 같은 소설가의 사유 방식으로 아주 적합하다고 생각했습니다. 회의주의에서는 어떤 명제든지 그 반대편에 또 다른 명제가 존재한다고 생각하거든요. 이 말이 오늘날에는 아마 별 의미가 없을 것입니다. 하지만 80년대에 제가 처음 접했을 때는 대단히 신기했지요. 모든 사물이 양면성을 갖고 있는 겁니다. 통속적인 말로 표현하자면 모든 동전에 양면이 있는 것과 같다고 할 수 있지요. 이런 이치를 알고 나니 제가 쓰는 인물들과 스토리, 세부적인 묘사를 함부로 다루지 못하게 되었습니다. 또 다른 가능성이 있으니까요. 그 뒤로 회의주의는 저의 글쓰기에 큰 도움이 되었습니다.

*

제게 큰 영향을 미친 작품은 두 편이 더 있습니다. 하나는 헤밍웨이의 《누구를 위해 종은 울리나》입니다. 그 소설 자체에는 그다지 깊은 인상을 받지 못했지만 소설 속표지에 헤밍웨이가 인용한 같은 제목의 존 던의 시는 아주 인상적이었습니다.

사람은 그 누구도 그 자체로 온전한 섬이 아니다.

모든 사람은 대륙의 한 조각, 본토의 일부일 뿐이다.

흙 한 덩이가 바닷물에 씻겨 가면, 유럽은 그만큼 작아진다.

곶이 씻겨 나가도 마찬가지이고,

네 친구의 땅이나 너 자신의 땅이 씻겨나가도 마찬가지다.

누구의 죽음이든 나를 줄어들게 한다.

왜냐하면 나는 인류에 속해 있기 때문이다.

그러니 누구를 위해서 저 조종(弔鐘)이 울리는지

　알아보려고 하지 말라.

조종은 그대를 위하여 울리는 것이다.

바로 이때 제 글쓰기에서 동정과 연민의 감정이 자극받아 커졌습니다. 비슷한 시기에 저는 입센의 《페르 귄트》도 읽었습니다. 《페르 귄트》의 번역자는 서문에서 입센이 한 말을 언급했습니다. 저는 후에 《형제》를 쓰고 나서야 입센의 그 말이 제게 적지 않은 영향을 끼쳤다는 사실을 깨달았습니다. 입센이 했던 말의 대략적인 의미는 우리 모두가 사회를 구성하는 일원이고 사회의 모든 병폐도 우리의 일부분이라는 것이었습니다. 입센의 이 한 마디는 "누구를 위해 종은 울리나" 하는 질의에 대한 존 던의 대답과 맥을 같이하고 있지요. 두 작가가 서로 다른 두 방향에서 동일한 진리를 말해주고 있었던 것입니다. 이를 통해 저는 글쓰기에 있어서 나 자신을 어떤 위치에 놓아야 하는지를 깨닫게 되었어요. 남들이 괴로워할 때 나도 괴로운 감정을 느껴야 하고, 남들이 범죄를 저지를 때 나도 같은 범죄를 저지르고 있다고 느껴야 하는 겁니다.

작가는 글을 쓸 때 서술자가 됩니다. 이때의 작가는 일상 속의 그와는 다르지요. 작가가 자신이 쓰고 있는 인물에게 동정심을 가득 느낄 때, 그는 그 인물이 바로 자신이라고 여기게 됩니다. 작가가 묘사하고 있는 인물이 큰 고통을 겪고 있을 때면 작가도 고통을 느낍니다.

저는 아주 오래전에 벨린스키*가 톨스토이의 《안나 카레니

---

* 러시아의 사상가, 문학비평가.

나》를 평가한 글을 읽은 적이 있습니다. 그 글에서 벨린스키가 했던 말이 제게 아주 깊은 인상을 남겼지요. 그는 안나 카레니나가 바로 톨스토이라고 했습니다. 오블론스키도 톨스토이이고 카레니나도 톨스토이이고 레빈도 톨스토이이며 작품에 나오는 모든 인물이 다 톨스토이라는 겁니다. 당시에는 이 말이 그저 재미있게만 느껴졌습니다. 톨스토이에 대한 벨린스키의 이해를 확실히 파악하지 못했던 거지요. 그 뒤로 여러 해가 지나서야 저는 톨스토이가 작품을 쓸 때 인물과 인물 사이의 전환을 아주 완벽하게 해낸다는 것을 깨달았습니다. 안나 카레니나에 관한 대목을 쓸 때는 그가 바로 안나 카레니나가 되고, 레빈에 관한 대목을 쓸 때는 바로 레빈이 되는 것 같았습니다. 작가가 작품을 쓸 때 가장 먼저 해야 할 일은 자신을 허구의 서술자로 설정하는 겁니다. 그런 다음 이 서술자를 이용하여 허구의 작품을 써내려가는 것이지요. 이를 이중의 허구라고 합니다. 작가는 먼저 자기 자신을 허구로 설정하고 난 뒤에 갖게 되는 감정을 바탕으로 독자를 위한 작품을 쓰는 것입니다.

저는 책이 없던 문화대혁명 시대에 성장했고, 제가 진정으로 진지하게 문학작품을 읽기 시작했을 때는 이미 소설을 쓰고 있었습니다. 책을 읽으면서 글을 썼던 셈입니다. 맨 처음 저의 글쓰기에 영향을 준 작가는 가와바타 야스나리였습니다. 저는 그의 작품 〈이즈의 무희〉*를 읽게 되었습니다. 문화대혁명이 끝나고 몇 년 지나지 않은 때였지요. 중국의 상흔문학이 아직 크게 발흥하지 않은 시기에 〈이즈의 무희〉는 제게 적지 않은 깨달음을 주었습니다. 상처 입었다고 성토하는 대신 상흔을 다른 방식으로도 표현해낼 수 있다는 점에서 말입니다. 그때 저는 모든 사람의 마음속 깊은 곳에는 상처가 있음을 의식하게 되었습니다. 그 시대의 정치와 관련된 상처도 있고 개인적 경험과 관련된 상처도 있겠지요. 1983년에서 1985년까지 약 2년 동안 저는 줄곧 가와바타 야스나리에 푹 빠져 있었고, 중국에서 번역되어 출간된 그의 작품을 전부 찾아 읽었습니다. 《설국》같이 중요한 소설은 두 권씩 샀습니다. 한 권은 소중하게 간직하기 위한 것이고 한 권은 읽기 위한 것이었지요. 동시에 저는 글쓰기에서도 그를 모방하고 있었습니다. 당시 제 나이는 겨우 스물 안팎이었습니다. 디테일에 대한 그의 묘사에 저는 아주 깊이 매료되었습니다. 가까이 있는 것 같기도 하고 멀리 떨어져 있는 것 같기도 한 신비한 묘사는 만질 수 있을 것 같기도 하고 너무 멀어 가까이 다가갈 수 없을 것 같기도 했습니다. 저는 그가 확정의 방식으로 디테일을 묘사하는 것이 아니라 불확정의 방식으로 묘사하고 있음을 깨달았습니다. 또 이렇게 함으로써 한 가지 디테일의 이면에 몇 가지 디테일이 더 있을 수 있고, 모든 디테일이 더 넓어

• 《이즈의 무희·천 마리 학·호수》(신인섭 옮김, 을유문화사, 2010)에 수록되어 있다.

지고 풍부해짐을 발견했습니다.

여러 해가 지나며 저의 글쓰기 스타일이 가와바타 야스나리에게서 많이 멀어지긴 했지만, 그를 첫 번째 스승으로 만날 수 있었던 것은 커다란 행운이 아닐 수 없습니다. 그는 저에게 디테일을 다루는 법을 가르쳐주었지요. 이런 것이 한 작가가 얼마나 멀리 갈 수 있는지를 결정 짓습니다. 가와바타 야스나리는 또한 제가 문학적으로 사유할 때 개방성을 발휘하도록 도와주었습니다.

저는 아직도 그가 쓴 중편소설 한 편을 기억하고 있습니다. 새를 키우는 사람에 관한 이야기이지요. 이야기가 결말 부분에 이를 때쯤 새가 죽자 주인공은 큰 슬픔에 잠깁니다. 이때 그는 어느 어머니의 일기를 읽게 됩니다. 가와바타 야스나리는 이 여인의 일기에 나오는 구절로 이야기를 마무리합니다. 이 여인의 딸은 열여덟 살에 병으로 세상을 떠납니다. 매장에 앞서 화장化粧을 할 때, 여인은 곁에 앉아서 화장을 한 죽은 딸의 얼굴을 바라보면서 처음으로 화장을 하고 보니 시집가는 신부의 모습 같다는 생각을 합니다. 가와바타 야스나리는 한 어머니로 하여금 저세상 가는 딸을 시집가는 신부로 상상하게 만든 겁니다.

그는 일본에서 '손바닥소설'이라고 부르는 책도 출간했습니다. 중국에서는 미형微型소설(극단편소설)이라고 부르는 유형이지요. 그 책에는 〈댓잎 배〉라는 작품이 들어 있습니다. 이 작품의 내용에는 슬픔의 의미가 전혀 없는데 제게는 무척 슬프게 느껴졌습니다. 어느 여자의 약혼자가 중국에서 벌어진 전투에 끌려가는 이야기였지요. 중국의 항전 시기를 그린 작품입니다. 어느 날 여자는 편지를 한 통 받습니다. 중국에 간 약혼자가 전사했다는 소식을 알리는 편지였습니다. 여자는 편지를 손에 쥔 채 집을 나섭니다. 마을길을 지나던 그녀는 장인들이 새 집을 짓고 있는 모습을 보고는 그 자리에 멈춰 서서 마음속으로 어떤 신혼부부가 들어가 살게 될 집인지 상상해봅니다. 이야기는 이렇게 끝나지요. 전형적인 가와바타 야스나리 스타일입니다.

처음 글을 쓰기 시작했을 때 저는 줄곧 그를 흉내 냈습니다. 그렇게 3년이 지나서야 제가 가와바타 야스나리의 함정에 빠졌음을 깨달았지요. 아직 젊을 때였고 지나칠 정도로 그에게 빠져 있었기 때문에 스스로 빠져나올 수 없는 지경이었습니다. 제 소설은 갈수록 형편없어지고 있었지요. 저의 글쓰기가 가와바타 야스나리라는 오랏줄에 꽁꽁 묶여 있었던 겁니다. 바로 이때 운명처럼 카프카를 만나게 되었습니다.

1986년의 일이었습니다. 하이옌에 살던 저는 항저우杭州에 사는 친구 작가와 함께 책을 사러 그곳의 서점에 갔다가《카프카 소설선》을 발견했습니다. 단 한 권밖에 남아 있지 않았습니다. 제

●　《손바닥소설》(유숙자 옮김, 문학과지성사, 2010)에 수록되어 있다.

친구가 먼저 사려고 책을 집어 들더군요. 저는 그가 그 책을 제게 양보해주었으면 했지만 그는 순순히 그렇게 하려고 하지 않았습니다. 당시에는 기본적으로 책을 한 번밖에 찍지 않았기 때문에 제때 구하지 못하면 영영 구할 수 없었기 때문이지요. 그 마을을 지나면 다른 서점도 없었습니다. 저녁에 그 친구 집에서 자면서 저는 계속 《카프카 소설선》을 제게 양보해달라고 졸랐습니다. 그가 끝까지 양보하지 않자 저는 말했지요. 자네는 항저우에 사니까 나중에 또 이 책을 살 기회가 있겠지만 나는 하이옌에 살기 때문에 이런 책을 살 기회가 없단 말이야. 그러자 그 친구는 나중에 서점에서 이 책을 또 발견하게 되면 저를 위해 꼭 한 권 사놓겠다고 했습니다. 나중에 그는 《전쟁과 평화》 얘기를 하면서 한 번 기회를 놓친 뒤로 다시는 서점에서 그 책을 만날 수 없었다고 하더군요. 저는 하이옌의 서점에 그 책이 아직 한 세트 남아 있으니 《카프카 소설선》을 제게 양보하면 하이옌으로 돌아가 《전쟁과 평화》를 사다주겠다고 했습니다. 이번에는 그가 제 제안에 동의했지요. 이렇게 해서 저는 《카프카 소설선》을 가지고 하이옌으로 돌아올 수 있었습니다.

이미 겨울이라 저는 이불 속에 들어가 그 책을 읽기 시작했습니다. 가장 먼저 〈시골의사〉를 읽었지요. 그날 밤, 저는 완전히 잠을 잊었습니다. 소설 속에 말이 한 마리 있었습니다. 있다고 하면 있고 없다고 하면 없는 셈이었습니다. 전혀 논리적이지 않았지만 대단히 합리적이라고 느껴졌습니다. 그 불면의 밤이 제게 앞으로 어떻게 소설을 써야 하는지 알려주었습니다. 다름 아니라 자유롭게 쓰는 것이었습니다. 그러고 나서 저는 〈십팔 세에 집을 나서 먼 길을 가다〉를 썼습니다. 비평가들은 보통 이 단편이 저의 출세작이라고 생각하지요. 카프카는 저의 두 번째 스승이었습니다. 그는 제게 기교를 가르쳐준 것이 아니라 글쓰기라는 것이 아주 자유로운 일이라는 중요한 사실을 가르쳐주었지요. 글이란 쓰고 싶은 것을 마음대로 쓸 수 있는 것이었습니다. 이렇게 저의 글쓰기는 해방되었고, 그 뒤로는 쓰고 싶은 대로 자유롭게 쓸 수 있었습니다. 저의 글쓰기에는 두려운 일이 없어졌습니다. 제가 쓰고 있는 게 올바르지 않으면 어쩌나 하고 걱정할 필요도 없었지요. 문학의 세계에는 옳고 그른 것이 존재하지 않으니까요. 단지 서로 다른 사람들이 서로 다른 입장과 관점에서 옳고 그른지를 가릴 뿐입니다.

제목은 아직도
미정未定입니다

베이징
北京

2008. 10. 16.

방금 대회 일정표를 보았더니 제 발제의 제목 란에는 '미정未定'이라고 적혀 있더군요. 사실 아직도 미정입니다.

이 대회의 주제는 '중국문학의 해외 전파'에 관한 것이고 적지 않은 중국 연구자들이 초정되어 왔습니다. 저는 무슨 말을 해야 할지 몰라 발제문 제목이 여전히 미정 상태로 남아 있는 겁니다. 물론 발제 내용도 미정이지요. 방금 장칭화張淸華 교수가 정말로 할 말이 없으면 최근에 읽은 책에 관해 얘기하는 것도 나쁘지 않을 거라고 말해주었습니다. 저는 좋다고 대답했지요.

*

금년 5월부터 두세 달 동안 저는 티베트에 관한 책을 읽었습니다. 이유가 뭐냐고요? 《형제》의 홍보를 위해 4월에 프랑스와 이탈리아에 갔을 때 올림픽 성화가 파리에서 탈취되는 사건°이 벌어지자, 모든 기자들이 제게 티베트에 관한 질문을 던졌기 때문입니다. 물론 그들은 깍듯이 예의를 갖춰 물었지요. 하나같이 인터뷰를 마치기 직전에, 대단히 미안하다고 하면서 《형제》와 관련이 없는 질문을 하겠다고 하더군요. 그러면서 다름 아니라 티베트에 관한 질문이라고 했지요.

저는 티베트에 가본 적이 있고 티베트 관련 책도 한두 권 읽은 바 있었습니다. 하지만 이런 질문에 대답하면서 저는 마음은 있으나 능력이 받쳐주지 않는다는 것을 실감했습니다. 그래도 대답을 하긴 했지요. 티베트의 과거와 현재에 대해 잘 이해하지 못하는 서양 기자들은 제 대답을 신기하게만 여겼습니다. 서양의 주류 견해와 달랐기 때문이겠지요. 사실 제가 말한 것도 피상적인 사실에 지나지 않았습니다.

귀국하자마자 저는 티베트에 관한 책을 몇 권 샀고 일부는 빌리기도 했습니다. 그 가운데 한 권은 티베트 독립 이론가 체폰 샤캅파의 《티베트 지역 정치사》였습니다. 저는 서로 반대되는 두 진영의 책을 두루 읽어보고 싶었고, 실제로 그렇게 했습니다. 그런 다음 다시 유럽에 가게 되었지요. 무척 득의양양했습니다. 유럽 기자들과 티베트 문제에 관해 얼마든지 얘기할 수 있을 것 같았지

ㅇ 2008년 4월 7일 프랑스 파리에서 그해 8월에 열리는 베이징올림픽을 앞두고 열린 올림픽 성화 봉송 행사 중에 한 티베트 청년이 성화를 탈취한 사건.

요. 하지만 이번에는 티베트에 관심을 갖고 있는 기자가 하나도 없었습니다. 그들은 전부 중국의 독 분유 사건*과 멜라민에 관해서만 물었지요.

이 문제에 대해선 저도 설명하고 싶은 것이 있습니다. 제 말을 들으신 여러분(중국인)은 서양 사회가 항상 색안경을 끼고 중국을 보고 있다고 생각할 수도 있습니다. 하지만 제가 보기에는 정상적인 일입니다. 전 세계 매체들이 다 이러니까요. 모두가 부정적인 사실을 보도하는 데 혈안이 되어 있는 겁니다. 독 분유 사건에 대한 중국 매체들의 보도는 전 세계 보도를 다 합친 것보다도 많을 겁니다. 이전에 광둥廣東에서 발행되던 〈남방주말南方周末〉 잡지가 왜 그렇게 인기 있었는지 아십니까? 부정적인 보도가 많았기 때문입니다. 이 잡지를 살인과 방화를 전문적으로 보도하는 매체라고 말하는 사람이 있을 정도였으니까요. 물론 이건 과장된 표현입니다.

독일의 유력 매체 가운데 하나인 〈디 차이트Die Zeit〉는 영국의 〈가디언〉이나 미국의 〈뉴욕타임스〉와 유사한 면이 있습니다. 온갖 소문을 실어 나르는 작은 신문이지요. 그 잡지의 주간이 제게

* 2008년, 중국의 '싼루'라는 회사가 단백질 함유량이 높은 고급 분유라고 하면서 독성 물질인 멜라민이 들어간 분유를 판매해 다수의 영아가 사망하거나 중독된 사건.

그러더군요. 중국 측에서는 중국에 관한 부정적인 내용을 보도한 〈디 차이트〉에 항상 불만을 갖는다고 말이에요. 사실 그들은 함부르크에 대한 부정적인 기사를 제일 많이 냅니다. 이 신문이 함부르크에서 발행되기 때문이지요. 독일 전체에 대한 부정적 보도보다 몇 배는 더 많을 겁니다. 그리고 독일에 대한 부정적 보도는 유럽 전체에 대한 부정적 보도보다 몇 배 더 많습니다. 결국 유럽에 대한 부정적 보도가 중국에 대한 부정적 보도보다 훨씬 많은 것이지요.

*

애기가 길어졌군요. 앞서 한 이야기는 중국의 변화가 대단히 빠르다는 말이었습니다. 외국인들이 그 변화를 따라갈 수 없는 것은 물론이고, 중국인인 저도 따라가기 힘들 정도니까요. 한 가지 관심사가 주목을 끌기 시작했다가 금세 차갑게 식어버리기 일쑤입니다. 대신 또 다른 관심사가 뜨거운 열기를 발하게 되지요. 아직도 모르겠어요. 저는 이것이 독서가 이 시대를 따라가지 못하고 있다는 징후일 거라고 생각합니다. 바로 얼마 전에 중국에서는 분유에 독성이 있는 멜라민을 넣은 사건이 폭로되더니 지난 이틀 동안은 수산물에 포름알데히드를 넣은 사건이 모든 매체를 뜨겁게 달구고 있습니다. 다시 말해서 식품에 의학적으로 시신의 부패를 방지하기 위해 주입하는 포르말린을 넣은 것이지요. 수산물의 신선도를 유지하기 위해서 이렇게 했다는 겁니다. 이는 멜라민과 마찬가지로 공공연한 비밀이었습니다. 업계에서는 비밀이 아니고 이를 이해하지 못하는 사람들에게만 비밀이었던 셈이지요. 우리는 바로 이런 사회에서 살고 있습니다.

저는 부정적인 보도가 많은 것은 나쁜 일이 아니라고 생각합니다. 한편으로 우리는 우리가 사는 세상을 충분히 이해할 권리가 있고, 또 한편으로는 부정적인 보도가 사람들의 정의감을 이끌어내기 때문이지요. 화를 내거나 분노하는 것은 전부 정의감의 표현입니다.

최근에 '긍정에너지'라는 단어가 유행하고 있습니다. 사실 긍정에너지란 대부분 부정에너지에 직면했을 때 자극을 받아 생기는 것입니다. 따라서 문학은 이러한 사회를 비판하는 데 더욱 노력을 기울여 읽는 이의 불만을 이끌어낼 수 있어야 합니다. 왜 '3개 대표 사상'°을 찬양하지 않고 왜 과학발전관科學發展觀°°을 찬양하지 않는가? 이미 너무 많은 사람들이 찬양하고 있기 때문이겠죠. 8천

°　중국공산당이 중국의 선진 생산력의 발전적 요구, 중국 선진문화의 발전 방향, 중국의 가장 광대한 인민의 근본적인 이익이라는 세 가지를 대표한다는 사상으로 2000년 2월에 장쩌민(江澤民)이 제창했다.

°°　2016년 7월 25일에 후진타오(胡錦濤)가 당 중앙서기가 되면서 제창한 국가발전 관념으로 과학이 국가발전의 가장 유력한 동력이 되어야 한다는 주장이다.

만 당원, 정확한 수를 알 수 없는 수많은 군중, 텔레비전 방송이나 인터넷의 헤드라인이 매일 그런 것들을 찬양하고 있지 않습니까.

중국에는 긍정적인 보도도 부족하지만 부정적인 보도도 부족합니다. 관건은 이러한 보도를 어떻게 보느냐 하는 것이지요. 제가 앞에서 말했듯 부정적인 보도는 사람들의 정의감을 이끌어낼 수 있습니다. 그 반대도 성립합니다. 어떤 사람들은 긍정적인 보도에서 부정적인 정서를 도출해내지요. 《형제》 프랑스어판이 출간되었을 때, 한 프랑스 신문에서 서평을 실었습니다. 그 서평을 쓴 이의 맨 마지막 한 마디가 무척 재미있더군요. 그의 중국인 친구들이 그에게 이렇게 말했다는 겁니다. 48세 위화가 《형제》에서 말하고자 하는 것이 중국의 가장 아름다운 일면은 아니라고요. 이어서 이 서평가는 "그 말이 맞는 것 같다. 이는 중국문학이 무산계급 독재에서 해방되었다는 것을 의미한다."라고 했습니다. 아주 재미있는 이해 방식이었지요.

*

지난 반년 동안 제가 보고 들은 것들은 이렇습니다. 지난 반년간 저는 문학작품도 여러 권 읽었습니다. 저는 줄곧 제가 무지한 사람이라고 생각해왔습니다. 1980년대에 소설을 쓰기 시작한 저는 소설을 쓰면서 또 소설을 읽었습니다. 고등학교를 졸업하기 전까지 저는 문학작품을 거의 읽지 못했습니다. 그때는 문학작품이 없었거든요. 문화대혁명 때는 문학작품을 읽는 것이 불가능했습니다. 80년대가 되어서야 문학작품이 대거 출판되기 시작했습니다. 때문에 저는 문학작품 쓰기와 읽기를 동시에 진행해야 했습니다. 주로 외국 소설을 읽었지요.(외국어를 할 줄 모르기 때문에 번역된 작품을 읽었습니다.) 저는 기본적으로 19세기와 20세기 초의 작품들을 많이 읽었습니다. 80년대는 중국에서 서양문학의 번역과 출판이 절정을 이룬 시기였습니다. 저도 그런 작품을 많이 읽었지요.

1990년대 중반에 이르러 저는 외국에 나갈 수 있는 기회를 갖게 되었습니다. 그런데 곤란한 문제가 생기기 시작했지요. 예컨대 독일에 가면 독일 기자들이 한 가지 질문을 합니다. 독일 작가의 작품 가운데 어떤 것을 읽었냐는 겁니다. 제가 말할 수 있는 건 괴테뿐이었습니다. 조금 젊은 계층으로는 하인리히 뵐과 지크프리트 렌츠, 귄터 그라스 같은 작가를 들 수 있었지요. 이들보다 젊은 독일 작가는 전혀 몰랐습니다. 프랑스에 가서도 이런 상황에 직면했습니다. 미국에서도 마찬가지였지요. 그때만 해도 저는 사뭇 단호하게 중국에 서양의 젊은 작가들 작품은 많이 번역되어 있지 않다고 말했습니다.

그러다가 한번은 저랑 녜전닝聶震寧•이 함께 모스크바대학교에 가서 강연을 하게 되었습니다. 강연을 마치고 녜전닝이 보고

서를 한 건 보여주더군요. 그 안에는 '21세기의 최우수 외국소설'
로 평가받아 선정된 목록도 들어 있었습니다. 그 목록을 보았더니
러시아 현대문학이 포함되어 있더군요. 중국에 이미 번역, 출간된
외국 작품이 아주 많았던 겁니다. 전부 살아 있는 작가의 작품이었
지요. 순간 저는 너무나 부끄러웠습니다. 그전까지 외국에 나갈 때
마다 헛소리를 한 셈이었으니까요.

사실 중국에는 독일과 미국, 프랑스, 이탈리아 등 여러 나라
의 문학작품이 무수히 출판되어 있었습니다. 그런데 저는 외국 기
자들에게 그런 책이 중국에 아직 출판되지 않았다고 말했던 겁니
다. 그렇게 많은 책이 나와 있는데도 저는 괴테와 단테, 발자크 등
만 얘기하고 있었던 거예요. 그렇게 해서 저는 동시대 작가들의 작
품을 읽기 시작했습니다.

저는 이언 매큐언이라는 영국 작가에 주목했습니다. 저는
그가 정말 대단한 작가라고 생각합니다. 그는 서양 세계에 상당한
영향력을 갖고 있지요. 제가 그의 이름을 처음 들은 것은 독일에서
였던 것 같습니다. 그 뒤로 다른 나라에서도 사람들이 그의 이름을
거론하는 것을 들었지요. 그는 저보다 열 살 정도 위인 것 같습니
다. 그전까지 저는 한 가지 오해를 하고 있었습니다. 서양문학이 줄
곧 쇠퇴하지 않고 왕성한 생명력을 보일 수는 없으리라는 것이었

●   중국의 작가이자 출판인.

지요. 나중에야 이런 생각이 잘못됐다는 것을 깨달았습니다. 현재 중년의 서양 작가들은 여전히 대단하거든요. 이언 매큐언을 포함하여 제가 읽은 작가들은 하나같이 대단했습니다.

이언 매큐언에게는 남달리 대단한 점이 한 가지 있습니다. 그의 글쓰기의 미덕이라고 할 수 있지요. 그의 소설은 아주 사소한 것에서 시작하지만 그가 써내는 내용은 아주 큽니다. 특수한 것을 보편화하여 쓴다고 할 수도 있을 겁니다. 이것이 그만의 독특한 점이지요. 두 달 전에 저는 중국어로 번역된 《체실 비치에서》를 읽었습니다. 기분 좋은 것은, 이 책의 프랑스어판이 8월에 나왔는데 중국어판은 6월에 나왔다는 사실입니다. 이제는 중국에서 서양 주요 작가들의 신작이 출간되는 시기가 서양 국가들과 비슷해졌습니다.

*

지난 6월에 《형제》 홍보를 위해 일본에 갔을 때, 저는 일본 동시대 작가들의 작품을 읽어봐야겠다는 생각이 들었습니다. 일본에 가서 노상 미시마 유키오나 가와바타 야스나리 얘기만 할 수는 없다는 생각에서였지요. 나중에 저는 시내에 나가 일본 소설을 샀습니다. 무라카미 류와 무라카미 하루키의 소설을 사고 싶었지만 무라카미 류의 것은 못 샀습니다. 그가 소설 두 권을 냈다는 건 알지만 중국에서는 그의 책이 별로 잘 팔리지 않았습니다. 중쇄를 찍지 못했으니까요. 무라카미 하루키의 책은 너무 많은 데다 거의 전부가 중국에서도 출판되었습니다.

왜 무라카미 하루키의 소설을 사고 싶었을까요? 저는 세계의 많은 나라들을 다녀봤습니다. 그의 책은 거의 모든 나라에서 환영을 받고 있더군요. 이건 기적입니다. 게다가 그는 동양 작가이고, 동양과 서양의 문화에는 차이가 있지요. 저는 그의 책을 네 권 샀습니다. 물론 그 유명한 《노르웨이의 숲》도 샀지요. 다 읽고 나자 아주 잘 썼다는 느낌이 들었습니다. 정말 대단한 작가라는 생각이 들었지요. 일본에 가기 보름 전에는 《해변의 카프카》와 《댄스 댄스 댄스》를 완독하고서 아주 깊은 인상을 받았습니다. 《노르웨이의 숲》을 읽고서는 그것이 무라카미 하루키의 스타일이라고 생각했는데 나중에 다른 작품을 읽고 나서야 그 책은 오히려 그의 작품 세계에서 다소 벗어나 있는 유형이라는 것을 알았습니다. 그의 다른 작품은 전부 많든 적든 초현실주의의 분위기를 지니고 있지요.

6월에 일본에 갔을 때, 분게이슌주의 편집자가 일본에서 기획하고 있는 한 가지 문화행사에 대해 알려주었습니다. 다름 아니라 《노르웨이의 숲》 출간 25주년 기념행사라고 하더군요. 저는 그에게 왜 그런 행사를 하느냐고 물었습니다. 그는 일본인들은 《노르웨이의 숲》이 최근 30년간 세계적으로 가장 영향력이 큰 일본 소설이라고 생각하기 때문에 기념하려는 것이라고 말해주었습니다.

　제가 아주 재미있다고 생각한 부분이 있습니다. 《노르웨이의 숲》이 막 출간되어 십만 부가 팔렸을 때까지 일본의 비평계는 찬양 일색이었다고 합니다. 그런데 판매량이 백만 부를 넘어선 뒤로는 이 소설이 일본 비평계와 문학계에서 증오와 혐오의 대상이 되었습니다. 그 뒤로 무라카미 하루키와 일본문학계의 관계는 완전히 단절되었다고 합니다. 그런데 25년이 지나 일본문학계는 다시 그를 인정하고 그를 위해 이처럼 성대한 행사를 마련한 겁니다.

　저는 그의 운명이 나보코프와 약간 비슷하다는 생각이 들었습니다. 나보코프의 소설은 모두 모더니즘 작품이고 《롤리타》한 권만 비교적 전통적인 작품입니다. 그의 작품세계를 전체적으로 볼 때 이 작품은 별종이라 할 수 있지만 동시에 서사를 다루는 그의 탁월한 수완과 기교를 보여줍니다. 아마도 '마음먹고 심은 꽃은 피지 않고 무심코 심은 버드나무는 그늘을 이룬' 셈인 것 같습니다. 때로는 어느 작가가 갑자기 자신에게 익숙한 글쓰기의 틀을 벗어나서 쓴 작품이 아주 오래 살아남기도 하지요.

*

　지난 이틀 동안 저는 오르한 파묵의 《눈》을 읽었습니다. 그는 부조리에 가까운 방식으로 이 작품을 썼습니다. 《눈》은 아마도 파묵의 작품 가운데 서양 세계에 가장 큰 영향을 미친 소설일 겁니다. 물론 터키의 정치 및 종교와 관련이 있기 때문에 이 책은 하나의 사건이 되었습니다. 파묵이 법정에서 징역형을 받자 서양 매체들의 대대적인 관심이 그에게 쏟아졌습니다.

　　이 책은 서양에서 큰 환영을 받았습니다. 터키는 유럽과 아시아의 경계선에 위치해 있습니다. 이스탄불은 보스포루스해협을 사이에 두고 유럽과 아시아로 나뉘어 있고 이 두 대륙을 다리 하나가 연결해주고 있습니다. 이 지역은 동서 문명이 충돌하고 융화하는 지점으로서 역사적으로 전쟁이 그치지 않았습니다. 기독교 문화와 이슬람 문화, 쿠르드족과 터키인 사이의 충돌이 있었고, 터키 내부에서는 세속주의와 종교 신앙 사이의 갈등이 있었습니다. 이처럼 갈등이 두드러지는 나라에서 나온 파묵의 작품에 정치적인 내용이나 문화와 인도주의 사이에 벌어지는 충돌이 없을 순 없지요.

　　《내 이름은 빨강》은 그의 작품 가운데서는 별종에 속하지만 예술 작품이라고 하기에 충분합니다. 서사가 아름답고 정취가 풍부해요. 하지만 소설가의 시선으로 보면 이 소설은 그다지 대단하지 않습니다. 이 소설은 서로 다른 사람의 관점으로 서술하는 형태로 되어 있는데 그 사람들의 어투와 관점이 일치합니다. 솔직히 말하면 파묵의 어투라는 뜻이지요. 윌리엄 포크너의 《내가 죽어

누워 있을 때》를 한번 읽어보시기 바랍니다. 이 작품에서는 서로 다른 사람이 서로 다른 어투로 말을 할 뿐만 아니라 관점도 다르지요. 작품 속의 시골 의사는 고개를 들어 산길을 바라보면서 마치 팔을 잘라내 던져버린 것 같다는 생각을 합니다.

하지만 《눈》은 대단한 소설임에 틀림이 없습니다. 파묵은 서사를 통해 그의 작풍을 잘 드러내고 있습니다. 예를 하나 들지요. 이 책의 주인공 이름은 '카'입니다. 그는 카르스라고 불리는 아주 먼 소도시에 갑니다. 아무런 준비도 없이 말이지요. 현지 신문에서는 그가 저녁에 민족극장에서 시를 한 수 낭송할 예정이라고 보도합니다. 이 시의 제목이 바로 '눈'이지요. 그 전체 과정이 아주 재미있게 묘사되고 있습니다. 카는 (발행 부수가 70부밖에 되지 않는) 그 신문의 주간에게 자신에게는 그런 시도 없고 그런 시를 쓸 준비도 되어 있지 않다고 말합니다. 주간은 틀림없이 쓰게 될 거라면서, 터키에서는 신문에 기사가 실려야만 일이 일어난다고 대답합니다. 그때 저는 생각했습니다. 어떻게 카에게 시 낭송을 하게 하려나? 그건 훌륭한 소설가가 쓸 법한 방식이었지요.

카는 사실 카르스에 가고 싶은 마음이 없었습니다. 단지 사랑하는 이펙 때문에 그곳에 가는 것이었지요. 이펙은 그와 동갑이고, 두 사람은 과거에 대학 동창이었습니다만, 그녀가 이혼을 했기에 그가 그녀를 쫓아다니게 된 겁니다. 카는 이펙의 아버지가 운영하는 여관에 묵었고, 그날 저녁 그에게서 식사 초대를 받습니다. 그는 이펙 옆에 앉아 그녀의 손을 잡고 사랑의 행복에 깊이 빠져듭니다.

텔레비전에서는 각양각색의 공연이 펼쳐지는 파티 모습이 나오고 있습니다. 당시 터키의 세속정부는 모두들 머리에 쓴 두건을 벗어버리라며, 머리에 두건을 쓴 사람은 학교에 들어갈 수 없다고 합니다. 종교인들은 이에 반대하고, 충돌이 벌어집니다. 이때 이펙의 아버지는 카에게 시를 낭송해야 한다고 말합니다. 파티에서 이미 반복해서 "독일에서 20년간 망명하던 대시인 카가 돌아왔다."라고 밝혔기 때문이지요. 사실 카는 삼류시인으로서 그저 독일에서 그럭저럭 세월을 보내던 그저 그런 시인이었습니다. 독일에서 이름을 날리던 위대한 시인은 더더욱 아니었지요.

아주 재미있는 일이 벌어집니다. 모든 사람이 계속 카에게 시 낭송을 권하지만 그는 여전히 나서지 않습니다. 결국 집안의 하녀 하나가 냄비를 들고 와서는 스프가 조금 남았는데 어느 분이 드시겠냐고 묻습니다. 이때 카는 마음속으로 도박을 해보기로 결심하지요. 만일 이펙이 이 스프를 원한다면 이는 그녀가 자신과 결혼할 의사가 있는 것임을 나타내는 징조이고, 그러면 함께 프랑크푸르트로 가서 행복한 삶을 살 수 있을 거라고 설정을 한 것이지요. 그러면 자신도 시를 낭송하겠다고 마음먹습니다. 결국 이펙은 스프를 먹겠다고 하고 카는 시를 낭송하게 되지요. 이 부분의 디테일은 아주 훌륭합니다. 절대로 나서기를 원치 않았던 사람이 결국에는 자원해서 나서게 되는데요. 생각을 바꾸게 된 건 모든 사람들이 권해서가 아니라 자신이 만들어낸 사소한 미신에 근거한 도박 때문이었습니다. 서사의 측면에서 볼 때, 플롯이 점진적으로 서서히 진행된 것이 아니라 갑자기 나타난 갈림길에서 방향을 튼 것이지요. 소설가의 재능이란 바로 이런 부분에서 드러납니다.

소설가의
장애물

베이징
北京

2014. 5. 6.

이번 강연에서 할 이야기는 아주 명확합니다. 제가 글을 쓰면서 경험한 것들을 말씀드리려고 합니다. 여러분께는 별 도움이 안 될 수도 있습니다. 모든 사람은 제각기 다르기에 제게 유용했던 경험이 여러분에게는 무용지물일 수도 있지요. 제가 이런 주제를 선택한 것은 글쓰기 과정에서 제가 만났던 장애물에 대해 이야기하기 위해서입니다.

*

첫 번째 장애물은 한 자리에 차분히 앉아서 글을 쓰는 것입니다. 아주 간단한 일일 것 같지만 사실 쉽지 않습니다.

옛날에는 제가 가본 곳들이 아주 많았지만 최근에는 적어졌습니다. 저는 많은 곳에 가보았습니다만, 최근 몇 년간은 잘 돌아다니지 않게 되었거든요. 전에 여기저기 많이 돌아다녔을 때는 항상 학생들과 젊은이들로부터 어떻게 해야 작가가 될 수 있느냐는 질문을 받았습니다. 저는 단 한 단어로 대답하곤 했지요. "쓰세요." 이것 말고 다른 방법은 없습니다. 글을 쓴다는 건 인생을 경험하는 것과 같습니다. 경험하지 않고서는 인생이 채워지지 않아요. 글을 쓰지 않고는 작품이 있을 수 없습니다. 막 글을 쓰기 시작했을 무렵의 저는 다분히 실리적이었습니다. 그전에는 약 5년 동안 치과의사로 일했지만 저는 그 일을 좋아하지 않았습니다. 편하고 자유로운 일자리를 찾고 싶어 문화관으로 직장을 옮겼지요. 소설을 쓰기 시작한 건 그다음부터입니다.

첫 소설로 단편을 쓸 때는 행갈이를 어떻게 해야 하는지, 각종 구두점과 부호는 어디에 찍어야 하는지조차 몰랐던 기억이 납니다. 제가 초등학교에 다닐 때부터 고등학교를 졸업할 때까지가 마침 문화대혁명 기간이었기 때문이지요. 문혁 기간 동안 저의 글쓰기란 〈인민일보〉 아니면 〈저장일보〉를 베끼는 것이었습니다. 저는 제 글을 쓰고 싶었지만, 그랬다가는 반혁명분자로 몰릴 수 있었습니다. 자기 글을 쓰다가는 실수도 할 수 있지만 신문에 난 글을 베끼는 건 아주 안전했지요. 때문에 막 소설을 쓰기 시작했을 때는 어떻게 써야 할지를 몰라서, 문학잡지를 한 권 들고는 아무데나 펼쳐 찾은 단편소설을 연구했습니다. 어떨 때 행을 바꾸고 어떤 자리에 구두점과 부호를 찍는지 알기 위해서였지요. 제가 처음 공부한 단편소설은 행갈이가 아주 많았고 언어도 비교적 간결했습니다.

저는 이런 식으로 소설 쓰는 법을 배워나갔지요. 처음에는 무척 어려웠습니다. 책상 앞에 앉으면 머릿속이 텅 비었지요. 반드시 써야 한다고, 계속 써내려가야 한다고 억지로 나 자신을 다그쳐야 했습니다. 작가가 되고자 하는 사람들에게는 이것이 첫 번째 장애일 거라고 생각합니다. 저는 만 자 정도 되거나 그보다 더 긴 작품을 쓰고 싶었습니다. 게다가 내용도 있어야 했지요. 다행인 것은, 글을 쓰다 보면 글쓴이에게 주어지는 보답이 있기 마련이라는 겁니다.

저는 제 첫 번째 소설이 엉망진창이었던 걸로 기억합니다. 뭘 썼는지도 잘 모르겠습니다. 하지만 제 생각에 몇 문장은 유달리 좋았던 것 같습니다. 뜻밖에도 제가 그토록 멋진 글귀를 써낼 수 있었던 겁니다. 저는 의기양양해졌습니다. 스스로에 대한 믿음이 생겼지요. 이것이 글쓰기가 주는 보답입니다. 그 소설은 발표되지 않았습니다. 원고가 어디로 갔는지도 모르겠습니다.

이어서 쓴 두 번째 작품에는 이야기가 있었던 것 같습니다. 그리고 그다음 세 번째 작품에는 이야기만 있는 게 아니라 인물도 있었지요. 다행스럽게도 세 번째 작품은 발표할 수 있었습니다. 저는 제가 자주 운이 좋은 작가라고 생각합니다. 1980년대 초는 막 글을 쓰기 시작한 무명작가들에게는 가장 좋은 시대였습니다. 이후 세대의 작가들은 더 이상 그런 시대를 누릴 수 없었으니까요. 그때의 상황은 이랬습니다. 문혁이 끝나고 다시 출간된 원로 작가의 작품도 있고 1978년부터 1982까지 3년 동안 아주 유명해진 작가나 약간 유명해지기 시작한 작가의 작품도 있었습니다. 하지만 그들이 쓴 작품을 전부 합쳐도 그렇게 많은 중국의 문학잡지 지면을 다 채울 수 없었지요. 때문에 당시의 문학잡지 편집자들은 투고된 작품들을 아주 진지하게 읽었습니다. 좋은 작품을 발견하거나 희망이 있는 작가를 발견하면 편집자들의 흥분이 아주 오래갔지요.

저도 이런 식으로 한 문학잡지에 투고를 하게 되었습니다. 그 무렵엔 요금별납우편 방식이었기 때문에 발신자가 우편요금을 부담할 필요가 없었습니다. 원고를 봉투에 넣고 투고작이라는 것을 증명하기 위해 한쪽 귀퉁이를 자르면 그만이었지요. 요금은 우편을 받은 잡지사에서 지불했습니다. 제가 〈인민문학〉에 원고를 보내면 〈인민문학〉에서 우편요금을 내고 〈수확〉에 보내면 〈수확〉에서 요금을 지불했지요. 저는 이런 식으로 잡지사들에 원고를 보냈습니다. 의욕이 왕성했던 저는 먼저 〈인민문학〉과 〈수확〉에 원고를 보냈다가 반송되어 오면 봉투를 뒤집어 풀로 붙인 다음, 한 귀퉁이를 잘라내고 〈베이징문학〉과 〈상하이문학〉에 다시 보냈습니다. 다시 반송되어 오면 이번에는 성급^{省級} 문학잡지에 보냈고 다시 반송되어 오면 지역급 문학잡지에 보냈습니다. 당시 제 원고가 돌아다닌 도시는 나중에 제가 직접 가본 도시들보다 많았습니다.

옛 집에는 마당이 있었습니다. 집배원은 자전거를 타고 와서 반송 원고를 담장 밖에서 마당 안으로 던져 넣었습니다. 뭔가 마당에 떨어지는 소리만 들어도 원고가 반송되어 온 것임을 알았지요. 우리 아버지도 아셨습니다. 때로는 얇은 봉투가 눈이 내리듯 가볍게 마당에 내려앉기도 했습니다. 그럴 때 아버지는 이번에는 희망이 있는 것 같다고 말씀하셨지요. 저는 1983년에 처음 소설을 발표하고 2년 뒤인 1985년, 몇 군데 문학잡지 편집부에 가보고 나서야 작가들에게 더 이상 이런 기회는 없음을 알았습니다. 투고된 원고가 여러 개의 마대에 가득 담겨 폐품으로 버려지고 있었던 겁니다. 유명세를 타기 시작한 작가와 이미 작품을 발표한 작가들이 새카맣게 많은 터라 이런 작가들의 신작만으로도 문학잡지 지면을 다 채우고도 남을 것 같았습니다. 이제 편집자들은 투고 원고를 뒤질 필요가 없어졌습니다. 이미 아는 작가들의 작품만으로도 충분히 잡지를 만들 수 있었으니까요. 그래서 제가 아주 운이 좋았다는 겁니다. 2년만 더 늦게 소설을 쓰기 시작했다면 저는 지금도 이를 뽑고 있을 겁니다. 이런 것이 바로 운명이지요.

자리에 오래도록 앉아서 글쓰는 일이 저에게는 아주 중요했습니다. 이것이 제가 만난 첫 번째 장애물이었지요. 이 장애물을 뛰어넘으면 새로운 길이 열리지만 넘지 못하면 그 자리를 맴도는 수밖에 없습니다. 사람들은 항상 어떻게 해야 유명 작가가 될 수 있느냐고 묻습니다. 저는 엉덩이가 의자와 완전히 친해져야 가능하다고 대답합니다. 한번 자리에 앉으면 장시간 그대로 있어야 하는 겁니다. 저의 경우는 엉덩이를 의자와 친해지게 만들기가 아주 힘들었습니다. 당시 저는 아주 젊었기 때문에 창밖의 햇빛이 아름답고 새들이 날아오르며 밖의 웃음소리가 창틈으로 날아 들어오면 유혹을 견디지 못하고 뛰쳐나가곤 했습니다. 그때는 지금과 달리 공기가 아주 좋았습니다. 저는 의자에 오래 앉아 있는 것이 정말 힘들었습니다. 억지로 앉아 있어야 했어요. 이것이 제 글쓰기의 첫 번째 장애물이었습니다.

*

두 번째 장애물은 제 작품이 몇 편 발표된 다음에 나타났습니다. 당시 저는 약간의 유명세를 타고 있었지요. 작품을 발표하는 건 문제가 아니었지만, 글쓰기는 계속해야 했고 이렇게 글을 쓰는 과정에서 문제가 계속 나타났습니다. 비교적 두드러진 문제는 소설에서 대화 부분을 어떻게 하면 잘 처리하느냐 하는 것이었지요. 대화문을 잘 다룬다는 것은 그 작가가 얼마나 능숙한지를 측정하는 기준이라고 할 수 있습니다. 물론 여러 가지 기준 가운데 하나일 뿐이지만 대단히 중요한 기준이지요. 예컨대 우리는 소설을 읽으면서 어떤 작가는 농민을 묘사하는 데 뛰어나다는 것을 눈치챌 수 있습니다. 농민의 심리와 생활 환경의 묘사가 전부 정확하지요. 하지만 그 농민이 입만 열었다 하면 농민의 말투가 아니라 대학교수의 말투가 나오는 경우가 있습니다. 이것이 문제이지요. 인물이 그 이미지에 맞는 말을 하게 하는 것이 소설 쓰기의 기본입니다.

지금처럼 대화문을 다룰 수 없었을 때 제가 사용한 방법은 등장인물 간의 대화로 써야 할 부분을 서술로 대체하는 것이었습니다. 어떤 대화는 아주 잘 처리되었다고 느껴질 때도 있었습니다. 대나무를 그리기 전에 마음속에 이미 대나무의 형상이 있었던 듯했지요. 이럴 때는 대화문을 다시 따옴표로 묶었지만, 대부분의 경우는 여전히 대화체로 처리해야 할 부분을 서술체로 마무리했습니다. 당시 저는 쑤퉁이 대화를 처리하는 기교가 뛰어나다는 것을 발견했습니다. 그의 소설은 대부분 서술체로 되어 있었고 인물 간의 대화에는 따옴표가 없었습니다. 대화와 서술을 한데 뒤섞어 사용하는 것이지요. 대화이면서 서술인 셈이라 읽기에도 아주 편했습니다. 이는 그의 스타일이라 제가 따라할 수는 없었고, 저만의 방법을 찾아야 했습니다.

저는 장편소설을 쓰면서 이 문제를 해결했습니다. 아주 자연스럽게 해결했지요. 아마 분량이 많아서 가능했던 것 같습니다. 글을 쓰는 시간도 길고 묘사되는 인물들과 함께하는 시간이 길기 때문이기도 할 것 같습니다. 인물마다 자기만의 목소리가 있다는 것을 처음 느꼈지요. 이는 글쓰기가 제게 준 또 하나의 보답이었습

니다. 저는 등장인물들이 내는 목소리를 따라 대화를 써내려갔고,
제가 이미 대화문이라는 장애물을 넘었음을 깨달았습니다. 《가랑
비 속의 외침》에서 처음 등장인물들이 자기 목소리를 내기 시작했
지요. 저는 약간 놀라기도 하고 신기하기도 했습니다. 저는 그들의
목소리를 존중했고, 그 결과 제가 틀리지 않았다는 것이 증명되었
습니다. 이어서 《인생》에서는 배운 것이 별로 없는 농민이 자기 얘
기를 늘어놓습니다. 이것을 쓸 때 저는 아주 높은 장애물을 넘었고
요. 그다음 쓴 것이 작품 전체가 대화로 구성되어 있는 《허삼관 매
혈기》입니다.

　　저는 젊었을 때 제임스 조이스의 《젊은 예술가의 초상》을
읽은 적이 있습니다. 작품 전체가 대화로 완성된 소설이지요. 당시
제게는 한 가지 소원이 있었습니다. 나중에 기회가 되면 저도 그런
장편소설을 쓰고 싶다는 것이었지요. 대화로 단편소설을 완성하는
것은 별로 어렵지 않습니다. 하지만 장편소설을 대화로 완성한다
는 것은 쉽지 않은 일입니다. 그렇게 할 수만 있다면 이는 대단한
성취일 것이라고 생각했습니다. 저는 소설을 쓰기 시작하면서 서
로 다른 스타일의 소설에 대해 관심이 많아졌고, 전부 한 번씩 시
험해보고 싶었습니다. 어떤 소설의 스타일은 즉시 시험해보고, 또
어떤 소설의 스타일은 이런 바람을 가슴 깊숙이 묻어두었다가 기
회가 생길 때 다시 해보려고 했지요. 이는 제 젊은 시절의 포부였

습니다.

1995년에 저는 《허삼관 매혈기》를 쓰기 시작했습니다. 만자 정도 쓰고 나서, 저는 갑자기 소설의 앞부분이 대화로 구성되어 있다는 것을 깨달았습니다. 기회가 온 것입니다. 저는 그렇게 대화가 이어지는 방식으로 이 소설을 완성할 수 있었습니다. 물론 중간에 서술문을 일부 넣어서 간결하게 처리할 수도 있었지요. 《허삼관 매혈기》를 쓰면서 저는 작품 전체가 대화로 구성된 장편소설의 어려움이 어떤 것인지 알게 되었습니다. 이는 《젊은 예술가의 초상》을 읽을 때도 의식하지 못했던 어려움, 즉 제임스 조이스의 어려움이었습니다.

대화로 구성된 장편소설을 쓸 때는 대화문의 성격이 서술문 위주인 소설의 대화문과 달라야 합니다. 후자의 대화문은 두 가지 기능을 한다는 점이 다릅니다. 첫 번째 기능은 그 대화문이 등장인물의 말이어야 한다는 것이고, 또 하나의 기능은 대화문으로 서술이 이루어져야 한다는 겁니다. 때문에 반대로 대화문으로 이루어진 소설을 쓸 때는 그 대화문이 반드시 서술문의 리듬감과 선율을 갖춰야 합니다. 어떻게 대화 부분과 서술 부분을 하나로 융합시킬 것인가 하는 것이 관건이지요. 간단히 말해서 대화가 서술이 되게 하고 또 서술이 대화가 되게 해야 하는 겁니다.

저는 하이옌현 문화관에서 6년을 일했습니다. 때문에 저희

지방의 월극越劇°에 대해 비교적 잘 알고 있습니다. 월극에서는 창사唱詞와 대사臺詞의 차이가 크지 않다는 것도 잘 압니다. 대사는 창사에 의존하고 창사는 대사에 의존하는 형세이지요. 이렇게 하면 관중들이 뭔가 어색하다는 느낌을 받지 않습니다. 설說.대사과 창唱.노래 사이에 차이가 크면 극 전체의 리듬감과 선율을 파괴할 수 있습니다. 하지만 설과 창이 밀접하게 연결되면 이런 문제는 자연히 해결되지요. 저는 이런 방법이 아주 훌륭하다고 생각합니다. 때문에 대화문을 쓸 때 약간 길게 쓰는 편입니다. 항상 몇 자를 더 써서 인물들의 대화가 리듬감과 선율을 잃지 않게 하려 노력하지요. 이렇게 하면 부드럽게 읽히도록 할 수 있습니다. 인물들의 대화도 매끄럽고, 서사도 매끄럽게 진행됩니다.

《허삼관 매혈기》를 완성한 뒤로 저는 더 이상 대화문에 대한 걱정을 하지 않았고, 쓰고 싶으면 쓰고, 쓰고 싶지 않으면 쓰지 않았습니다. 그전처럼 조심스럽게 서술문으로 대부분의 대화를 처리하고 한두 마디만 남겨 따옴표로 묶거나 하는 일도 없었습니다. 더 이상 이런 방식을 사용하지 않고 쓰고 싶은 대로 썼지요. 그리고 대화를 어떻게 써야 하는지, 어떤 사람이 어떤 말을 하는지도 알게 되었습니다. 《가랑비 속의 외침》과 《인생》을 쓴 뒤로 이런 것

○ 저장과 상하이 지역의 지방극. 전국적으로 유행하면서 경극에 이어 중국 제2의 지방극으로 자리 잡아가고 있다.

들은 문제가 되지 않았고,《허삼관 매혈기》를 완성한 다음부터는 더더욱 자신감이 생겼지요.

글쓰기에는 끊임없이 앞을 막는 장애물이 나타납니다. 동시에 글쓰기는 물줄기가 모여 도랑을 이루는 과정이지요. 이게 무슨 말인가 하면, 장애물이 눈앞에 있을 때는 아주 거대하게 느껴지지만, 이를 피하거나 넘어서고 나면 갑자기 그리 거대하지 않게 느껴지고, 그저 종이호랑이에 불과함을 알게 된다는 겁니다. 용기 있는 작가들은 항상 장애물을 향해 전진하고, 종종 자신도 모르는 사이에 그것을 넘어섭니다. 지나친 다음에야 깨닫고 이렇게 가볍게 지나쳤나 하고 놀라는 경우도 많지요.

*

이어서 제가 글쓰기에서 만난 세 번째 장애물에 대해 얘기해볼까 합니다. 아주 중요한 문제입니다. 지금은 이 자리에 계시지만 나중에 글을 쓰게 될 분들에게 아주 큰 도움이 될 겁니다. 그 문제란 다름 아닌 심리묘사입니다. 제게는 심리묘사가 가장 넘기 힘든 장애물이었습니다. 저는 단편소설을 쓴 다음에 중편소설을 썼습니다. 그런 다음 장편소설을 쓰기 시작했지요. 다시 말해서 소설의 길이가 갈수록 길어진 겁니다. 글의 내용도 갈수록 풍부하고 복잡해졌지요. 저에게는 심리묘사가 눈앞에 가로놓여 있는 장애물로 느껴졌습니다. 넘기가 아주 힘들었어요. 왜냐고요? 인물의 속마음이 평안하고 안정되어 있다면 묘사하기가 쉽겠지요. 그렇지만 그런 마음은 묘사할 필요가 없고 별 가치도 없습니다. 반대로 마음이 몹시 격렬하고 어수선할 때는 묘사할 가치가 있겠지만 아무리 많은 단어를 동원해도 만감이 교차하는 그런 심리 상태를 묘사해낼 도리가 없습니다. 한 인물이 광적인 희열에 젖어 있건, 극도의 슬픔과 공포에 빠져 있건, 혹은 대단히 중대한 사건을 당했건, 그때 그의 심리 상태가 어떤지를 잘 표현해내야 합니다. 이건 회피할 수 없는 일이지요.

물론 많은 작가들이 이 문제를 회피합니다. 어떤 작가의 작품은 서사에 문제가 없고 수사도 아름다운데 과감하게 밀고 나아가야 할 대목에서 이리저리 머뭇거리면서 우회하는 느낌이 듭니다. 많은 작가들이 장애물을 만나면 피하려고 합니다. 이런 작가들이 아마 전체의 90퍼센트 이상일 겁니다. 극소수만이 이런 장애물을 기꺼이 대면하지요. 자기 자신에게 장애물을 일부러 만들어주는 작가도 있습니다. 장애물을 넘으면 종종 대단한 작품이 나오거든요. 제게 심리묘사가 커다란 장애물로 다가왔을 때, 저는 어떻게 글을 써야 할지 몰랐습니다. 매번 어느 정도 쓰다가 멈추기 일쑤였지요. 어떻게 해야 좋을지 정말 몰랐습니다. 당시에는 아직 어렸으니까요. 심리묘사라는 문제를 해결하지 못하면 아무리 등장인물이 훌륭하고 플롯이 탄탄하다 해도 제가 원하는 만큼 강렬한 이야기를 써내지 못할 것 같았습니다.

바로 이때 윌리엄 포크너의 단편소설 〈와시^{Wash}〉[•]를 읽게
되었지요. 윌리엄 포크너는 가와바타 야스나리와 카프카에 이은
저의 세 번째 스승이었습니다. 〈와시〉는 한 가난한 백인이 부유한
백인을 죽이는 이야기입니다. 살인을 저지른 사람의 심리 상태는
대단히 격렬히 뒤흔들리고 있을 겁니다. 다행히 이 작품은 단편소
설이었지요. 장편소설이었다면 깊이 연구하기가 힘들었을 겁니다.
앞부분을 자세히 읽다 보면 뒷부분을 잊게 되고, 뒷부분을 제대로
읽다 보면 앞부분을 잊게 되지요. 하지만 단편소설은 깊이 있는 연
구와 분석이 가능합니다. 저는 포크너가 방금 살인을 저지른 사람
의 심리를 거의 한 페이지에 가까운 분량으로 묘사한 것을 보고 놀
라움을 금할 수 없었습니다. 그제야 윌리엄 포크너가 아주 간단한
방법을 쓴다는 것도 알게 되었지요.

심리묘사가 등장해야 할 시점에 그가 한 것은 이런 겁니다.
등장인물은 심장이 멈춘 듯하고 눈을 휘둥그레 뜹니다. 감각 중에
시각만 존재합니다. 살인자는 몸이 마비된 듯 미동도 않고 땅바닥
에 누운 시신을 바라봅니다. 그리고 죽은 사람의 피가 햇빛 아래서
진흙 속으로 스며듭니다. 방금 아이를 낳은 그의 딸은 그에게 극도

•　《윌리엄 포크너》(윌리엄 포크너, 하창수 옮김, 현대문학, 2013)에 수록되어
　있다.

의 혐오감을 느낍니다. 게다가 밖에 있는 말馬은 어땠을까요? 말의 모습은 살인자의 시선을 통해 대단히 무감각한 방식으로 구체화됩니다. 당시 저는 윌리엄 포크너가 살인자의 심리를 표현하는 방법에서 최고의 경지에 이르렀다고 평가했습니다. 하지만 심리묘사가 반드시 그래야 한다고 확신할 수는 없었지요.

저는 제가 기억하기에 심리묘사가 뛰어났던 거작들을 다시 읽었습니다. 도스토옙스키의 《죄와 벌》을 다시 읽으면서 어떤 부분은 여러 번 되새겨보았습니다. 라스콜리니코프가 노부인을 살해한 뒤에 느꼈던 두려움을 도스토옙스키는 여러 페이지에 걸쳐 묘사했습니다. 정확하게 몇 쪽이나 됐는지는 잘 기억나지 않지만 심리묘사는 한 구절도 없고 등장인물의 두려움을 갖가지 동작으로만 표현해냅니다. 등장인물은 땅바닥에 쓰러졌다가 금세 다시 일어서서 자신의 소맷부리에 피가 묻어 있나 싶어 확인해보지만, 묻지 않은 것을 보고 다시 바닥에 눕습니다. 그러고는 다시 몸을 일으켜 어딘가에 문제가 있는 것 같다는 느낌에 사로잡히지요. 살인을 저지른 그는 사람들에게 발각되면 어떡하나 하는 두려움에 휩싸이고, 그의 동작이 하나하나 디테일하게 묘사됩니다. 심리묘사라고 할 만한 것은 하나도 없지요.

스탕달의 《적과 흑》도 마찬가지입니다. 당시에 저는 이 작품도 심리묘사의 거작이라고 생각했습니다. 줄리앙과 레날 부인,

그리고 그들 사이의 갖가지 감정을 다시 읽고 나서야 이른바 '심리 묘사'라는 것은 존재하지 않음을 깨달았습니다. 나중에 심리묘사 라는 것은 지식인들이 우리 같은 소설 쓰는 사람들에게 겁을 주기 위해 지어낸 허구의 개념이라는 사실을 알게 되었지요. 이 때문에 우리는 아주 먼 길을 돌아가게 되었던 겁니다.

이는 제가 1980년대에 글을 쓰면서 만난 최대의 장애물이 자 마지막 장애물이었습니다. 이 장애물을 넘고 나니까 글쓰기가 그다지 어렵지 않았지요. 저는 어떤 장애물도 저를 막지 못한다고 생각합니다. 제게 남은 것은 한 걸음 한 걸음 앞으로 나아가는 것 뿐이지요. 더 정확하고 더 분명하게 표현할 수 있는 방식을 찾기만 하면 서사를 통해 표현하고자 하는 것을 충분히 표현해낼 수 있다 고 생각합니다.

물론 이외에도 서사의 장애물은 아주 많습니다. 저도 과거 에 글쓰기의 장애물과 끊임없이 맞닥뜨렸지요. 앞으로의 글쓰기에 도 장애물은 나타날 겁니다. 나중에 시간이 나면 제가 어떤 부분에 서 어떤 곤경을 만났고 어떤 곳에서 어떤 문제를 만났으며 어떻게 이것들을 해결했는지를 담은 책을 한 권 쓸 예정입니다. 아주 구체 적인 사례를 들면서 말입니다. 오늘은 여기까지만 얘기하도록 하 겠습니다.

*

마지막으로 한 가지만 더 얘기하겠습니다. 소설가에게는 장애물이 매우 중요하다는 사실입니다. 위대한 작가들은 언제든 장애물을 피하지 않습니다. 심지어 스스로 장애물을 만들기도 하지요. 과거에 우리는 "조건이 있으면 실행하고, 조건이 없으면 조건을 만들어 실행한다."°라고 말하곤 했습니다. 위대한 작가들은 장애물이 나타나면 기꺼이 앞으로 나아갔습니다. 그런 것이 없을 때는 일부러 만들어놓곤 앞으로 나아갔지요.

전형적인 예로 스탕달의《적과 흑》을 들 수 있습니다. 줄리앙이 레날 부인에게 구애하려고 하는 장면입니다. 평범한 작가라면 가정교사가 백작부인에게 구애하는 장면을 쓸 때 틀림없이 가정교사가 어느 구석진 곳을 찾아 주위에 아무도 없는 걸 확인한 후에 심장이 빨리 뛰고 식은땀을 흘리면서 레날 부인에게 사랑을 고백하는 식으로 쓰겠지요. 하지만 스탕달은 이렇게 하지 않았습니다. 그는 백작과 한 자리에 있는 상황에서 줄리앙으로 하여금 레날 부인에게 사랑의 마음을 밝히게 합니다. 이는 서사를 진행할 때 가

° 중국 최초의 석유시추 노동자 가운데 하나인 왕진시(王進喜)가 열악한 노동 조건의 극복을 강조하면서 했던 명언이다.

장 큰 장애물이지요. 스탕달은 이 세 사람을 정원에 마련된 원탁에 앉힙니다. 세 사람은 그 자리에서 얘기를 하지요. 줄리앙은 발로 레날 부인을 건드립니다. 레날 부인이 몹시 긴장하기 시작하자 줄리앙은 더 긴장합니다. 줄리앙의 긴장은 두 가지 긴장이 겹친 상태이지요. 하나는 백작부인이 거절하고 그의 속마음을 폭로해버리면 어떡하나 하는 두려움에서 오는 긴장감이고 하나는 백작이 눈치를 챌지도 모른다는 걱정에서 오는 긴장입니다. 백작은 이상하다는 생각을 합니다. 앞에 앉은 두 사람의 대화가 동문서답이기 때문이지요.

줄리앙이 이런 식으로 백작부인을 유혹하는 대목이 아주 길게 묘사됩니다. 스탕달은 이런 유혹의 장면을 전쟁처럼 격렬하게 표현해냈습니다. 이는 위대한 작가들만이 할 수 있는 방식이지요. 평범한 작가는 이렇게 못하지만 위대한 작가라면 항상 그렇게 합니다. 따라서 우리가 읽을 수 있었던 위대한 작품은 전부 거대한 장애물을 넘어 만들어졌다고 할 수 있습니다.

톨스토이가 묘사한 안나 카레니나의 마지막 순간은 인류 문학사에서 읽은 이의 마음을 가장 뒤흔드는 장면일 겁니다. 톨스토이는 그 장면을 아주 간단하게 처리할 수도 있었습니다. 서사가 이미 마무리 단계에 와 있고 그 앞의 수백 페이지에 달하는 서사가 이미 더없이 훌륭하기 때문에 마지막이 좀 약하다 해도 독자들이 받아들이는 데는 무리가 없었을 겁니다. 하지만 톨스토이는 그렇게 하지 않았지요. 만약 그가 그렇게 하는 작가였다면 앞부분에서 몇 백 페이지에 달하는 훌륭한 장면도 써내지 못했을 겁니다. 그래서 그는 결말에서 안나 카레니나의 마지막 순간을 한 글자 한 글자, 어떤 디테일도 피해 가지 않고 정확하고 강렬하게 써내려갑니다.

20세기에도 적지 않은 작가들이 이런 태도로 썼습니다. 얼마 전에 세상을 떠난 마르케스도 그랬지요.• 우리는 그의 서사에서 어떤 회피의 흔적도 찾아볼 수 없습니다. 《백 년의 고독》은 서사에서 시간을 다루는 그의 탁월한 능력을 여지없이 보여줍니다. 이 작품은 독자에게 일생을 하루처럼 느끼게 하기도 하고, 백 년의 세월을 20만 자로 갈음해버리기도 합니다. 이는 정말 대단한 능력이지요.

마르케스가 세상을 떠났을 때 한 기자가 제게 발자크와 톨스토이가 어떻게 다르냐고 물었습니다. 저는 그 기자에게 톨스토이의 매우 침착하고 차분한 서사가 보기에는 조용한 것 같지만 실제로는 당당하고 거친 기세로 사람들의 마음 깊이 파고든다고 설명했습니다. 이는 다른 작가가 흉내 낼 수 없는 능력이지요. 저는

• 가브리엘 가르시아 마르케스는 2014년 4월 17일 세상을 떠났다. 이 강연이 있었던 날로부터 약 2주 전이다.

바흐의 〈마태수난곡〉을 들은 뒤로 줄곧 문학작품 가운데도 이런 것이 있지 않을까 하고 찾아봤습니다. 그토록 고요하고 그토록 끝없이 멀리 펼쳐지면서도 그토록 사람들의 마음 깊이 파고드는 작품이 있을 것 같았지요. 나중에 《안나 카레니나》를 다시 읽으면서 문학의 〈마태수난곡〉이라는 느낌을 받았습니다. 주제도 다르고 음악과 소설이라는 형식의 차이도 있지만 서사의 힘, 조용하면서도 무한히 광활한 방식으로 표현해내는 힘은 다르지 않습니다. 그래서 제가 톨스토이를 유일한 작가라고 말하는 겁니다.

발자크의 작품 중에는 부조리한 경향인 것도 있고 현실주의적인 소설도 있습니다. 인물에 대한 그의 세밀한 묘사를 대하다 보면 인물을 조각하고 있는 듯한 느낌을 받게 됩니다. 한 획 한 획 극도로 정교하고 생동감 있게 표현해내지요. 저는 그 기자에게 이런 의미에서 볼 때, 이른바 위대한 작가들은 전부 유일하다고 말했습니다. 시간을 다루는 면에서는 마르케스도 유일하지요. 저는 시간을 다루는 부분에서 《백 년의 고독》과 비견할 수 있는 다른 작품은 본 적이 없습니다. 이 작가들 모두 자기만의 유일함을 가지고 있기에 한 세대에서 다음 세대로 이어지며 계속 읽히는 위대한 작품을 남긴 것이겠지요.

물론 유일한 작가들은 아주 많습니다. 러시아문학만 해도 톨스토이와 도스토옙스키, 고골, 체호프 등 적지 않은 작가들을 열거할 수 있습니다. 또한 소비에트연방 시기의 유일한 작가로는 파

스테르나크나 불가코프, 숄로호프 등이 있지요. 숄로호프의 《고요한 돈 강》을 저는 두 번이나 읽었습니다. 네 권이나 되는 방대한 분량●의 책을 두 번 읽었다면 그 흡인력을 가늠할 수 있을 겁니다. 이 책이 미국에서 처음 출판되었을 때는 너무 두꺼워서 랜덤하우스가 먼저 제1권과 제2권을 합쳐 《돈 강은 고요히 흐른다And Quiet Flows the Don》라는 제목으로 출간한 다음, 반응이 나쁘지 않자 제3권과 제4권을 합쳐 《돈 강은 바다로 돌아간다The Don Flows Home to the Sea》라는 제목으로 출간했다고 합니다.

이 소설에도 결점이 적지 않습니다. 예컨대 홍군의 포고와 소비에트 정부의 문서가 소설 안에 그대로 들어가 있고 혁명선언식 표현도 적지 않지요. 하지만 저는 숄로호프가 어쩔 수 없이 이렇게 한 것이라고 생각합니다. 그러지 않고서야 어떻게 소련에서 이런 작품이 출간될 수 있었겠습니까? 이런 점들로 인해 이 작품의 위대함이 퇴색하지는 않습니다. 그런 것들은 사소한 문제일 뿐입니다. 무시해도 되는 문제이지요. 이 소설은 끝이 있지만 그 안에 담긴 이야기는 끝나지 않습니다. 저는 그가 끝나지 않은 이야기에 결말을 지어버린 점이 정말 대단하다고 생각합니다.

저는 이 소설을 읽고 며칠 동안 몹시 괴로웠습니다. 계속 그

●　국내에는 2016년 동서문화사에서 3권으로 출간된 판본과 백석의 번역으로 5부까지 출간된 판본(서정시학, 2013)이 있다.

다음에 어떻게 되었을지 생각했어요. 정말로 돈 강은 아직도 고요히 흐르고 있는 것 같았습니다. 러시아는 AK47을 발명한 민족이 사는 나라입니다. 그들이 그 소총을 발명한 뒤로 얼마나 오랜 세월이 지났을까요? 지금도 전 세계적으로 가장 많이 쓰는 소총이 AK47입니다만, 그들의 문학은 AK47보다 훨씬 대단하지요.

한 사람과
한 잡지

우한
武漢

2017. 4. 10.

허시장何錫章 교수로부터 오늘 수업에 참여해달라는 부탁을 받았습니다. 저는 그가 강단에 서서 이야기를 하는 동안 아래에서 이야기를 들으면서 가끔씩 한두 마디 끼어들면 되겠다고 생각했습니다. 그런데 허 교수는 일 분쯤 이야기하더니 아래로 내려가 앉아 버렸네요. 이건 기습입니다. 무슨 말을 해야 할지 모르겠네요. 그는 제게 즉흥적으로 '문학과 인생'이라는 제목을 던지면서 이렇게 말했습니다.

"문학도 좋고 인생도 좋고 세상사도 좋습니다. 자기 자신에 대해 이야기해도 좋고요. 자, 다 같이 환영합시다!"

허 교수는 환영 인사를 던지고는 마음 편하게 학생들 틈에 끼어 들어가 앉아버렸습니다. 자세를 보니 죽어도 다시 강단으로 올라올 것 같지 않네요. 제가 대신 강의를 해야 할 것 같습니다. 이런 상황에 처하고 나니 어렸을 때 보았던 혁명전쟁을 소재로 한 영화 속 악당의 명대사가 생각납니다.

"공산당군의 간악한 계략에 걸려들었군!"

이제 뭐라도 얘기를 해야겠네요. 오늘은 세상사 이야기는 하지 않고 문학도 얘기하지 않겠습니다. 문학에 대해서는 너무 많이 얘기했기 때문에 진부하고 상투적인 것이 될 수밖에 없거든요. 문학 얘기는 확 줄이고 주로 인생과 저 자신에 관한 얘기를 하기로 하겠습니다. 어디서부터 얘기를 시작해야 할까요. 30년 전의 일로 시작할까요, 아니면 3년 전의 일로 시작할까요. 30년 전에 제가 무얼 했는지 생각해보면, 기억해내는 데 두 시간 정도 걸릴 거 같은데요. 그래야 다 기억이 날 거 같은데, 그러면 수업이 끝나버리겠네요.

*

30년 전의 일부터 얘기해보겠습니다. 얘기하는 도중에도 계속 무언가 기억날 겁니다. 1987년에 저는 출세작인 〈십팔 세에 집을 나서서 먼 길을 가다〉를 발표했습니다. 1986년 깊은 가을에 베이징으로 가서 〈베이징문학〉의 문학 교류회에 참가하면서 〈십팔 세에 집을 나서서 먼 길을 가다〉의 초고를 가지고 갔지요. 이제 무슨 얘기를 해야 할지 알 것 같군요. 오늘 저는 여러분에게 저의 문학과 인생 이야기를 할까 합니다. 제가 오늘 이 자리까지 올 수 있었던 것은 한 사람과 한 잡지의 커다란 도움이 있어서였습니다.

〈십팔 세에 집을 나서 먼 길을 가다〉는 저장성 하이옌 강가의 작은 집에서 초고를 완성했습니다. 초고를 완성한 저는 흥분을 감추지 못하면서 전에는 절대로 쓰지 못했던 소설을 완성했다고 생각했습니다. 그런 다음 이 소설을 들고 〈베이징문학〉의 문학교류회에 갔지요. 당시 〈베이징문학〉의 주간은 린진란林斤瀾이었고 부주간은 리퉈李陀와 천스충陳世崇이었습니다. 당시 중국의 문학계는 상흔문학과 반사反思문학, 뿌리찾기尋根문학°에 이어 새로운 목소리를 기대하고 있었습니다. 이런 새로운 목소리를 가진 작가를 찾고 싶어 했던 〈베이징문학〉은 전국을 대상으로 원고를 모집했고, 그 결과 소설 원고들이 눈송이처럼 〈베이징문학〉 편집부로 속속 날아들었습니다. 하지만 모든 편집자가 눈앞이 흐릿해질 정도로 열심히 원고를 뒤졌는데도 그들이 기대하던 새로운 목소리는 발견하지 못했지요. 그래도 원고 수정을 위한 문학교류회는 이

○   상흔문학: 마오쩌둥 사망 이후 중국에 나타난 새로운 문학 경향으로, 주로 문화대혁명으로 인한 정치적 탄압과 박해, 가족 관계의 파탄, 부모와 자식 간의 관계 파탄 따위의 인간성 상실로 촉발된 고통을 묘사한다.
반사문학: 상흔문학에 이어 문혁 시기의 고통과 상처를 폭로하는 것으로 그치지 않고 그 원인과 사회적 배경을 성찰하고 이에 대한 반성과 대책을 문학적으로 제시한 운동.
뿌리찾기 문학: 80년대 후반에 유행한 문학 유형으로, 서양문화의 급속한 수용에 대한 반작용으로 고향의 풍속과 습속, 전설 등에서 문학의 뿌리를 찾고 중국문화를 복원하려는 향토적 경향의 문학운동이다. 한샤오궁(韓少功)이나 리퉈 등이 대표적이다.

미 공지가 나간 터라 취소할 수 없었고, 하는 수 없이 이미 원고를
제출한 작가들 가운데 몇 명을 고르고, 다시 기존의 작가들 가운데
몇 명을 골라야 했습니다. 전부 청년작가들이었고 저도 그 가운데
하나였지요.

　　저는 이것이 리퉈가 심혈을 기울여 고안해낸 방법일 거라
고 생각했습니다. 그는 이 잡지의 1987년 제1호를 청년작가 특집
으로 구성하고 싶었던 것이지요. 그는 1986년에 이미 중국문학계
에는 자신의 마음에 드는 작가들이 적지 않게 출현했다는 것을 알
았습니다. 그는 문학계에서 새로운 움직임이 더 많이 나타나리라
고 믿고 있었습니다. 당시 그가 전망했던 중국문학에 대한 판단은
대단히 정확했습니다. 우리 세대의 작가들은 1987년 이후에 집단
적으로 등장했으니까요. 그러나 〈베이징문학〉이 전국적으로 작가
를 모집해서 한샤오궁이나 스톄성, 모옌, 마위안 같은 사람들을 여
러 명 발굴하겠다는 것은 허황된 망상이었지요.

　　당시 린진란과 리퉈는 이름을 걸어놓긴 했지만 기본적으로
일은 하지 않았습니다. 실무를 담당한 사람은 천스충이었지요. 저
는 1983년 연말에 〈베이징문학〉에 가서 원고를 수정하면서 천스
충을 알게 되었습니다. 당시 그는 막 소설팀 팀장에서 편집부 차장
으로 승진해 있었지요. 그는 저를 줄곧 중요하게 여기고 있었습니
다. 1984년에 제가 〈베이징문학〉에 처음 소설을 발표한 뒤로 〈베
이징문학〉에서 문학교류회를 개최할 때마다 천스충은 저를 빼놓

지 않고 꼭 초청해주었습니다.

1987년 〈베이징문학〉 제1호인 청년작가 특집호는 리퉈가 기획한 것이었습니다. 때문에 그는 아주 진지한 자세로 이 원고 수정 문학교류회에 참여하느라 상위안上園호텔에 묵고 있었습니다. 바로 그곳에서 그는 〈십팔 세에 집을 나서 먼 길을 가다〉를 읽었지요. 리퉈는 이 작품을 읽고 나서 흥분을 감추지 못하고 제 방으로 달려와서는 소파에 앉아 저와 얘기를 나누기 시작했습니다. 그는 〈십팔 세에 집을 나서 먼 길을 가다〉를 칭찬하면서 제가 이전에 〈베이징문학〉에 발표한 소설과 산문에 관해서도 얘기했습니다. 푸펑傅鋒과 천훙쥔陳紅軍, 장더닝章德寧 등이 저를 추천했던 일에 관해서도 얘기하면서 저의 과거 작품들은 보통 수준이라 생각했다고 하더군요. 사실은 저 자신도 당시의 제 작품은 그저 그렇다고 생각했습니다. 때문에 나중에 소설집을 출간하게 됐을 때 그때의 작품은 한 편도 넣지 않았지요. 하지만 푸펑과 천훙쥔, 장더닝이 저를 잠재력이 풍부한 청년작가로 간주했던 것은 분명합니다.

저는 〈베이징문학〉의 자유 투고를 통해 발굴된 작가였기 때문에 이 잡지는 저를 각별히 생각했습니다. 당시에 저를 발견한 편집자는 왕제王潔였지만 그녀가 떠나자 푸펑이 저를 이어받았습니다. 장더닝은 소설팀 팀장으로서 2심을 맡았었지요. 모든 소설이 그녀의 심사를 통과해야만 천스충에게로 넘어갈 수 있었습니다. 장더닝은 제 소설과 산문을 한 번도 탈락시킨 적이 없었습니다. 장더닝은 나중에 〈베이징문학〉의 사장이 되었고 다른 사람들은 서로 다른 시기에 전부 〈베이징문학〉을 떠났습니다. 장더닝이 퇴임한 뒤로는 저와 〈베이징문학〉과의 연락이 완전히 끊어졌지요.

〈십팔 세에 집을 나서 먼 길을 가다〉는 1987년 〈베이징문학〉 제1호에 발표되었습니다. 그것도 맨 앞에 수록되었지요. 리퉈의 대대적인 선전 덕분에 저는 사람들의 주목을 받게 되었고, 여세를 몰아 나중에 중편소설을 몇 편 더 쓰게 되었습니다. 리퉈는 아주 재미있는 사람이었습니다. 그는 자신이 〈베이징문학〉의 부주간이면서도 중국에서 가장 좋은 문학잡지는 〈수확〉이라고 생각했지요. 그는 제 소설이 아주 훌륭하니 〈수확〉에 추천해주겠다고 했습니다. 〈수확〉은 1987년 제5호와 제6호에 연달아 제 중편소설 〈4월 3일 사건〉●과 〈1986년〉●●을 소개했습니다. 〈종산鍾山〉이 1988년 제1호에 〈강가에서 일어난 일〉●●●을 소개한 것도 리퉈가 편집자인 판샤오톈范小天에게 추천한 덕분이었지요. 앞에서도 얘기했지만 오늘의 제가 있게 된 것은 한 사람과 한 잡지의 도움 덕분이었습니다. 그 한 사람이 바로 리퉈였지요.

●　　《4월 3일 사건》(조성웅 옮김, 문학동네, 2010)에 수록되어 있다.
●●　　《재앙은 피할 수 없다》(조성웅 옮김, 문학동네, 2013)에 수록되어 있다.
●●●　　《세상사는 연기와 같다》(박지영 옮김, 문학동네, 2007)에 수록되어 있다.

*

한 잡지는 〈베이징문학〉이 아니라 〈수확〉이었습니다. 이렇게 말하는 이유는 〈베이징문학〉의 인사 변동이 너무 빈번했기 때문입니다. 〈수확〉에서 리샤오린李小林 한 사람이 시종 모든 것을 주관했던 것과 사뭇 대조적이었지요. 리퉈와 린진란이 쫓겨난 뒤에 제가 〈베이징문학〉에 중편소설을 한 편 보낸 적이 있었습니다. 장더닝과 천스충은 둘 다 발표하는 게 좋겠다는 의견을 냈지만 주간이 부결시켰지요. 이 작품은 나중에 〈수확〉에 발표되었습니다. 그 무렵 천스충이 새 집으로 이사를 해서 제가 찾아갔던 일이 기억납니다. 그는 몹시 반가워하면서도 제 원고가 탈락된 소식을 전하느라 고개를 가로저으며 한숨을 내쉬었습니다. 그 뒤로는 기분이 내키지 않아 다시는 〈베이징문학〉에 투고하지 않았지요.

1987년 〈수확〉 제5호에 〈4월 3일 사건〉을 발표한 뒤에 저는 샤오위안민肖元敏으로부터 두툼한 편지를 한 통 받았습니다. 당시 제 작품의 책임편집자가 바로 샤오위안민이었지요. 그녀는 편지에서 〈1986년〉이 다음 호에 발표될 예정이라고 하면서 단지 작품에 묘사된 여러 부분이 지나치게 잔인한 것 같아 발표되면 적지 않은 비판에 부딪칠까 걱정된다고 말했습니다. 그러면서 그런 일이 생기면 저에게 아주 불리할 것 같아 전체적인 스타일에 손상을 주지 않는 범위 내에서 아주 약간 삭제한 부분이 있다고 설명하더군요. 읽어보니 삭제된 부분은 정말 많지 않았습니다.

저는 이처럼 진지한 편집자를 다시는 찾아볼 수 없을 것 같습니다. 그녀는 원문을 편지지에 쓴 다음, 수정한 부분을 그 밑에 다시 썼습니다. 그때는 컴퓨터가 없었고 타자기 같은 것도 없었지요. 아무것도 없는 상황에서 그녀는 원문을 한 단락, 한 단락 전부 손으로 쓰고서 제게 수정에 동의하는지를 물은 것입니다. 저는 놀라움을 금할 수 없었습니다. 당시 샤오위안민은 상당히 높은 직급의 편집자였고 유명한 소설을 다수 편집한 경험도 있었습니다. 그런 그녀가 저처럼 갓 무명 딱지를 벗은 작가를 이처럼 존중하는데 저로서는 동의하지 않을 수 없었지요. 저는 기꺼이 동의하면서 발표될 수만 있다면 전부 삭제해도 괜찮다고 말했습니다. 사실 편집자의 이처럼 진지한 태도는 〈수확〉의 전통이었습니다. 바진巴金°이 남긴 전통이었지요.

1987년 10월, 〈4월 3일 사건〉이 발표되고 얼마 지나지 않았고 〈1986년〉은 아직 발표되지 않은 시기에 저는 상하이에 가게 되었습니다. 〈수확〉 편집부를 찾아간 것이지요. 상하이작가협회 마

°　본명은 리페이간으로 1930~40년대에 광범위한 인기를 누렸던 작가이다. 바진이라는 필명은 그가 존경하던 러시아의 무정부주의자 바쿠닌과 크로포트킨의 한자음에서 각각 첫 음절과 마지막 음절을 따온 것이다. 부유한 상류 가정에서 태어난 그는 2년간의 프랑스 유학을 마치고 중국에 돌아와 1929년 첫 소설 《멸망》을 발표해 큰 성공을 거두었다. 만년에 상하이 최고의 문학잡지인 〈수확〉의 주간을 맡았다.

당에 건물이 한 동 있었습니다. 저는 조심스럽게 안으로 들어가 2층으로 올라가다가 마침 아래로 내려오는 사람과 마주쳤습니다. 그 사람에게 〈수확〉 편집부가 어딘지 물었더니 바로 위층이라고 알려주더군요. 3층으로 올라가자 계단과 마주하고 있는 문이 가려져 있었습니다. 문에는 〈수확〉 잡지의 표지가 붙어 있었지요. 저는 그곳에 〈수확〉 편집부가 있겠거니 하고 문을 두드렸습니다. 안에서 들어오라는 소리가 들리고 제가 문을 밀고 들어가자 안에는 여성 편집자 한 명만 사무용 탁자 앞에 앉아 원고를 읽고 있었습니다. 저는 그녀에게 샤오위안민이 어디에 있느냐고 물었습니다. 그녀는 자신이 바로 샤오위안민이라고 말했고 저는 위화라고 제 소개를 했습니다. 샤오위안민은 웃으면서 자리에서 일어나 제게 의자를 가져다주었습니다. 우리는 서로 마주보고 앉았지요.

이렇게 둘이 얘기를 시작하게 되었습니다. 그녀는 리퉈가 제 중편소설을 추천하면서 〈베이징문학〉 제1호에 발표됐던 〈십팔 세에 집을 나서 먼 길을 가다〉도 읽어보라고 했다고 말했습니다. 샤오위안민은 어느 날 리샤오린이 사무실 여기저기를 뒤적거리며 뭔가를 찾는 모습을 보았다고 했습니다. 〈베이징문학〉 제1호를 찾고 있었던 것이지요. 결국 찾지 못한 그는 샤오위안민에게 혹시 그 잡지를 보지 못했느냐고 물었고 샤오위안민은 자신이 읽으려고 집으로 가져갔다고 말했답니다.

우리가 한창 얘기를 나누고 있을 때, 청용신程永新이 들어왔습니다. 그 역시 제 작품의 편집자로서 1987년에 〈수확〉 제5호의 선봉문학 특집의 편집을 맡았었지요. 당시 청용신의 나이는 스무 살에 불과했습니다. 젊고 잘생겨 상하이 쥐루로巨鹿路의 반안潘安°이라 하기에 충분했지요. 지금의 청용신을 보면 세월이 반안에게도 잔인하게 돼지 잡는 칼을 휘둘렀음을 알 수 있습니다. 우리 두 사람이 처음 만난 건 바로 그때였지요.

청용신과 저는 지난달•에 마카오에서 만나 함께 1980년대를 회고한 적이 있었습니다. 그는 우리 세대 작가들의 원고가 〈수확〉에 도착했을 때 자신과 리샤오린, 샤오위안민 모두 우리의 작품에서 엄청난 에너지를 느꼈다고 말했습니다. 문학의 황금시대가 도래할 것 같은 느낌이었다고 하더군요. 그들이 2년 내내 선봉문학 특집을 발행했던 것도 그런 이유 때문이라고 했습니다.

저는 제 소설의 70퍼센트 이상을 〈수확〉 잡지에 발표했습니다. 여기에는 두 가지 이유가 있지요. 하나는 매번 〈수확〉 편집부에 갈 때마다 리샤오린이 제 작품을 다른 잡지에 보내면 안 되고 〈수확〉에만 발표해야 한다고 겁을 주었기 때문입니다. 물론 이는 저도 원하는 바였지요. 저도 〈수확〉에만 작품을 발표하고 싶었습니다. 하지만 판샤오톈의 의견은 달랐습니다. 그는 제게 편지를 보

° 　　서진 시기의 유명 문인이자 정치가로 대대로 미남의 대명사로 불리고 있다.

• 　　2017년 3월이다.

내 〈수확〉에는 충분히 많은 작품을 발표했으니 〈종산〉에도 한 편 보내는 것이 좋겠다고 말했지요. 두 번째 이유는 당시에는 소설을 다른 잡지에 발표할 수 없었기 때문입니다. 예컨대《인생》같은 작품은 지금 보기에는 아무 문제가 없는 것 같지만 당시에는 그렇지 않았습니다. 다른 잡지에는 감히 발표할 수 없었지요. 특히《허삼관 매혈기》처럼 매혈을 소재로 한 작품은 1995년까지도 대단히 민감했습니다. 〈수확〉은 바진의 〈수확〉이었습니다. 그가 이 잡지의 주간이었기 때문에 실제 업무는 리샤오린이 맡고 있다 해도 바진이라는 이름이 걸려 있는 이상, 큰 힘을 발휘할 수 있었지요. 우리 세대의 작가들은 이런 힘의 보호 아래서 성장할 수 있었던 겁니다.

저는 줄곧 바진이 제 작품을 읽지 않았을 거라고 생각했습니다. 나중에 리샤오린이 제 작품을 비롯해서 다른 중요한 작품은 그녀가 아버지(바진)에게 전부 한 번씩 읽게 했다고 알려주더군요.《허삼관 매혈기》가 정식으로 발표되기 전에 바진은 항저우에서 휴양을 하고 있었습니다. 리샤오린은 마지막 교정을 거친 원고를 그에게 보여주었지요.

이번에 마카오에서 청용신은 한 가지 디테일을 폭로했습니다. 과거에 〈수확〉에서 장셴량張賢亮의《남자의 반은 여자男人的一半是女人》를 발표했다가 성인문학인 데다 작품 경향에도 문제가 있다고 대대적인 비판을 받은 적이 있다는 것이었습니다. 당시 편집부가 엄청난 스트레스에 시달리자 바진이 편집부에 편지를 한 통 보내왔다고 합니다. 바진은 그 소설에 '선정적'인 부분이 있는 것은 분명하지만 그런 '선정성'은 인용부호로 묶어놓으면 된다고 했다지요. 그러면서 어쨌든 그 소설은 훌륭한 작품이라고 단언했다는 겁니다.

바진이 세상을 떠나고 나서, 2012년 연말이었는지 2013년 연초였는지 기억이 확실하진 않지만 우리 같은 〈수확〉의 중견 작가들과 일부 신인 작가들이 상하이에 모인 적이 있었습니다. 이 모임이 끝날 때쯤 리샤오린이 저와 쑤퉁 등 몇 명을 자기 집으로 데려가 구경을 시켜주었습니다. 그 집이 바로 지금의 바진 고거故居로 지정된 집입니다. 리샤오린은 직접 가이드가 되어 우리에게 설명을 해주었습니다. 제게 가장 인상이 깊었던 것은 바진의 책상이었습니다. 처음에는 책상이 아주 컸는데 나중에 나이가 들면서 점점 작아져 결국 지금의 작은 책상으로 바뀌었다고 합니다. 제가 고등학교 때 학교에서 사용하던 책상과 비슷한 크기였지요. 바진은 책상이 너무 크면 글쓰기가 불편하다고 생각했던 것 같습니다. 문화대혁명이 끝나고 나서 바진이 《수상록隨想錄》을 쓸 때 사용했던 책상이 바로 그 책상이었습니다.

다음 날 저는 리샤오린에게 문자메시지를 보내 우리 세대의 작가들이 정말 운이 좋은 것은 전부 바진이 장수한 덕분이라고 말했습니다. 바진은 기관지를 절개한 뒤에도 병상에서 여러 해 동안 고생을 해야 했지요. 몹시 고통스러운 생활이었을 겁니다. 그 스스로 자신에게 장수는 징벌이라고 말할 정도였으니까요. 하지만 바진의 장수는 우리 세대 작가들이 충분한 시간 동안 자유 속에서 성장할 수 있게 해준 원동력이었습니다. 당시의 극좌파들은 우리를 시베리아로 유배시키고 싶어 했지만 우리의 배후에는 〈수확〉이 있었고, 바진이 있었기 때문에 시베리아로 끌려가는 불운을 면할 수 있었던 것이라고 생각합니다. 우리가 갔던 최북단 지역은 동북 지역이 고작이었고 거기에서 열린 행사가 끝나면 다시 우리의 자리로 돌아왔지요.

저는 정말 운이 좋은 작가입니다. 한 사람을 만나야 했을 때 리튀를 만났고, 한 잡지를 만나야 했을 때 〈수확〉을 만났으니까요. 리튀와 〈수확〉이 저로 하여금 제 작품에 충분한 자신감을 갖게 해주었습니다. 리샤오린은 제게 항상 "당신이 우리 〈수확〉의 사람이라는 사실을 잊지 말아요."라고 말하곤 했습니다. 제 소설을 다른 잡지에 주어서는 안 된다는 뜻이지요.

*

돌이켜보면 저는 〈수확〉에 아주 많은 소설을 발표했습니다. 전부 원고를 보내고 나서 발표하는 방식이라 수정할 필요가 없었지요. 《가랑비 속의 외침》만 예외였습니다. 이 작품은 저의 첫 번째 장편소설입니다. 저는 이 소설을 쓸 때부터 전반부는 아주 좋은데 후반부는 왠지 자신이 없다는 것을 느끼고 있었습니다. 당시 저는 마음속으로 어쩌면 〈수확〉에서는 후반부도 나쁘지 않다고 생각할지 모른다는 기대를 품고서 기차를 타고 상하이로 갔습니다. 원고를 들고 〈수확〉 편집부를 찾아갔지요. 이 소설은 지금 여러분이 읽고 계신 작품과 다릅니다. 전반부는 같지만 후반부는 완전히 나르지요. 리샤오린은 전반부에 대해 아주 만족했지만 후반부에 대해서는 전혀 만족하지 못했습니다. 당시 저는 장편소설을 발표해야 한다는 마음이 급했습니다. 단편소설부터 시작해서 중편소설을 썼고, 중편소설은 쓸 줄 안다는 것을 알았으니, 장편소설을 한번 써보고 싶었습니다.

리샤오린은 제 작품을 받아주지 않았습니다. 그녀가 제게 이렇게 말했습니다.

"이 소설이 다른 사람이 쓴 것이라면 당장 게재 동의 사인을 해서 보낼 수 있을 거예요. 그러면 다음 호에 실릴 수 있겠지요. 하지만 위화 당신이 쓴 작품이기 때문에 가서 고쳐 오라는 거예요."

그녀의 이 한 마디에 저는 아주 큰 감동을 받았습니다.

이것은 제가 〈수확〉에서 부딪친 첫 번째 비평이었습니다. 청용신이 저를 사무실에서 데리고 나와 함께 걸으면서 위로해주었습니다. 그러면서 앞부분은 거창하게 시작하지만 뒤로 갈수록 미진한 것 같다고 말해주었지요. 그는 뒷부분이 형편없다고 말하지 않고 미진한 것 같다고 했습니다. 그러고는 〈수확〉 근처에 있는 작은 음식점으로 데려가 점심을 사주었지요. 그 시절에 저와 쑤퉁, 거페이 등은 〈수확〉 근처에 있는 그 작은 음식점을 무수히 드나들었습니다. 전부 청용신이 〈수확〉의 돈으로 우리를 먹여준 것이었지요.

리샤오린은 제게 돌아가서 원고를 어떻게 고쳐야 할지 생각해보라고 말했습니다. 그러면서 자신은 청용신, 샤오위안민과 상의해서 수정 의견을 제시하겠다고 덧붙였습니다. 저는 자싱嘉興으로 돌아왔지요. 당시에는 고속철도가 없었지만 자싱에서 상하이를 기차로 오가는 일은 대단히 편리했습니다. 저는 상하이에 가면 항상 화둥華東사범대학교 호텔에 묵었습니다. 당시 거페이가 그 학교에서 강의를 하고 있었기 때문에 저나 쑤퉁, 마위안이 상하이에 갈 때마다 청용신이 거페이에게 학교 호텔에 방을 예약해달라고 부탁하곤 했지요.

거의 한 달이 지나서야 그들 세 사람은 토론을 거쳐《가랑비 속의 외침》을 어떻게 수정하면 좋을지 확정하고는 제게 상하이로 와서 이 소설의 후반부를 어떻게 수정할 것인지 하는 문제를 놓고 회의를 하자고 제안했습니다. 저는 자싱에서 한 달을 보내면서 이미 이 후반부를 다시 쓰기로 마음먹은 터였습니다. 저는 〈수확〉 편집부로 가서 그들이 입을 열기 전에 먼저 후반부를 다시 쓸 작정이라고 말했습니다. 따라서 그들은 의견을 제시할 필요가 없었지요. 리샤오린은 왜 이런 결심을 자기들에게 좀 더 일찍 알려주지 않았느냐고 물었습니다. 저는 방금 내린 결정이라고 대답했지요. 리샤오린은 잘됐다고 하면서, 그러면 자기들 의견은 이야기하지 않겠다고 말했습니다. 이어서 저는 편집부에서 한가하게 대화를 나눴고 정오가 다 되어갈 때쯤 리샤오린은 집으로 돌아가고 샤오위안민은 식당으로 갔습니다. 청용신은 저를 데리고 쥐루로 주변으로 가서 적당한 음식점을 찾아 밥을 사주었지요.

1991년 여름과 가을, 저는 자싱에서 《가랑비 속의 외침》 후반부를 다시 썼습니다. 글쓰기에 몰입하면서 어느 정도 자신감도 회복했지요. 수정을 마친 원고를 가지고 상하이로 향하는 기차에 올랐을 때는 이미 9월 하순이었습니다. 원고는 그해 〈수확〉 제6호에 발표되었지요. 제가 편집부에 들어가보니 리샤오린과 샤오위안민은 있었지만 청용신의 모습은 보이지 않았습니다. 두 사람은 제가 등에 가방을 메고 들어오는 모습을 보고는 원고 수정 작업을 마친 것을 알았지요. 리샤오린이 후반부를 고치면서 기분이 어땠냐고 묻더군요. 저는 아주 좋았다고 대답했습니다. 그녀는 전반부와 비교했을 때 어떤 것 같냐고 물었고, 저는 똑같이 좋다고 했습니다.

그녀는 아직 수정된 제 원고를 읽지도 않은 채 제 앞에서 샤오위안민과 제6호에서 어떤 원고를 덜어내야 할지 상의하기 시작했습니다. 샤오위안민은 제 원고를 대충 살펴보고 분량을 계산해

보더니 리샤오린과 계속 어떤 작품을 빼고 《가랑비 속의 외침》을 집어넣을지 본격적으로 상의했습니다. 당시 리샤오린은 목차와 본문 모두 맨 앞에 실어야 한다고 했습니다. 이미 26년이 지난 일이지만 그때 일을 회상하면 만감이 교차합니다. 편집자가 한 작가를 이토록 신임하는 것은 그 뒤로 다시는 경험할 수 없는 일이었습니다. 이런 신뢰는 과거에 한 편 또 한 편 작품을 소개하는 과정에서 있었던 협력을 통해 형성된 것입니다. 리샤오린은 저를 아주 잘 압니다. 제가 제 작품에 자신감을 갖는다는 것은 그 작품이 반드시 그녀를 만족시키리라는 것을 의미하지요.

*

이어서 《인생》에 관해 얘기해보겠습니다. 1992년 초에 베이징의 10제곱미터쯤 되는 집에서 낮잠을 자는 중에 제 머릿속에 '인생'°이라는 단어가 떠올랐습니다. 이는 제가 오래전부터 쓰고 싶었던 소설 제목이기도 했지요. 당시 저는 이것이 아주 훌륭한 제목이라고 생각했습니다. 제가 무엇을 쓰고자 하는지 잘 알고 있었기 때문입니다. 저는 사람과 운명에 관한 작품을 쓰고 싶었습니다. 줄곧 이런 바람을 갖고 있었지만 어떻게 써야 할지 몰랐을 뿐이지

° 원문은 '活着'로 '살아 있음'을 의미한다.

요. 그러다가 '인생'이라는 제목이 떠오르자 곧장 작품을 쓰기 시작했습니다. 문화대혁명 시기에는 '주제선행主題先行'°이 장려되었습니다. 등장인물은 전부 위대하고 상류계층에 속한 영웅적 인물이어야 했지요. 중간쯤에 해당하는 인물은 쓸 수가 없었습니다. 소설 속에 나오는 주인공이 좋지도 않고 나쁘지도 않은 인물일 경우에는 비판을 받을 수도 있었지요. 문화대혁명이 끝나고 문학계에서는 '주제선행'에 대해 맹렬한 비판이 진행되었습니다. 나중에 저는 '주제선행'을 군이 거부할 이유가 없다는 것을 깨달았습니다. 모든 길은 로마로 통한다고, 어떤 방식으로든지 좋은 작품은 써낼 수 있으니까요.

　　제게는 《인생》이 바로 '주제선행' 작품이라고 할 수 있습니다. 많은 사람들이 《인생》이 제 글쓰기 스타일의 전환을 상징하는 작품이라고 여겼습니다. 그보다 한 해 전에 발표한 《가랑비 속의 외침》은 기본적으로 제가 선봉문학 시기에 쓰던 스타일의 연장이라고 할 수 있었지요. 《인생》은 확실히 글쓰기 스타일의 전환이긴 했지만 이러한 전환은 제가 하고 싶어서 이루어진 전환이 아니었습니다. 때로는 글쓰기도 인생과 마찬가지입니다. 특히 장편소설을 쓸 때는 어떤 일이 일어날지 예측할 수 없지요. 우리가 내일 어

°　　정치적 필요에 따라 주제를 정하고, 그 주제에 따라 인물과 스토리를 설정하는 창작 방식.

떤 일이 일어날지 모르는 것과 마찬가지입니다.

처음에는 3인칭 작가 관찰자 시점으로 서사를 진행했습니다. 방관자의 시각으로 푸구이福貴의 일생을 관찰한 것이지요. 언어도 《가랑비 속의 외침》의 연속이었습니다. 그 결과, 계속 써내려갈 수가 없었습니다. 1만 자 넘게 쓰고서 이게 아니라는 느낌을 받았지요. 당시에는 이미 경험이 축적되어 있던 터라 저 자신의 느낌이 좋지 않으면 틀림없이 작품에 문제가 있는 것이라는 사실을 잘 알고 있었습니다. 단지 어떤 문제인지 모를 뿐이지요. 그래서 1인칭 서술자 시점으로 다시 시도해보았습니다. 푸구이가 직접 자신의 과거를 진술하게 하는 방식이지요. 이런 방식으로 순조롭게 소설을 완성할 수 있었습니다.

소설 속의 푸구이는 농민입니다. 낫 놓고 기역 자도 모르는 무지렁이 농민이 아니라 3년 동안 사숙私塾에서 공부한 적이 있는데다, 누가 뭐래도 지주의 아들이었습니다. 하지만 3년 동안의 사숙 공부로는 부족했지요. 그는 여전히 배운 것이 별로 없는 농민인 셈이었습니다. 때문에 자기 이야기를 풀어놓으면서 가장 단순한 언어를 사용하는 수밖에 없었지요. 굳이 대학교수가 쓸 만한 언어로 이야기할 필요가 없었습니다. 저는 줄곧 가장 단순한 언어를 찾았습니다. 막 시작했을 때는 이런 언어로 글쓰기를 계속하는 것이 가능할까 몹시 걱정되기도 했지만 서서히 서사의 어조를 찾은 뒤로는 무척 순조로웠습니다. 모든 것이 순조롭게 이루어지면서 이런 방식으로 서술하는 것이 훌륭한 선택이었음을 깨달았지요.

저는 줄곧 《인생》이 번역하기 쉬운 작품이라고 생각했습니다. 가장 간단한 중국어로 서술하고 있으니까요. 나중에야 일본어 번역가인 이즈카 유토리가 《인생》은 정말 번역하기 힘든 작품이라고 말해주더군요. 그는 《인생》의 언어가 간단한 것은 분명하지만 특별한 맛이 있기 때문에 그 맛을 잘 살리면서 번역하는 것이 쉽지 않았다고 하더군요.

저는 《인생》을 쓰는 동안 이미 간단한 언어로 서술하는 것이 전혀 쉬운 일이 아님을 의식하고 있었습니다. 이 소설에 나오는 말은 제가 그전까지 능숙하게 사용하고 있던 언어 시스템의 한계를 넘어섭니다. 그러다 보니 아주 간단한 문장 하나 때문에 며칠을 허비해야 할 때도 있었지요. 정확한 표현을 찾지 못해서입니다. 한 가지 예를 들어볼까요. 요우칭有慶이 죽고 난 뒤의 단락에서 푸구이는 요우칭을 등에 업고 집으로 돌아옵니다. 뒤뜰에 있는 나무 아래 요우칭을 묻고 나서 허리를 편 그는 달빛이 쏟아지는 그 작은 길을 바라보지요. 저는 그 순간 푸구이가 그 작은 길을 보며 무언가를 느껴야 한다고 생각했습니다.

소설 앞부분에는 여러 차례 요우칭에 관한 이야기가 나옵니다. 요우칭이 걸어서 현성에 갔던 얘기도 있고 풀을 베어 양 떼를 먹이느라 항상 급하게 학교로 달려가야 했던 얘기도 있지요. 그러다 보니 신발이 금세 떨어져 푸구이가 신발은 먹는 것도 아니고 입는 것도 아니라고 야단을 쳤던 얘기도 있습니다. 그 뒤로 요우칭은 매번 학교를 향해 달려갈 때마다 신발을 벗어서 손에 들고 맨발로 갑니다. 매일 뛰어서 학교에 가다 보니 나중에 학교에서 여는 달리기 경주에서 일등을 하지요. 앞부분에 이런 묘사가 있었고 그 뒤로 푸구이는 요우칭이 달리는 모습을 자주 보게 됩니다. 때문에 푸구이가 아들을 나무 아래에 묻고 나서 몸을 일으켜 그 작은 길을 바라보는 대목을 쓸 때, 저는 푸구이의 감상을 쓰지 않을 수 없었습니다. 반드시 써야 하는 부분이었지요. 피할 수 없는 과제였습니다.

어떻게 써야 할까요? 저는 과거에 여러 가지 방식으로 달빛이 쏟아지는 작은 길을 묘사한 적이 있다는 걸 기억해냈습니다. 그 가운데 일부는 순전히 경치를 묘사하는 것이었고 일부는 서정적 묘사였습니다. 대들보를 훔쳐내 기둥으로 바꾸는 식의 비유를 쓴 적도 있습니다. 예컨대 저는 이런 식으로 달빛이 비치는 길을 묘사하면서 창백한 강물 같다고 한 적이 있습니다. 하지만 이번에는 달랐습니다. 아들을 잃은 아버지가 방금 그 아들을 땅에 묻고 나서 극도의 비통함에 젖어 있는 상황이었습니다. 그가 달빛 쏟아지는 작은 길을 바라보는 장면을 상상하면서, 저는 딱 한 마디면 표현이 가능하다는 것을 알았습니다. 더 많으면 의미가 없지요.

당시 제 개인적 느낌으로는 한두 마디면 푸구이의 비통한 감정을 충분히 표현해낼 수 있을 것 같았습니다. 격투에서의 마지막 일격에 비유할 수 있겠습니다. 1천 자를 쓴다면 그건 격투의 마지막 일격이 아니라 복선이라 할 수 있을 겁니다. 푸구이는 농민입니다. 그 작은 길에 대한 그의 느낌은 농민의 것이어야 합니다. 저는 계속 써내려갈 수가 없어 며칠을 지체하다가 '소금'이라는 이미지를 찾아냈습니다. 농민들에게 소금은 대단히 익숙한 사물이지요. 이어서 저는 푸구이가 도시로 통하는 그 작은 길을 바라보는 장면을 써낼 수 있었습니다. 달빛이 길을 비추는 모습이 마치 소금을 잔뜩 뿌려놓은 것 같다고 표현한 것이지요. 상상해보세요. 달빛이 비치는 길에 어떻게 소금이 가득 뿌려져 있겠습니까. 이 이미지는 끝없는 비통함을 표현합니다. 소금과 상처의 관계는 모든 사람이 이해할 수 있을 겁니다. 따라서 작가가 소박한 언어로 글을 쓰는 것은 화려하고 복잡한 언어를 구사하는 것보다 훨씬 더 어렵습니다. 전자에는 숨을 곳이 없지만 후자의 경우는 어디든지 마음대로 숨을 수 있기 때문이지요.

저는 베이징에서 해방 전의 상황을 쓴 다음, 자싱으로 돌아가 해방 후의 상황을 완성했습니다. 그런 다음 언제나 그랬던 것처럼 원고를 등에 메고 기차에 올라 상하이로 갔지요. 당시에는 장편소설을 완성하면 으레 기차를 타고 상하이로 가서 〈수확〉 편집부에 원고를 건넸습니다. 중편소설은 직접 가져가지 않고 우편으로 보냈지요. 당시 저는 무척 흥분된 상태였습니다. 스스로 아주 참신한 소설을 썼다고 생각하고 있었으니까요.

작년 7월*에 창춘長春에서 열린 회의에서 리얼李洱은 제가
《인생》의 친필 원고를 들고 득의만면한 표정으로 거페이의 기숙사
로 들어오던 모습을 회상하며 제게 말해주었습니다. 청용신이 거
페이에게 저를 위해 화둥사범대학교 호텔에 방을 예약해달라고 부
탁해놓고 자신은 거페이의 기숙사에서 군기軍棋°를 두면서 저를 기
다리고 있었지요. 당시 리얼은 아직 화둥사범대학교를 졸업하지
않은 터라 거페이의 기숙사에서 군기를 두는 주요 멤버 가운데 하
나였습니다. 리얼은 제가 거페이의 방에 들어서자마자 군기를 두
고 있는 그들을 향해 큰 소리로《인생》이라는 제목의 소설을 완성
했다고 선포했던 것으로 기억하고 있었습니다. 제목에 대해 몹시
흐뭇해하는 표정이었다고 하더군요.

이어서 저는 청용신과 함께 화둥사범대학교 호텔로 갔습니
다. 제 기억으로는 방에 침대가 네 개였습니다. 저랑 청용신이 각
자 하나씩 차지하고 자리를 잡은 다음 제가 청용신에게 어서 원고
를 읽어보라고 졸라댔지요. 청용신은 침대에 몸을 기대고서 원고
를 읽기 시작했고 저는 건너편 침대에 누워 그의 반응을 기다렸습
니다. 그는 중간에 몇 번 화장실에 가더군요. 저는 그가 화장실 안
에서 코를 푸는 소리를 들었습니다. 그가 감동해서 눈물을 흘리는

---

*   2016년 4월이다.

°   군대 체제와 무기를 응용한 장기의 일종.

거라고 생각했지요. 이 친구는 화장실에서 나올 때마다 감기에 걸린 것 같다고 말하더군요. 저는 크게 실망했었습니다. 마침내 그가 원고를 다 읽었을 때는 이미 밤이 되어 있었습니다. 그는 잘 썼다는 칭찬과 함께 결말의 장면이 대단히 아름답다고 한 마디 덧붙였지요. 제가 몹시 불만스런 표정으로 그럼 앞부분은 훌륭하지 않다는 거냐고 묻자 그는 앞부분도 잘 썼다고 말했습니다. 제가 원고를 언제 리샤오린에게 보여줄 생각이냐고 묻자 그는 다음 날 곧장 넘기겠다고 하더군요.

　　청용신이 원고를 리샤오린에게 넘긴 뒤에 우리는 거페이의 기숙사에서 이틀 동안 계속 군기를 두었습니다. 제가 청용신에게 리샤오린이 원고를 다 읽지 않았겠냐고 묻자 그는 잘 모르겠다고 대답하더군요. 저는 얼른 전화를 걸어 물어보자고 재촉했습니다. 우리 두 사람은 화둥사범대학교 안에서 공중전화를 찾기 시작했지요. 저녁 무렵이었습니다. 청용신은 리샤오린의 집으로 전화를 걸었습니다. 정말 고맙게도 리샤오린은 제 작품을 다 읽었다고 하더군요. 저는 한쪽에서 두 사람이 상하이 사투리로 의견을 주고받는 소리를 듣고 있었습니다. 리샤오린이 먼저 위화의 스타일이 변했다고 말하자 청용신은 그런 것 같다고 두 번 반복하면서 이 소설이 비교적 사실적이라고 말하더군요. 때는 마침 9월이라 두 사람은 전화로 제 소설을 제6호에 발표하자는 데 의견을 모았습니다. 그것도 맨 앞에 싣자고 하더군요. 저는 너무나 기뻤습니다. 맨 앞에

싣는다는 것은 리샤오린이 이 소설을 아주 마음에 들어 한다는 의미였으니까요.

저는 화둥사범대학교 호텔에서 이틀을 묵었습니다. 거페이와 리얼, 예카이葉開 등과 군기를 두면서 시간을 보냈지요. 〈수확〉에 어떤 원고를 실을지 발표하는 시기가 다가오자 청용신은 너무 바빠져서 우리의 군기 대전에 참여할 수가 없었습니다. 지금 이 자리에서 여러분이 모르는 사실을 한 가지 알려드리지요. 《인생》, 이 소설은 편집도 제가 직접 했습니다. 화둥사범대학교에서 군기를 두던 제 마음은 온통 청용신이 제 소설을 편집하고 있는지 아닌지에 집중되어 있었지요. 그래서 혼자 청용신의 집에 가봤습니다. 당시 그는 푸둥浦東에 살고 있었지요. 제가 그의 집 문을 두드렸을 때, 그는 막 《인생》의 편집을 시작한 터라 손에 빨간 펜을 쥐고 있더군요. 그는 그 빨간 펜을 제게 넘기면서 알아서 편집해보라고 했습니다. 이리하여 제가 청용신의 책상에 앉고 그는 제 등 뒤에 서서 어떻게 빨간 펜으로 글자를 수정하고 교정을 보아야 하는지 지도해주었습니다. 저는 그의 지도를 받으며 순조롭게 원고 편집 작업을 마무리했지요. 그는 제가 편집을 아주 잘한다며 추켜세워주었습니다.

〈수확〉은 문화대혁명이 끝난 뒤에 복간되어 모든 작가들이 가장 먼저 투고하고 싶어 하는 잡지가 되었습니다. 〈수확〉에서 원고를 퇴짜 맞은 경험이 없는 작가도 없지요. 저는 그런 경험이 없었습니다만, 결국 청용신이 망쳐놓고 말았습니다. 저는 자싱에 있는 동안 〈여름 태풍〉*을 그에게 보냈습니다. 그리고 열흘 남짓 되어 그에게 전화를 했지요. 그는 편집부에 있지 않더군요. 그래서 집으로 전화를 했지요. 전화를 받는 그의 목소리에 왠지 힘이 없는 것 같았습니다. 병이 나서 열이 심하다는 것이었습니다. 제가 〈여름 태풍〉을 다 읽었냐고 물었더니 다 읽었다고 하더군요. 소감이 어떠냐고 다시 묻자 이번에는 약간 주저하는 듯했습니다. 이 소설을 별로 맘에 들어 하지 않는 것 같았지요.

　　　그때 마침 저는 판샤오톈의 편지를 받았습니다. 편지에서 그는 제가 〈종산〉을 잊고 〈수확〉에만 원고를 준다며 불만을 토로하고 있었습니다. 이에 저는 청용신에게 〈여름 태풍〉의 원고를 돌려달라고 해서 판샤오톈에게 주었고, 판샤오톈은 그 원고를 〈종산〉의 가장 중요한 지면에 실었습니다. 나중에 저는 청용신에게 이 일이 그의 편집 경력에 가장 큰 실수가 될 것이라고 말했습니다. 물론 농담이었습니다. 청용신은 몸이 아파 열이 날 때 〈여름 태풍〉을 읽었고, 그렇게 아플 때는 여자에도 전혀 관심이 없을 형편인데 어떻게 태풍에 관심을 가질 수 있었겠습니까? 당시로서는 쑤퉁의 〈처첩성군妻妾成群〉** 원고가 손에 들어왔다 해도 퇴짜를 놓았

---

*　　　《4월 3일 사건》(조성웅 옮김, 문학동네, 2010)에 수록되어 있다.
**　　《이혼 지침서》(김택규 옮김, 아고라, 2011)에 수록되어 있다.

을 겁니다.

《인생》에 관한 얘기를 계속할까요. 이 소설이 발표되고 몇 년이 지났지만 저는 가끔씩 왜 그때 3인칭 작가 시점을 1인칭으로 바꿨어야 했는지 생각해보곤 합니다. 아마 어떤 길을 가다가 막혀서 다른 길로 바꾼 셈이었을 겁니다. 저는 한때 이것이 그저 글쓰기 기교를 바꾼 것에 지나지 않는다고 생각했지만 나중에는 인생을 대하는 태도를 바꾼 것이기도 하다는 생각이 들었습니다. 푸구이 같은 사람의 인생을 관찰자의 시점에서 보면 고난 빼고는 아무것도 없는 것 같습니다. 하지만 푸구이로 하여금 자기 이야기를 하게 하면 고통스런 삶 속에도 즐거움이 가득하게 되지요. 그의 아내와 아이들이 하나하나 그보다 앞서 세상을 떠나긴 했지만 그들의 가정은 한때 너무도 아름다웠습니다. 《인생》은 저에게 이처럼 소박한 이치를 말해주었습니다. 모든 사람의 인생은 자기 자신이 어떻게 느끼느냐에 달린 것이지 다른 사람의 생각이나 견해에 좌우되는 것이 아니라는 것을요.

한 가지 진실한 이야기를 할까 합니다. 여러 해 전에 상하이 최고의 부자로 잘 알려진 사람이 있었습니다. 그는 훈툰餛飩° 가게로 가업을 일으켜 나중에 상하이 최고의 부자가 되었지만 사기 등

°   고기나 새우로 만든 소를 밀가루, 달걀, 물, 소금 등으로 만든 얇은 피로 싸서 끓여 먹는 중국 음식.

여러 가지 죄명으로 감옥에 갇히는 신세가 되고 말았지요. 그는 경찰에 체포되기 전에 이미 자신이 체포될 것임을 알았습니다. 그는 상하이의 수십 층짜리 건물 안에 있는 자신의 거대한 사무실 통유리창 앞에 서서 저 밑에서 일하는 건축 노동자들을 바라보았습니다. 저는 그가 누군지 모릅니다. 제게 이 이야기를 들려준 사람은 그를 알지요. 그가 체포되기 전에 그 사람이 그를 찾아갔습니다. 그는 유리창 앞에서 정말로 자신이 저 아래서 일하는 건축 노동자들 가운데 하나였으면 좋겠다고 말했답니다. 건축 노동자들은 일이 힘들긴 하지만 감옥이 그들을 기다리고 있진 않으니까요.

우리는 가끔씩 길거리에서 거지를 만나면 동정심을 갖게 됩니다. 하지만 거지로 사는 것이 삶 전체가 불행하다는 것을 의미하진 않습니다. 거지에게도 나름대로 행복한 시간이 있을 테니까요. 지금 미국 대통령인 트럼프를 살펴봅시다. 대단히 빛나는 권좌에 앉아 있지만 그가 사인한 행정명령은 법관들에 의해 무효로 판결이 나고 말았습니다.[*] 이어서 러시아게이트에 갇히고 말았지요. 그에 대한 우리 중국인들의 평가도 아주 재미있습니다. 트럼프가 제도라는 새장에 갇혀버렸다는 것이지요. 트럼프는 겉으로는 위풍당당하지만 항상 고민과 초조함에 싸여 살고 있습니다. 그래서, 다

---

[*] "美항소법원도 트럼프 '반(反)이민 행정명령'제동, '효력 잠정중단' 결정"
(세계일보, 2017 - 02 - 10)

시 말하지만 모든 사람의 인생은 다른 사람의 생각이나 견해가 아니라 자신이 어떻게 느끼냐에 달려 있다는 겁니다.

*

이제 《허삼관 매혈기》에 관해 얘기해야 할 것 같군요. 어디서부터 얘기를 시작할까요? 저는 어렸을 때 헤밍웨이의 인터뷰를 읽은 적이 있습니다. 헤밍웨이는 자신의 장편소설이 전부 단편소설에서 시작되었다고 말했습니다. 단편소설을 쓸 생각으로 글을 쓰다가 브레이크를 잡지 못해 장편소설이 되고 말았다는 겁니다. 당시 저는 헤밍웨이가 멋대로 허튼소리를 하고 있는 거라고 생각했습니다. 작가가 자신의 창작에 관해 이렇게 가볍게 얘기하는 것은 아마 농담일 거라고 생각했던 거지요. 하지만 저는 《허삼관 매혈기》를 다 쓰고 나서 헤밍웨이의 그 말이 결코 허튼소리가 아니었음을 알게 되었습니다. 이유가 뭘까요? 저도 《허삼관 매혈기》를 시작할 때 단편소설로 시작했다가 브레이크를 밟지 못해 장편소설이 되었기 때문입니다.

1994년 하반기에 저는 갑자기 〈수확〉에 여섯 편의 단편소설을 쓰기로 마음먹었습니다. 그래서 1995년부터 한 호에 한 편씩 발표하기로 했지요. 저는 먼저 청용신에게 전화를 해서 내년에 제게 단편소설 여섯 편을 발표할 수 있는 지면을 마련해달라고 했습니다. 청용신은 무척 기뻐하면서 저를 위해 〈수확〉에 산문 연재 코너를 하나 마련하겠다고 하더군요. 저는 산문이 아니라 단편소설 여섯 편을 발표하고 싶으니 한 호에 한 편씩 지면을 달라고 했습니다. 청용신은 〈수확〉에는 그런 규정이 없기 때문에, 산문 칼럼이라면 한 호에 한 편씩 쓸 수 있지만 소설은 그럴 수 없다고 했습니다. 저는 그렇다면 새로운 규정을 만들면 되지 않겠냐고 말했지요. 결국 청용신은 우선 글부터 써보라고 했습니다. 나중에 리샤오린은 제게 단편소설을 여섯 편이나 써준다고 하니 정말 고맙고 기쁘다고 인사를 하더군요. 그러면서 한 호에 세 편씩 써줄 수 없느냐고, 그러면 두 호에 다 완성할 수 있다고 했습니다. 저는 안 된다고, 한 호에 한 편씩밖에 쓸 수 없다고 했지요.

　이제 와서 생각해보니 〈수확〉은 그렇게 융통성이 없는 잡지가 아니었던 것 같습니다. 전에 없었던 규정이 얼마든지 새로 생겨날 수 있었지요. 그들은 글을 쓰면서 재능을 최대한 발휘할 수 있도록 항상 저를 격려해주었습니다. 당시에 저는 그다지 유명한 작가도 아니었어요. 정확히 말하자면 간신히 두각을 나타내기 시작한 문학계의 신인에 불과했습니다. 이런 점에서 볼 때 〈수확〉에게는 작가의 유명세가 그다지 중요하지 않고 작품의 수준이 중요했던 것 같습니다. 예를 하나 들어볼까요. 당시 문학잡지들은 원고료 기준이 제각기 달랐습니다. 왕명王蒙 같은 원로 작가가 1천 자에 20위안을 받았고 제 원고료는 1천 자에 10위안에 불과했지요.

하지만 〈수확〉은 작가의 명성에 상관없이 일률적으로 1천 자에 30위안씩 지급했습니다. 당시 〈수확〉의 원고료는 최고 수준이었지요.

　　〈수확〉이 1995년 제1호에 발표한 제 작품은 〈내게는 이름이 없다〉*였습니다. 저 자신도 이 작품이 맘에 들었습니다. 제2호에는 〈그들의 아들〉**을 실었지요. 쑤퉁은 이 작품이 더 맘에 든다고 하더군요. 그리고 제3호에 《허삼관 매혈기》를 실을 예정이었습니다. 〈수확〉 제3호 편집을 마감하기 전, 청용신이 제게 전화를 걸어 새 단편소설이 어떻게 진행되고 있느냐고 물었습니다. 저는 1만 자쯤 썼다고 대답했지요. 이제 겨우 시작 단계이고, 아마 중편소설이 될 것 같다고 했습니다. 청용신은 중편이 좋다고 하면서 그럼 제4호에 발표하겠다고 하더군요. 제4호를 마감할 때쯤 청용신이 또 전화를 해왔습니다. 중편소설이 어느 정도 진척되었느냐고 묻기 위해서였지요. 제가 장편소설이 될 것 같다고 말하자 청용신은 장편소설이 더 좋다고 하면서 제5호에 발표하겠다고 했습니다. 결국에는 제6호에 발표하게 되었지요.

- 　　《내게는 이름이 없다》(이보경 옮김, 푸른숲, 2007)에 수록되어 있다.
- ●●　　《무더운 여름》(조성웅 옮김, 문학동네, 2009)에 수록되어 있다.

*

방금 여러분 가운데 한 분이 《제7일》에 관해 언급하셨는데, 이 작품은 어지러운 잡생각의 결과물이었습니다. 저는 항상 이런저런 잡생각을 하곤 하지요. 보통 사람이 이처럼 잡다한 생각을 한다면 결점이 될 수 있지만 작가에게는 오히려 장점이 될 수도 있습니다.

어느 날, 소설의 서두 부분이 머리에 떠올랐습니다. 아주 재미있는 구상이었지요. 어떤 사람이 죽었는데 장례식장에서 전화가 걸려와서는 화장이 지연된다고 말하는 겁니다. 시신을 화장하는데 늦을 일이 뭐가 있겠습니까? 저는 이것이 아주 대단한 서두가 될 수 있다고 생각했습니다. 그러고는 며칠 후부터 책상 앞에 앉아 작품을 쓰기 시작했지요. 머리에 이런 구상이 떠오른 건 오래전의 일이었습니다. 《형제》를 쓰고 나서 곧장 이런 구상을 갖게 되었지요.

그때 저는 《형제》만 쓰는 것으로는 모자라다고 생각했습니다. 중국 사회에서는 너무나 많은 일이 일어나기 때문이지요. 그 뒤로 저는 논픽션 글쓰기를 통해 40년 동안 변화한 중국에 대한 저의 견해와 감상을 계속 표현해나갔습니다. 논픽션 형식에는 한 가지 장점이 있습니다. 빙빙 돌려서 우회적으로 표현할 필요 없이 단도직입적으로 표현할 수 있다는 것입니다. 말은 비허구^{논픽션}라고 하지만 사실 그 책에는 허구^{픽션}의 성분도 포함되어 있었습니다. 일부 지나간 일에 대해서는 기억이 분명하지 않았거든요. 기억이 분명하지 않으니 어떻게 하겠습니까? 그냥 허구로 넘어가는 수밖에요.

저는 그 논픽션 책을 쓰고서도 여전히 부족하다는 생각이 들었습니다. 그래서 《형제》를 막 완성했을 때 잠시 나타났던 욕망이 점점 강렬해지기 시작했지요. 저는 길지 않은 분량으로 문화대혁명 이후 30년 동안 발생한 이상한 일들을 집중적으로 써내고 싶었습니다. 저의 글쓰기 인생에 문학작품뿐만 아니라 뛰어난 사회적 텍스트도 남기고 싶었지요. 도시마다 지표가 되는 건축물이 있고, 사람들이 어떤 장소를 찾을 때 랜드마크가 되는 건물을 이용해 방향을 찾는 것과 마찬가지로 때로는 문학작품에도 이런 지표가 있어야 한다고 생각합니다. 이는 시간의 지표인 동시에 사회사의 지표이기도 하지요. 수백 년 뒤에 사람들이 지나온 과거를 되돌아보면서 문학작품 속에서 이미 사라져버린 어떤 단계의 사회사를 찾으려 할 때, 이런 지표가 필요할 겁니다.

이런 구상이 오래되긴 했지만 어떻게 시작해야 할지 알 수 없었습니다. 그러다가 2013년 초에 장례식장의 그 전화 얘기를 듣게 되었지요. 순간, 이제 써도 되겠다는 것을 알았습니다. 죽은 자들의 세계를 통해 산 자들의 세계를 보는 것이지요. 저는 마침내 이런 기회를 얻었고 집중적으로 이런 이야기를 쓸 수 있었습니다. 수많은 사람들의 이야기를 썼지요. 그들은 모두 망령이었습니다.

망령을 쓸 때는 한 가지 다른 점이 있습니다. 인물의 성격을 묘사할 필요가 없다는 것이지요. 살아 있는 사람들을 쓸 때는 성격을 구체적으로 묘사해야 하지만 죽은 자들은 그럴 필요가 없습니다. 떠도는 유혼이 되고 난 뒤로는 죽음이라는 공통된 운명이 그들을 같은 유형으로 만들어버리거든요. 한 무리의 유혼에 관해 쓰는 것이기 때문에 저는 아주 조용하고 차분한 어조를 유지했습니다. 살아 있는 세계를 묘사할 때만 약간 활기찬 어조를 사용했지요.

　　이 소설은 비교적 순조롭게 쓸 수 있었습니다. 7일이라는 시간을 이용하여 소설 전체를 7장으로 구성했지요. 중국인에게는 두칠頭七°이라는 관념이 있습니다. 책이 출판될 때 속표지에 《성경》의 〈창세기〉 첫 부분을 발췌한 것은 출판사 편집자의 아이디어였습니다. 물론 저도 이런 의견에 동의했지요. 이들 유혼들에게 이 7일은 새로운 세계가 시작되는 7일로서 무덤이 없는 사자死者들에게는 창세기가 되는 셈이니까요.

　　지난 이삼 년 동안 해외에서 《제7일》을 위한 홍보 활동을 할 때면 항상 책을 낭송하는 순서가 있었습니다. 몇몇 외국 기자들은 제게 앞부분이 정말 훌륭하다고 말하더군요. 세계문학을 통틀어도 서두 부분이 이런 작품은 찾아보기 어렵다는 것입니다. 가장 재미있었던 때는 작년 5월°에 노르웨이의 릴레함메르 문학축제

°　　　상을 당한 뒤의 7일.

때 저랑 저의 노르웨이 역자 보크만勃克曼, Borkman 교수가 함께 낭송
했을 때였습니다. 저는 이전에 이메일을 쓰면서 그의 한자 이름을
'바오크만鮑克曼'이라고 잘못 쓴 적이 있었습니다. 그는 답장에서
'포鮑'가 아니라 '발勃', 발기勃起의 발이라고 바로잡아주었습니다.
그는 오슬로대학교에서 중국사를 연구하는 교수입니다. 아주 재미
있는 친구지요.

　　그날 오후에는 햇볕이 무척 아름다웠습니다. 드넓은 잔디
밭 위에 임시 무대가 설치되어 있고 옆에는 음식점과 술집이 자리
하고 있었습니다. 수많은 사람들이 잔디밭에 앉아 음식을 먹거나
술을 마시면서 우리가 무대 위에서 낭송하는 것을 듣고 있었습니
다. 제가 먼저 앞부분을 중국어로 낭송하면 보크만이 노르웨이어
로 낭송하는 방식이었지요. 그가 낭송할 때 저는 그의 등 뒤에 앉
아 있었습니다. 이때 저는 잔디밭 건너편에 작은 길을 사이에 두고
거대한 묘지가 펼쳐져 있는 것을 발견했습니다. 묘비들이 나무숲
처럼 빽빽하게 들어차 있었어요. 저는 《제7일》을 낭송하는 데 이
보다 더 적합한 장소는 없을 것이라는 생각이 들었습니다. 저는 휴
대전화을 들어 한창 제 작품을 낭송하고 있는 보크만 교수의 뒷모
습을 사진에 담았습니다. 묘지도 화면 안에 넣었지요. 낭송이 끝나
고 저는 그에게 사진을 보여주며 말했습니다. 그가 낭송할 때, 산

●　　2016년 5월이다.

청중보다 죽은 청중이 훨씬 더 많았다고 말이에요.

*

　　최근에 어떤 작품을 쓰고 있느냐는 질문을 자주 받게 됩니다. 특히 외국에 있을 때면 기자들이 마지막으로 던지는 질문이 으레 지금 어떤 소설을 쓰고 있느냐 하는 것이지요. 저는 미안하지만 제 소설은 완성된 뒤에만 함께 즐길 수 있다고 말합니다. 어제는 장칭화 교수도 제게 이런 질문을 하더군요. 저는 아무것도 쓰고 있지 않다고 대답했습니다. 물론 저는 뭔가를 쓰고 있습니다. 하지만 다 쓰기 전까지는 남들에게 말해줄 수 없습니다. 1980년대에만 해도 저는 어쩌다 사람들과 제가 한 구상에 관해 얘기하곤 했지만 90년대에 들어선 뒤로는 절대로 남에게 저의 구상을 얘기하지 않습니다. 남의 구상을 들으려 하지도 않지요. 물론 저에게 자신의 구상을 얘기하는 사람도 없습니다. 한 가지 여러분께 말씀드릴 수 있는 것은 장편소설 몇 편을 절반쯤 쓰다가 덮어버린 적이 있다는 사실입니다. 이는 매체에서도 여러 번 보도했던 적이 있지요. 때문에 여러분께 말씀드릴 수 있는 겁니다. 왜 중도에 덮어버렸냐고요? 지금 제게는 잡다한 일들이 갈수록 많아지고 있습니다. 예컨대 자주 출국을 하게 되다 보니 소설을 쓰다가 멈추기를 반복하게 됩니다. 그러다 보면 그 소설에 대한 느낌이 서서히 사라지게 되지요. 그러다가 다른 소설이 떠오르면 그 소설에 집중하게 됩니다. 이렇게 시작한 새 소설도 쓰다가 멈추기를 반복하다 보면 점점 느낌이 사라지고 또 다른 소설에 흥미를 갖게 되지요. 이렇게 싫증을 잘 느끼는 성격은 커다란 단점입니다. 저는 어렸을 때부터 이런 단점을 갖고 있었습니다. 지금까지도 버리지 못하고 있지요.

1984년에 저는 문화관에 들어갔습니다. 당시 정부는 아주 대단한 일을 하고 있었습니다. 민간 이야기와 민간가요, 민간속담 등 세 가지 유형의 민간문학을 집대성하는 작업이었지요. 문화대혁명을 거치면서 수많은 민간 예술인들이 이미 인생의 말년에 진입한 상태였습니다. 서둘러 복원하지 않으면 중국의 민간문학을 완전히 상실해버릴 수도 있었지요. 그 무렵은 개혁개방이 막 시작된 터라 국가가 무척이나 가난했지만 정부는 그 와중에도 예산을 지원해서 이 일을 시작한 것이었습니다.

이리하여 저는 시골로 파견되어 민간문학을 수집하게 되었습니다. 여름이라 밀짚모자를 쓰고 슬리퍼를 신고 일을 했지요. 슬리퍼를 끊임없이 바꿔 신어야 했습니다. 당시 시골의 작은 여관에는 슬리퍼가 놓여 있었지만 저는 제 슬리퍼를 신었습니다. 그러다가 점차 '남의 떡이 더 커 보이기' 시작했지요. 여관에 있는 슬리퍼가 제 것보다 더 좋아 보인 것입니다. 저는 먼저 비교적 부드러운 슬리퍼를 골랐습니다. 부드러울수록 더 좋을 것 같았거든요. 얼마

지나지 않아 부드러운 슬리퍼를 신으면 발이 아프다는 것을 알게 되었습니다. 그 뒤로는 조금 딱딱한 슬리퍼로 바꿔 신었지요. 그 여름에 저는 계속 슬리퍼를 바꿔야 했습니다.

이처럼 '남이 떡이 더 커 보이는' 단점은 그때 생긴 것 같습니다. 글을 쓸 때도 이런 버릇이 나타났지요. 장편소설을 반쯤 쓰다가 접어버리고 또 다른 장편소설을 쓰기 시작하는 것입니다. 또 다른 소설도 쓰다가 도중에 멈추고 다른 소설을 쓰기 일쑤였지요. 이렇게 쓰다가 그만둔 소설들이 제 USB 안에서 혼수상태에 빠져 깨어나지 못하고 있습니다.

저는 스물네 살이 되던 여름에 시골에 내려가 민간문학을 수집하면서 작은 여관에서 생활했습니다. 방이 10여 칸밖에 없었고 방마다 네 개의 침대가 놓여 있었습니다. 비교적 큰 방에는 침대가 여섯 개 놓여 있었지요. 여름이라 여관의 방은 기본적으로 텅 비어 있었습니다. 그때는 방 한 칸을 기준으로 요금을 받는 것이 아니라 침대 하나를 기준으로 요금을 받았습니다. 막 시골에 내려갔을 때 저는 침대 하나를 사용했고 나머지 침대들은 다 비어 있었습니다. 그런데 침대에 벼룩이 있어 물리면 몹시 가려웠지요. 저는 다른 침대로 옮겨 잠을 자다가 또 벼룩에게 물리면 또 다른 침대로 옮겼습니다. 이렇게 하룻밤에 서너 개의 침대를 옮겨 다니면서 모든 벼룩을 배불리 먹여주었지요.

마침내 저는 제가 얼마나 멍청한지 의식했습니다. 침대를 바꾸지 않고 한 침대에서 잤다면 한 침대의 벼룩들만 배불리 먹었을 것이고, 다른 침대의 벼룩은 먹지 못했을 겁니다. 지금 저는 그때 벼룩에 대처하던 방식으로 완성하지 못한 저의 장편소설들을 대할 준비를 하고 있습니다. 앞으로는 더 이상 새로운 구상에 유혹되지 않을 것이고, '남의 떡이 더 커 보이는' 현상도 더는 없을 것입니다. 나중에는 한 침대에 누워 한 침대의 벼룩들만 먹이는 방식으로, 혼수상태에서 깨어나지 못하고 있는 저의 장편소설들에게 인공호흡을 해서 하나하나 다 살려낼 생각입니다. 하룻밤에 네 개의 침대를 돌면서 벼룩의 배를 불려서는 안 되는 것처럼 네 편의 장편소설에 한꺼번에 인공호흡을 하지는 않을 겁니다.

넓은 문학을
말하다

우한
武漢

2017. 4. 11.

이번 강연의 제목은 '넓은 문학'입니다. 주최 측에서 정해주신 것 중에 하나이지요. 대단히 거대한 주제가 아닐 수 없습니다. 제가 이 주제를 선택한 것은 이런저런 강연을 많이 해본 경험이 있어서입니다. 강연의 제목은 클수록 좋거든요. 제목이 크면 무슨 얘기를 해도 그 주제에서 멀리 벗어나지 않으니까요. 그런데 오늘 오전에 어떤 얘기를 할까 하고 준비를 하다가 이 제목에 문제가 있다는 것을 알았습니다. 제목을 이렇게 크게 잡아선 안 된다는 생각이 들었지요. 우선 이런 제목은 사람들에게 위압감을 줍니다. 저의 독서 경험에도 한계가 있고 능력에도 한계가 있는데 제가 어떻게 진정한 의미에서 문학의 넓음을 말할 수 있겠습니까.

그리고 펜을 찾을 수 없었습니다. 화중華中과학기술대학교는 시설이 아주 좋은 대학이고 저는 이 학교 호텔의 디럭스 룸에 묵었지만 펜이 없었습니다. 한 시간을 허비하고서야 간신히 펜을 하나 얻을 수 있었습니다. 책상 위에도 펜이 없고 침대 옆 탁자에도 없었습니다. 서랍을 다 열어보았지만 역시 펜이 없었고 화장실까지 찾아봤지만 펜이 없었습니다. 저는 오전 시간을 이용하여 오후에 얘기할 내용의 요점을 정리해두고 싶었지만 펜이 없었습니다. 원래는 요점을 정리해서 문학의 폭에 관해 얘기할 작정이었습니다. 문학의 넓음에 대해 얘기할 능력이 없으니 대신 문학의 폭에 관해 얘기하려는 것이었지요. 하지만 펜이 없었습니다. 그래서 오늘 저녁의 강연에서는 문학의 폭에 관해서도 얘기하지 못할 것 같습니다. 저는 화중과기대학의 호텔을 원망하는 것이 아닙니다. 정작 작가인 제가 펜을 안 가져왔으니까요. 그렇다고 저 자신을 원망하지도 않습니다. 제가 입은 옷에 주머니가 충분하지 않았기 때문입니다. 원래 펜을 넣고 다니던 주머니에 이제는 휴대전화를 넣고 다니거든요. 과거에 중산복을 입고 다닐 때가 좋았다는 생각이 듭니다. 가슴 앞주머니에 펜을 꽂고 다니면 아주 잘 어울렸으니까요. 지금은 모두 양복을 입습니다. 양복 가슴 앞주머니에 만년필을 꽂고 다니면 아주 어색하지요.

제가 문학의 넓음에 관해 말할 수 있든 없든, 문학의 넓음은 분명히 존재합니다. 이는 삼라만상을 포괄하는 넓음이지요. 제가 오늘 우물 안에서 하늘을 바라보는 듯한 얘기를 해도 여러분은 하늘이 얼마나 넓은지 이미 다 알고 계시리라 믿습니다.

작년 11월에 저는 루마니아 도서전의 한 포럼에서 발제를 한 적이 있습니다. 당시 저는 "우리가 소설에서 세 사람이 걸어오고 한 사람이 저쪽으로 걸어가는 장면을 읽을 때, 우리는 이미 3 더하기 1은 4라는 수학적 사실에 도달해 있고, 설탕이 뜨거운 물에 녹는 장면을 읽을 때는 이미 화학에 도달해 있다고 할 수 있습니다. 낙엽이 떨어지는 장면이라면 이미 물리학을 언급하고 있는 겁니다. 수학, 화학, 물리학도 피해갈 수 없는 문학이 어떻게 사회와 정치는 담지 않을 수 있겠습니까?"라는 말을 했습니다.

그리스 신화에서 제우스가 인류에 대한 불만을 내보일 때면, 그는 과장된 어투로 대지 전체를 번개로 갈겨주고 싶다고 말합니다. 이런 묘사는 확실히 그가 뭇 신들의 왕이고 번개는 그의 채찍이라 왕의 신분에 잘 어울린다는 느낌을 줍니다. 동시에 우리는 묘사에 힘이 넘친다고 느끼게 되지요. 그런데 이는 기상학과 연관되는 부분이 아닐 수 없습니다. 따라서 문학에는 포함되지 않는 것이 없다고 할 수 있지요.

문학에는 과장된 묘사가 아주 많습니다. 셰익스피어를 예로 들어볼까요. 그의 비극과 희극은 모두 아주 훌륭합니다. 비극은 철저한 비극이고 희극은 철저한 희극이지요. 그는 한 번도 두 가지를 절충한 적이 없습니다. 물론 그의 희극에는 일정한 이야기의 틀이 있습니다. 먼저 악惡이 정의를 이기게 했다가 결국에는 정의가 악을 이기게 하는 것이지요. 〈리어 왕〉에서 국왕 리어와 충성스런 글로스터 백작은 유사한 운명을 맞게 됩니다. 리어 왕은 달콤한 말

과 웃음 속에 칼을 품고 있는 두 딸에게 속임을 당해 자신이 진정
으로 사랑하는 막내딸을 쫓아내게 되지요. 그런 다음 사악한 두 딸
에 의해 박해를 받아 갈 데 없이 떠돌아다니게 됩니다. 나중에는
입양한 아들의 이간질에 자신의 친아들을 죽이기까지 하지요. 글
로스터 백작은 리어 왕을 보호하려다가 두 눈이 파이는 비극을 당
합니다. 이때 리어 왕은 정신이 잠시 나갔다가 다시 정상으로 돌아
오기를 반복하는 혼미 상태에 처하지요. 그는 복수를 하려는 마음
으로 글로스터에게 도전장을 보여줍니다. 눈을 잃은 글로스터는
글자 하나에 하나의 태양이 달려 있다고 해도 자신은 볼 수가 없다
고 말하지요.

　　이것이 바로 전형적인 셰익스피어의 언어입니다. 천재 작
가의 과장인 것이지요. 왜 이렇게 말하냐고요? 문학에서 과장은 아
주 처리하기 어려운 부분입니다. 너무나 쉽게 진실을 잃어버리거
든요. 때문에 서술의 규모를 정확히 파악해야 합니다. 셰익스피어
가 눈이 없는 이 노인에게 이런 말을 하게 할 때 독자나 관중은 리
어 왕 때문에 가슴이 서늘해지기도 하고 글로스터 백작 때문에 슬
퍼지기도 합니다. 이로 인해 그 비참한 장면도 더욱 핍진하게 표현
되는 것이지요.

　　이백李白도 과장이 심한 편이었습니다. 그는 "백발이 3천
장丈에 달한다"고 했지요. 2008년에 《형제》 일본어판이 출간되었
을 때, 일본의 한 평론가가 글을 써서 작품을 대대적으로 과장한

적이 있습니다. 하지만 이 소설은 "백발이 3천 장에 달한다"라는 시구가 있었던 나라에서 온 소설이니 그렇게 과장해도 이상할 것이 없다는 것이 일본인들의 견해였습니다. 이백의 "백발이 3천 장에 달하네"의 다음 구절은 "근심 탓에 이렇게 길게 자란 걸까"입니다. 근심이 어떤 모양을 띤다는 것이 가능할까요? 이는 문학이 정신병리학에도 도달해 있다는 예시이지요.

이백이 정신병자라는 얘기가 아닙니다. 그저 그가 정신적으로 비정상 상태일 때가 있었겠다는 생각이 들었을 뿐입니다. 제가 오늘 여기서 '넓은 문학'에 대해 말하고자 하는 것도 망상증의 증상일지 모릅니다. 과대망상증이라고 할 수 있겠지요. 사실 모든 사람은 정신적인 면에서 어떤 문제를 안고 있습니다. 단지 분열될 때도 있고 분열되지 않을 때도 있으며, 증상이 나타날 때도 있고 안 나타날 때도 있는 것뿐이지요. 이백이 발작을 일으켰을 때가 바로 '백발 3천 장'이고 제가 발작을 일으켰을 때가 바로 오늘처럼 '넓은 문학'을 말하겠다고 하는 겁니다. 물론 저의 병세는 절대로 이백처럼 심하지 않습니다.

문학과 질병의 관계는 아주 오랜 역사를 가지고 있습니다. 어떤 작가들은 덕분에 불후의 작품을 써내기도 했지요. 앓고 있는 질병이 배후에서 파도를 키우는 작용을 했기 때문입니다. 프루스트를 예로 들어볼까요. 그의 감각은 대단히 기묘했습니다. 그는 저녁에 잠자리에 들 때면 비단으로 만든 베개에 얼굴을 대고는 부드럽고 매끄러운 감촉이 마치 자기 유년의 얼굴과 얼굴을 맞대고 있는 것 같다고 썼지요. 또 아침 일찍 잠에서 깨어 햇빛이 백엽창 틈새로 스며들어오는 것을 보면서 백엽창 위에 새의 깃털이 가득 꽂혀 있는 것 같은 느낌을 받았다고도 썼습니다. 이는 연약하고 병이 많았던 그의 신체와 깊은 관련이 있습니다. 그는 열 살 때 천식을 앓았지요. 당시로서는 아주 골치 아픈 병이었습니다. 나중에는 천식이 갈수록 심해져 밤에 잠을 자는 데도 큰 영향을 미쳤습니다. 그래서 그는 자기 전에 액체로 된 일종의 마취제를 복용해야 했지요. 많이 복용할 경우 환각을 일으킬 수도 있는 약이었습니다. 유년 시절의 자기 얼굴을 베고 자는 것이나 백엽창에 새 깃털이 잔뜩 꽂혀 있는 것은 전부 약물의 작용 때문에 일어난 아름다운 환각이었던 것이지요.

수많은 작가들이 우울증을 앓았습니다. 에드거 앨런 포는 거의 매일 자신이 곧 죽을 것 같다고 느꼈습니다. 하지만 그는 죽지 않고 잘 살았지요. 게다가 음산한 이야기를 여러 편 써서 사람들에게 보여주었습니다. 그의 이야기를 읽은 사람들이 오히려 건강이 매일 안 좋아진다고 느꼈지요. 안데르센도 마찬가지입니다. 그 역시 평생 자신의 몸을 걱정하면서 살았습니다. 눈썹 위에 난 작은 사마귀가 커져서 눈을 완전히 덮어버릴까 봐 걱정하다가 《성냥팔이 소녀》를 쓰게 되었다지요. 멜빌의 우울증은 다른 방식으로 표현되기도 했습니다. 《백경》은 아주 강인한 기질을 보이지만 사실은 오랫동안 지속된 자신의 우울과 근심을 가리기 위한 작품이었습니다. 결국에는 이런 심리상태를 가리지 못하고 작품 속에 드러내게 됩니다. 카프카는 더 말할 것도 없습니다. 그의 우울증은 서신과 일기에 여지없이 기록되어 있습니다. 강인한 사나이라는 별명을 가졌던 헤밍웨이도 자주 비정상과 정상을 오가곤 했지요. 아프리카에서 사냥을 하다가 갑자기 어떤 생각에 몰두해 자신이 서부영화에 나오는 신들린 총잡이라며 친구의 머리에 그릇을 올려놓고는 뒤로 물러서며 엽총을 겨누기도 했습니다. 그의 친구는 그의 사격 솜씨를 믿을 수 없어 그가 방아쇠를 당기기 전에 도망쳐버렸지요. 독일 작가 실러는 글을 쓸 때 항상 책상 위에 썩은 사과를 올려놓았다고 합니다. 썩은 사과의 냄새가 그에게 영감을 주었기 때문입니다. 혹시 궁금하시면 거리로 나가 길 가는 여자를 붙잡고 물어보세요. 지금 중국에서는 여자를 부를 때 '미녀'라고 부르는 게 유행이지요. 미녀들에게 글 쓸 때 썩은 사과 냄새를 맡는 행동이 무슨 의미인 것 같냐고 물어보세요. 미녀들은 틀림없이 변태라고 말할 겁니다.

　　문학작품에서 묘사되는 질병은 너무나 많습니다. 무슨 병이든 다 있지요. 저는 어렸을 때 질병을 묘사하는 문학작품을 너무나 많이 읽었습니다. 당시 저는 몸이 아주 건강했지만 이런 책들을 읽다 보면 저도 어딘가 아프거나 병이 있는 것처럼 느껴지곤 했습니다. 아무래도 병원에 한번 가봐야만 할 것 같았어요. 따라서 문학은 의학과도 연결이 되는 셈이지요. 혹은 문학이 때로는 병원이라고 말할 수도 있을 겁니다. 대도시의 종합병원에서 시골의 위생원衛生院°에 이르기까지 그곳에는 작가나 작품 속의 인물이 가득하지요. 뿐만 아니라 독자도 있습니다. 누가 의사이고 누가 환자인지 구별하기 어려운 형국이지요.

넓은 문학 속에서 우리는 갖가지 주제와 소재의 다양한 이야기를 읽을 수 있습니다. 방금 제가 문학이 수학과 화학, 기상학, 의학 등과 연결되어 있다고 했지만, 가장 많이 연결되어 있는 영역은 사회와 역사라고 해야 할 것입니다. 우선 문학이 어떻게 사회와 연결되는지 살펴볼까요. 우리는 톨스토이나 도스토옙스키, 디킨스, 발자크, 스탕달 등 19세기 이전에 살았던 위대한 작가들의 작품을 읽을 수 있습니다. 20세기에도 위대한 작품이 많지요. 이들 문학작품의 텍스트 이면에는 예외 없이 사회적 텍스트가 존재합니다. 문학이 얼마나 넓은지 이야기하려고 할 때 이 예시는 커다란 주제가 됩니다.

오늘은 단편소설에 관해 얘기하고자 합니다. 장편소설은 너무 힘들거든요. 얘기하다가 죽어도 다 끝내지 못할 겁니다. 지금 제 머릿속에 가장 먼저 떠오르는 작품은 여러분도 너무 잘 알고 계

°　　우리의 보건소에 해당하는 소규모 국립병원.

시는 루쉰의 〈풍파〉●입니다. 〈풍파〉는 당시 거대한 사회적 변화를 맞이한 중국의 격변과, 혼란의 주변에 있었던 샤오싱紹興의 작은 시골 마을에 사는 사람들의 반응을 묘사하고 있습니다. 소설은 아주 재치 있고 절묘합니다. 루쉰은 이 작품을 〈쿵이지〉처럼 공을 들이지 않고 그냥 아무렇게나 대충 쓴 것 같지만 〈쿵이지〉와 나란히 놓아도 손색이 없을 정도로 훌륭한 단편소설이라고 생각합니다.

소설 〈풍파〉는 노부인 지우진九斤이 손녀 류진六斤을 호되게 나무라는 것으로 시작됩니다. 밥을 먹고 나서도 콩을 먹어대니 집안이 가난해지는 건 시간문제라는 거지요. 그러자 손녀가 나무 뒤에 숨어서 말합니다. "저 노인네는 죽지도 않네." 이어서 치진七斤이 돌아오지요. 치진은 돌아오자마자 수심이 가득한 얼굴로 황제가 다시 권좌에 앉게 되었다고 말합니다. 아마도 장훈張勛의 복벽°소식이 저장성 샤오싱에 전해진 일을 가리키는 것이겠지요. 당시에는 인터넷도 없었고 후대 사람들이 즐기는 SNS 같은 것도 없었지요. 저는 골동품을 수집하는 한 작가 친구의 집에서 그가 소장하고 있는 지결°°을 본 적이 있습니다. 뜻밖에도 이 지결은

●　　　《루쉰 소설 전집》(김시준 옮김, 을유문화사, 2008)에 수록되어 있다.

○　　　중국의 군벌 장훈이 1919년 7월 1일 북경을 점령하고 신해혁명으로 멸망한 청나라의 부활을 선포하면서 선통제를 복위시킨 사건으로 11일 만에 실패로 막을 내렸다.

○○　　　토지매매 계약서.

홍헌^{洪憲}● 5년의 것이었습니다. 우리는 위안스카이가 단명한 황제라는 사실을 잘 알고 있지요. 그 시대에는 정보의 통로가 막혀 있었습니다. 위안스카이는 일찌감치 죽었는데도 상대적으로 멀리 떨어진 지역에서는 여전히 그를 살아 있는 황제로 여겨 홍헌이라는 연호를 사용한 겁니다.

〈풍파〉의 핵심은 무엇일까요? 다름 아니라 변발입니다. 이 소설의 관심은 변발에 집중되어 있지요. 특히 자오치예^{趙七爺}의 변발입니다. 치진은 배를 저어 도시로 갑니다. 농사짓는 생활이 싫었던 그는 도시에 나가 돈을 벌려 하지요. 도시에 도착한 그는 혁명군을 만나 변발을 잘리고 맙니다. 돌아와서도 이것이 얼마나 심각한 일인지 의식하지 못하지요. 치진의 아내는 변발이 없으니 더 활기 차 보인다고 말합니다. 나중에 이들은 황제가 다시 돌아왔고 변발이 없는 사람은 참수형에 처하게 된다는 소문을 듣게 되지요. 이로 인해 바진^{八斤}의 아내와 치진의 아내는 한바탕 말다툼을 벌입니다. 루쉰은 말다툼을 아주 간결하게 처리해버리지만 대단히 생동감이 넘칩니다.

저는 이 소설에서 가장 절묘한 부분은 자오치예라고 생각합니다. 혁명군이 오자 그는 변발을 머리 위로 말아 올렸다가 혁명

● 위안스카이(袁世凱)의 중화제국의 연호. 위안스카이는 1915년 12월에 황제의 자리에 올랐는데 1916년 3월에 그 자리에서 쫓겨나고 그해 6월에 사망했다.

군이 간 뒤에 황제가 다시 권좌에 앉았다는 소식이 들리자 변발을 다시 머리 뒤로 내립니다. 저는 루쉰의 〈풍파〉에서 가장 중요한 인물 또한 치진이 아니라 자오치예라고 생각합니다. 물론 치진은 소설의 서술을 맡은 주인공이지요. 루쉰은 치진의 시각으로 소설을 전개하고 있습니다. 이 작품은 신해혁명이 성공한 후 구세력이 다시 반격해 들어오는 대변혁의 시대에 쓴 소설입니다.

자세히 생각해보면 사실 우리 모두가 자오치예라고 할 수 있을 것 같습니다. 우리는 사회가 중대한 변혁에 처했을 때, 어떻게 우리의 운명을 장악할 수 있을까요? 누가 자신의 운명을 장악할 수 있을까요? 거센 조류의 한가운데에 서 있는 사람들은 자신의 운명을 장악하지 못할 겁니다. 게다가 우리처럼 물결에 휩쓸리기 쉬운 사람들은 더 말할 것도 없지요. 결국 우리는 모두 자오치예인 셈입니다. 모두가 때와 형세에 따라 변발을 머리 위로 말려 올렸다가 또 때와 형세에 따라 다시 늘어뜨리고 있지요. 저는 이것이 중국인의 생존 방식이라고 생각합니다. 사회의 거대한 변화에 대응하는 방식이지요. 이는 아주 훌륭한 방식일 뿐만 아니라 자주 사용되는 것이기도 합니다.

모든 이야기는 영혼을 지니고 있습니다. 때로는 영혼이 몇 개의 디테일에 불과하고 때로는 문장 하나에 담기기도 하지요. 때로는 한 단락으로 묘사되기도 합니다. 상황에 따라 제각기 달라요. 〈풍파〉의 영혼은 변발입니다. 자오치예가 늘어뜨린 변발과 치진이 잘라버린 변발이 이 소설의 영혼입니다. 사회의 커다란 변화에 마주하여 단편소설 한 편으로 이를 표현해내는 데 있어서 〈풍파〉는 아주 훌륭한 모범이 된다고 할 수 있습니다. 물론 다른 예들도 얼마든지 찾아볼 수 있지만 대부분 장편소설입니다.

톨스토이의 《안나 카레니나》를 예로 들 수도 있지요. 레빈에 관한 부분을 읽다 보면 그 무렵 러시아에 거대한 변화가 일고 있는 것을 알 수 있습니다. 레빈은 사상이 비교적 진보적인 지주로서 신흥 지주에 속했지요. 발자크의 작품도 마찬가집니다. 위고의 작품은 더 말할 것도 없고요. 위고의 작품은 시대적 감각이 아주 두드러지는 작품에 속하기 때문에 사회를 비롯하여 유사한 다른 요소와 연관성이 아주 깊습니다. 어떤 작품은 사회에 관해 얘기하다가 다시 역사를 얘기하기도 하지요. 〈풍파〉에서도 마찬가지로 역사를 찾아볼 수 있습니다. 지금 이 작품을 다시 읽어보면 역사 텍스트로 읽힐 수도 있습니다. 소설로서의 〈풍파〉는 사회 텍스트도 갖추고 있고 역사 텍스트도 갖추고 있는 셈이지요. 〈풍파〉 속 인물들의 대화를 읽어보면 그렇게 많은 세월이 지난 오늘날까지도 여전히 우리 주변에 이와 유사한 대화가 들리는 것 같습니다.

문학에는 아주 기묘한 힘이 있습니다. 다름 아니라 오래될수록 더 새로워진다는 것이지요. 제가 파리에 있던 어느 날, 해가 막 지려고 할 때였습니다. 날도 빠르게 어두워지고 있었지요. 모든 사람이 걸음을 재촉하고 있었습니다. 저는 혼자서 거리를 구경하고 있었습니다. 제 통역원이 함께 식사하기 위해 제가 있는 쪽으로 오기 전이라 저는 혼자서 호텔 근처의 거리를 한가하게 거닐고 있었습니다. 그때 갑자기 머릿속에 구양수歐陽脩●의 "사람은 멀리 있지만 하늘 끝은 가깝네人遠天涯近"라는 시구가 떠올랐습니다. 이 시는 왕실보王實甫●●의 《서상기西廂記》에도 나오지요. 출처가 두 군데나 되지만 여기에는 마음 쓸 필요가 없습니다. 중요한 것은 우리가 오늘 우한 혹은 베이징이라는 거대한 도시의 거리에 서서 저렇게 많은 사람들이 바삐 오가는 모습을 바라보고 있고, 우리 곁을 스쳐 지나가는 모든 사람이 우리와 아무런 관계도 없다는 사실입니다. 하지만 저 멀리 보이는 산은 오히려 우리와 깊은 관계가 있지요.

　　그때 저는 사람과 사람 사이의 거리는 아주 멀지만 사람과 산 사이의 거리는 아주 가깝다는 것을 깨닫게 되었습니다. 그 시구가 말하는 것은 송나라와 원나라 시대 사람들의 감상이지만 오늘날에도 우리는 여전히 그런 느낌을 갖게 되곤 합니다. 루쉰이 우리에게 주는 느낌도 마찬가지입니다. 저는 1983년에 문단에 들어와 이미 34년이라는 세월을 문단에서 부대끼며 지내왔습니다. 지금 다시 루쉰의 잡문을 읽다 보면 당시의 사회와 문인들을 풍자하고

●　　중국 송나라의 정치가이자 문인.

●●　　중국 원나라의 극작가.

있는 글인데도 오늘날의 사회와 문인들을 풍자하고 있는 것처럼 느껴질 때가 많습니다.

저는 일찍이 현실을 법정에 비유한다면 문학은 원고도 아니고 피고도 아닐 것이라고 말한 적이 있습니다. 문학은 법관도 아니고 검사도 아니며, 변호사도 아니고 배심원단의 하나도 아닙니다. 문학은 가장 눈에 들어오지 않는 서기원이지요. 하지만 여러 해가 지나 사람들이 법정에서 무슨 일이 일어났는지 알고 싶어 할 때는 서기원의 기록이 가장 중요할 겁니다. 따라서 문학의 가치는 지금 이 순간에 있는 것이 아니라 나중에 있다고 할 수 있습니다. 지금 이 순간의 것들은 뉴스가 해야 할 일들이지요. 구양수의 시구와 루쉰의 글은 나중에 드러난 가치입니다. 제가 앞에서 문학 텍스트의 이면에는 사회 텍스트와 역사 텍스트가 있다고 말한 것도 바로 이런 의미입니다. 사회 텍스트에 관해 충분히 얘기했으니 이제 역사 텍스트에 관해 얘기해볼까요.

위대한 문학작품 가운데 상당수가 이 두 가지를 다 지니고 있습니다. 앞에서 예로 들었던 〈풍파〉나 《안나 카레니나》 외에 수많은 작가의 작품은 문학 텍스트 이면에 사회 텍스트와 역사 텍스트가 동시에 존재하고 있지요. 다 얘기하자면 끝이 없을 테니 그 얘기는 이만 하기로 하고, 오늘은 츠바이크에 관해 얘기해볼까 합니다. 슈테판 츠바이크는 아주 재미있는 책을 한 권 썼습니다. 이 책의 배후에는 사회 텍스트가 보이지 않고 역사 텍스트만 찾아볼 수 있지요. 그래서 이 책에 관해 얘기하려고 하는 겁니다. 츠바이크 는 소설을 쓰듯이 중대한 역사 사건을 씁니다. 인류사의 발전 방향 을 바꾼 중대한 역사적 사건들이지요.

그 가운데 하나가 〈비잔티움의 함락〉입니다. 술탄이 대군 을 이끌고 동로마제국의 수도인 비잔티움을 공격하는 얘기를 그리 고 있지요. 비잔티움의 이름은 나중에 콘스탄티노플을 거쳐 지금 의 이스탄불로 바뀝니다. 츠바이크의 묘사에는 분명한 허구가 있 습니다. 그는 동로마제국의 군대가 대단히 용맹하게 저항했기 때 문에 술탄이 비잔티움을 공격하기는 불가능하다고 판단하고 회군 했다고 썼습니다. 그는 거대한 군대가 비잔티움을 포위하여 진격 할 때 희생된 병사의 수가 얼마나 되는지 구체적으로 서술하면서 엄청난 수의 군대를 먹여야 하는 상황에서 시간이 길어지다 보니 군수 공급이 불가능했다고 기록하고 있습니다.

술탄은 철군을 준비하는 과정에서 한 가지 작은 문제를 발 견합니다. 어떤 문제였을까요? 비잔티움에는 '케르카포르타'라는 작은 문이 하나 있었습니다. 당시 이 문은 황궁에서 일하는 사람들 의 출입에 사용되고 있었지요. 동로마제국은 비잔티움 전체를 구 석구석 철저히 지켰지만 이 작은 문은 잊고 있었습니다. 결국 터키 인들이 이 작은 문을 발견하고는 이를 통해 진격해 들어갑니다. 이 리하여 비잔티움은 함락되고 말지요. 그 뒤로 인류 역사에는 중대한 변화가 나타납니다. 이슬람 세계가 부흥하게 된 것이지요. 때문에 츠바이크는 이 작은 문이 유럽의 역사를 바꿔놓았다고 생각하는 겁니다. 그의 이런 생각은 어느 정도 근거가 있는 것인지도 모릅니다. 하지만 비잔티움의 함락은 한 가지 요소 때문에 이루어진 일이 아니지요. 여러 가지 요소가 결합되어 실현된 사건일 겁니다.

츠바이크의 사유는 아주 재미있습니다. 그는 인류사의 발전 과정에서 소홀히 여겨지는 아주 작은 문제 하나가 인류의 역사에 중대한 변화를 가져온다고 생각했습니다. 그는 과거 나폴레옹의 패전에 관한 작품도 쓴 바 있지요. 고전음악을 열렬히 사랑하는 분이라면 베토벤의 〈웰링턴의 승리〉[*]를 잘 아실 겁니다. 아마도 카라얀이 지휘하는 연주로 들으셨겠지요. 그 음악에서 들리는 대포 소리는 진짜 대포를 이용하여 녹음한 것입니다. 츠바이크의 〈웰링턴의 승리〉는 나폴레옹이 어떻게 웰링턴과의 전쟁에서 패하게 되었는지 상세히 기록하고 있습니다.

당시 나폴레옹의 수하에는 그루시 Grouchy 라는 총사령관이 있었습니다. 사실 그는 총사령관이 될 만한 재목이 아니었지요. 당시 나폴레옹의 수하에 있던 유능한 총사령관은 기본적으로 전부 전장에서 사망하고, 남은 사람이라고는 그루시처럼 능력에는 한계가 있지만 충성심에 불타는 인물뿐이었습니다. 때문에 그가 총사

• 전쟁 교향곡 Op.91

령관이 될 수 있었던 것이지요. 나폴레옹은 그에게 군대를 주어 요새 하나를 지키게 하고 자신은 부대를 이끌고 진격에 나섭니다. 그 결과 나폴레옹은 웰링턴의 매복에 걸려들고 말지요. 당시 그루시는 나폴레옹이 적과 고전을 치르고 있다는 것을 알고 있었습니다. 멀리서 총소리와 대포 소리가 들려왔지요. 그의 수하에 있는 장군들은 부대를 이끌고 가서 나폴레옹을 구하겠다는 의사를 분명히 밝혔지만 그루시는 몇 분만 생각할 시간을 달라고 말합니다. 사실 이 시간은 몇 분으로 그치지 않았지요. 츠바이크는 이 몇 분이 이 전쟁의 판세를 바꿔놓았다고 말합니다.

그루시가 그랬던 이유는 아주 간단합니다. 충성이었지요. 그는 나폴레옹의 명령에 충성했던 것입니다. 나폴레옹이 그곳을 지키라고 했기 때문에 그는 그곳에 있었던 것이지요. 나폴레옹의 명령 없이는 조금도 움직일 수 없었던 겁니다. 그루시가 당시의 상황을 정확히 판단하지 못한 것은 그가 총사령관이 될 재목이 아니었기 때문이지요. 그는 나폴레옹과 함께 있어야 했습니다. 나폴레옹 옆에 있으면서 그가 뭔가 지시를 내리면 그대로 따르는 것이 그의 능력이었지요. 독자적으로 총사령관 역할을 할 수 있는 장수들은 전부 전장에 나갔다가 이미 전사한 터라 나폴레옹은 그에게 혼자 한 지역을 지키게 했던 것입니다. 결국 모든 것이 나폴레옹의 실패로 끝나고 말았지요. 그루시는 한동안 주저하다가 결국 수하의 장군들이 병력을 이끌고 전선으로 가는 것을 허락합니다. 하지만 때가 너무 늦었지요. 웰링턴이 이미 승리를 거둔 뒤였습니다.

츠바이크의 이야기는 대단한 흡인력이 있습니다. 이 책은 지금《인류의 별들이 찬란할 때》°•라는 제목으로 나와 있지만 과거에 중국에서 출판될 때는 이런 제목이 아니었습니다. 츠바이크는 자신의 역사관을 이처럼 허구와 비허구가 반씩 섞인 글쓰기로 녹여냈지요. 츠바이크가 쓴 이 두 이야기의 영혼은 어디에 있을까요? 작은 문과 몇 분 동안의 머뭇거림이 유럽의 역사를 바꾸었습니다. 그는 역사에서 생각의 단서를 찾았지요. 이는 글쓰기의 단서이기도 했습니다. 자세히 생각해보면 수많은 역사적 변화가 뜻하지 않은 부분에서 발생합니다. 인생도 마찬가지이지요. 나중에 위대한 계획으로 평가받는 일들이 처음에는 아주 사소한 잡념에 불과했습니다. 수많은 성공이 사실은 왜곡되어 있는 것이지요.

문학은 삼라만상을 다 포함합니다. 지금까지 제가 얘기한 것들은 극히 일부에 지나지 않아요. 마지막으로 한 가지 꼭 얘기하고 싶은 것은 문학에 있어서 가장 중요한 것이 무엇인가 하는 겁니다. 다름 아니라 사람입니다. 1980년대에 유행했던 빅토르 위고의 시가 있습니다. "세계에서 가장 넓은 것은 바다이고, 바다보다 넓

○ 　중국어판 제목으로, 원제는 *Sternstunden der Menschheit*(인류의 위대한 순간)이다.

● 　《광기와 우연의 역사》(안인희 옮김, 휴머니스트, 2004). 다른 판본으로《인류사를 바꾼 순간》(이관우 옮김, 우물이있는집, 2013)이 있다.

은 것이 우주이며 우주보다 넓은 것이 인간의 영혼이다."

*

　이제 한 사람의 영혼에 대한 이야기를 할까 합니다. 저는 어렸을 때 《성경》을 읽은 적이 있습니다. 저는 기독교 신자도 아니고 천주교 신자도 아닙니다. 어떤 신앙도 갖고 있지 않지요. 저는 《성경》을 위대한 문학작품으로 간주하고 읽었습니다. 지금 누군가 제게 가장 대단한 문학작품을 하나 선택하라고 한다면 저는 주저하지 않고 《성경》을 택할 것입니다. 《성경》 안에는 아주 많은 이야기가 담겨 있습니다만 그 가운데 아직도 잊히지 않는 이야기가 한 가지 있습니다. 읽은 지 너무 오래돼서 그 이야기가 어느 편장에 들어 있는지는 잘 기억이 나지 않고, 이야기에 등장하는 인물들의 이름도 잘 기억이 나지 않습니다만, 이야기의 내용은 분명하게 기억하고 있지요. 그 이야기의 힘이 어디에 있는지 잘 알기 때문입니다.

　어느 부자에 관한 이야기였습니다. 그는 엄청난 수의 양을 가지고 있었지요. 《성경》에서는 소유하고 있는 양의 머릿수로 재산이 얼마나 있냐를 따집니다. 《성경》에 나오는 양은 오늘날의 은행 잔고로 비유할 수 있을 겁니다. 이 부자는 아주 많은 양을 소유한 데다 성채도 하나 갖고 있어 풍족한 생활을 하고 있었습니다.

어느 날 그런 생활에 싫증이 난 그는 아내와 아이들을 데리고 아주 멀리 여행을 떠납니다. 떠나기 전에 성채와 양들을 전부 가장 신임하는 하인에게 맡기지요. 그런 다음 가족과 일부 하인을 데리고 길을 떠납니다. 집을 떠나 아주 오래 여기저기 떠돌아다니던 그는 몸도 지치고 집이 그리워지기 시작했습니다. 잎을 떨구고 뿌리로 돌아가고 싶었던 것이지요. 그리하여 그는 하인 하나를 시켜 집을 지키고 있는 하인에게 자신이 곧 집으로 돌아갈 터이니 준비를 하라고 이릅니다. 시간이 흘러 이 소식이 전해지자 집을 지키던 하인은 주인이 보낸 하인을 살해해버립니다. 죽은 하인을 따라왔던 하인들은 돌아가서 집에 남은 하인이 주인님을 배신했고, 재산을 모두 가로채 자기 것으로 삼았다고 말합니다.

부자는 이런 사실을 믿지 못하면서 어리숙하고 말도 잘 못하는 하인을 보낸 자신을 탓합니다. 이어서 그는 아주 총명하고 일처리를 잘하는 하인을 다시 보내 집으로 돌아간다는 소식을 전하지요. 그는 처음에 갔던 하인은 사정을 정확하게 말하지 못했을 것이 분명하고, 이 하인이 가야 모든 사정을 정확하게 전달할 수 있을 것이라고 생각합니다. 부자는 집에 남은 하인이 이미 자신을 배반했을 것이라는 생각은 할 수가 없었습니다. 그의 머릿속에는 애당초 그런 생각이 없었으니까요. 하지만 그 총명하고 영리한 하인도 집을 지키던 하인에게 살해당하고 말지요. 그래도 부자는 하인의 배반을 믿지 않습니다. 그는 자신이 잘못했다고 말합니다. 하인이 아니라 가장 사랑하는 아들을 보냈어야 한다고 생각하지요. 자신의 아들이 집으로 온 것을 보아야 정말로 주인이 돌아오려 한다는 것을 알게 될 거라는 것이 그의 판단이었습니다. 그리하여 부자는 사랑하는 아들을 집으로 보내지만 아들 역시 살해당하고 맙니다.

《성경》은 이런 방식으로 한 사람의 순결한 마음을 이야기합니다. 한 사람의 순결한 마음을 이처럼 극단적인 방식으로 이야기하고 있는 겁니다. 부자는 하인이 정말로 자신을 배신했다는 사실을 알고서야 분노를 터트립니다. 이야기의 결말에서 부자는 자신을 따르는 가족과 하인들을 거느리고 집으로 돌아와 자신을 배반했던 하인을 처형합니다. 이 이야기의 전반부에서 말하고자 하는 것은, 인간의 어리석음이 아니라 인성의 선량함과 순결함입니다. 선량함이나 순결함은 너무 순진하고 연약한 것으로 보일 때도 있지요. 하지만 그것이 폭발할 때의 힘은 어떤 것으로도 막지 못합니다. 저는 이것이 바로 인간의 미덕이라고 생각합니다.

최초로
읽은 것,
쓴 것

우한
武漢

2017. 4. 12.

새롭게 말할 만한 것이 없습니다. 해야 할 이야기는 이미 다 했으니까요. 다른 것이 있다면 예로 드는 것이 다를 뿐, 관점은 대동소이할 겁니다. '독서와 글쓰기'라는 제목은 한 달쯤 전에 우연히 생각난 것입니다. 지금 생각해보니 아주 정확하진 않은 것 같습니다. '내가 최초로 읽은 것과 쓴 것'이라고 고쳐야 할 것 같네요. 어쨌든 오늘 저는 제가 읽은 것과 쓴 것에 관해 이야기하고자 합니다.

*

제가 읽은 것에 대해서는 중간부터 얘기할 것이 아니라 첫머리부터 얘기해야 할 것 같습니다. 저는 문화대혁명 기간에 성장했습니다. 1967년에 초등학교에 입학했고 1977년에 고등학교를 졸업했지요. 이 기간이 문화대혁명과 딱 겹치는 10년입니다. 책이 없는 시대였습니다. 문화대혁명 이전에 출판된 문학작품은 루쉰의 작품만 남고 전부 유통 금지를 당하고 불태워졌으니까요. 1973년 여름, 문화대혁명은 이미 후기로 접어들고 있었고 린뱌오^{林彪} 사건°이 터지고 나서 2년쯤 지나 있었습니다. 문화대혁명 기간 동안 문을 닫았던 현 도서관이 다시 문을 열었습니다. 제가 초등학교를 졸업하고 중학교에 들어간 그해 여름, 저의 형은 중학교를 졸업하고 고등학생이 되어 있었습니다. 어느 날 아버지께서 저희에게 현 도서관 도서대출증을 건네주시더군요.

　　지금 돌이켜 생각해보니 현 도서관에는 폭이 1미터, 높이가 2미터 정도인 서가 두 개밖에 없었습니다. 그리고 서가에 꽂혀 있는 문학 서적은 30권이 넘지 않았지요. 전부 여러분의 귀에 낯선 책들이었습니다. 《뉴톈양^{牛田洋}》이나 《훙난^{虹南}작전사》 같은 것들이었으니까요. 하나같이 혁명과 반혁명의 투쟁을 소재로 한 책이라 정말 재미가 없었습니다. 물론 제가 좋아하는 책도 있긴 했지요. 한 권은 《반짝이는 붉은 별^{闪闪的红星}》이었고 다른 한 권은 《광산풍운^{礦山風雲}》이었습니다. 이 두 권은 아이들에 관한 이야기를 담고 있었지요. 이 책을 읽을 당시 저도 아직 어린이였기 때문에 마음에 들었던 것 같습니다.

ㅇ　　린뱌오는 군사가이자 정치인이다. 문화대혁명 당시 중국공산당 제2인자로서 마오쩌둥을 보좌했으나 나중에 쿠데타 음모가 발각되어 몽고로 도주하다가 헬기 추락으로 사망했다.

　　당시 도서관 사서는 근면성실한 여성이었습니다. 매번 제가 빌린 책을 반납할 때마다 아주 자세히 살펴보면서 혹시 손상된 부분이 없는지 면밀하게 검사하곤 했지요. 한번은 우리가 책을 반납하는 과정에서 표지에 눈에 잘 띄지 않는 작은 잉크 자국이 있는 것을 발견한 그녀는 우리가 그런 것이라고 단정했습니다. 사실은 우리가 그런 것이 아니었는데도 말입니다. 우리는 그녀와 논쟁을 시작했고, 성격이 몹시 거칠었던 우리 형은 창구를 사이에 두고 그녀에게 주먹을 날렸습니다.

　　그다음엔 어떻게 됐을까요? 그녀는 도서관 문을 닫고 파출소에 가서 신고를 했습니다. 우리도 파출소로 가야 했지요. 그녀는 파출소에서 울면서 하소연했지만 당시 파출소 소장은 우리 아버지 친구였습니다. 소장은 그녀에게 어린애들과 힘겨루기 하지 말라고 충고하는 것으로 사건을 마무리하려 했습니다. 하지만 그녀는 소장의 말을 듣지 않고 파출소에 있는 전화기를 집어 들고는 현 선전부로 전화를 하더군요. 전화를 받은 사람은 제 친구의 어머니인 데다 우리와 이웃이었습니다. 우리 두 형제에 관해 언급하자 두 마디도 듣지 않고 전화를 끊어버렸지요.

　　그녀는 파출소 안에 쪼그리고 앉아 계속 울어댔습니다. 소장은 우리를 향해 손을 내저으며 빨리 꺼지라고 명령했습니다. 이 일은 이렇게 흐지부지 마무리되었지요. 하지만 도서대출증을 돌려받지 못한 우리는 갑자기 읽을 수 있는 책이 없어졌습니다. 저로서는 정말 견디기 어려운 상태에 처한 것이지요. '마약'을 흡입하다가 갑자기 마약이 떨어진 기분이었습니다. 이런 저런 책을 읽어보고 싶은 마음만 간절했지요.

우리 부모님은 둘 다 의사라 집에 작은 서가가 하나 있었습니다. 서가에 꽂혀 있는 책은 전부 의학 분야의 서적이었고 유일한 예외가 있다면 《마오쩌둥 선집 毛澤東選集》이었습니다. 의학책과 《마오쩌둥 선집》 둘 다 제 흥미를 끌지는 못했고, 결국 다른 친구들 집에 가서 읽을 만한 책을 찾는 수밖에 없었습니다. 그런데 친구들도 집집마다 《마오쩌둥 선집》을 갖고 있었습니다. 정말 다른 방법이 없었습니다. 의학책과 《마오쩌둥 선집》 중에서 하나를 고르는 수밖에 없었지요. 저는 《마오쩌둥 선집》을 택했습니다. 당시에는 방송에서 매일 마오쩌둥의 말이 나왔기 때문에 우리는 마오쩌둥의 말에 너무나 익숙했습니다. 그러던 어느 날 저는 신대륙을 발견했습니다. 《마오쩌둥 선집》에 있는 주해가 제법 재미있었던 것입니다. 이 주해에는 몇몇 역사적 인물과 사건에 관해 언급되어 있었지요.

저는 아주 진지하게 《마오쩌둥 선집》 안에 있는 주해를 읽어나가기 시작했습니다. 앞에서 말한 도서관에서 빌린 혁명 서적에는 인물도 없고 이야기도 없었습니다. 하나같이 영웅적 인물의 감정을 그리고 있었고 말하는 방식도 지금의 북한 방송에서 말하는 아나운서들의 어조와 다르지 않았지요. 문득 《마오쩌둥 선집》

의 주해를 발견했을 때는, 비록 거기에도 여전히 감정은 없었지만 이야기와 사건, 인물이 있었고, 각양각색의 역사인물에 대한 소개가 있어 너무나 좋았습니다. 이런 것들이 저를 극도로 매료시켰지요. 당시는 무더운 여름이라 중국 남방 사람들은 저녁을 대부분 집 밖에서 먹었습니다. 저는 저녁식사를 마치고 아직 하늘이 깜깜해지지 않은 틈을 이용해서 《마오쩌둥 선집》을 손에 들고 읽었습니다. 이웃들은 저의 그런 모습을 보고 감동해 마지않으면서 어린아이인 제가 그토록 열심히 마오쩌둥 사상을 공부하는 것이 너무나 대견하다고 칭찬했습니다. 사실 저는 본문 밑에 달린 주해를 읽고 있었지요.

　《마오쩌둥 선집》의 주해를 다 읽고 나자 또 다시 읽을 것이 없어졌습니다. 어떻게 해야 할까요? 저는 대자보가 있는 곳을 찾아가 읽기 시작했습니다. 그때의 대자보는 아주 재미있었습니다. 문혁이 후기로 접어들면서 대자보에는 커다란 글자로 잔뜩 쓰여 있는 혁명 문구 외에 색정적인 사건을 묘사한 글이 올라왔거든요. 예컨대 아무개랑 아무개가 간통을 했다는 등의 얘기들이었습니다. 저는 나란히 길게 나붙어 있는 대자보에서 열심히 '간통'이라는 단어를 찾은 다음, 그 내용을 진지하게 읽어내려갔습니다. 물론 내용은 아주 짧았고 성적인 묘사도 없었습니다. 하지만 간통 이야기가 있었지요. 당시 매일 학교가 파해 집으로 돌아갈 때면 저는 먼저 대자보를 훑으면서 새로운 간통 이야기가 올라왔는지 살펴보곤 했습니다. 사실적인 묘사가 없다 보니 많이 읽어도 별로 재미는 없었지요.

고등학교에 들어가면서는 책을 읽을 방법이 생겼습니다. 문혁 중에 금서였던 책을 찾을 수 있게 된 것이지요. 당시에 일부 사람들은 위험을 무릅쓰고 없애버렸어야 하는 책들을 몰래 보관하고 있었습니다. 이런 책이 문혁 후기에 은밀하게 유통되기 시작한 것이지요. 이런 책들은 한 가지 공통점을 지니고 있었습니다. 앞부분에 열 쪽 정도가 없고 뒷부분에도 열 쪽 정도가 유실되어 있는 것이었지요. 책 한 권이 수많은 사람들의 손을 거쳐 제 손에 들어왔고 하루 만에 다 읽어야 하는 경우가 대부분이었습니다. 제 뒤로도 아주 많은 사람들이 그 책을 읽기 위해 줄을 서 있었거든요. 당시 저는 제목도 모르고 앞부분이 어떻게 시작되는지도 모르며 결말이 어떻게 되는지도 모르는 소설을 몇 권 읽었습니다.

소설의 앞부분을 모르는 것은 그런대로 참을 수 있었지만 결말을 모르는 것은 정말 참기 어려웠습니다. 저는 여기저기 다니며 소설의 결말을 알아보려 노력했지요. 남들에게 물어봤지만 그들도 저와 마찬가지로 결말을 알지 못했습니다. 저보다 많이 읽은 사람이라 해봤자 한 쪽 더 읽은 정도였습니다. 당시에 읽었던 외국 소설에 성적 묘사가 아주 많았던 것이 기억납니다. 그런 대목을 읽을 때면 너무 놀라워서 가슴이 마구 뛰었지요. 읽으면서도 계속 주변에 사람이 있는지 두리번거려야 했습니다. 주위에 보는 눈이 있다면 감히 계속 읽어나갈 수 없는 내용이었으니까요.

　　문화대혁명이 끝나고 1978년부터 개혁개방이 시작되었습니다. 문화대혁명 이전에 출판되었다가 문화대혁명 기간에 금서가 되었던 책들이 다시 출간되기 시작했지요. 새로운 책도 있었습니다. 문화대혁명 이전에 나오지 않았던 책들도 출판되기 시작한 겁니다. 당시 저는 모파상의 《여자의 일생》을 샀습니다. 4분의 1쯤 읽고서야 이 소설이 저를 놀라고 불안하게 했던 바로 그 책이라는 사실을 알았지요.

　　제 기억으로는 서두와 결말이 확실하지 않은 책을 열 권 남짓 읽었던 것 같습니다. 이야기가 어떻게 끝나는지 몰라 몹시 괴로웠지요. 당시에는 결말이 어떤지 말해줄 수 있는 사람도 없었습니다. 저는 그저 〈인터내셔널가〉에서 노래하는 것처럼 "신선이나 황제에 의지하지 않고 나 자신에 의지하여" 스스로 그 소설들에 결말을 지어주었습니다. 밤에 침대에 누워 잠들기 전에 하나하나 이런 소설의 결말을 마무리했던 것이지요. 한 편 한 편 결말을 맺다가 마음에 안 들면 다시 이야기를 지어내기도 했습니다.

　　저는 기본적으로 이런 방식으로 하룻밤 또 하룻밤 수많은 밤들을 보냈습니다. 지금 돌이켜보면 아직 성년이 되지 않았을 때, 저는 이미 스스로 상상력을 훈련시키고 있었던 것 같습니다. 이런 훈련은 나중에 제가 작가가 되는 데에 큰 도움이 되었지요. 결국 삶은 우리를 저버리지 않습니다. 우리가 삶을 저버릴 수 있을 뿐이지요. 어떤 유형의 삶이든 우리에게 뭔가를 가져다줍니다. 마오쩌둥은 "좋은 일이 나쁜 일로 변할 수 있지만, 나쁜 일이 좋은 일로 변할 수도 있다."라고 말했습니다. 저는 항상 나쁜 일이 좋은 일로 변하는 편이었지요. 이상이 제 최초의 읽기에 관한 이야기입니다.

*

　이어서 제 최초의 글쓰기에 관해 얘기해보겠습니다. 제가 처음 글을 쓴 것도 문화대혁명 시기였다고 해야 할 것 같습니다. 당시 저는 글씨 연습을 하기 위해 대자보를 썼습니다. 그때는 대자보를 쓰려면 학교에 종이와 붓, 먹물을 요청해야 했습니다. 우리가 쓰는 대자보에는 일정한 형식이 있었습니다. 맨 앞에는 〈인민일보〉를 베끼고 중간에는 〈저장일보〉를 베낀 다음, 말미에 상하이의 〈해방일보〉를 베끼면 대자보 한 장이 완성되는 식이었지요. 내용은 공허하고 아무것도 없었지만 우리는 대자보 쓰는 일을 무척이나 자랑스럽게 여겼습니다. 선생님들도 우리를 칭찬해주셨지요. 우리의 대자보는 누군가를 비판하거나 공격한 적이 한 번도 없고 오로지 공허한 혁명 구호로만 채워져 있었기 때문입니다.

　왜 대자보를 써야 했을까요? 당시에 마침 황솨이^{黃帥}사건이 터졌습니다. 이 사건에 관해 여러분 세대는 잘 모를 겁니다. 사건의 발단은 당시 황솨이가 수업 중에 했던 사소한 행동이었습니다. 선생님이 그녀에게 말했지요.

"정말로 네 머리에 교편을 휘두르고 싶구나."

열두 살의 황솨이는 이를 불쾌하게 여겨 선생님에게 대들면서 이렇게 말했습니다. 교편은 학생을 가르칠 때 사용하는 것이지 학생의 머리를 때릴 때 쓰는 것이 아니라고요. 선생님은 더욱 화가 나서 반 전체 학생들에게 황솨이를 비판하라고 부추겼지요. 이에 황솨이는 〈베이징일보〉에 편지를 썼습니다. 편지는 공개된 뒤에 장칭江靑●의 손에까지 넘어갔지요. 장칭은 황솨이를 반조류反潮流°의 영웅으로 치켜세웠습니다. 이어서 전국적으로 황솨이를 본받자는 운동이 전개되면서 스승의 존엄은 무너지고 말았습니다. 당시의 선생님들은 원래 지금의 선생님처럼 지위가 그렇게 대단하지 않았습니다. 황솨이 사건이 터지자 선생님들은 전부 어두운 얼굴을 하고 하나같이 풀이 죽은 모습이었습니다. 물론 우리 학생들은 기세가 등등해졌지요. 문혁 시기에는 모두들 공부할 마음이 없었던 터라 황솨이 사건이 터진 뒤로는 더더욱 수업을 듣기

● 중국 여성 예술가이자 정치가로 마오쩌둥과 결혼한 후 중국 공산당의 핵심 권력이 되어 문화대혁명을 추진했다.

○ 시대의 큰 흐름에 맹목적으로 따르지 않고 비판적인 사유를 바탕으로 이를 개혁하는 흐름. 황솨이 사건을 계기로 장칭이 만들어낸 말이다.

싫어했습니다.

　저는 중학교에 들어간 뒤로 세 분의 국어 선생님을 만났습니다. 세 분 모두 저와 사이가 아주 좋았지요. 제 작문 실력이 나쁘지 않았기 때문입니다. 그 가운데 한 분은 정말 훌륭한 선생님이셨습니다. 그 선생님은 가끔씩 저희에게 담배를 피우라고 나눠주시기도 했지요. 저도 그 선생님께 담배를 드린 적이 있습니다. 선생님의 담배는 본인이 직접 돈을 주고 산 것이고 제가 드린 담배는 집에서 몰래 훔쳐 온 아버지의 담배였습니다.

　저의 아버지는 담배를 많이 피우시진 않았습니다. 하루에 서너 개비 정도 피우셨지만 담배를 살 때는 한 보루씩 사셨습니다. 저와 형이 몰래 훔쳐 피우는 걸 방지하기 위해 아버지는 담배를 한 대 피우실 때마다 담뱃갑 안에 든 담배를 일일이 세어두시곤 했습니다. 하지만 한 보루 안에 몇 갑이 남아 있는지는 살피지 않으셨지요. 그래서 저희는 담뱃갑에 든 것을 훔치지 않고 항상 갑째로 훔쳤습니다. 형은 갑에 든 담배를 한 개비 훔쳤다가 들킨 적이 있지만 갑째로 훔치면서부터는 한 번도 들키지 않았지요.

　당시 호주머니에 담배를 넣고 다녔던 저는 친구들 사이에서 인기가 아주 높았습니다. 제 주위에는 항상 여러 명의 친구들이 따라다니면서 담배 있냐고 묻곤 했지요. 우리는 함께 학교 담장 밖으로 나가 담배를 나눠 피웠습니다. 저는 이 국어 선생님과 사이가 아주 좋아 이미 서로 담배를 주고받는 사이가 되어 있었습니다.

황솨이 사건 이후 이 선생님은 저를 찾아와서 하소연을 하셨습니다. 이유는 당시 공선대工宣隊° 대장이었던 학교 간부가 화를 내면서 다른 선생님들을 비판하는 대자보는 다 있는데 왜 이 선생님을 비판하는 대자보만 없냐고 호통을 쳤다는 것이었습니다. 이 선생님은 제게 자신을 비판하는 대자보를 한 장 써달라는 부탁을 하기 위해 찾아온 것이었지요. 제가 쓴 대자보는 아주 그럴 듯했습니다. 신문에서 베낀 혁명 관련 문구가 대부분이었고 중간에 선생님 이름만 하나 들어가 있을 뿐이었으니까요. 이 선생님에게도 앞에 나열한 것과 유사한 결점과 실수가 있다고 썼지만, 전부 말뿐이었으니 선생님이 실제로 한 일은 없었습니다. 하지만 이렇게 쓴 대자보를 붙인 자리가 문제였습니다. 제가 이 대자보를 붙인 곳은 선생님 댁 문 앞이었거든요.

선생님이 다시 저를 찾아오셨습니다. 자기 집 문 앞에 붙이면 공선대장이 볼 수 없어 아무 소용도 없을 뿐만 아니라 이웃들이 보면 자신이 몹시 난감해진다는 것이었습니다. 이리하여 저는 대자보의 내용을 다시 베껴 공선대장의 사무실 문 앞에 붙였습니다. 이것이 제 기억 속에 남은 가장 재미있는 대자보 쓰기였습니다. 제

°   工人毛澤東思想宣傳隊: '노동자 마오쩌둥사상선전대'

가 쓴 대자보의 내용은 먼저 선생님 댁 문 앞에 한 번 붙었다가 다시 공선대 대장의 사무실 앞으로 옮겨 붙었지요.

*

　　제가 정식으로 소설을 쓰기 시작했을 때, 당시 중국문학계는 영국 시인 T. S. 엘리엇에 열광하고 있었습니다. 저도 그의 전기를 읽어봤지요. 그는 고등학교를 졸업하기 전에 천 권이 넘는 고전문학 작품을 읽었다고 하더군요. 고등학교 문을 나선 그는 더 이상 문학작품을 읽을 필요가 없었다고 합니다. 문학작품을 쓰기만 하면 되는 상황이었지요. 저는 그가 몹시 부러웠습니다. 제가 고등학교 때 읽은 책이라고는 서두와 결말이 분명치 않은 열 권 남짓이 전부였으니까요. 그리고《마오쩌둥 선집》안의 주해와 바다에서 바늘을 건지듯이 대자보에서 찾아낸 간통 이야기들이 있었을 뿐입니다.

　　물론 저는 루쉰의 작품도 많이 읽었습니다. 초등학교부터 고등학교까지 교과서에 루쉰의 작품이 들어 있었으니까요. 하지만 그때는 루쉰을 별로 좋아하지 않았습니다. 1996년에 루쉰을 다시 읽으면서 그가 얼마나 대단한 작가였는지 알게 되었지요.

　　저의 경험을 통해 여러분은 한 가치 이치를 터득하실 수 있을 겁니다. 작가는 어느 정도 글자를 알기만 하면 충분히 작품을 쓸 수 있다는 것이지요. 학식과 교양을 갖춘 사람도 작가가 될 수 있고 갖추지 못한 사람도 작가가 될 수 있습니다. 작가란 무엇일까요? 집시들의 말을 빌리자면 다른 사람의 이야기를 또 다른 사람에게 전달하고 돈을 받는 사람이라고 할 수 있습니다.

진리에 대한
추구를
포기하지 말 것

우한
武漢

2017. 4. 19.

가장 훌륭한 독서는 마음을 비운 독서, 꾸밈없는 마음으로 아무것도 염두에 두지 않는 독서입니다. 아무런 선입견도 갖지 않는 그런 독서는 사람들의 인식을 더욱 넓혀주지요. 선입견을 가지고 하는 독서는 음식을 골라 먹는 것과 같아서 사람들의 인식을 더욱 좁게 만들 수 있습니다.

발표되었을 당시에는 적지 않은 논쟁의 대상이 되었던 작품들이 왜 나중에는 위대한 고전이 되어 대대로 널리 읽히는 것일까요? 이는 아마도 그 작품이 담고 있는 가치가 그 시대만의 기준을 넘어서 후대의 독자와 비평가들에게도 의미 있는 것이기 때문일 것입니다. 중요한 것은 작품이 무엇을 말하고 있느냐 하는 것입니다. 작가가 어떤 사람인지는 중요하지 않지요. 작가와 같은 시대의 사람들은 이미 존재하지 않습니다. 그 시대의 옳고 그름, 고마움과 원한도 역시 존재하지 않지요. 지금 이 시대에 중요한 것은 현대문학이 직면하고 있는 갖가지 방해물입니다. 예컨대 인간관계나 심미적 취향 같은 것들이지요.

　　당대의 문학이나 음악이나 미술이나, 모두 이런저런 형태의 방해를 받지요. 브람스와 바그너 사이의 대립은 그들이 죽어서도 끝나지 않았습니다. 이 두 사람은 평생 서로 만난 적도 없고 서로 등 뒤에서 상대방에게 뭐라고 험담을 한 적도 없습니다. 설령 두 사람이 서로 좋아하지 않았다고 해도, 수십 년 동안 다툼을 벌인 건 그들 두 사람이 아니라 그들의 지지자들입니다. 두 사람은 같은 시대를 살았던 독일의 대표적인 음악가였기 때문이지요.

　　이 두 사람을 제외하더라도, 때론 같은 영역에 있지만 별 상관이 없는 사람들끼리 서로를 무시하곤 합니다. 차이콥스키는 언젠가 브람스의 작품을 연주했는데 아무런 영감도 없는 멍청이 같았다고 일기에 쓴 적이 있습니다. 브람스 이후에는 안톤 브루크너가 나타났지요. 브루크너의 작품은 아주 방대했지만 브람스는 이를 별 볼일 없는 것으로 여겼습니다. 그냥 구렁이 같다고 생각했지요. 이 세 사람의 작품은 지금도 널리 연주되고 있지만 그중에서도 브람스의 작품이 가장 많이 연주되는 편입니다. 특히 그의 실내악 작품이 그렇지요. 교향악에 있어서는 세 사람 모두 별 차이가 나지 않습니다. 지금 우리는 그들의 음악을 들으면서 당시 그들이 서로를 무시했다는 사실은 염두에 두지 않습니다. 그런 사실을 알고 싶어 하지도 않지요. 우리의 관심은 그들의 음악에만 집중되어 있기 때문입니다.

저는 "음악의 서술^{音樂敍述}"이라는 제목의 글을 쓴 적이 있습니다. 브람스와 바그너의 싸움에 관해 쓴 글이지요. 사실은 그들의 싸움이 아니라 그들을 지지하는 사람들 사이의 싸움이었습니다. 지지자들은 두 음악가가 세상을 떠난 뒤에도 싸움을 계속했습니다. 그러다가 아르놀트 쇤베르크 세대의 작곡가들이 나타나자 브람스와 바그너 둘 다 그들의 스승이 되었지요. 이 세대와 그다음 세대는 바로 이런 관계였습니다. 쇤베르크 세대의 음악가들은 브람스와 바그너 모두의 학생인 셈이었지만 그들 사이에서도 다툼은 계속되었습니다. 따라서 그런 대립이란 그 시대의 일로서 다음 세대가 되어야 사라진다고 할 수 있지요. 저는 언젠가 음악가들이 원하기만 한다면 음악사에 등장하는 어떤 음악도 연주할 수 있지만 음악사에 나오는 논쟁과 말다툼은 연주할 수 없다고 말한 적이 있습니다.

이것이 바로 우리가 고전문학 작품을 읽거나 루쉰 같은 과거 시대 작가들의 작품을 읽을 때는 마음을 비우고 독서에 임할 수 있지만 동시대 작가들의 작품을 읽을 때는 마음을 비우기가 어려운 이유입니다. 모든 사람에게는 나름의 경험이 있기 때문에 어떤 작품을 읽으면서 그 작품이 자신의 경험에 부합하지 않는다고 느낄 수 있습니다. 중국은 아주 거대한 나라이고 경제 발전이 균등하지 못하기 때문에 지역마다 고유의 풍속과 문화의 차이가 있고 저마다 성장 환경과 나이, 경험 등의 차이가 있을 수밖에 없습니다.

이러한 차이 때문에, 지나치게 자신의 경험에만 근거하여 작품을 읽을 경우, 작품에 대한 판단이 엉뚱한 방향으로 흘러갈 수 있지요. 반대로 마음을 비우고 작품을 읽게 되면 많은 것을 얻을 수 있습니다. 독서는 결국 무엇을 위한 것일까요? 독서란 궁극적으로 자기 자신을 제자리에 답보하게 하고 아무런 변화 없이 시종여일하게 하기 위한 것이 아니라 스스로를 변화시키고 풍부하게 하기 위한 것입니다.

　　문학작품을 읽을 때뿐 아니라 연구나 평론을 할 때도 마찬가집니다. 연구나 평론을 위해서도 가장 먼저 해야 할 것은 작품을 연구하는 것이 아니라 읽는 것입니다. 제가 중고등학교에 다닐 때 읽은 것은 전부 '중심사상', '단락의 대의' 같은 것들이었습니다. 이런 방식으로는 작품을 훼손할 수밖에 없지요. 독서는 무엇보다도 뭔가를 느끼는 것이어야 합니다. 이러한 느낌이 좋은 것인지 안 좋은 것인지, 즐거운지 안 즐거운지는 다음 문제지요. 작품을 읽고 나면 느낌이 있게 마련이고, 즐거움을 가져다주든 분노를 가져다주든 이런 느낌은 전부 중요합니다. 그 뒤에 우리는 왜 즐거운지, 왜 분노를 느끼게 되는지, 왜 마음에 안 드는지를 연구해야 합니다. 연구는 반드시 2차적인 것이어야 하고 반드시 독서 이후에 이루어져야 합니다.

　　글을 쓸 때 머릿속에 그려지는 영상에 대해 얘기하자면 제가 소설을 쓸 때도 틀림없이 그런 것이 있었다고 할 수 있습니다. 저는 그림을 그릴 줄 모릅니다. 음악을 대할 때처럼 그림을 대하는 것을 그렇게 좋아하지도 않지요. 왜냐고요? 그림을 보는 일이 피곤하기 때문입니다. 미술관에 한번 가보세요. 특히 아주 큰 미술관에 가면 그 안에서 하루 종일 피곤한 시간을 보내게 됩니다. 기본적으로 서 있거나 걸어야 하기 때문이지요. 반면에 음악회에 가면 의자에 앉아서 음악을 듣습니다. 집에서 음악을 들을 때는 침대에 잠시 누울 수도 있고 소파에 앉을 수도 있지요. 차나 맥주를 마시면서 들을 수도 있습니다. 화장실에 가거나 간단한 용무를 볼 수도 있고요. 예술을 감상할 때 느껴지는 이런 편안함 때문에 저는 음악을 좋아하게 되었습니다. 이것이 한 가지 이유입니다.

또 다른 이유도 있지요. 음악이 이야기를 풀어놓는 방식은 회화나 조소에 비해 소설의 서술 방식과 상대적으로 가깝습니다. 양자 모두 움직이는 서술입니다. 혹은 앞으로 전진하는 서술이라고 할 수 있지요. 하지만 회화나 조소는 그렇지 않습니다. 회화가 우리에게 보여주는 것은 평면이고, 조소는 우리에게 주위를 한 바퀴 돌라고 할 뿐입니다. 그래서 저는 음악을 더 좋아합니다. 음악과 소설은 모두 일종의 영상을 갖고 있습니다.

저는 1992년 연말에 장이머우 감독과 합작하여 영화 〈인생〉을 제작하기 시작했습니다. 이 영화를 촬영한 것은 1993년의 일이지요. 당시 그는 제 중편소설 〈1986년〉을 읽고서 소설 속에 온통 영화 같은 장면이 가득 차 있다고 말했습니다. 저는 그때까지 제 작품 속에 그렇게 많은 영화적 장면이 있다는 것을 전혀 느끼지 못했지요. 하지만 영화감독이 그렇게 얘기하고 있었습니다. 저는 그의 말을 믿었지요.

1990년대로 접어들면서 제 글쓰기에 변화가 생겼습니다. 《인생》과 《허삼관 매혈기》는 왜 지금까지도 환영을 받고 있는 걸까요? 어제 장칭화 교수가 고담활론高談闊論으로 한 무더기의 이유를 분석해 내놓았지만 저는 다 듣고 나서 곧장 잊어버렸습니다. 기억나는 게 하나도 없었습니다. 어제는 몸 상태가 좋지 않았지요. 사실 저도 그 이유를 잘 모릅니다. 저의 느낌은 이렇습니다. 제가 《인생》을 쓰고 있을 때인데, 어떤 사람은 《가랑비 속의 외침》이 제 글쓰기 스타일의 전환이었다고 하더군요. 그렇습니다. 확실히 스타일이 변했습니다. 장편소설이었기 때문이지요. 하지만 진정으로 제 글쓰기 스타일이 변한 것은 《인생》에서부터였습니다. 원인이 무엇이냐고요? 농민이 자신의 이야기를 서술하다 보니 가장 소박한 언어를 사용해야 했기 때문입니다.

어제 저녁식사를 할 때, 한 출판사 편집자가 제게 이런 얘기를 하더군요. 그녀의 아이가 열세 살 때 《허삼관 매혈기》를 읽고 무척 마음에 들어 했답니다. 《인생》을 읽고도 무척 맘에 들어 했다더군요. 그런데 《가랑비 속의 외침》을 읽고는 잘 이해가 되지 않는다고 하더랍니다. 그러면서 제게 그 이유를 묻더군요. 저는 《인생》과 《허삼관 매혈기》가 독자로부터 큰 환영을 받았다고 생각합니다. 특히 《인생》은 더욱 그렇지요. 아마 이야기를 푸구이 자신이 서술하면서 가장 단순한 중국어를 사용하고 있기 때문일 겁니다. 당시 저는 작품에서 성어成語를 사용할 때 항상 신중하고 조심스러운 태도를 취했습니다. 소설 한 편을 쓰는 데 성어가 하나도 없다면 작품 전체가 맛이 없어지지요. 성어를 몇 개는 꼭 써야 한다면 누구나 다 아는 걸로 쓰면 됩니다. 모든 사람이 이해하고 사용하는 성어를 쓰는 것이지요. 어린아이부터 어른에 이르기까지 모두가 다 이해하기만 하면 되니까요.

　　저는 어제 장칭화 교수에게 이 두 작품, 특히 《인생》이 지금까지도 독자들에게 큰 환영을 받고 있는 이유를 말해주었습니다. 저는 그럴 수 있었던 유일한 이유가 운이 좋았기 때문이라고 생각합니다. 확실히 저는 운이 좋았습니다. 화제를 좀 넓혀볼까요. 《형제》가 출판되던 해에 저는 이우義烏•에 갔습니다. 이우에 가자마자 그곳에 '이광두'가 아주 많다는 사실을 발견했지요. 현지 사람들의 말에 따르면 이우에 경제 기적이 일어난 뒤로, 상하이와 베이징의 경제학자와 사회학자들이 이우의 기적을 조사할 때 이우 사람들에 대해 한 말은 '담이 크다'였다고 합니다. 담이 컸기 때문에 이우의 기적을 창조할 수 있었다는 것이지요. 《인생》이 지금까

• 　　중국 저장성에 있는 도시로 상업이 활발하다.

지 환영을 받는 이유도 '운이 좋았다'는 한 단어로 설명하는 수밖에, 달리 해석할 방법이 없을 것 같습니다.

　어떤 곳에서는 《제7일》이 《인생》보다 더 큰 인기를 얻었습니다. 위구르어로 번역된 뒤로 위구르 지역에서 인기를 얻게 되었지요. 이미 6쇄를 찍었다고 하더군요. 《인생》은 3쇄밖에 찍지 못했는데 말이에요. 중국어 세계에서는 다른 작품이 《인생》을 넘어선다는 것이 절대로 불가능합니다. 앞으로도 그럴 겁니다. 제 여생은 물론, 죽어서도 《인생》처럼 독자의 사랑을 받는 작품은 다시 써내지 못할 것 같습니다. 솔직히 말하면 이미 자신감이 없어졌습니다. 《인생》은 여러 세대에 걸쳐 두터운 독자층을 확보하고 있고 당당왕當當網●에서도 엄청난 판매 수치를 기록하고 있습니다. 얼마 전에 당당왕 담당자가 이 사이트에서 《인생》을 구매하는 사람들의 60퍼센트 정도가 1995년 이후에 출생한 젊은이라고 알려주더군요.

　제가 《제7일》을 쓴 것은 연속성을 위해서였습니다. 《인생》과 《허삼관 매혈기》 이후 거의 10년이 지나서야 장편소설 《형제》가 출간되었습니다. 《형제》를 출판하면서 후기에 지난 40년이 저의 글쓰기에는 대단히 중요한 시간이었고 앞으로 이렇게 분량이 많은 작품은 써내지 못할 것이라고 분명히 밝혔습니다. 이렇게 긴 소설을 프랑스에서는 '대하소설' 혹은 '파노라마식 소설'이

●　　중국 최대의 온라인 서점이다.

라 부르지요. 프랑스어권의 평론에서는 거의 대부분 그렇게 부르더군요. 프랑스어권 독자들은 이 소설을 대단히 좋아합니다. 그들의 평론을 읽을 때면 팔에 닭살이 돋을 정도지요. 유일하게 프랑스어권에서는 이 작품에 대한 비판적인 서평이 없었습니다. 한 편 한 편, 갈수록 좋은 말만 하더군요. 나중에는 프랑스어권의 중요한 신문 하나가 21세기 첫 10년의 중요한 작품 15권을 선정하면서 《형제》를 그중 하나로 꼽았습니다. 영국과 독일에서는 《형제》를 비판하는 서평이 두세 편 있었지요. 물론 이 두 언어권에서도 《형제》를 호평하는 글이 45편이나 발표됐습니다. 호평이 절대 다수를 차지했지요. 호평하는 쪽에서는 비판적인 글은 전부 중국 연구자들이 쓴 것으로 중국 내 비판의 영향을 받은 것 같다고 말해주었습니다.

저는 서른한 살에 《가랑비 속의 외침》을 쓰고 서른두 살에 《인생》을 썼으며 서른다섯 살에 《허삼관 매혈기》를, 마흔여섯 살에 《형제》를 썼습니다. 우리 세대 작가들의 경력은 좀 특이한 편입니다. 동시대의 외국 작가 친구들에게서는 우리처럼 다양하고 잡다한 모습을 찾아볼 수 없습니다. 저는 스무 살이 갓 넘었을 때 글쓰기를 시작했고 저장에서 원고 수정 모임에 참가하면서 그곳의 작가들을 알게 되었습니다. 당시 저와 사이가 가장 좋았던 작가 두 분은 일찌감치 글쓰기를 그만두고 사업을 시작했지요. 저는 성장하고 글을 쓰는 과정에서 끊임없이 새로운 사람들을 사귀었습니다. 이 사람들은 잠시 이런 일을 하다가 또 잠시 저런 일을 하곤 했지요. 그들은 또 다른 친구들을 데려오기도 했습니다. 그중에는 정치를 하는 사람도 있었고 장사를 하는 사람도 있었습니다. 또 몇 명은 감옥에 가기도 했지요. 감옥에서 제게 전화를 해서 간수에게 줄 책을 사인해 보내달라고 부탁하는 친구도 있었습니다. 저는 문제없다면서 주소를 알려달라고 했지요.

이런 일은 여러 번 있었습니다. 나중에 그 친구들은 크게 감격했습니다. 그 가운데 한 명은 제가 사인한 책을 보내준 뒤로 간수가 자신을 감옥 잡지를 담당하는 자리로 옮겨주었다고 하더군요. 그는 이전에 자주 사람들에게 괴롭힘을 당했다고 합니다. (그가 사람들에게 괴롭힘을 당한 이야기에는 여자가 너무 많이 등장하기 때문에 그 얘기는 하지 않도록 하겠습니다.) 그런데 그가 감옥 잡지의 편집을 맡게 된 뒤부터 다른 죄수들이 그에게 알랑거리기 시작했답니다. 잡지에 글이 발표되면 감형을 받을 수 있기 때문이지요. 그는 정말 대단했습니다. 감옥에서도 그다지 힘들지 않게 지냈지요. 그 시절 그 친구들 가운데는 사업을 해서 억만장자가 된 사람도 있고 정치를 해서 고관이 된 사람도 있습니다. 우리는 스무 살이 갓 넘은 나이에 함께 문학과 예술의 길을 걷다가 점차 헤어져 각자 다른 길을 걷게 되었지요. 이런 경험 때문인지 마흔이 넘고 쉰이 되어가자 글쓰기에 대한 욕망에 변화가 생겼습니다. 솔직하게 얘기하자면 문학 텍스트 외에 사회 텍스트를 남기고 싶다는 생각을 하게 되었지요.

《형제》를 다 쓰고 나서 저는 그것으로는 부족하다고 생각했습니다. 다른 작품을 더 쓰고 싶었지요. 좀 더 직접적인 방식으로 글을 쓰고 싶었습니다. 그래서 논픽션 책을 써서 타이완에서 출판하게 되었지요.• 이 논픽션을 쓰고 나서도 저는 부족하다고 생각했습니다. 지난 30년 동안 중국에서는 희한하고 이상한 일이 무수히 일어났습니다. 저는 그런 일을 집중적으로 쓰고 싶다는 바람을 갖고 있었습니다. 어떤 방식으로 쓰면 될까요?《형제》의 방식으로 쓴다면 분량이 《형제》보다 많아질 것 같았습니다. 그러다가 어느 날 갑자기 영감이 떠올랐지요.

어떤 사람이 죽고 나서 화장장火葬場으로부터 전화를 한 통 받습니다. 화장이 늦어진다는 겁니다. 저는 이 이야기를 책으로 쓸 수 있겠다 싶었습니다. 죽은 자들의 세계를 쓰는 것이지요. 죽은 자들이 함께 모여 있으면서 자신들이 살아 있을 때 이승에서 어떤 일을 당했는지 이야기하는 것을 한데 모아놓는 겁니다. 이런 방식으로 하면 그다지 많지 않은 분량으로 여러 가지 이야기를 집중적으로 쓸 수 있었지요.

저는 허구로 '화장을 기다리는 커다란 홀'을 만들었습니다. 사자들이 이 홀에 들어오면 번호를 받고 앉아서 자신의 번호가 불리기를 기다립니다. 그런 다음 몸을 일으켜 화장을 당하게 되지요.

• 《사람의 목소리는 빛보다 멀리 간다》(김태성 옮김, 문학동네, 2012).

가난한 사람들은 플라스틱 의자에 빼곡하게 끼어 앉아 있고 부유한 사람들은 넓은 소파 구역에 가서 앉습니다. 이는 제가 일을 보러 은행에 갔을 때 경험했던 겁니다. 은행에 들어가면 누구나 번호표를 받게 되지요. 보통 번호를 받는 사람들은 플라스틱 의자에 앉고 VIP 번호를 받은 사람들은 다른 구역으로 들어가 소파에 앉게 됩니다. 그곳에는 차와 커피를 비롯한 다양한 음료들이 있지요. 저는 또 허구로 수입 화장로와 중국산 화장로도 만들어냈습니다. 수입 화장로는 VIP 사망자들을 화장하는 데 쓰이고 중국산 화장로는 일반인 사망자들을 화장하는 데 쓰이지요.

　　어제 저녁에 누군가 제게 보내준 자료를 하나 받았습니다. 바바오산八寶山°에 관한 것이었습니다. 바바오산에는 두 개의 공동묘지가 있습니다. 하나는 혁명 공동묘지이고 하나는 인민 공동묘지이지요. 혁명 공동묘지에 안장된 사람들은 전부 간부이고 인민 공동묘지에 안장된 사람들은 전부 일반 민중입니다. 그곳에는 진짜 수입 화장로가 있습니다. 일본에서 수입한 것이지요. 이 화장로는 화장을 해도 연기가 나지 않습니다. 그래서 고급 간부들만 그곳에서 화장을 합니다. 제가 수입 화장로에 관해 쓴 것은 완전히 제가 멋대로 꾸며낸 것입니다. 저는 수입품이 있는 줄 몰랐거든요. 조

○　　베이징 서쪽에 있는 산으로 규모는 크지 않으나 중국 혁명열사들의 묘지가 있는 것으로 유명하다.

사해보지도 않았고 정말로 수입품이 있으리라고 생각해보지도 않았습니다. 바바오산에는 등급제가 있어서 같은 등급이 아니면 부부라 해도 함께 안장되지 못합니다. 서로 다른 구역에 묻히지요.

'죽어서도 묻힐 곳이 없는' 상황은 제가 《제7일》의 '제1일'을 쓸 때 발생했습니다. 당시 저는 이 소설을 완성할 수 있겠다고 생각하고 있었지요. 제가 지금 비교적 마음을 놓지 못하는 것은, 사실이 바로 이런데 '죽어서도 묻힐 곳이 없는'이라는 표현이 다른 언어로 번역될 때는 이해되지 않을 수 있다는 겁니다. 이미 우리 중국어에서 말하는 '죽어서도 묻힐 곳이 없는' 상황이 아닌 것이지요.

사회적 사건을 집중적으로 쓰기 위해서는 한 가지 관점이 필요합니다. 이 관점이 《제7일》에서는 바로 '죽어서도 묻힐 곳이 없는' 상황이지요. 죽은 자들의 세계에서 살아 있는 자들의 세계에 대응하는 것입니다. '죽어서도 묻힐 곳이 없는' 상황이 아니라면 이 소설은 완성하기가 어려웠을 겁니다. 한편으로는 맨 마지막에 어떻게 될지를 몰랐을 것입니다. '죽어서도 묻힐 곳이 없는' 상황이 있어야 소설의 결말이 있을 수 있기 때문이지요. 또 한편으로는 수많은 이야기를 하나로 집중해서 쓰려면 죽은 자들이 죽어서도 묻힐 곳 없는 상황에 처해야 각자 살아 있을 때 있었던 일을 공유할 수 있지요.

이 책은 실제로 현실에서 발생하는 여러 가지 이상하고 신기한 일을 묘사하고 있지만 글을 쓰면서 이런 일들을 풀어내는 과정은 그리 쉽지 않았습니다. 예를 하나 들어볼까요. 양페이楊飛는 장례식장으로 가서야 아직 자신의 묘지가 없다는 것을 알게 됩니다. 그럼 화장을 한 뒤에 어떻게 될까요? 안치될 곳이 없어 밖으로 나온 그는 길에서 우연히 슈메이鼠妹를 만납니다. 이어서 죽어서도 묻힐 곳 없는 땅으로 가게 되지요. 그 말고도 다른 몇몇 사람이 그렇게 떠돌다가 죽어서도 묻힐 곳 없는 땅으로 가게 됩니다. 모든 사람이 병원의 영안실을 거치는 건 아니고 오로지 리웨전李月珍과 스물일곱 명의 죽은 영아들만 영안실에 갑니다. 그들은 영안실을 떠나 죽어서도 묻힐 곳 없는 땅으로 갑니다. 저는 리웨전과 그 영아들의 시신이 실종된 수수께끼에 관해서도 썼습니다.● 현지 정부에서는 그들이 이미 화장되었다고 하면서 다급하게 다른 사람들의 유골 일부를 그들의 유골로 둔갑시킵니다.●● 이 모든 것들이 전부 부조리한 일이지요. 따라서 저는 그들이 영안실에서 스스로 일어나 걸어 나가게 할 수가 없었습니다. 그렇게 쓰는 것은 너무나 무책임한 글쓰기 태도이기 때문입니다.

그때 저는 아주 오래전부터 중국에서 흔히 발생하던 일을

● "이틀 뒤에야 누군가 아줌마와 스물일곱 구의 영아 시신이 영안실에 있었다는 것을 떠올렸지만, 구덩이 아래로 내려가 영안실을 살펴보았던 지질 환경 검사원은 안에 시체가 한 구도 없었다고 했다. 아줌마와 스물일곱 구의 영아가 불가사의하게 실종된 것이다." (《제7일》, 148쪽)

생각해냈습니다. 다름 아니라 땅이 꺼지는 일입니다. 이 부분의 묘사에 아주 적절한 장치였습니다. 여러 가지 요인으로 인해 발생하는 사고이니까요. 폐광이나 지하수 장기 사용으로 인한 공동空洞이 원인이 될 수도 있고 고층 건물의 건축도 원인이 될 수 있지요. 고층 건물을 지으려면 지반을 아주 깊게 파기 때문에 지하수원이 절단되어 지반 붕괴를 유발하기도 합니다. 전국 곳곳에서 지반 붕괴가 일어나지요. 때로는 도로가 내려앉기도 합니다. 지나가는 차가 없어서 다행이지만 갑자기 도로 한가운데가 푹 꺼지는 것이지요. 그래서 저는 영안실이 무너지고 붕괴의 진동 속에서 그들을 끌어내는 것으로 표현했습니다. 한 차례 진동이 있은 후에 리웨전은 어떤 소리에 이끌려 이 영아들을 데리고 순조롭게 죽어서도 묻힐 곳 없는 땅으로 갑니다.

　　이런 소설을 쓸 때는 사건을 단순히 나열하기보다는 장소를 선택하는 일이 대단히 중요하지요. 지난 몇 년 동안 우리에게는 이상한 일이 너무 많이 일어났습니다. 저는 이 모든 이야기를 다 쓰고 싶었습니다. 문제는 실제로 어떤 이야기는 이 책에 집어넣을 수 없어 포기해야 했다는 것입니다. 이렇게 《제7일》을 완성하고

••　　"나는 아줌마와 스물일곱 구 영아 시신의 불가사의한 실종을 떠올리며, 빈의관에서 아줌마와 스물일곱 구의 영아 시신을 이미 화장했다고 말했지만 인터넷에는 아줌마와 스물일곱 구 영아의 유골이 다른 사람의 유골함에서 빼낸 것이라는 말이 돌았다고 이야기했다." (《제7일》, 231~232쪽)

나서 저는 충분하다고 생각했습니다. 이런 얘기들은 더 쓰고 싶지 않았지요. 입맛을 좀 바꿔야 할 것 같았습니다.

《제7일》에는 틀림없이 아쉬운 부분이 많을 겁니다. 《형제》와 《허삼관 매혈기》, 《인생》, 《가랑비 속의 외침》에도 아쉬운 부분이 없을 수 없겠지요. 저는 제 모든 작품에 아쉬운 부분이 있다고 생각합니다. 무엇을 잘못 쓰고 또 무엇은 잘못 사용하고, 이런 문제입니다. 이것을 어떤 사람은 심각한 문제로 여기지만 저는 그렇지 않다고 생각합니다.

제가 《인생》을 썼을 때, 분량이 11만 자에 지나지 않았는데도 인물의 이름을 잘못 쓴 적이 있습니다. 앞에서는 A라고 불렀다가 뒤에서는 B라고 부르는 식이었지요. 나중에 제 역자들 가운데 한 사람이 이를 발견했습니다. 그는 아무리 읽어도 이 두 사람이 같은 사람인 것 같다고 느꼈습니다. 그래서 제게 편지로 물어 온 것이지요. 저도 원문을 읽어보고 나서 확실히 한 사람이라는 사실을 발견하고는 얼른 수정했습니다.

《허삼관 매혈기》의 탄생과 관련해서는 〈수확〉의 샤오위안민에게 감사해야 할 것 같습니다. 그녀는 정말 훌륭한 편집자입니다. 그녀가 편집을 하다가 제게 전화를 했습니다. 당시는 이미 휴대전화가 있을 때였지요. 그녀는 서사의 관점에서 볼 때 《허삼관 매혈기》는 남방의 작은 진에서 일어난 일이어야 할 것 같다고 하더군요. 저는 남방의 작은 진이 맞다고 대답했습니다. 그랬더니 그녀는 그럼 왜 '샤오샹小巷'[o]이라는 단어를 쓰지 않고 '후퉁胡同'이라는 단어를 쓰느냐고 되묻더군요. 저는 여러 해 동안 베이징에 살면서 평소에 집을 드나들 때마다 항상 후퉁이라는 단어를 썼습니다. 그러다 보니 글을 쓰면서 저도 모르게 후퉁이라는 단어만 쓰게 된 것이지요. 샤오위안민이 저 대신 '후퉁'을 전부 '샤오샹'으로 고쳐주었습니다. 샤오위안민이 고쳐주지 않았다면 누군가 이를 큰 문제라고 떠벌렸을 겁니다. 하지만 이런 문제를 가지고 작품 자체를 부정할 수는 없을 겁니다. 작가도 사람이고, 사람은 누구나 실수를 하기 마련이니까요.

《형제》는 분량이 50만 자가 넘습니다. 쓰다 보면 실수를 범할 수밖에 없지요. 장칭화도 한 가지 문제점을 발견해주었습니다. 소설에서 이광두는 임홍이 자신의 꿈속의 연인이라고 말합니다.[•] 이에 대해 장칭화가 문화대혁명 시기에 이런 말을 할 수 있었겠느냐고 아주 부드러운 어투로 묻더군요. 저는 당연히 할 수 없었을 거라고 대답했습니다. 깜빡 잊었다고, 정신없이 쓰다 보니 그런 점을 의식하지 못했다고 말했지요. 장칭화는 그럼 왜 재판을 찍을 때

---

o   베이징을 비롯한 중국 북방 지역에서는 작은 골목을 '후퉁'이라고 하지만 남방에서는 '샤오샹'이라는 단어를 더 많이 쓴다. 사용하는 단어를 통해 지역을 가늠할 수 있는 것이다.

•   "맞아요. 우리 엄마도 아니고, 우리 누나도 아니지만 그 여자는 그래도 내 꿈속의 애인이라 말하기 아깝다고요."(《형제 1》, 35쪽)

그런 부분을 고치지 않았느냐고 묻더군요. 저는 그럴 필요가 없다고 말했습니다. 50년 뒤에도 누군가 이 책을 읽는다면 문화대혁명 시기에 사람들이 이런 말을 할 수 없었다는 사실을 모를 것이기 때문입니다. 오늘 이 자리에 앉아 있는 학생들도 당시에는 그런 말을 할 수 없었다는 사실을 모를 겁니다. 또 50년 뒤에 이 책을 읽는 사람들이 없어진다면 지금 고친다 해도 헛수고가 되겠지요.

글쓰기란 때로는 과거의 바람을 완성하는 것이기도 합니다. 저는 젊었을 때 가와바타 야스나리의 중편소설 〈온천여관温泉旅館〉을 읽었습니다. 이는 제가 읽은 소설들 가운데 주인공이 없는 첫 번째 소설이었습니다. 소설 속의 인물들이 전부 조연이었지요. 〈온천여관〉은 전통소설로서 서사에 분명한 규칙이 있는 것 같아 보였지만 사실은 아니었습니다. 전통소설에는 일정한 격식이 있지요. 간단히 말하자면 주연과 조연이 있어야 한다는 겁니다. 하지만 〈온천여관〉은 그렇지 않았습니다. 등장인물이 아주 많았고, 모든 인물에 대한 묘사가 길지 않았습니다. 어떤 인물은 겨우 한 페이지에 나왔다가 사라지기도 했지요. 예컨대 전문적으로 창호지를 바르는 사람이 나옵니다. 그는 창문에 창호지를 바르면서 시녀와 시시덕거리며 장난을 치지요. 그러다 어떤 시녀가 그를 사랑하게 됩니다. 그는 활갯짓하며 성큼성큼 큰 걸음으로 떠나가면서 시녀에게 이렇게 말하지요. 제가 보고 싶어지면 창호지를 전부 뚫어버리세요. 저는 〈온천여관〉에서 아주 큰 매력을 느꼈습니다. 나중에 기회가 되면 저도 주인공 없는 소설을 써보고 싶다는 생각이 들었지요.

대략 5~6년이 지나서 제가 《세상사는 연기와 같다》를 쓸 때 그랬습니다. 몇 페이지를 썼는데도 주인공이 없었지요. 소설의 주인공이 아직 제 머릿속에 나타나지 않았던 겁니다. 갑자기 맨 처음 〈온천여관〉을 읽었을 때 스스로 품었던 기대가 생각났습니다. 기회가 왔다는 걸 알았지요. 이리하여 저도 주인공이 없는 소설을 쓰게 되었습니다. 약간 유감인 것은 《세상사는 연기와 같다》가 중편소설이라는 것입니다. 저는 야심이 더 커서 주인공이 없는 장편소설을 쓰고 싶었거든요. 이런 기회가 나중에 찾아왔지만 그때는 잡지 않았습니다.

바로 작년에 《제7일》을 출판했을 때였지요. 이 장편소설이 주인공 없는 소설이 될 수 없을까 하고 생각해봤지만 이미 뜻대로 할 수가 없었습니다. 1인칭 시점을 선택한 데다 이미 '제3일'까지 썼기 때문이었지요. '나'와 아버지의 이야기가 이미 소설의 축이 되어 있었기 때문에 인칭이나 시점을 바꾼다면 서사의 감각을 상실할 수 있었거든요. 지금 생각해보면 양페이와 그의 아버지의 이야기를 좀 많이 쓴 것 같습니다. 조금 적게 쓰고 다른 인물들에 대한 묘사를 좀 늘려야 했다는 생각이 들더군요. 그랬다면 저에게는 소설이 훨씬 더 재미있었을 것 같습니다. 물론 독자들에게는 푸구이나 허삼관 같은 이야기가 더 재미있겠지만 말이에요. 처음부터 끝까지 한 인물의 운명에 대한 이야기라 독자들은 아주 빨리 몰입하게 되지요. 하지만 작가는 다릅니다. 작가에게는 자신만의 이상이 있지요. 작가는 어떤 작품에서 이 이상을 완성하려 합니다. 그리고 이런 이상은 작가가 스물 남짓일 때, 심지어 십 대일 때 고전작품을 읽으면서 갖게 되기 마련이지요.

저는 다음으로 미루기로 했습니다. 언젠가 틀림없이 기회가 있겠지요. 수많은 독자들이 제 소설에 익숙해져 있습니다. 하지만 과거 저의 중단편소설들에 대해서는 잘 모르고 있어요. 그들은 《제7일》을 다 읽고 나서 그것이 제가 처음으로 삶과 죽음의 경계를 그린 소설이라고 생각했습니다. 어떤 사람은 망령에 관한 소설이라고 말하기도 했지요. 제 일본어 역자 이즈카 유토리는 《제7일》을 번역하면서 계속 《세상사는 연기와 같다》가 생각났다고 말하더군요. 확실히 그렇습니다. 《제7일》은 어떤 의미에서 《세상사는 연기와 같다》의 연장이라고 할 수 있습니다.

*

방금 이 철학과 학생은 작가와 비평가의 문제를 제기하면서 제 작품에 대해 평론가들이 견강부회의 해석을 내리는 경우는 없느냐고 물었습니다. 그러면서 평론가들에게 하고 싶은 얘기는 없느냐고 했지요. 수업 시간에 선생님이 가치와 가격의 관계를 이야기하면서, 어떤 작품을 어떻게 이해하든 간에 그 작품의 가격이 가치를 포장하고 있는 것과 같다고 설명했다고 합니다. 아주 재미있는 예라고 생각합니다. 작가가 가치라면 평론가는 가격이라는 생각이 듭니다. 가격은 항상 가치를 정확하게 반영하지 못하지요. 항상 약간 높거나 낮은 편입니다.

저는 《산해경》에 나오는 '만만蠻蠻'이라는 새가 생각났습니다. 몸뚱어리가 반밖에 없고 날개도 한 쪽만 있는 새이지요. 이 새는 반드시 다른 한 마리와 짝을 이뤄야만 날 수 있습니다. 저는 작가와 평론가의 관계가 두 마리의 '만만' 같다고 생각합니다. 작가는 비평가와 함께 날기를 원치 않고 비평가도 작가와 함께 날기를 원치 않습니다. 하지만 함께 날지 않으면 둘 다 날 수가 없지요. 함께 나는 수밖에 없는 겁니다. 이것이 작가와 비평가의 관계입니다.

저에 관한 평론은 아주 많지만 대부분 이 학생이 말하는 것처럼 진부하고 상투적인 논조는 아니라 해도 견강부회식이 되거나 일정한 주제에 얽매여 똑같은 얘기를 반복하는 경우가 많습니다. 제목만 봐도 읽을 필요가 없는 글이라는 것을 알 수 있지요. 물론이는 평론가들의 힘든 노동을 존중하지 않는 태도일 수도 있습니다. 하지만 확실히 저는 이런 글을 너무 많이 읽었습니다. 저를 비판하는 글도 기본적으로 이런 틀에서 벗어나지 않는 것 같더군요.

어떤 자세로 비판을 대해야 할까요? 이는 작가라면 회피할 수 없는 문제입니다. 저는 《형제》에서 《제7일》에 이르기까지 두 차례에 걸쳐 천지를 뒤덮는 비판에 시달린 적이 있습니다. 제게는 이미 비판이라는 것이 빗방울처럼 하찮은 것이 되어 있어 아무런 역할도 못 하지만 말입니다. 하지만 때로는 그런 비판에 대해 반성적 사유를 펼칠 때가 있지요. 어째서 그렇게 많은 사람들이 비판을 하는 걸까 따져보는 겁니다. 특히 《형제》를 발표했을 때부터는 제가 새 작품을 출판하기만 하면 항상 맹렬한 비판이 몰려왔습니다. 처음에는 이런 비판 속에 어떤 동기가 담겨 있다고 이해했지만 나중에는 그렇게 이해하고 넘어가서는 안 된다고 생각하게 됐습니다. 저를 비판하는 글의 내용 중 90퍼센트 이상이 말도 안 되는 소리라 해도, 거꾸로 생각해보면 저를 칭찬하는 글에도 말도 안 되는 소리가 그 정도는 있는 것 같았습니다. 똑같이 허튼소리인데 칭찬하는 소리는 좋아하면서 비판하는 소리는 받아들이지 않을 이유가 없는 것이지요.

우수한 문학평론은 작가에게 어떤 느낌을 주는 걸까요? 아마 이런 것일 겁니다. 만일 작가인 제가 산 정상에 서 있다면 평론가는 건너편 산의 정상에 서 있을 것이고, 제가 강가에 서 있다면 평론가는 강 건너편에 서 있을 겁니다. 작가가 평론가의 글을 읽고 난 뒤의 생각은 평론가의 것과 다를 수도 있습니다. 하지만 그 글이 어떤 흥미를 유발할 수 있지요. 어떤 흥미인지 두 편의 영화 장면으로 설명할 수 있을 것 같습니다.

하나는 테오 앙겔로풀로스Theo Angelopoulos 감독의 〈영원과 하루〉입니다. 이 영화에서는 어떤 사람이 길을 떠납니다. 그는 집을 정리하고 떠날 준비를 하면서 음악을 틀지요. 음악 소리가 울리는 순간, 그의 집 건너편 창문에서 어떤 사람이 똑같은 음악을 틉니다. 이 사람이 이 음악을 틀 때마다 건너편에서도 이 음악이 들리지요. 건너편에 살고 있는 사람이 누구인지는 아무도 모르지만 두 사람이 똑같은 음악을 트는 겁니다.

또 다른 영화는 제 아들이 알려준 겁니다. 이 일본 애니메이션에는 남자아이가 하나 등장하지요. 이 아이는 아마도 여러분과 마찬가지로 아주 잔혹한 고등학교 생활을 경험한 것 같습니다. 생활이 온통 시험과 시험의 연속이었지요. 이런 화제를 대학교에서 얘기하는 것은 적절하지 않을지도 모르겠습니다. 하지만 여러분은 이미 충분히 성숙했으니 얘기해도 무방할 거라고 생각합니다. 이 남자아이는 그만 살고 싶다는 생각에 자기 교실이 있는 건물 옥상으로 올라가 뛰어내리려 합니다. 그런데 건너편 건물 옥상에서도 학생 하나가 뛰어내리려 하고 있는 겁니다. 두 학생은 잠시 서로를 바라보다가 결국 뛰어내리지 않기로 마음먹습니다. 저는 훌륭한 작가가 훌륭한 평론에 귀를 기울일 때나 훌륭한 평론가가 훌륭한 작품을 읽었을 때 느끼는 기분도 바로 이럴 것이라고 생각합니다.

*

그날의 토론회에서 장칭화는 칭찬하는 어투로 제가 베이징사범대학교 입학식에서 했던 "진리에 대한 추구를 영원히 포기하지 않겠다"라는 말을 되풀이했습니다. 약간 낯간지러운 말이긴 하지만 대단히 감동적이었다고 하더군요.

제가 이 말을 한 데는 전후 인과관계가 있습니다. 당시 저는 아들과 함께 지내고 있었습니다. 아들은 고등학교를 졸업하고 미국 대학으로 유학을 준비하고 있었지요. 우리는 집에서 함께 장이머우 감독의 영화 〈진링의 13소녀〉를 보고서 토론을 벌였습니다. 그런데 영화의 결말에서 기녀가 여학생을 대신해 죽음을 맞는 대목에 대해 우리는 큰 반감을 느꼈습니다. 기녀의 생명이 여학생의 생명보다 미천하단 말인가요? 당시 제 아들이 아주 놀라운 말을 하더군요. 아이의 성장을 부모는 예측할 수 없는 것 같습니다. 아들은 버트런드 러셀이 영국 BBC 방송과의 인터뷰에서 했던 얘기를 했습니다. 기자가 마지막으로 그에게 천 년 이후의 사람들에게 그의 일생과 인생의 깨달음에 대해 몇 마디 해달라고 부탁하자 러셀은 두 가지를 얘기했다고 합니다. 하나는 지혜에 관한 것이고 하나는 도덕에 관한 것이었지요. 지혜에 관하여 러셀은 어떤 사물을 연구하든 간에, 혹은 어떤 관점에 관해 사유하든 간에, 사실이 어떤 것인지, 이런 사실이 실증하는 진리는 무엇인지 자기 자신에게 물어야 한다고 말했습니다. 자신이 더 믿고 싶은 것, 남들이 믿는다고 생각하는 것, 사회에 더 큰 이익을 가져다줄 수 있는 것에 영향받지 말고 오로지 어떤 것이 사실인지만을 따져보라는 것이지요.

아들은 기본적으로 러셀이 했던 말을 되풀이했을 뿐입니다. 하지만 저는 이 말을 영원히 진리에 대한 추구를 포기하지 말라는 말로 이해했지요. 물론 제 아들이 저보다 훨씬 더 많은 얘기를 했습니다. 제 말은 비교적 직설적이었지요. 제 말은 푸구이의 말이었고 아들의 말은 러셀의 말이었던 셈입니다. 이어서 아들은 장이머우가 이미 자신의 생각을 진리로 여기고 있다고 말하면서 저도 성공하게 되면 더욱 조심해야 한다고 말하더군요. 확실히 누구나 성공을 하면 자신의 생각을 진리로 여기게 되는 것 같습니다.

그렇다면 진리란 무엇일까요? 저는 오늘 이 자리에 계신 선생님들이 아니라 학생들에게 말하고 싶습니다. 진리란 무엇일까요? 진리는 나의 생각이 아니고 여러분 선생님들의 생각도 아닙니다. 진리는 유명 인사들의 명언도 아니고 어떤 사상도 아닙니다. 진리는 아주 단순한 존재이고 어디엔가 있습니다. 진리는 우리가 찾아야만 모습을 드러냅니다. 찾지 않으면 절대로 모습을 드러내지 않지요. 등대와 같다고도 할 수 있습니다. 비행기 항로를 안내하는 관제탑 같다고도 할 수 있지요. 진리는 우리에게 어떤 사상 같은 것을 갖게 하지 않습니다. 진리가 할 수 있는 일은 우리를 정확한 방향으로 인도하는 것이지요. 우리가 이 정확한 방향으로 나아가면 바다의 암초나 공중의 위험을 피할 수 있습니다. 진리는 이처럼 단순한 존재입니다. 나서서 찾기만 하면 진리는 존재합니다. 그리고 그 진리가 우리를 이끌어줄 것입니다.

국어와
문학 사이

중산
中山

2017. 5. 11.

이 주제로 이야기를 하기로 결정했을 때, 저는 아부다비에 있었습니다. 건물 밖의 기온은 40도이고 건물 안은 20도였습니다. 저는 40도와 20도 사이를 넘나들면서 이런 제목을 생각해낸 겁니다. 하지만 제가 이런 주제를 택한 건 언어와 문학의 차이를 말하기 위한 게 아닙니다. 차이가 존재하긴 하지요. 예컨대 국어를 배우면 반드시 시험을 보아야 하지만 문학작품을 읽을 때는 시험을 보지 않아도 됩니다. 이런 차이는 그저 길이 다를 뿐, 방향은 같은 것이라 할 수 있지요. 국어 교과서 안에 있는 글이 전부 문학작품이기 때문입니다. 아부다비의 20도와 40도가 전부 아부다비의 기온인 것과 마찬가지이지요. 때문에 제가 관심을 가진 것은 국어와 문학 사이에 무엇이 있느냐 하는 것이었습니다.

이 주제를 택한 데는 두 가지 이유가 있습니다. 하나는 여러분이 전부 중학교나 초등학교의 국어 선생님들이기 때문입니다.●
그리고 30년 전에 제가 〈베이징문학〉에 발표한 단편소설 가운데

〈십팔 세에 집을 나서 먼 길을 가다〉라는 작품이 있기 때문이지요. 교육자인 제 친구의 조사에 따르면 이 작품이 1999년에 인민교육출판사의 중등 사범 국어 교과서에 실린 데 이어 어문語文출판사판과 광둥廣東출판사판, 상하이교육출판사판, 장쑤江蘇교육출판사 및 인민교육출판사판 고등학교 국어 교과서에도 연이어 수록되었다고 합니다.

〈십팔 세에 집을 나서 먼 길을 가다〉는 인민교육출판사판 국어 교과서에 우담바라처럼 모습을 드러냈다가 얼마 지나지 않아 곧 삭제되었고, 대신 교과서가 아닌 다른 책에 실렸습니다. 저는 다른 판본의 고등학교 교과서에 이 단편소설이 아직 실려 있다는 것은 알지 못했습니다. 여러 해 전에 광둥성 대학입시 시험 문제에 이 단편소설이 등장한 적이 있지만 적지 않은 학생들이 틀린 답을 썼고, 가장 우수한 학생들도 몇 점의 감점을 받았지요. 이 소중한 몇 점 때문에 원래 베이징대학교나 칭화淸華대학교에 들어갈 수 있었던 학생들이 베이징사범대학교나 인민대학교에 가는 수밖에 없었습니다. 30년 전에 제가 이 단편소설을 쓸 때는 이처럼 불합리한 일이 벌어지리라고는 전혀 생각지 못했습니다. 때문에 저는 인터넷에 들어가 국어 선생님들의 학습지도안을 몇 편 살펴보았습니다. 국어 선생님들의 분석은 대단히 알차면서도 요점을 찌르고 있

• 이날 강연은 초중등 국어 교사를 대상으로 이루어졌다.

더군요. 하지만 저는 제가 그런 시험을 치른다 해도 감점을 면하지 못했을 것 같습니다.

저는 당시에 인민교육출판사 중고등학교 국어 교과서 팀의 주임을 맡고 있던 원리산溫立三에게 〈십팔 세에 집을 나서 먼 길을 가다〉의 반응이 어땠는지 물어보았습니다. 그는 학생들이 보통 그 작품을 읽고도 잘 이해하지 못하더라고 말하더군요. 저는 그렇다면 왜 이 작품을 표준 교과서에 수록했던 거냐고 물었지요. 그는 학생들이 읽고도 이해하지 못하게 하기 위해서 그랬다고 대답했습니다.

그래서 저는 이 자리에서 '국어와 문학 사이'에 관해 말씀드리고자 합니다. 저의 계획은, 국어 선생님들의 학습지도안, 비평가들의 글, 작가의 평론, 그리고 제가 처음에 글을 썼던 경험과 지금 다시 읽는 느낌, 이 모든 것을 한 테이블 위에 올려놓는 것입니다.

이를 위해 저는 먼저 저장浙江사범대학교의 가오위에게 〈십팔 세에 집을 나서 먼 길을 가다〉에 관한 평론이 있는지 물었습니다. 그는 있다고 하면서 얼마나 필요하냐고 되묻더군요. 제가 몇 편이면 된다고 했더니 십여 편을 보내왔습니다. 아울러 자기 학생인 왕샤오톈王曉田을 시켜 작가들의 평론도 몇 편을 보내왔습니다. 저도 직접 인터넷에서 국어 교사들의 학습지도안을 몇 편 찾았고 원리산도 제게 몇 편을 제공해주었습니다. 이 정도면 계획을 충분히 실행할 수 있을 것 같았습니다.

가오위가 제게 보내준 〈십팔 세에 집을 나서 먼 길을 가다〉 관련 평론에는 대부분 특이한 면이 있었습니다. 저자들이 전부 사범대학교의 교수나 대학원생이었고, 그들이 쓴 것은 전부 문학평론이었으며 상당 부분이 국어 교육까지 아울러 다루고 있었습니다. 〈십팔 세에 집을 나서 먼 길을 가다〉가 국어 교과서에 수록된 뒤에 영향력이 갈수록 커지는 것으로 보아 제가 쓴 단편소설 가운데 가장 유명한 작품일 거라는 생각이 듭니다.

저는 이들 사범대학교 출신 평론가들이 이미 이 단편소설이 고등학교 국어 교육 과정에서 독서 경험에 미치는 전복적 영향을 고려하고 있다는 사실에 주목했습니다. 그들의 글은 제게 익숙한 청광웨이程光煒나 탕샤오빙唐小兵°의 글과 달랐습니다. 사범대학교 출신 평론가들은 차근차근 잘 타일러서 가르치는 식이고 청광웨이나 탕샤오빙은 높은 지붕 위에서 병에 든 물을 쏟듯이 여유 있게 한 수 가르치는 듯한 글을 쓰지요.

랴오닝遼寧사범대학교 문학원의 왕핑王平과 후구웨胡古玥는 "상징과 존재"라는 제목의 글에서 이렇게 지적했습니다.

이처럼 대담한 서사와 독특한 창의는 학생들이 기존에

°   청광웨이, 탕샤오빙: 중국의 유명 문학평론가.

갖고 있던 독서의 경험을 전복시켰다. 전통적인 기술(記述) 요소로 독해한다면 이야기 전개의 맥락이 파괴될 수도 있다. 상징수사와 실존철학적 의미의 시각으로 독해해 들어가야 아리아드네°의 실을 찾아 그 존재의 진실에 얽힌 수수께끼를 풀 수 있다.

두 사람은 또 글의 말미에서 다시 한 번 학생들이 이 작품을 읽으며 느낄 수 있는 이질감을 강조했습니다.

학생들은 선봉문학을 처음 접하기 때문에 그 특별한 성격, 그리고 전통소설과는 다른 이질적 특성이 낯설게 느껴질 수밖에 없고, 이는 동시에 그들에게 뿌리 깊게 박혀 있는 세계를 바라보는 관점과 방식에 도전이 될 수밖에 없다. 거부감을 주는 단계에서 감상하는 단계로 발전하다 보면 고등학생들이 스스로 심미 능력을 향상시키는 데 중요한 창조적 모색이 될 것이다.

이 두 평론가는 〈십팔 세에 집을 나서 먼 길을 가다〉가 고

○　　　그리스 신화에서 파시파이와 크레타의 왕 미노스 사이의 딸이다. 아테네
　　　의 영웅 테세우스를 사랑하게 되어 그에게 미궁을 빠져나오기 위한 실 또
　　　는 반짝이는 보석들을 주었다고 한다.

등학교 교과서에 수록된 것을 찬성하고 있음을 알 수 있지요. 제가 읽은 다른 사범대학교 출신 평론가들의 글도 이에 대해 긍정적인 입장이었습니다만 원리산처럼 '이해하기 어렵다'고 생각하는 사람도 적지 않은 것 같았습니다.

읽고 이해하는 것과 읽고도 이해하지 못하는 것 사이에는 어떤 일이 벌어지고 있는 걸까요? 아주 많은 일이 있을 테고, 그중엔 우리가 아는 것도 있고 알지 못하는 것도 있을 겁니다. 조리 없이 많은 것들이 마구 뒤섞여 있는 작품을 제외한다면 진정한 의미에서 문학작품을 읽을 때 일어나는 반응은 두 가지 유형으로 나뉠 것입니다. 이해하는지 이해하지 못하는지, 읽을 때 힘이 드는지 안 드는지, 뭔가를 느끼는지 못 느끼는지, 계속 읽어나가고 싶은지 도중에 덮어버리고 싶은지 등이지요. 특히 국어 교과서에 수록되어 있는 작품이라면 시간과 문학이라는 두 번의 검증을 거친 뒤에 안전하다는 표시가 붙은 것들이겠지요. 하지만 때로는 읽고 이해하고, 때로는 읽고도 이해하지 못하는 곤혹감이 있을 수 있습니다. 저는 그 원인이 '경험 독서'와 '비경험 독서'의 차이에 있다고 생각합니다.

전에도 말했던 것처럼 훌륭한 독자는 마음을 비우고 책을 읽어야 한다고 생각합니다. 훌륭한 작가도 마음을 비우고 글을 써야 하지요. 말하는 건 쉽지만 행동으로 옮기기는 쉽지 않습니다. 모든 독자는 자기만의 경험을 가지고 문학작품을 읽습니다. 이런 경험에는 아주 많은 것들이 포함됩니다. 나이와 성별, 경력, 성격, 심리상태, 환경 등이 두루 포함되지요. 모든 작가도 자신의 경험을 가지고 문학작품을 씁니다. 작가의 경험에는 앞서 말한 갖가지 요소들 외에, 작가 자신에게 익숙한 글쓰기 방식이라는 경험적 요소가 포함됩니다. 따라서 독자든 작가든 간에 아주 오랫동안 자신에게 익숙한 읽기^{경험 독서}와 익숙한 글쓰기^{경험 창작}에 빠져 있게 되지요. 그러다가 아주 갑자기, 아무런 징조도 없이 낯선 읽기^{비경험 독서} 혹은 낯선 글쓰기^{비경험 창작}가 반짝 나타납니다. 이런 일은 자주 일어나지 않지요. 경험은 필연이고 비경험은 우연이기 때문입니다. 이런 우연과 마주했을 때 사람들은 곤혹감을 느끼며 뒤로 물러설 수도 있고 신바람이 나서 앞으로 나아갈 수도 있습니다. 당황해서 물러선다면 예전에 비해 달라지는 것은 아무것도 없겠지만 신바람이 나서 앞으로 나아간다면 새로운 세계가 눈앞에 펼쳐질 겁니다.

그래서 저는 저의 비경험 독서와 창작 이야기를 하기 전에 먼저 경험 독서와 창작에 관해 얘기하고자 합니다. 이 얘기를 하자면 먼저 가와바타 야스나리로부터 시작해야 할 것 같습니다. 저는 스무 살 때 그의 작품 〈이즈의 무희〉를 읽었습니다. 문혁이 끝난 지 겨우 4년쯤 지났을 때였지요. 이미 당대의 중국문학이 활기를 드러내기 시작한 때였지만, 이런 활기는 기본적으로 문화대혁명에 대한 비판을 통해 생겨나고 있었습니다. 저는 다람쥐가 쳇바퀴 돌리듯 상흔문학 읽기에서 맴돌다가 우연히 일본 소설 〈이즈의 무희〉를 읽게 되었습니다. 저로서는 완전히 새로운 체험이었지만 낯선 것^{비경험}은 아니었습니다. 저는 스무 살이었고 늘 슬픔에 잠기고 감상에 젖는 나이라 슬프고 감상적인 소설 〈이즈의 무희〉는 제 청춘의 경험 가운데 가장 쉽게 충동에 노출되는 부분을 깨어나게 해주었습니다. 소설 속의 '나'도 스무 살이었고 '무희'는 열네 살이었습니다. 가와바타 야스나리는 가까운 것 같기도 하고 먼 것 같기도 한 이 사랑을 세밀하고 정교하면서도 아주 깊게, 사람의 마음을 파고들듯이 묘사하고 있었습니다. 소설은 무희와 그녀의 오빠가 '나'를 송별하는 장면으로 끝납니다. '나'는 상흔을 안고 떠나가게 되지요. 저도 이 단편소설에서 상흔을 읽었지만 당시 중국에 유행하던 상흔문학 속의 상흔과는 달랐습니다. 중국 상흔문학의 상흔을 칼로 벨 때 나는 통렬한 절규라고 한다면 가와바타 야스나리의 상흔은 내면 깊숙한 곳이 은은히 아려오는 그런 고통이라고 할 수 있지요. 저는 지금도 한 가지 디테일을 기억하고 있습니다. 무희가 길가에 쪼그리고 앉아 평소 자기 이마 위 머리에 꽂혀 있던 빗으로 사자개의 긴 털을 빗어줍니다. 이런 모습을 지켜보던 '나'는 마음이 몹시 불편해지지요. '나'는 한때 그녀에게 그 빗을 달라고 요구할 생각을 했던 적이 있기 때문입니다. 그때 저는 저 자신에게도 이와 유사한 일이 있었던 같다는 생각이 들었습니다. 사실 그런 일은 없었지요. 허구의 작품 가운데 일부 이야기와 디테일이 상상 속에서 제 경험이었던 것처럼 느껴진 것이었습니다.

제 문제 읽기의 상흔이라는 것이 달랐습니다. 중국 상흔문학의 상흔을 칼로 벨 때

〈이즈의 무희〉는 저를 일본문학으로 이끌어주었고 저는 거의 6년이라는 시간을 나쓰메 소세키와 시마자키 도손, 미시마 유키오, 다니자키 준이치로, 아쿠타가와 류노스케, 다자이 오사무 등의 문학세계에 깊이 잠겨 있었습니다. 특히 히구치 이치요라는 여성 작가는 저를 아주 오랫동안 감상에 젖게 했지요. 저는 스물네 살에 그녀의 〈키 재기〉●를 읽었고 그녀는 스물네 살에 세상을 떠났습니다. 제게 필독 중편소설 열 편을 고르라면 히구치 이치요의 〈키 재기〉도 그중 하나가 될 것입니다. 저는 이 소설을 헤밍웨이의 《노인과 바다》나 마르케스의 《아무도 대령에게 편지하지 않다》, 코르타사르의 〈남부고속도로〉●●등과 같은 위치에 나란히 놓고 싶습니다. 처음 도쿄에 갔을 때, 저는 특별히 히구치 이치요 기념관을 찾아가 그녀의 필적이 남아 있는 친필 원고 앞에 한참을 멈춰 서서 현실 세계에서 너무나 짧고 곤궁했던 그녀의 인생을 상상해보았습니다. 동시에 허구 세계에서 아주 길고 풍족했을 인생도 상상해봤지요.

물론 저는 가마쿠라鎌倉에 있는 가와바타 야스나리의 생가도 찾아가보았습니다. 일본 작가들 가운데 제가 가장 많은 작품을 읽은 작가는 가와바타 야스나리입니다. 당시 저는 찾을 수 있는 중국어판 가와바타 야스나리의 작품을 전부 찾아 읽었습니다. 나중

●   《키 재기 외》(임경화 옮김, 을유문화사, 2010)에 수록되어 있다.
●● 《드러누운 밤》(박병규 옮김, 창비, 2014)에 수록되어 있다.

에 예웨이춰^{葉渭渠} 선생이 탕웨메이^{唐月梅}와 함께 편역한 가와바타 야스나리의 전집을 제게 선물해주었습니다. 그 전집 안에 든 작품은 대부분 제가 읽은 것들이었습니다. 그 기간 동안 저는 구미^{歐美} 작가들의 작품도 많이 읽었지요. 하지만 일본문학에서 발전해 나온 섬세한 작풍이 당시 저의 문학 경험을 채웠습니다. 구미의 문학 작품을 읽는 것은 이러한 경험에 대한 보충에 지나지 않았습니다. 때문에 제게는 프루스트나 캐서린 맨스필드 같은 작가가 대단히 존귀한 손님이었습니다.

저는 글쓰기를 시작하면서 가와바타 야스나리를 학습 대상으로 삼았습니다. 거의 4년에 가까운 시간이었지요. 이 기간 동안 열 편 가까운 단편소설을 발표했습니다. 하나같이 아주 조심스러운 작가 지망생의 습작이어서 나중에 출판된 소설집 어디에도 수록하지 않았지요. 저는 다른 사람들이 제게 이런 작품들이 있었다는 사실을 모르기를 바랐습니다. 하지만 비평가들은 저를 그냥 놔두지 않았지요. 그들이 나중에 발표된 저의 작품을 평가하면서 이런 습작을 거론하는 일이 갈수록 더 많아졌습니다.

제 글쓰기에 있어서 가와바타 야스나리의 의미는 그의 작품을 통해 디테일한 묘사를 중시하는 것을 배웠다는 점입니다. 덕분에 저의 글쓰기는 튼튼한 기초를 갖출 수 있었고, 그 뒤로 글을 쓸 때는 거친 부분이든 섬세한 부분이든 디테일을 무시할 수 없었습니다. 이와 동시에 오랫동안 한 작가에게 빠져 그의 창작 스타일을 학습하다 보니 갈수록 더 많은 제약을 받을 수밖에 없었습니다. 1986년이 되자 가와바타 야스나리는 제게 더 이상 날개가 아니라 함정이었습니다.

바로 이때 '비경험'이 나타났지요. 제가 가와바타 야스나리의 함정에 빠져 큰 소리로 구해달라고 외치고 있을 때, 마침 카프카가 길을 가다가 제가 외치는 소리를 듣고는 다가와 저를 함정에서 끄집어내주었습니다. 저는 당시에 갓 출간되었던 《카프카 소설선》에 수록된 〈시골의사〉를 읽었습니다. 이 작품은 선집의 맨 앞에 수록된 작품도 아니었지만 제가 처음 읽은 카프카의 소설은 이 작품이었고, 저는 운명이 저를 거기로 이끌어준 데 대해 감사했습니다. 게다가 당시 저는 이미 그 유명한 〈변신〉도 알고 있었습니다. 아직 읽어보지 않았을 뿐이었지요. 제가 어떤 이유로 카프카의 작품 중에서 〈시골의사〉를 제일 먼저 골라 읽었는지는 알 수 없습니다. 어쩌면 얼마 전까지 작은 진에서 치과의사로 일한 경력 때문에 같은 업종에 종사하는 사람으로서의 관심 때문에 체코 시골의사의 얘기를 듣고 싶었던 것인지도 모르지요. 제가 이 작품을 읽은 것은 1986년 초의 겨울이었습니다. 침대 위에서 몸에 이불을 둘둘 만 채로 읽었지요. 중국 남방은 겨울에도 난방 시설이 없기 때문에 저는 스웨터에 솜옷을 껴입은 채로 침대 위에서 줄담배를 피우고 있었습니다. 문을 꼭 닫은 채로 담배를 피우다 보니 방 안이 연기로 가득했지요. 저는 이렇게 밤새 한숨도 자지 못한 채 흥분 속에서 이 비경험의 순간을 맞았습니다.

〈변신〉은 당연히 문학사에서의 지위가 〈시골의사〉보다 높겠지요. 저도 그렇게 생각합니다. 하지만 제가 처음 읽은 작품이 〈시골의사〉가 아니라 〈변신〉이었다면 이토록 흥분하지는 않았을 겁니다. 감동은 했겠지만요. 〈변신〉에서 불길한 꿈에서 깨어난 그레고리 잠자는 자신이 침대 위에 거대한 갑충으로 변해 있는 것을 발견합니다. 카프카의 이처럼 범상치 않은 서두와 그 뒤에 이어지는 세밀한 묘사는 제게 이야기의 힘이 어떤 것인지 깨닫게 해주었습니다. 그렇습니다. 이런 부조리적인 이야기는 그때까지 제게 익숙하던 사실적인 이야기와는 판이하게 달랐습니다. 하지만 카프카는 이런 터무니없는 이야기를 쓰면서 완전히 사실적인 이야기에 주로 쓰는 합리적인 묘사를 사용하고 있었습니다. 갑충으로 변한 이후의 그레고리 잠자의 처지와 고통은 읽는 사람들에게도 똑같이 느껴지지요.

〈시골의사〉는 다릅니다. 〈변신〉이 부조리적인 이야기를 사실적으로 서술하고 있다면 〈시골의사〉는 그 반대라고 할 수 있지요. 사실적인 이야기를 부조리의 기법으로 서술하고 있는 것입니다. 어느 의사가 급히 왕진을 가려고 하지만 환자와 의사 사이에는 광활한 들판이 가로놓여 있습니다. 게다가 광풍이 불고 눈보라가 몰아치는 날씨였지요. 의사에게는 마차가 있었지만 그의 말은 바로 전날 동사하고 말았습니다. 열악한 날씨라 마을에는 그에게 말을 빌려줄 사람도 없었습니다. 의사는 심란한 마음으로 오랫동안 방치하고 사용하지 않았던 돼지우리 문을 발로 찼습니다. 마차를 끌 만한 돼지가 있는지 보려는 것이었지요. 놀랍게도 돼지우리 안에는 마부와 건장한 말 두 필이 있었습니다.

이처럼 불합리한 서두에 이어지는 묘사는 불합리에 곧바로 또 다른 불합리가 연결되는 식이었습니다. 작품 전체를 채우고 있는 불합리한 묘사가 조합되어 전체적인 합리성을 형성하고 있는 것이지요.

1986년 겨울, 저는 한 차례의 비경험 독서를 하고 글쓰기의 감옥에서 자유 증서를 한 장 얻었습니다. 이 자유 증서는 바로 〈시골의사〉였습니다. 감옥문이 열리고 밖으로 나온 저는 달리고 싶으면 달리고 천천히 거닐고 싶으면 거닐었습니다. 얼마든지 하고 싶은 대로 할 수 있었지요. 가와바타 야스나리가 저를 글쓰기의 문으로 이끌어주었다면 카프카는 제 글쓰기에 자유를 주었다고 할 수 있습니다.

단편 〈십팔 세에 집을 나서 먼 길을 가다〉는 〈1986년〉을 쓰던 도중에 썼습니다. 10월 하순의 일이었지요. 며칠 후면 〈베이징문학〉에 실릴 원고 수정을 위한 문학교류회에 참석하기로 되어 있을 때였습니다. 그런데 〈1986년〉은 중편 정도의 길이라 문학교류회 전에, 혹은 교류회 도중에 도저히 완성할 수 없을 것 같아 단편소설을 써서 가기로 마음먹었습니다. 하지만 뭘 써야 할지 알 수 없었습니다. 마침 신문에서 아주 짧은 뉴스를 하나 읽게 되었지요. 사과를 가득 실은 트럭 한 대가 길에서 고장이 나자 인근에 사는 사람들이 몰려와 사과를 전부 강탈해 갔다는 뉴스였습니다. 저는 이 이야기를 쓰면 되겠다고 생각했습니다. 사전 구상이 전혀 없는 글쓰기였지요. 구상이 없었던 덕분에 비경험 글쓰기를 시작할 수 있게 된 것이 너무나 고마웠습니다. 소설 속의 '나'가 도로 위에서 '한번 가본 것'과 그 운전기사가 '한번 차를 몰아본 것'처럼 저의 글쓰기도 한번 시도해본 것이었습니다. 기사에게 담배를 한 대 건네고 불을 붙여준 대가로 차를 얻어 타게 되는 장면에서 기사가 '나'를 밀어내면서 당장 꺼지라고 하는 부분은 미리 생각해둔 게 아니라 그냥 자연스럽게 쓰게 된 것입니다. '나'가 억지로 차에 탄 후에 기사가 갑자기 우호적인 태도를 보이는 것도 미처 생각한 게 아니지만 비경험적으로 그렇게 쓴 겁니다. '나'와 기사는 금세 형제처럼 친해졌습니다. 나중에 '나'가 사과를 강탈당하는 것을 막으려 나섰다가 사람들에게 맞아 몸 여기저기에 상처를 입었을 때도 기사가 트랙터를 타고 가버린다고는 미리 생각지 않았지요. 그 역시 비경험적인 서사였습니다. 기사가 품에 '나'의 빨간 책가방을 품고 있는 것도 그렇습니다. 글쓰기에서 의외성이 연이어 나타나면서 저는 흥분 속에서 하룻밤 만에 초고를 완성할 수 있었던 것입니다.

초고를 가지고 베이징으로 간 저는 문학교류회 기간에 수
정하여 완성한 다음 제 책임편집자인 푸핑에게 원고를 넘겼습니
다. 푸핑은 다 읽고 나서 몹시 흥분한 모습을 보이더니 원고를 곧
장 리퉈에게 건넸지요. 당시 리퉈는 〈베이징문학〉의 부주간이었
고 린진란이 주간이었습니다. 리퉈는 원고를 다 읽고 방으로 절 찾
아와 즐거운 표정이 가득한 얼굴로 이야기를 나누었습니다. 당시
했던 많은 얘기들이 지금은 거의 기억나지 않습니다. 하지만 리퉈
가 〈십팔 세에 집을 나서 먼 길을 가다〉의 친필 원고를 가리키면서
"자네는 이미 중국문학의 맨 앞에서 걷고 있네."라고 말했던 일은
죽을 때까지 잊을 수 없을 것 같습니다.

오늘날 젊은 작가들은 리퉈를 잘 모를 겁니다. 그의 관심 범
위는 점점 넓어져서, 나중에는 문학을 넘어 보다 넓고 깊은 사상
사 쪽으로 사유의 영역이 옮겨 갔거든요. 하지만 제가 젊었을 때만
해도 리퉈는 급진적인 청년작가들이 지도자로 추앙하는 인물이었
습니다. 그의 칭찬 덕분에 저는 제 단편소설을 긍정하는 것을 훨씬
뛰어넘어 완전히 새로운 글쓰기의 길을 걷는 데에 더욱 자신감을
갖게 되었습니다.

리퉈는 나중에 "눈은 어디서 무너지는가雪崩何處"라는 제목
의 글에서 이렇게 썼습니다.

맨 처음 〈십팔 세에 집을 나서 먼 길을 가다〉를 읽었을 때의

갖가지 느낌을 잊을 수가 없다. 1986년 11월의 일이었다. 어느 때처럼 스산한 한기가 몰려오는 겨울이었다. (당시 〈베이징문학〉에서는 서비스도 형편없고 지저분하기 그지없는 호텔에서 '원고 수정을 위한 문학교류회' 행사를 진행하고 있었다.) 편집부의 푸펑이 내게 아주 정중한 태도로 소설 한 편을 추천했다. 위화가 방금 완성했다는 〈십팔 세에 집을 나서 먼 길을 가다〉였다. 당시 나는 1985년에 새로운 흐름의 소설들이 승리의 진군을 이어가는 상황에 깊이 심취해 있었다. 한샤오궁이나 장청즈(張承志), 아청(阿城), 마위안, 모옌 같은 작가들의 소설에서 얻은 독서 경험이 나를 말할 수 없이 흥분시켰을 뿐만 아니라 그 작품의 대단히 역동적이고 활력이 넘치는 요소들이 나의 '전이해前理解'° 상태로 밀려들었다. 그리고 그런 전이해가 나의 독서를 지배하고 있었다. 하지만 〈십팔 세에 집을 나서 먼 길을 가다〉가 나의 이런 상태를 완전히 뒤흔들어놓았다. 직감을 통한 예술적 감상의 희열에 뒤따르는 것은 일종의 당혹감이었다. 이 작품을 어떻게 이해해야 하나, 혹은 이 작품을 어떻게 읽어야 하나 하는

○   prior understanding: 어떤 사물을 완전히 이해하기 전의 관점이나 견해로서 종종 선입견이나 편견으로 나타난다.

질의가 밀려왔다. 〈십팔 세에 집을 나서 먼 길을 가다〉는

〈베이징문학〉 1987년 1월호에 발표되었다. 게다가 맨 앞에

실렸다. 잡지를 받아 이 작품을 다시 한 번 읽고 나서는

우리가 새로운 유형의 작가 혹은 우리에게 전혀 익숙지

않은 글쓰기에 직면하게 되지 않을까 하는 막연하고

흐릿한 예감에 사로잡혔다.

리뤄가 이 글을 쓴 것은 1989년 4월 28일이었습니다. 28년
이 지난 지금은 이미 "새로운 유형의 작가 혹은 우리에게 전혀 익
숙지 않은 글쓰기"에 직면할 필요가 없어졌지요. 당시에 선봉소설
을 비판했던 것(리뤄가 앞의 글에서 언급한 새로운 흐름의 소설이 바
로 선봉소설이다.)은 소설의 논조가 사라졌기 때문은 아니었습니
다. 고등학생들 가운데 〈십팔 세에 집을 나서 먼 길을 가다〉를 읽고
이해하지 못하는 사람이 많았다 하더라도 학생들은 여전히 이를
소설이라고 생각했으니까요. 학자들은 항상 다양한 각도에서 이
단편소설을 분석하고 해석하지만 고등학교 선생님들은 국어 교육
이라는 관점에서 학습지도안을 작성했습니다. 여러 의견이 분분한
가운데, 저는 과거 리뤄가 물었던 "이 작품을 어떻게 이해해야 하
나, 혹은 이 작품을 어떻게 읽어야 하나" 하는 질문이 지금도 유효
하다고 생각합니다.

이는 소설이 받을 수 있는 가장 훌륭한 대우였습니다. 저는

지금까지 줄곧 한 편의 소설이 발표되고 출판된다는 것이 작품이 이미 완성되었음을 의미하진 않는다고 생각해왔습니다. 이는 단지 글쓰기 측면에서의 완성일 뿐, 각각의 독자가 각자 작품을 읽는 것이 모두 진정한 완성의 과정이라고 믿어왔어요. 이런 의미에서 볼 때, 작가는 자신의 작품에 대해 권위를 갖지 못합니다. 작품이 발표된 뒤에 이루어지는 작품과 관련된 작가의 발언은 독자로서의 발언입니다. 따라서 저는 '국어와 문학 사이'라는 제목의 이 강연 원고를 준비하면서 저 자신의 위치를 연구자가 아니라 해설자로 설정했습니다. 저는 제가 상당히 괜찮은 해설자라고 생각합니다. 공식적인 해설을 하면서 비공식적인 내용을 담을 수 있으니까요.

해설을 계속하겠습니다. 먼저 작가들의 평론에서 출발해볼까요. 〈십팔 세에 집을 나서 먼 길을 가다〉가 발표된 후 가장 먼저 등장한 평론은 왕멍의 글이었습니다. 1987년이니까 그가 아직 문화부 부장^{장관}의 직책을 맡고 있을 때이지요. 그는 2월에 〈문예보〉에 류시훙^{劉西鴻}과 홍펑^{洪峰} 그리고 저, 이렇게 세 명의 청년작가 작품 세 편에 대한 평론을 한 편 발표했습니다. 〈십팔 세에 집을 나서 먼 길을 가다〉에 관해 그는 이렇게 썼습니다.

'나'는 아무런 목적도 없이 도로 위를 걷는다. 아무런 근심이나 걱정도 없다. 여관을 찾지 못해 초조해하지도 않는다. 그리고 수시로 도로, 특히 도로 위를 달리는

자동차에게서 유혹을 느낀다. 황혼 무렵이 되어 간신히
차 한 대에 끼어 탔는데 그 차가 뒤로 후진을 한다. (이미
약간의 손상이 있음.) 차가 뒤로 가는데도 '나'는 전혀
당황하지 않고 여전히 '심리적으로 안정되어 있다.' 이어서
자동차는 고장이 나고 수리도 되지 않는다. '나'는 차와
차에 실린 화물을 보호하려다가 기사와 그 동료(?)에게
한 차례 얻어터진다.…… 〈십팔 세에 집을 나서 먼 길을
가다〉는 젊은이들이 삶을 향해 나아가는 과정에서의
단순함과 곤혹, 좌절, 난처함, 그리고 수시로 다가오는
불안을 얘기하고 있다.

저는 왕멍의 평론 중 두 개의 괄호 안에 담긴 내용을 보고
서 회심의 미소를 지었습니다. 하나는 "이미 약간의 손상이 있음"
이고 하나는 "?"입니다. 저는 그가 한 가지 불합리한 묘사에 곧바
로 또 다른 불합리한 표현이 이어질 때, 이런 회심의 미소를 지을
지 모른다는 생각이 들었습니다. 그가 글 맨 마지막에 "이런 작가
와 작품에 대해 필자는 이해하지만 또 이해하지 못하기도 하기 때
문에 상술한 것처럼 이해하면서도 이해하지 못하는 듯한 말을 한
것이다."라고 쓰기는 했지만 말입니다. 제가 보기에 왕멍의 '이해
하면서 또 이해하지 못함'은 한 가지 관점을 말하고 있는 것 같습
니다. 사실 소설을 읽으면서 이해하는 것과 이해하지 못하는 것은

그다지 중요하지 않습니다. 중요한 것은 재미있게 읽고 있느냐 하는 것이지요. 재미있게 읽고 있다면 이해하지 못해도 끝까지 다 읽을 수 있을 겁니다. 반대로 재미가 없으면 이해한다 해도 끝까지 다 읽지 못하겠지요. 왕멍은 글의 말미에서 "1950년대의 청년작가가 아주 재미있게 80년대의 청년작가와 성실한 대화를 나눈 것 같다."라고 썼습니다. 확실히 그런 것 같았습니다. 왕멍은 열정을 가지고 80년대 청년작가들을 대하는 몇 안 되는 50년대 청년작가들 가운데 한 사람이었으니까요.

왕멍의 평론은 문학 바깥에도 영향을 미쳤습니다. 〈십팔 세에 집을 나서 먼 길을 가다〉가 발표된 후에 어떤 사람들은 이 작품을 자산계급 자유화의 산물이라고 규정하면서 문학적 비평이 아닌 정치적 비판을 가하려 시도하기도 했지요. 당시 〈베이징문학〉의 또 다른 부주간이었던 천스충은 저를 보호하기 위해 왕멍을 앞에 내세워 위화의 이 소설이 문화부 부장의 칭찬을 받았다고 밝혔습니다. 저를 비판하려던 사람은 하는 수 없이 그냥 넘어가야 했지요. 저는 이런 사실을 몇 년이 지나 린진란이 말해줘서 알게 되었습니다.

또 다른 작가의 평론은 모옌이 쓴 것이었습니다. "깨어서 꿈을 말하는 자淸醒的說夢者"라는 제목의 이 글은 수많은 연구자들의 글에 인용되기도 했지요. 사실 이 글은 모옌이 강연을 위해 쓴 글입니다. 당시 베이징사범대학교와 루쉰문학원은 공동으로 창작 연구생반을 운영하고 있었습니다. 졸업을 하면 베이징사범대학교의 석사 학위를 받게 되어 있었지요. 저랑 모옌은 베이징사범대학교의 이 삼류 훈련반 과정의 동기로서 같은 기숙사에서 2년을 함께 지냈습니다. 가운데에 나란히 놓인 옷장 두 개가 침대와 책상이 놓인 공간을 둘로 나누는 그런 방이었습니다.

어느 날 우리 반 동기생 하나가 들어와 모옌이 있는 쪽에 앉아서 저에 관한 글을 낭독했습니다. 저는 옷장 건너편에서 다 듣고 있었지요. 처음에는 그가 쓴 것이려니 했는데 계속 듣다 보니 모옌의 필치였습니다. 저는 얼른 건너가서 그 글을 달라고 했지요. 그 글을 통해 공부를 좀 하고 싶어서였습니다. 이리하여 모옌이 쓴 "깨어서 꿈을 말하는 자"를 읽게 되었지요.

모옌은 이 글에서 먼저 카프카의 〈시골의사〉가 "완전한 꿈의 실록으로서, 어쩌면 확실하게 꿈을 기록한 것이거나 꿈을 편집한 것인지도 모르지만, 이는 별로 중요하지 않다."고 했습니다. 이어서 그는 〈십팔 세에 집을 나서 먼 길을 가다〉를 분석했습니다.

〈십팔 세에 집을 나서 먼 길을 가다〉라는 소설에서 꿈을 모방한 요소를 분석해보고자 한다.
그는 "아스팔트 길은 파도 위에 만들어놓은 것처럼 끊임없이 굽이치고 있었다. 나는 한 조각 나룻배처럼 산골

도로를 걷고 있었다."라고 쓰고 있다.

소설의 서두는 이처럼 꿈이 시작되는 것 같은 분위기다.
갑자기 기복하는 파도를 따라 표류하는 여로 같은 꿈속
풍경이 시작된다. 물론 이는 잘라 붙인 꿈속 풍경이다.
이 꿈에는 한 가지 중심이 있다. 다름 아니라 초조함과
기다림이다. 기다림이 있기 때문에 초조하고, 초조할수록
더 기다려진다. 꿈속에서 사내아이가 소변이 급해
화장실을 찾는 것과 마찬가지다. 하지만 나는 주인공이
여관을 찾아다니는 초조감을 새로운 정신의 안식처를 찾는
초조감으로 파악했다. 황혼이 찾아와 이러한 초조감을
가중시키면서 꿈과 같은 요소는 갈수록 강해진다.

"도로는 엄청 굴곡이 심했다. 꼭대기는 언제나 나를
유혹했다. 빨리 올라가 여관을 찾으라고. 하지만 매번
보이는 건 또 다른 꼭대기와 맥 빠지게 이어진 능선뿐."
여기서 묘사하는 느낌은 부분적으로 신경이 억압되고
있는 감각으로, 벗어날 수 없는 강박증이다. 그리스
신화에서 거대한 바위를 산꼭대기로 밀어 올리는 시시포스
이야기를 개작한 것이다. 인생은 마지막 순간까지 이처럼
부조리하게 영원토록 추구할 수밖에 없는 것이다.
여기에는 인간의 삶에서 가장 흔히 볼 수 있고 누구도
벗어날 수 없는 공식이 포함되어 있다. 인간은 영원히

이 공식을 증명하기 위한 재료가 되며 성현이나 호걸도 예외가 될 수 없다. 이것이 진정한 꿈이다.

"그렇지만 나는 번번이 꼭대기를 향해 내달렸다. 그것도 죽기 살기로. 지금도 꼭대기를 향해 달려가는 중이다. 이번에는 다른 뭔가가 보였다. 여관이 아니라 자동차였다."

자동차 한 대가 갑자기 '나'의 시야 속으로 들어온다. 게다가 아무런 이유도 없이 나를 향해 달려온다. 사건 사이에 어떠한 인과관계도 없다는 것이 바로 꿈의 특징이다. 자동차는 확실하지만 자동차의 출현은 확실하지 않다. 자동차는 언제든지 이유 없이 나타났다가 언제든지 이유 없이 사라질 것이다. 〈시골의사〉에서 갑자기 창틀 밖으로 뻗어 나온 붉은 말 대가리와 마찬가지다. 말은 어디에서 온 것일까? 물을 필요도 없다. 물어보는 것이 번거로운 일이다. 하지만 말은 결국 창틀 밖으로 머리를 내밀었다. 이는 확실한 사실이다.

'나'는 곧장 차에 오른다. 차는 곧장 고장 난다. 어쩌면 이것은 기사의 교활한 계략인지도 모른다. 아니면 정말로 차가 고장 난 것인지도 모른다. 나중에 한 무리의 시골 사람들이 몰려와 차에 실려 있던 사과를 전부 강탈해 가버리고 '나'는 사과를 지키기 위해 싸우다 얼굴에 온통 멍이 들도록 얻어맞는다.

기사의 얼굴에는 시종 미소가 걸려 있다. (확실한 미소다. 왜

웃는 것일까? 무엇 때문에 웃는 것일까? 알 수 없다.) 게다가

'나'의 책가방과 책도 빼앗았다. 그런 다음 차를 포기하고

성큼성큼 가버린다.

소설의 백미는 기사와 사과를 강탈해 간 시골사람들

사이의 관계에 얽혀 있는 거대한 수수께끼에 있다. 이는

위화가 이 소설에 피워놓은 연막탄이라 할 수 있다.

이를 하나의 방정식이라고 가정한다면 이 방정식은

부정식일 것이고, 적어도 두 개 이상의 근이 있을 것이다.

무수한 가능성이 존재하는 것이다. 확실한 것은 사건의

과정뿐이다. 무수한 가능성이 존재하기 때문에 사건의

의미도 철저하게 와해되고 사건에 아무런 논리도 없는

것과 같다. 하지만 아무도 잘못이 없다. 왜일까? 이는

귀신만 알고 있다. 이 소설에 대해 의미를 확정하려는

탐구를 진행한다는 것은 어리석은 행동이 될 것이

분명하다. 답안을 한 무더기 가지고 그에게 물으면 그는

대답할 것이다. "나도 모릅니다." 그의 대답은 거짓이 아닐

것이다.

그렇다. 그도 모른다. 꿈에는 확정적인 의미가 없다. 꿈은

그저 일련의 사건으로 이루어진 과정일 뿐이다. 꿈은 그저

꿈으로만 존재한다. 이 소설을 해석하려 하는 것은 누가 꾼

꿈을 해몽해주는 것과 같다. 견강부회나 허튼소리 말고 더
무슨 말을 할 수 있단 말인가.

이 글은 다른 작가에 대한 한 작가의 이해가 이처럼 간단명
료하면서도 핵심을 찌를 수 있음을 보여줍니다. 저는 비경험으로
〈시골의사〉의 독서와 〈십팔 세에 집을 나서 먼 길을 가다〉의 창작
을 설명했고 모옌은 꿈을 모방한 소설들을 이용하여 소설을 쓸 때
나타나는 돌발성과 불확실성을 정확하게 설명했습니다.

왕멍은 이 이야기의 불확실성을 차용하는 동시에 불확실한
'이해하면서 또 이해 못함'을 이용하여 대답을 했고, 모옌은 〈시골
의사〉에 나오는 말馬을 이용하여 대답을 한 겁니다.

말은 어디에서 온 것일까? 물을 필요도 없다. 물어보는
것이 번거로운 일이다. 하지만 말은 결국 창틀 밖으로
머리를 내밀었다. 이는 확실한 사실이다.

어쩌면 다른 사람들은 모옌의 이 한마디가 무슨 뜻인지 모
를 수도 있지만 저는 잘 알고 있으니 괜찮습니다. 누군가 모옌의
이 말이 무슨 뜻이냐고 꼬치꼬치 캐어물을 필요도 없이 모옌 스스
로 이미 저 대신 대답하고 있지요.

답안을 한 무더기 가지고 그에게 물으면 그는 대답할

것이다. "나도 모릅니다." 그의 대답은 거짓이 아닐 것이다.

그렇다면 문학비평가들은 또 어떻게 말했을까요? 저는 적

지 않은 비평가들이 〈십팔 세에 집을 나서 먼 길을 가다〉에 관한

글을 썼다는 사실을 잘 알고 있습니다. 그들은 시각도 제각기 달랐

지요. 하지만 제 수중에 있는 글은 청광웨이와 탕샤오빙의 글뿐입

니다. 먼저 청광웨이가 쓴 글에 대해 애기해보지요.

그는 "위화의 '피카소 시기'— 1986년부터 1989년 사이에

쓴 〈십팔 세에 집을 나서 먼 길을 가다〉 등의 소설을 예로 들어"라

는 제목의 글에서 피카소에 관하여 "이른바 초현실주의라는 것은

'삶을 낯설게 하고', 이를 기초로 현실보다 더 이상하고 과장되며

추상적이고 변형된 '현실세계'를 만드는 것이다."라고 말했습니

다. 이어서 그는 제가 쓴 창작론과 관련하여 "〈십팔 세에 집을 나

서 먼 길을 가다〉의 주인공 '나'가 집을 나서는 '현실적 합리성'이

전복되고 반대로 '불합리성' 서사가 소설의 중심을 이루면서 위화

라는 이 대단히 자기중심적이고 자신감과 자부심이 넘치는 작가

는 '비평의 방식'으로 '자기 표상$^{\text{self-representation}}$ 확인' 과정을 완성

한다."고 했습니다. 청광웨이는 이 글에서 피카소의 '불안정 시기'

를 언급했지요. 저는 그 글을 보고 1986년부터 1989년 사이에 쓴

제 작품을 떠올렸습니다. 저는 이 '불안정 시기'가 바로 저의 비경

험 글쓰기 시기를 가리킨다고 생각합니다. 청광웨이는 "나는 위화와 피카소의 정신적 기질상의 어떤 내면적 연관성을 강조하는 것은 확실히 억지스럽고 무리한 일이라는 점을 분명히 인식하고 있다."라고 썼습니다. 그렇습니다. 하지만 그러면서 그는 저를 대단히 자기중심적이고 자신감과 자부심이 넘치는 작가라고 규정하여 피카소와 나란히 두었습니다. 저는 피카소가 대단히 자기중심적이고 자신감과 자부심이 넘치는 인물이었다고 생각합니다. 저도 종종 그렇기 때문이지요. 인간은 누구나 양면성을 가지고 있습니다. 저의 양면성은 여러 가지 방식으로 표현될 것입니다. 모옌은 "깨어서 꿈을 말하는 자"에서 저에 관해 "이 친구는 어떤 의미에서는 개구쟁이라고 할 수도 있고 어떤 의미에서는 무서울 정도로 성숙한 노인이라고 할 수도 있다."라고 말한 바 있지요.

탕샤오빙의 "텍스트와 함께 여행하다 —〈십팔 세에 집을 나서 먼 길을 가다〉를 다시 읽다"는 2007년 상하이 푸단復旦대학교 중문과 수업을 위해 정리한 글입니다. 이 글은 제 소설에 대해 제가 지금까지 읽은 것 가운데 가장 세밀한 독해를 시도하고 있지요. 탕샤오빙의 이번 텍스트 여행은 소설의 모든 부분에 대한 독해로서 그가 이론적인 방식으로 〈십팔 세에 집을 나서 먼 길을 가다〉를 다시 쓰고 있다는 느낌을 줍니다. 그는 온몸이 상처투성이인 '나'가 온몸이 상처투성이인 트럭에 매달리는 소설의 두 번째 단락을 설명하면서 이렇게 말하지요.

이때 트럭은 이미 '나'의 친구일 뿐만 아니라 '나'의 몸의
일부가 되어 있었다. 트럭은 '나'와 똑같은 체험을 하게
되는 것이다. '나'는 트럭에 올라타 트럭과 하나가 된다.
'나'는 트럭과 마찬가지로 온몸이 꽁꽁 얼 정도로 춥지만
누구도 박탈해 갈 수 없는 내면세계에서는 둘 다 따스하다.
이렇게 외부세계의 불합리에 저항하는 수단으로서
내면세계의 존재가 필요하다는, 헤겔이 말한 내면세계의
정의로 돌아오게 된다. 내면세계를 탐색하고 발견하려는
충동은, 우리가 외부세계로부터 압박을 당할 때 그 세계에
어떤 작용도 할 수 없다는 사실을 의식하면서 생겨난다.
그래서 우리는 일종의 정신적인 생활 방식, 내가 돌아갈
곳을 새롭게 정의하려는 방식을 추구하게 된다. '나'가
내면세계를 찾기 위해 '나'의 삶을 새롭게 다시 설정할 수
있기 때문에 '나'는 온몸이 춥고 가진 것이 아무것도 없고
외롭게 혼자 남겨져 있으면서도 트럭의 마음속에서 그
맑고 따스하던 오후를 회상하며 내면세계가 '나'를 그 햇빛
찬란하던 세월로 다시 데려가주기를 기대한다. 과거의
아름다운 기억은 이러한 환경에서만 의미를 만들어내고
의의를 얻게 된다.

소설의 마지막에서 주인공이 얻은 것은, 내면세계의
발견을 통해야만 외부세계로 들어갈 수 있고, 외부세계는
언어로는 이해되지 않을 수 있으며, 배반과 부조리, 폭력이
가득하긴 하지만 건전하고 따뜻한 내면세계를 가지고
있다면 이 세상에서 돌아갈 곳을 찾을 수 있으리라는
경험이다.

탕샤오빙은 내면세계를 건전하고 따뜻하게 한다는 점에서
이 소설에 적극적인 의미를 부여하고 있습니다. 이는 약속이라도
한 듯이 저의 생각과 일치합니다. 서른한 살이 되기 전까지 저는
제가 아주 의욕적인 소설을 썼다고 생각했습니다. 서른한 살이 지
난 뒤에 다시 읽었을 때도 여전히 의욕적인 소설이라는 느낌을 받
았지요. 소설 속에 "배반과 부조리, 폭력이 가득하긴" 했지만 즐거
움의 언어와 넘치는 청춘의 정서는 마음속에서 우러나온 것이었고
한눈에 알 수 있는 것이었습니다. 탕샤오빙의 내면세계에 대한 강
조도 어떤 측면에서는 소설 속에 자주 나오는 서사의 불합리성을
설명하고 있습니다. 외부세계는 불합리한 것이기 때문이지요.

글의 마지막 부분은 탕샤오빙과 장예쑹張業松 교수, 그리고
몇몇 학생들의 대화로 채워져 있습니다. 탕샤오빙의 말은 이미 충
분히 인용했지만 그의 마지막 코멘트를 포기하고 싶지 않아 적어
봅니다.

젊은 서술자 '나'에게는 목적과 방향이 없는 것이 일종의 쾌감인지도 모른다. '나'는 여유 있는 여행을 하고 있기 때문이다. 하지만 '나'의 문제에 대답하는 사람도 애매하게 말을 얼버무릴 때, 방향을 잃은 막막함이 나타난다. 이런 의미에서 볼 때, 소설은 확실히 당시 사회문화에 대해 은유적 비판을 하고 있는 것으로 간주할 수 있다. 사실 빨간 배낭과 내가 경험한 현실 사이에는 아무런 관계도 존재하지 않는다. '나'가 빨간 배낭을 메고 있긴 하지만 '나'가 가고자 하는 곳과 이 빨간 배낭 사이에는 아무런 관련도 없다. 남들이 '나'에게 가리키는 방향도 배낭과는 아무런 관련이 없다. 결국 빨간 배낭은 누군가 가져가버린다. 하지만 방금 캉링(康凌)이 말한 것과 장예쑹이 말한 것은 실제로 보다 높은 또 다른 차원에서 헤겔에 대한 마르크스의 비판을 설명한다. 헤겔은 현대 주체철학의 발기인(우리가 통상적으로 유심주의라고 부르는 것은 편견이 반영된 것으로 약간의 폄훼의 의미를 갖는다)으로서, 그에 대한 마르크스의 비판은 주체성을 발견한 것이 어떻다는 것이냐 하는 것이다. 아직 많은 문제에 해답을 내놓지 못하고 있기 때문이다. 농민들은 왜 사과를 강탈해 갔을까? 이런 현실은 주인공의 이해 범위를 멀리 초월한다. 그가 느끼기에 자신은 폭력의 대상이지만

그 폭력의 근원을 탐색할 방법도 없다. 그가 유일하게
찾을 수 있는 것은 자신이 어떻게 하면 폭력에서 벗어날
수 있는가 하는 것이다. 하지만 자신이 왜 폭력의 대상이
되어야 하는지에 대해서는 대답을 하지 못한다. 하지만
마르크스는 이 질문에 대답할 수 있을 것이다.

왕멍이 '이해하지만 또 이해하지 못함'을 얘기한 뒤에 청광웨이는 이를 위화의 '불안정 시기'로 규정했고 모옌은 소설에 돌발적인 서사가 나타나느냐는 질의에 대해 "물을 필요도 없다. 물어보는 것이 번거로운 일이다."라고 합니다. 탕샤오빙은 일련의 사회적 성격을 갖는 행위의 이유에 대해 아예 대답을 할 수 없다고 하면서도 "하지만 마르크스는 이 질문에 대답할 수 있을 것이다."라고 말합니다. 어디에서 마르크스의 대답을 찾을 수 있을까요? 그의 방대한 저작에서 해답을 찾는 것은 바다에서 바늘 찾기나 다름없을 것입니다.

이렇게 말하면서도 또 그들은 각자의 관점으로 〈십팔 세에 집을 나서 먼 길을 가다〉에 대한 발언을 계속합니다. 그들의 유사한 점은 철저하게 꼬치꼬치 캐묻지 않는다는 겁니다. 이런 방법은 문학작품에 별 효과가 없기 때문이지요.

저는 문득 헤밍웨이의 《노인과 바다》가 미국 〈라이프〉 잡

지에 발표된 직후의 상황이 떠올랐습니다. 당시 이 작품이 미국 문단을 뒤흔들자 비평가들이 달려들어 노인이 무엇을 상징하는지, 바다는 무엇을 상징하는지, 상어는 또 무엇을 상징하는지 물어댔지요. 헤밍웨이는 이처럼 판에 박힌 듯한 평론에 대해 큰 불만을 나타냈습니다. 그는 노인은 아무것도 상징하지 않는다고 잘라 말했습니나. 바다도 뭔가를 상징하는 것이 아니라고 했지요. 상어만 상징하는 것이 있다고 했습니다. 상어는 다름 아니라 비평가들을 상징한다고 했지요. 그런 다음 그는 이 소설과 비평가들의 글을 파리에서 미국 예술사를 쓰고 있던 버나드 베런슨Bernard Berenson에게 보냈습니다. 그는 헤밍웨이가 대단히 신임하는 학자였습니다. 80세가 넘은 노학자 베런슨은 소설과 평론을 다 읽고 나서 헤밍웨이에게 답장을 썼습니다. 베런슨은 편지에서 노인은 노인이고 바다는 바다이며 상어는 상어라고 말했습니다. 세 가지 모두 아무것도 상징하지 않지만 이 위대한 문학작품 전체에 갖가지 상징이 넘친다고 말했지요.

　　여기서 베런슨은 상징에 대한 정확한 해석을 내렸을 뿐만 아니라 문학의 광의성을 지적하고 있습니다. 간단히 말해서 노인과 바다, 상어를 모종의 상징으로 규정할 경우, 작가의 묘사가 제한된다는 겁니다. 심지어 노인이 노인 같지 않고 바다가 바다 같지 않으며 상어가 상어 같지 않게 될 수 있다는 것이지요. 노인을 생생한 노인으로 묘사하고 바다를 생생한 바다로 묘사하며 상어를 생생한 상어로 묘사했기 때문에 작품 전체가 상징으로 넘치게 되는 것입니다.

이것이 바로 문학의 개방성입니다. 동일한 작품도 각각의 독자에게 전혀 다른 느낌을 줄 수 있고, 동일한 독자라 해도 그 작품을 읽은 시기에 따라 다른 느낌을 받을 수 있습니다. 전제는 반드시 우수한 작품이어야 한다는 것이지요. 우수한 작품은 전부 개방적입니다. 그 형식이 현실적이든 초현실적이든, 부조리적이든 사실적이든 간에 개방적일 수밖에 없습니다. 갖가지 다른 형식이거나 우리가 아직 알지 못하는 형식이라 해도 마찬가지이지요.

제가 이렇게 말하는 것은 비평가들이 작가들의 작품을 분석할 때 상징의 방식을 사용하는 것을 반대하기 위함이 아닙니다. 오히려 적극적으로 찬성하는 편이지요. 저는 그저 이론이 바구니가 되어 모든 작품을 아무런 분류 없이 그 안에 던져 넣게 되는 행태를 반대하는 것뿐입니다. 저는 비평가들이 한 작품을 평가하는 데에 어떤 방식을 사용해도 무방하다고 생각합니다. 단 사리에 맞는 이론과 언어를 갖춰야 한다는 겁니다. 작품의 어느 한 단락을 근거로 해서 작가가 그 작품을 쓸 때 어느 여자로부터 따귀를 맞았다고 서술해도 상관없습니다. 따귀를 맞은 이유가 여자에게 무례했기 때문이든, 돈을 빌리고 안 갚았기 때문이든, 이런 문제는 개인적으로 따지고 토론하면 됩니다. 제 말뜻은, 작가는 세속에서 완전히 벗어날 수 없고 작품도 신기루가 아니라는 것입니다. 현실생활에서 온 요소들이 하나하나 허구의 작품 속에 숨어 있는 것이지요. 대단한 비평가는 지금의 기율검사위원회° 간부들이 부패 혐의자를 잡아내는 것처럼 작품에서 이런 요소를 찾아낼 겁니다.

탕샤오빙이 푸단대학교 강의실에서 펼친 텍스트 여행에는 소설에 등장하는 트럭을 언급하는 단락이 나옵니다.

> 트럭은 그의 소설에서 등장 빈도가 대단히 높은 이미지로서 이야기의 인물들을 하나로 연결시키고 공간을 조직하는 역할을 한다. 위화는 이런 질문이 아주 재미있다고 말한다. 자기도 의식하지 못한 것이라 하면서도 그는 아주 시원하게 보충 설명을 덧붙인다. 사실 그들 세대에게는 트럭 뒤쪽에서 배출되는 배기가스가 특별한 의미를 갖는다는 것이었다. 지금 도로를 가득 메우고 있는 소형 자동차들이 내뿜는 배기가스가 사람들에게 주는 느낌이 오염과 관련되어 있는 것과는 다르다. 트럭이 농촌 소년에게 가져다주는 체험은 대단히 재미있는 것이다. 일종의 모던(modern)의 의미에 가깝다고 할 수 있다.

° 중국의 국가공무원들을 감독, 감사하여 부정부패를 예방하는 기관.

저도 생각이 나는군요. 2003년 11월에 시카고대학교에서 탕샤오빙과 그의 학생들을 대상으로 좌담회를 할 때, 탕샤오빙이 트럭의 이미지에 관해 얘기한 적이 있습니다. 저는 처음에는 확실히 멍한 느낌이었다가 조금 지나서야 제 어린 시절의 경험을 얘기할 수 있었습니다. 저는 종종 친구들과 함께 해변 도로에 가서 트럭이 지나가길 기다리곤 했었습니다. 당시는 물자 결핍의 시대라 트럭을 구경하기기 아주 어려웠지요. 반나절을 기다려도 트럭 한 대 지나가지 않을 때도 많았습니다. 마침내 트럭이 모습을 드러내면 우리는 미친 듯이 달려 나가 트럭을 맞아 함께 도로를 달리면서 트럭의 배기가스를 크게 호흡하며 들이마셨지요. 당시 우리는 배기가스에서 사람들이 동경하는 향기, 산업의 향기를 느꼈습니다.

제가 〈십팔 세에 집을 나서 먼 길을 가다〉를 쓸 때는 유년시절의 이런 지난 일들이 하나도 생각나지 않았습니다. 그 뒤로도 별로 생각나지 않았지요. 시카고대학교에 갔을 때 잠시 떠올랐다가 다시 잊혔습니다. 그러다가 그 시절 일들이 다시 생각난 것은 지금 탕샤오빙이 2007년에 쓴 텍스트 여행을 읽으면서였습니다. 저는 탕샤오빙의 해석을 인정합니다. 유년 시기의 이러한 경험이 무의식적으로 〈십팔 세에 집을 나서 먼 길을 가다〉에 들어가게 되었을 겁니다.

*

이어서 국어에 관해 얘기해야 할 것 같군요. 죄송하지만 저는 이렇게 길게 문학을 얘기하고 나서야 절대 다수의 사람들에게 국어가 문학으로 들어가는 첫 번째 관문이 된다는 사실을 의식하게 되었습니다. 이제부터 이 문지방을 넘은 다음에는 어떤 것들이 보이는지 말씀드릴까 합니다.

저는 몇몇 국어 선생님들의 학습지도안과 지도 계획, 강의록 등을 읽고 나서야 중국의 국어 교육에 한 가지 매우 긍정적인 현상이 있다는 것을 발견했습니다. 다름 아니라, 학생들에게 문학작품을 어떻게 읽어야 하는지 가르치고 격려하고 있다는 점입니다. 이는 아주 중요한 일이지요. 저는 중고등학교의 국어 교육에 대해 잘 모릅니다. 저는 문혁 시기에 중고등학교를 다녔으니까요. 지금의 중고등학교 국어 교육은 이미 완전히 달라져 있을 겁니다. 하지만 대학의 문학 교육에 대해서는 대략적으로 알고 있습니다. 대학의 문학 교육에 비교적 보편적으로 나타나는 현상은 적지 않은 교수들이 자신의 연구 성과를 학생들에게 강제로 주입시키는 데 혈안이 되어 있다는 겁니다. 학생들로 하여금 교수의 관점으로 문학작품을 분석하게 하는 것이지요. 맨 처음에 저는 중국의 대학들만 그러려니 생각했습니다. 나중에야 유럽이나 미국의 대학들도 다르지 않다는 것을 알게 되었지요. 저는 훌륭한 문학 교육은 먼저 작품을 읽고, 그다음에 분석하는 것이어야 한다고 생각합니다. 방금 다 읽은 책이 아주 재미있다면 이 작품을 분석하는 것도 아주 재미있는 일이 되겠지요. 읽고 나서 재미가 없었다면 분석하는 것이 재미있을 수 있을까요? 이는 한 남성과 여성이 서로 호감을 갖고 만나기로 약속하는 것에 비유할 수 있을 것 같습니다. 두 사람이 서로 마음에 들어 하지 않는다 해도 물론 만날 약속을 할 수는 있겠지요. 하지만 이는 분명히 억지로 만나는 것입니다. 이런 만남이 얼마나 무서운 것인지는 충분히 상상할 수 있을 겁니다.

독서는 아름다운 약속입니다. 만나기로 약속한 두 사람이 마음의 울타리를 연다는 것은 서로를 사랑하게 됨을 의미하지요. 따라서 여러분이 어떤 문학작품을 읽고서 마음에 들었다면 그 작품도 여러분을 마음에 들어 할 겁니다. 그 작품이 여러분을 향해 마음을 열었고, 여러분도 그 작품을 향해 마음을 열었기 때문입니다.

푸저우福州 제8중학교의 정위핑鄭玉平 선생님은 상술한 저의 관점에 동의하시는 것 같군요. 이 분은 학습지도안의 '생각하기' 부분에서 독서 방법에 관한 문제를 제기하셨습니다. 독서는 인생의 경험과 같습니다. 풍부한 생활 경험이 사람들로 하여금 갑자기 출현하는 사물에 대해 신속하고 정확하게 반응할 수 있게 해주지요. 풍부한 독서도 이와 마찬가집니다. 독서 경험이 많으면 어떤 작품을 읽게 돼도 이상하게 느껴지지 않지요.〈십팔 세에 집을 나서 먼 길을 가다〉가 독서 경험이 많지 않은 학생들에게 이상한 소설, 학생들의 독서 경험에 배치되는 이야기로 여겨진다는 점을 고려하여 정위펑 선생님은 작가의 '낯설게 하기' 글쓰기를 이용하여 학생들이 '낯설게 하기' 독서를 하도록 이끈 것이라 할 수 있습니다. 이 분이 제시한 독서 방법은 "학생들이 독서에서 느끼는 독특한 감성과 체험, 이해를 충분히 존중하는 동시에 학생들이 문맥을 존중하면서 텍스트를 이해하도록 유도하는 것, 즉 학생들로 하여금 텍스트와 충분한 대화를 통해 다각도로 작품의 함의를 이해하고 텍스트에서 인생의 체험을 얻도록 하는 것"입니다. 저는 이런 방법이 독서를 더욱 개방적으로 열어주는 것은 물론 텍스트도 열어줄 것이라고 생각합니다. 정위펑 선생님의 이런 방법은 학생들과의 평등한 대화를 강조하는 동시에 그들을 잘 이끌어줍니다. 우리는 일부 중고등학생이 이미 놀라울 정도의 독서량을 보이고 있다는 사실을 배제할 수 없지만, 대다수의 학생에게는 독서를 할 때, 특히 〈십팔 세에 집을 나서 먼 길을 가다〉 같은 작품을 읽을 때 앞에서 왕핑이나 후구웨가 언급한 아리아드네의 실이 필요할 겁니다. 우수한 선생님이라면 아리아드네가 되어야 하고, 아리아드네가 테세우스를 대하듯 학생들을 대하겠지요.

　제가 인터넷에서 검색해 찾은 학습지도안에는 글쓴이에 대한 정보가 밝혀져 있지 않았습니다. 원리산이 제게 휴대전화로 보내준 몇 편은 다운로드가 안 돼서 볼 수가 없었습니다. 글쓴이를 존중하고 그의 저작권을 존중하기 위해 저는 여기서 글쓴이의 이름이 명기된 글만 예로 들었습니다. 이처럼 작자가 명기된 학습지 도안은 물론, 작자가 누구인지 밝혀지지 않은 것도 저의 시야를 크게 넓혀주었습니다. 선생님들이 〈십팔 세에 집을 나서 먼 길을 가다〉를 학생들이 읽을 수 있도록 이끌어주면서 사용한 방법은 각기 다르지만 하나같이 간명하고 효과가 좋았습니다.

허베이河北 탕산唐山사범대학교 란저우灤州 분교의 양샤오포楊小波 선생님이 학생들에게 제시한 독서 방법은 '착안점'을 삼아 읽는 것입니다.

> 1. 키워드인 '여관'을 착안점으로 삼아 작품을 이해한다.
> '여관'이라는 단어는 소설에 도합 19번 등장한다.
> 주인공은 텍스트 안에서 반복적으로 '여관'을 찾아야
> 한다고 말하지만 결국에는 뜻밖에도 온통 상처투성이인
> '트럭'이 '여관'이라는 사실을 깨닫는다. 소설에서
> 사람과 사건, 감정이 전부 '여관(트럭)'과 관련이 있는
> 것으로 보아 '여관'이 연상과 토론, 연구의 주제를
> 이끄는 핵심 개념이 될 수 있다.

> 2. 핵심 문장(key sentence)에 착안하여 작품을 이해한다.
> "나는 아직 여관에 들어가 묵지도 않았다."와 유사한

문장이 소설에 다섯 번이나 등장하여 결말 부분에

나오는 "줄곧 여관을 찾아 헤맸는데, 여관이 바로

여기에 있을 줄은 생각도 못했다."라는 문장과 호응을

이룬다. 이 말은 왜 반복적으로 등장한 것일까? 작품의

주요 취지와 어떤 관계가 있는 것일까? 이런 질문에

관한 분석을 통해 작품 전체를 이해할 수 있을 것이다.

3. 스토리를 착안점으로 삼는다.

이 소설에서 스토리가 부조리한 부분은 어떤 대목인가?

또 작가가 그렇게 쓴 목적은 무엇일까?

4. 감정을 착안점으로 삼는다.

여관을 찾는 과정에서 주인공의 감정은 끊임없이

변한다. 이는 소설을 구성하는 하나의 단서가 된다.

감정이 어떻게 변했는가? 이런 문제에 대한 답을

생각하면서 스토리를 따라가보자. 그러면서 작가의

의도를 체감해본다.

저는 이 네 가지 착안점을 읽고서 두 가지 생각을 했습니다.
첫째는 필요한 것이 다 들어 있다는 것이었습니다. 양샤오포 선생
님은 모든 걸 다 해결하고 있는 것 같았습니다. 둘째는 이것이 마

치 작가가 소설을 쓰기 전에 작성하는 개요 같다는 것이었습니다. 제가 〈십팔 세에 집을 나서 먼 길을 가다〉를 쓸 때는 사전에 구상한 것이 없었지만 저는 양샤오포 선생님의 '착안점'을 소설을 쓴 이후에 만든 글쓰기 개요로 삼고 싶다는 생각이 들었습니다. 30년이 지난 시점에 이 개요를 다시 읽으면서 이것이 30년 전의 글쓰기와 호응한다는 생각을 한 것이지요.

보하이渤海대학교 부속 중학교 루핑盧萍 선생님의 강의록도 푸단대학교 탕샤오빙의 텍스트 여행과 서로 통하는 것 같습니다. 독서와 분석의 호응이라고 할 수 있겠지요. 전자는 독서 수업이고 후자는 분석 수업이라고 할 수 있습니다. 루핑 선생님의 독서 수업 내용을 읽고 나니 저도 그 강의실에 앉아 있고 싶어졌습니다. 아파서 수업에 들어오지 않은 학생이 있다면 제가 그 자리에 대신 들어가 앉아 있고 싶었습니다. 아니면 청강생으로라도 그 자리에 앉아 있고 싶었습니다. 저는 수업 규율을 지키면서 선생님께서 질문을 하실 때 손을 들지 않으면 될 겁니다. 학생들이 대답을 해야 할 때면 저는 마음속으로 대답할 것이기 때문에 학생들이 듣지 못하겠지요. 한번 시도해볼까요. 제가 이런 설정을 하고 강의록의 주요 내용을 정리해보겠습니다. 여러분께서도 루핑 선생님과 학생들의 대화에 주목해보시기 바랍니다. 저는 수업을 청강하면서 장난을 치는 사람에 불과합니다. 그래서 제 생각은 괄호 안에 묶어두기로 합니다.

교사 교과서의 텍스트를 속독하고 전체적인 느낌과 생각을 바탕으로 다음 질문에 대답해주세요. 소설에서는 주로 무엇을 얘기하고 있나요? 어떤 인물을 언급하고 있나요?

학생1 '나'가 처음 집을 나서 먼 길을 떠나 경험하게 되는 일을 얘기하고 있습니다. 주요 인물로는 '나'와 '트럭 기사', '농민들', '아이' 등이 있습니다.

(나: 제 소설이 이렇게 간단할 줄은 몰랐군요.)

교사 적절한 개괄인 것 같습니다. 이 소설은 열여덟 살의 소년이 처음 집을 나서 먼 길을 떠나 경험하게 되는 일상의 이상한 단면을 얘기하고 있습니다. 주로 '나'와 '트럭 기사', '약탈자들' 사이의 갈등과 충돌을 얘기하고 있지요.

교사 전체적으로 볼 때, 소설 속의 '나'는 줄곧 무엇을 찾고 있나요?

학생들(다 같이 대답한다) 여관이요.

(나: 여관이요.)

교사 그럼 여관을 찾는 과정과 결과는 어땠나요?

학생2 '나'는 처음 집을 나서 먼 길을 가면서 기분이 무척 들떠 있습니다. 황혼 무렵이 되자 '나'는 여관을 찾아 묵어야겠다고 생각하지만 여관이 어디에 있는지

알지 못하지요. 이리하여 '나'는 길을 따라 걸으면서

여관이 나타나기를 기대하게 됩니다. 나중에 '나'는

트럭에 올라타게 되자 더 이상 '여관'을 찾을 생각을 하지

않습니다. 얼마 후 트럭이 고장 나고 사람들이 물건을

약탈하는 상황에서 '나'는 배낭을 빼앗긴 데다 온몸에

상처가 나도록 얻어맞지만 마침내 '여관'을 찾습니다. 그

'트럭'이 바로 여관이 된 것이지요.

(나: 트럭이 여관입니다.)

교사 '여관'을 찾는 과정은 정말 그랬습니다. 그럼 다시

정리해봅시다. '나'는 처음 집을 나서 먼 길을 가다가

'여관'이 필요하다고 생각하지만 '나'에게 앞에 여관이

있는지 없는지 말해주는 사람이 아무도 없습니다. 황혼

무렵이 되어 '나'는 자신이 의지할 만한 곳이 없다는

것을 깨닫고 있는 힘을 다해 '여관'을 찾습니다. 나중에

'여관'을 찾지는 못하지만 '트럭'에 올라타자 일시적인

편안함이 '나'에게 만족감을 줍니다. 하지만 불행하게도

트럭은 곧 고장이 나고 말지요. 정의를 지키기 위해

'나'는 온몸에 상처를 입는 대가를 치릅니다. 한없이

고통스런 대가이지요. 결국 '나'는 '여관'을 찾습니다.

화물을 강탈당하고 온통 상처투성이가 된 '트럭'이 바로

여관이지요.

교사 소설에서는 '여관'을 찾는 행위가 처음과 끝을
관통합니다. 그렇다면 '여관'은 소설에서 어떤 상징적
의미를 갖는 걸까요?

학생3 '여관'은 사람에게 안전한 느낌을 주고 스스로를
보호할 수 있는 공간을 제공합니다.

(나: 여관은 잠을 잘 수 있는 곳입니다.)

교사 여기서 '여관'은 일종의 추상적 체현인 것 같습니다.
여관은 일시적 혹은 장기적으로 몸을 기탁할 수 있는
공간이지요. 떠도는 영혼들의 안식처이기도 합니다. '나'는
트럭 안에서 약간의 따스함을 느끼면서 "줄곧 여관을
찾아 헤맸는데 여관이 바로 여기에 있을 줄은 생각지
못했네."라고 말하지요. 여기서 '나'가 안식을 위해 줄곧
찾고 있던 '여관'에는 내 마음속 희망, 일종의 힘, 그리고
자기 자신에게 다시금 힘을 주는 어떤 것이라는 상징적
의미가 부여됩니다. 이것이 이 소설의 핵심이기도 하지요.

교사 그럼 스토리의 전개와 연관하여 대답해볼까요.
'여관'을 찾는 과정에서 어떤 불합리한 일들이
일어나나요?

학생4 차에 타려는 '나'를 대하는 '트럭 기사'의 태도가
갑자기 변합니다. 그는 "배시시 웃으면서 대단히 우호적인

태도를" 보이지요. 그리고 차가 움직이자 '나'에게

화물칸에 실린 사과를 가져다 먹으라고 합니다.

학생5 '나'가 '기사'에게 어디로 가느냐고 물었을 때,

그는 "한번 가보지."라고 말합니다. '나'의 여행에도

목적지가 없고 '기사'도 방향을 중시하지 않습니다. 트럭이

움직이기만 하면 되는 것이지요.

학생6 트럭이 길 위에서 고장 났을 때, 뜻밖에도 '기사'는

전혀 조급해하지 않습니다. 게다가 도로 위에서 아주

'진지하게' 방송을 들으면서 맨손체조를 하기도 하지요.

학생7 사람들이 차에 실린 사과를 강탈해 갈 때도 '기사'는

뜻밖에 전혀 심각하게 여기지 않고 맞아서 상처가 난

'나'의 코에만 관심을 보입니다.

학생8 결국에는 '기사'도 강탈 행렬에 끼어들어 '나'의

배낭을 빼앗아 가버립니다.

(나: 할 얘기를 학생들이 다 해서 제가 더 할 말이 없는 것

같습니다.)

교사 모두들 아주 정확하게 찾았네요. 그럼 다 같이 이처럼

불합리한 감정들과 부조리한 스토리가 소설에서 어떤

작용을 하는지 생각해봅시다.

학생9 이런 스토리는 해학적이기도 해서 글의 희극적

색채를 더해주는 것 같습니다.

학생10 스토리가 아주 재미있는 것 같습니다. 독자를
빨아들이는 것 같은 기분입니다.

(나: 마음대로 생각해도 됩니다.)

……

교사 학생들의 견해는 하나같이 일리가 있습니다. 이러한
부조리적 스토리 전개는 소년의 눈을 통해 펼쳐지지요.
이 스토리는 '나'가 성인의 세계로 진입할 때 맞닥뜨리는
잔혹함과 이해하기 어려운 상황을 반영하고 있습니다.
성인의 세계와 소년의 세계가 대립하고 충돌하는 모습을
표현하고 있다고 할 수 있지요. 나아가 더 중요한 것은
'나'와 외부세계의 충돌이라고 할 수 있습니다.

교사 '여관'을 찾는 과정에서 주인공의 감정은 어떻게
변하나요?

학생11 첫날 하루 길을 가면서 '나'는 '여관'을 찾을 수
있기를 간절히 기대하지만 줄곧 발견하지 못합니다.
열차를 타지도 못해 마음속으로 몹시 실망하지요. 이어서
갑자기 멈춰서 있는 '트럭' 한 대를 발견합니다. '나'는
'트럭 기사'에게 차에 태워달라고 요구하지만 뜻밖에도
'기사'는 거절하지요. '나'가 무슨 일이 있어도 트럭에 타고
말겠다고 결심하는 순간, 갑자기 '트럭 기사'의 태도가

바뀌면서 대단히 친근하고 우호적인 모습을 보입니다. 두 사람은 서로 잘 어울리게 되고 '나'는 계속 트럭을 타고 멀리 갈 수 있기를 기대하지요. 하지만 곧 이어 또 다시 뜻밖의 상황이 펼쳐집니다. 도로 위에서 트럭이 고장 나고, 한 무리의 사람들이 몰려와 짐칸에 실려 있던 사과를 강탈해 가는 것이지요. 게다가 나중에는 뜻밖에 '트럭 기사'도 강탈의 대열에 합류하여 '나'의 배낭을 빼앗아 가버리고, '나'는 땅바닥에 넘어지고 맙니다. 분노해도 아무 소용이 없지요.

(나: 이번에는 내가 말할 수 있는 여지를 남겨주는군요. 온몸이 상처투성이가 된 '나'는 온통 상처투성이가 된 트럭 안에 누워 막 집을 나섰을 때 즐거웠던 모습을 떠올립니다.)

교사 감정의 변화를 아주 정확히 파악하고 있는 것 같습니다. 이런 감정들을 종합해보자면 기대와 실망, 기대, 뜻밖이라는 당혹감, 더 큰 실망, 기대, 또 뜻밖이라는 당혹감, 완전한 실망 등 종잡을 수 없는 변화의 과정으로 요약할 수 있을 겁니다.

교사 그렇다면 '나'의 감정에 이처럼 종잡을 수 없는 변화를 유발하는 원인은 무엇일까요?

학생12 '나'가 마주치게 되는 것이 하나같이 낯설고 종잡을

수 없는 사람과 사건 들이기 때문입니다. 그 영향으로
'나'의 감정도 덩달아 종잡을 수 없게 변하는 것이지요.
(나: 아주 훌륭한 지적입니다.)

교사 정확한 귀납입니다. '나'의 감정 변화는 객관세계의
종잡을 수 없는 변화에 기인하지요. 상상 속의 세계와
현실세계 사이의 거리가 너무 먼 것입니다.

교사 이어서 소설에 대해 간단한 결론을 내려봅시다.
소설은 열여덟 살 소년이 처음 집을 나서 먼 길을
가는 경험을 통해 소년의 세계와 성인의 세계 사이의
모순과 충돌을 반영하고 있습니다. 아울러 세상과 깊이
접촉해보지 못한 아이가 느끼는 현실세계에 대한 곤혹과
두려움을 표현하고 있지요. 이 소설은 독자들에게
복잡하고 변화무쌍한 인생의 속성을 일깨워주고 있습니다.
인간은 성장 과정에서 무수한 곤혹과 좌절을 만나게
되지만, 동시에 일정한 수확도 얻게 되는 것이지요.

보셨지요? 루펑 선생님의 수업에서 제게는 발언의 기회가
없었습니다. 이 강의록에는 책을 읽고 이해하는지와 이해하지 못
하는지의 문제가 존재하지 않는 것 같습니다. 물론 그렇다고 제가
고등학생들이 〈십팔 세에 집을 나서 먼 길을 가다〉를 읽는 데에 아

무런 문제가 없다고 생각하는 것은 아닙니다. 저는 단지 이 강의록을 하나의 사례로 들고 있을 뿐이지요. 저는 재작년 광둥성의 대학 입시 시험에서 적지 않은 학생들이 기대했던 것보다 낮은 점수를 받았던 일을 잊지 못합니다. 원리산이 "학생들이 읽고도 무슨 뜻인지 이해하지 못했다"라고 했던 말이 제 귓가를 맴돌고 있습니다.

국어와 문학의 관계는 간단히 말해서 경험 독서와 비경험 독서의 관계와 같다고 할 수 있습니다. 물론 문학 읽기에는 경험 독서와 비경험 독서가 가득하기 때문에 독자들이 이상하게 여기지 않지만 국어 읽기의 측면에서 보면 이상하게 여겨지는 것들이 많지요. 이런 각도에서 보면 문학사는 끊임없이 갱신되는 경험의 역사이고 국어의 역사는 끊임없이 발전하는 경험의 역사라고 할 수 있습니다. 통속적인 표현으로 하자면 문학이 적진에 뛰어들어 혈전을 치르고 승리한 뒤에 국어가 산에서 내려와 복숭아를 줍는 격이라고 할 수 있지요. 그래서 문학이 전진할 때, 국어도 전진할 수 있는 겁니다. 차이가 있다면 전자는 앞을 향해 나아가고 후자는 뒤를 향해 나아간다는 것이지요.

저는 여기서 문학적 전통과 문학의 선봉성先鋒性 문제에 관해 간단히 얘기하고 싶습니다. 어떤 사람들은 이 두 가지를 서로 대립시켜 토론을 진행하기도 하지만 이는 잘못된 것이라고 생각합니다. 전통은 고정적인 것이 아니라 개방적인 것이고, 이미 완성된 것이 아니라 미완성의 진행형으로서 영원히 완성을 기다리는 상태이기 때문이지요. 전통이 자기혁신을 시작할 때가 바로 선봉이 나타나는 때입니다. 따라서 선봉성은 전통이 자기혁신을 진행할 때 나타나는 일련의 고된 활동이라고 할 수 있지요. 선봉은 항상 어지러운 모습으로 나타나기 때문에 전통의 적敵으로 인식되기 쉽지만, 사실 선봉이란 전통이 자체적으로 하는 것으로서, 전통이 스스로에게 만족하지 못할 때 필연적으로 나타나는 혁신 행위라 할 수 있습니다. 마찬가지 이치로 비경험은 경험의 기초 위에 세워진다고 할 수 있지요. 비경험의 이륙은 경험이라는 활주로가 있기 때문에 가능한 것이고, 활주로가 길어 더 멀리 달릴수록 이륙도 안정적일 수 있는 것입니다.

옛 격언에 "한 번 물어서 아는 것이 십 년 동안 책을 읽는 것보다 낫다聽君一席話, 勝讀十年書"라는 말이 있습니다. 이 말에 대해 예자오옌葉兆言°은 아주 훌륭한 해석을 내린 바 있습니다. 그는 먼저 10년 동안 책을 읽어야만, 한 번 물어서 아는 것이 10년 동안 책을 읽은 것보다 나을 수 있다고 말합니다. 10년 동안 책을 읽지 않으면 다른 사람에게 물어도 아무 소용이 없다는 것이지요. 이처럼 10년 동안 책을 읽는 과정이 바로 경험이고 주위 사람에게 물어서 깨닫는 것이 바로 갑작스런 비경험의 출현이라고 할 수 있을 겁니다.

문학사에서 볼 수 있듯이 한동안 반역적이고 정도를 벗어난 것으로 간주되었던 수많은 작품들이 여러 해가 지나 전통 문학의 대열에 합류하게 되었고, 위대한 문학유산으로 자리 잡게 되었으며 국어 교과서에 실리기도 했습니다. 저는 〈십팔 세에 집을 나서 먼 길을 가다〉가 발표된 지 20년이 지나 탐스러운 복숭아가 되었다는 사실이 말할 수 없이 기쁩니다. 하지만 이 국어 교과서라는 바구니에 들어간 복숭아가 제대로 익은 것인지는 감히 장담하지 못하겠습니다.

○   중국의 유명 작가로 위화의 친구이기도 하다. 우리나라에는 《후예》, 《화장실에 관하여》 등의 작품이 출판되었다.

문학은
인생보다
긴 길

뉴욕,
뉴욕대학교
New York,
New York University

2016. 5. 11.

제가 소설을 쓰기 시작한 지가 벌써 33년이 되었습니다. 산수를 잘 못해서 다른 분들의 발제가 다 끝나도록 손가락을 꼽아가며 따져보았습니다. 딱 33년이 되었더군요. 또한 저는 제가 쓴 소설에 대한 이해가 뉴욕대학교의 장쉬둥張旭東 교수만 못하다는 사실을 깨달았습니다. 제 소설에 대해서는 장쉬둥이 저보다 훨씬 더 말을 잘해요. 그러니 오늘은 그에게 말을 시키지 않겠습니다. 어우양장허歐陽江河*는 오늘을 위해 작년 4월부터 10시간짜리 발제를 준비했다고 하던데, 조금만 하시죠. 오늘 보니 5시간만 이야기해도 충분할 것 같습니다. (어우양장허는 "나는 어떻게 해서든지 5분 안에 다 마칠 겁니다"라고 했습니다.)

방금 여러분이 픽션허구와 논픽션비허구에 관한 얘기를 했습

---

* 중국의 현대 시인.

니다. 저는 우리의 이 세계는 허구가 아니고 우리의 현실도 허구가 아니지만 사실 우리가 생존하는 방식은 허구라고 생각합니다. 마르크스의 말을 빌리자면 주관과 객관의 관계라고 할 수 있겠지요. 비허구는 객관적 존재이고 허구는 주관적 표현인 것입니다. 예컨대 제가 유년을 회고하며 산문을 한 편 쓰려고 한다면 무엇에 의지해야 힐까요? 제가 의지할 수 있는 것은 기억일 것입니다. 하지만 기억은 어느 정도 이미 허구가 되어 있습니다. 허구적인 것들이 많이 첨가되어 있지요.

　제가 사실을 기록하기 위한 글을 쓰고자 한다고 칩시다. 저는 어느 곳인가로 가서 한동안 생활해야 하고 수많은 사람들과 얘기를 나눠야 하며, 녹음을 해야 하고 아주 진지하게 녹음한 내용을 정리해야 할 것입니다. 하지만 제가 인터뷰하고자 하는 대상이 제게 들려주는 이야기는 주관적인 것이고, 그가 어떤 사건에 관해 이야기할 때나 그가 자신의 감정과 관점을 표현할 때, 정도는 다르지만 거기에는 허구의 성분이 포함될 수밖에 없습니다. 따라서 저는 픽션과 논픽션의 구분은 우리가 작품을 읽을 때 어떻게 받아들이냐의 차이에 있다고 생각합니다. 우리는 독서를 하면서 논픽션이 말하는 것은 진실이고, 소설이라고 불리는 픽션이 말하는 것은 가짜라고 인식하게 되지요.

　방금 장쉬둥은 스노든^Snowden 사건에 관해 얘기하면서 논픽션에 대중의 관심이 집중되는 것은 그들이 다 아는 사건에 기초하기 때문이라고 했습니다. 모두들 그 사건에 대해 흥미를 갖고 있기 때문이라는 것이지요. 이전에 《디데이: 1944년 6월 6일, 세상에서 가장 긴 하루》•라고 하는 제목의 유명한 2차 세계대전 관련 논픽션 이 있었습니다. 노르망디 상륙작전에 관한 이 텍스트를 저도 완독 한 바 있지요. 대단히 훌륭한 글이었습니다. 논픽션 독자들은 그 텍 스트가 다루는 사건 혹은 그 주제, 또는 그런 생활상에 흥미를 갖 고 있는 경우가 많습니다. 저처럼 스노든 사건에 관해 흥미를 갖고 있는 사람이라면, 서점에 들어갔을 때 한쪽 탁자에는 스노든에 관 한 논픽션이, 다른 한쪽에는 똑같이 스노든에 관한 픽션이 놓여 있 을 경우, 조금도 주저하지 않고 논픽션 책을 선택할 겁니다. 논픽션 이 픽션보다 훨씬 더 허구적으로 쓰였을 가능성도 배제할 수 없지 만, 그래도 논픽션 쪽을 택할 거예요. 이는 일종의 심리적인 선택이 지요.

글쓰기의 관점에서 보자면 픽션이 더 자유롭고 제약도 그 리 많지 않습니다. 저도 논픽션을 쓴 적이 있지요. 산문도 일종의 논픽션 글쓰기라고 할 수 있습니다. 산문을 쓸 때도 허구적인 요소 가 들어가긴 합니다. 제가 느끼기에는 픽션을 쓰는 것이 논픽션을 쓰는 것에 비해 자유의 폭이 훨씬 넓었습니다. 훌륭한 논픽션 작품 이 상대적으로 적은 원인도 바로 여기에 있다고 생각합니다. 수많

•   최필영 옮김, 일조각, 2014.

은 작가들이 글을 쓰고 쓰다가 제약이 너무 많아서 도저히 견딜 수 없다는 생각이 들 때면 차라리 마음대로 지어내기로 마음을 바꾸는 것이지요.

*

소설의 문체에 관해 얘기해볼까요. 1980년대의 일이었습니다. 저는 아직 젊었고 호기심도 많았지요. 글쓰기에 있어서도 호기심이 가득했던 저는 이것저것 시험해보고 싶은 것이 너무 많았습니다. 저는 당시에 유행하던 세 가지 문체로 쓰기를 시도해보았습니다. 하나는 무협소설 〈선혈의 매화검〉이고 하나는 재자가인의 사랑을 다룬 소설 〈옛사랑 이야기〉이었습니다. 두 작품 모두 중국의 전통적인 문체로 쓰인 것입니다. 또 한 편의 작품은 〈강가에서 일어난 일〉이라는 제목의 탐정소설이었습니다.● 저는 이렇게 세 가지 문체로 각각 한 편씩 작품을 써냈습니다. 그때는 아직 장편소설을 쓸 만한 실력이 없었지요. 장편소설을 쓰려면 문체를 모방하는 것으로는 안 되기 때문에 실력이 너무 부족하다고 생각했거든요. 하지만 중편은 한번 써볼 수 있을 것 같았습니다. 그래서 무협

● 〈선혈의 매화검〉과 〈강가에서 일어난 일〉은 《내게는 이름이 없다》(이보경 옮김, 푸른숲, 2007)에, 〈옛사랑 이야기〉는 《세상사는 연기와 같다》(박자영 옮김, 푸른숲, 2007)에 수록되어 있다.

소설을 한 편 쓰고, 재자가인 소설을 한 편 쓴 다음, 또 탐정소설을 한 편 썼던 겁니다. 제가 생각하기엔 무협과 재자가인 소설이 탐정소설보다 쓰기 좋은 것 같았습니다. 하지만 이것들을 쓰면서 감히 다른 작품과 비교할 수는 없었습니다. 다른 사람들이 글을 너무 잘 썼기 때문이지요.

저는 지금도 그때와 똑같이 생각하고 있습니다. 젊은 작가가 막 글쓰기를 시작할 때는 여러 가지 다른 스타일의 글쓰기를 해봐야 한다는 것입니다. 이런 방식이 미래의 글쓰기에 큰 도움을 주기 때문입니다. 저는 그토록 오래 글을 쓰고서야 문학이 제 인생보다 더 긴 길이라는 사실을 깨닫게 되었습니다. 굳이 비교를 해보자면, 이는 우리가 젊은이들에게 연애를 많이, 그것도 침대 위에서의 연애를 많이 해본 다음에 결혼을 결심해야 한다고 권하는 것과 마찬가지라고 할 수 있지요.

세계를 유랑하는
나의 책들

브뤼셀
Brussels

2017. 9. 21.

이 주제로 이야기를 하기 위해 중국어와 중국어가 아닌 언어권에서의 출판 상황(중국 소수민족 언어와 점자를 포함하여)에 관해 통계를 내보았습니다. 총 38개 국가에서 35개 언어로 출간되었더군요. 국가의 수가 언어의 수보다 많은 이유는 영어로 미국, 캐나다, 영국, 호주, 뉴질랜드 등지에서 출판되었고 포르투갈어로 브라질과 포르투갈에서 출판되었으며 아랍어로 이집트와 쿠웨이트에서 출간되었기 때문입니다. 그 반대의 상황도 있었습니다. 에스파냐에서는 에스파냐어와 카탈루냐어 두 가지로 출간되었고 인도에서도 공용어 중 말라얄람어와 타밀어 두 가지 판으로 출간되었습니다.

이렇게 제 책이 세계를 유랑한 이력, 즉 번역과 출판의 과정을 거쳐 각지의 독자들에게 다가간 과정을 한번 되돌아보았습니다. 저는 중국 내에서 '세계에서 중국문학이 가진 위상'에 대해 토론할 때마다 항상 번역의 중요성만 강조된다는 점에 주목했습니다. 물론 번역은 중요합니다. 하지만 출판사가 책을 출판하지 않으면 아무리 훌륭한 번역 원고라 해도 서랍 속에 갇혀 있는 수밖에 없지요. 과거에는 서랍이고 요즘은 하드디스크 안에 갇혀 있게 될 테지만요. 그다음으로 중요한 것은 독자입니다. 출판된 뒤에 독자들이 그 책을 거들떠보지 않으면 출판사는 손해를 보게 되고, 계속 중국문학을 출판하려는 마음이 없어지지요. 따라서 번역과 출판, 독자는 삼위일체로서 어느 것 하나도 결여되어선 안 됩니다.

*

세계에서 가장 먼저 제 소설을 번역하여 출판한 것은 프랑스와 네덜란드, 그리스 세 나라였습니다. 전부 1994년의 일이지요. 2~3년이 지났을 때, 프랑스에서는 열한 권이 출간되어 있었고 네덜란드에서는 네 권이 출간되었지만 그리스에서는 한 권으로 그치고 말았습니다.

1994년에 프랑스의 두 출판사가 《인생》과 중편소설 〈세상사는 연기와 같다〉를 처음으로 출간했습니다. 《인생》은 프랑스에서 가장 큰 출판사에서, 〈세상사는 연기와 같다〉는 가장 작은 출판사에서 나왔지요. 1995년, 저는 프랑스 생말로^{Saint Malo} 국제문학축제에 참가하는 김에 파리에 들러 가장 크다는 그 출판사를 방문하여 담당 편집자를 만났습니다. 당시 저는 《허삼관 매혈기》를 쓰고 있던 터라 혹시 다음 소설도 출판할 의사가 있는지 물어봤지요. 편집자는 의아하다는 듯한 표정으로 되묻더군요.

"다음 소설이 영화로도 제작되나요?"

저는 제 작품이 이제 이 출판사에서는 끝났음을 알았습니다. 저는 가장 작다는 다른 출판사에도 가서 다음 소설을 출판할 의향이 있는지 물어봤습니다. 그들의 대답은 아주 겸허했습니다. 그들의 출판사는 아주 소규모이고, 다른 작가의 책도 내야 하기 때문에 제 작품에만 집중할 수가 없다는 것이었지요. 저는 그때 제 작품은 이제 프랑스에서는 끝났다고 생각했습니다.

그런데 그때쯤 운 좋게도 프랑스에서 명성이 자자한 악트쉬드 출판사에서 중국문학 총서를 기획하면서 프랑스국립동양언어문화대학°의 중국학 교수 이사벨 라뷔^{Isabelle Rabut}에게 주간을 맡겼습니다. 《허삼관 매혈기》가 잡지 〈수확〉에 발표되고 있다는 사실을 알고 있던 그녀는 곧장 악트쉬드에게 판권을 사게 했고, 1년 쯤 지나 이 작품의 프랑스어판이 나왔습니다. 그 뒤로도 악트쉬드는 제 작품을 연이어 출간했고, 저는 마침내 제 작품을 계속 출간

°   Institut National des Langues et Civilisations Orientales.

해줄 프랑스 출판사를 찾게 되었지요.

　　네덜란드에서는 데후스^{De Geus} 출판사가 1994년에 《인생》을 출간한 데 이어 《허삼관 매혈기》, 《형제》, 《제7일》 등을 펴냈습니다. 재미있는 건 제 책이 줄곧 출간되던 23년 동안 데후스 출판사에서 저에게 연락을 한 적은 한 번도 없다는 겁니다. 편집자가 누구인지, 번역자가 누구인지도 몰랐지요. 아마 중간에 에이전트가 끼어 있었기 때문일 겁니다. 곰곰이 생각해보았더니 네덜란드에 아는 사람 중에서 중국 연구자인 마크 린하우츠^{Mark Leenhouts}가 떠올랐지만 이 친구는 제 책의 번역자가 아니었습니다.

　　작년 7월[•]에 중국 창춘^{長春}에서 린하우츠를 만났습니다. 그가 다음에 유럽에 오면 네덜란드에 꼭 오라고 하더군요. 그래서 이번에 네덜란드에 방문하기로 했습니다. 제가 린하우츠에게 제 책의 네덜란드어 번역자를 좀 알아봐달라고 부탁했더니, 그는 빙긋이 미소를 지으며 얀 드 메이어^{Jan De Meyer}라는 이름을 댔습니다. 또 얀 드 메이어가 벨기에 사람이며 네덜란드어를 하지만 프랑스에 거주하고 있다고 알려주었지요. 정말 재미있는 사람이라는 생각이 들었습니다.

•　　2016년 7월이다.

지난 4월*에 데후스 출판사는 얀 드 메이어에게 제 소설집 한 권의 편집을 부탁했습니다. 그때 저는 처음으로 그가 보낸 이메일을 받았지요. 그의 첫 마디는 "당신은 나를 모르겠지만 《형제》와 《제7일》을 네덜란드어로 번역한 사람이 접니다."였습니다. 그의 자기소개는 이게 전부였지요.

그리스에서 제 책이 출판된 이야기는 더 재미있습니다. 10여 년 전, 그리스의 헤스티아^{Hestia} 출판사는 《인생》을 출간하기로 결정하고 저와 계약서를 쓰고서 훌륭한 번역자도 섭외했지요. 그런데 헤스티아 출판사는 갑자기 리바니^{Livani}라는 또 다른 출판사가 1994년에 이미 《인생》의 그리스어판을 출간했다는 사실을 알게 되었습니다. 저는 그렇게 된 상황은 물론이고, 심지어 누가 판권을 리바니 출판사에 팔았는지도 몰랐지요. 결국 헤스티아는 뒤로 물러섰고 리바니가 제게 증정본 몇 권을 보내왔습니다. 그 뒤로 이 두 출판사는 저를 완전히 잊었고, 저도 그들을 잊고 살았습니다. 이번에 강연 원고를 준비하려고 자료를 찾다가 이 두 출판사가 떠오른 겁니다.

---

* 　　 2017년 4월이다.

*

    훌륭한 번역자를 만나는 건 대단히 중요한 일입니다. 이탈리아의 마리아 리타 마스키^{Maria Rita Masci}와 페사로^{N. Pesaro}, 독일의 율리히 카우츠^{Ulrich Kautz}, 미국의 앤드류 존스^{Andrew Jones}와 마이클 베리^{Michael Berry}, 일본의 이즈카 유토리, 한국의 백원담 등은 모두 제 책의 번역을 완전히 끝마친 다음에야 출판사를 찾았습니다. 또 다른 영어 번역가인 앨런 바^{Allan H. Bar}는 오래전에 앤드류 존스의 소개로 제 단편소설집을 번역하고 싶다는 편지를 보내 왔습니다. 그 책은 10년 뒤에야 출간되었지요.

    앨런 바처럼 충실한 번역을 하면서도 언제 출판되든 신경 쓰지 않는 번역가는 많지 않습니다. 훌륭한 번역가는 이미 유명해져 있거나 혹은 아주 곧 그렇게 될 것이기 때문입니다. 그중에는 여러 작가의 작품을 번역하는 사람도 있습니다. 이들 유명 번역가들은 대개 토끼가 보이지 않으면 굳이 매를 날리지 않습니다. 출판사의 의뢰를 받아 계약서를 쓰고서야 번역을 시작하지요.

    프랑스에서는 여러 해에 걸쳐 네 명의 역자가 제 책을 번역했지만 출판사는 줄곧 악트쉬드였습니다. 미국에서도 네 명의 역자를 만났지만 출판사는 역시 줄곧 랜덤하우스였고요. 작품을 계속 내줄 출판사가 있어야 그 작가의 작품이 계속 출간될 수 있기 때문입니다.

《인생》(마이클 베리 역)과 《허삼관 매혈기》(앤드류 존스 역)는 1990년대에 이미 영어로 번역이 되었습니다. 하지만 미국에서의 출간은 끊임없이 벽에 부딪혔지요. 한번은 미국의 어떤 편집자가 제게 편지로 이런 질문을 하더군요.

"왜 당신 소설 속 인물들은 가정에서의 책임만 중요시하고 사회적 책임은 생각하지 않는 건가요?"

저는 이 질문이 역사와 문화의 차이 때문에 나온 것이라 생각했습니다. 저는 답장을 통해 그에게 중국은 3천 년에 달하는 역사를 지닌 국가이고, 기나긴 세월 동안 유지된 봉건제도가 사회 안에서의 개인의 성격을 말살했다. 따라서 개인은 사회적 문제에 대한 발언권이 없고 오로지 가정 문제에 대해서만 발언할 수 있기 때문이라고 설명했습니다. 아울러 《인생》과 《허삼관 매혈기》의 시간적 배경은 1970년대 말이고, 1990년대 이후에는 모든 것이 달라졌다고 말해주었지요. 하지만 그를 설득하려던 시도는 실패했습니다. 그 뒤로도 계속 미국에서의 출판은 벽에 부딪치다가 2002년에 지금의 편집자인 루 앤 월더Lu Ann Walther를 만나고서야 랜덤하우스에 안정적인 발판을 구축하게 되었습니다.

어떤 작가가 자신에게 적합한 출판사를 찾아야 하는 근본적인 이유는 그의 작품을 제대로 평가할 수 있는 편집자를 만나기 위해서입니다. 독일에서 처음으로 제 책을 출간한 클레트코타^{Klett-Cotta} 출판사는 1990년대에 《인생》과 《허삼관 매혈기》를 낸 뒤로는 더 이상 제 책을 내지 않았습니다. 저는 몇 해가 지나서야 왜 그랬는지 알게 되었죠. 제 책의 편집자였던 토마스 베크^{Thomas Weck}가 세상을 떠났기 때문이었습니다. 그 뒤로 제 책은 전부 S. 피셔^{S. Fischer} 출판사에서 나왔습니다. 그곳에는 이사벨 쿱스키^{Isabel Kupski}라는 훌륭한 편집자가 있었거든요. 그녀는 제가 독일에 갈 때마다 거리가 얼마나 멀든지 기차를 타고 절 만나러 왔습니다. 저녁 무렵에 도착하여 절 만나고 다음 날 새벽 날이 밝기도 전에 다시 기차를 타고 프랑크푸르트로 돌아가는 식이었지요.

2010년에 저는 책 홍보를 위해 에스파냐에 갔다가 바르셀로나에서 제 책의 편집자인 엘레나^{Elena}를 만났습니다. 그녀와 저녁을 먹으면서 저는 우스갯소리로 1995년에 프랑스에서 가장 큰 출판사 편집자를 만났을 때 나누었던 이야기를 들려주었지요. 엘레나는 입을 굳게 다물고 눈을 휘둥그레 떴습니다. 눈빛에는 놀라움과 두려움이 가득했지요. 그녀는 이 세상에 그런 편집자가 있다는 사실을 믿기 어려운 것 같았습니다. 그 순간 저는 세익스바랄^{Seix Barral} 출판사가 제 책의 에스파냐어판을 계속 낼 거라는 사실을 확신했습니다. 그 당시에는 제 책을 겨우 두 권밖에 내지 않았는데도 그랬지요.

*

　　번역가, 출판사 이야기에 이어서 이번에는 독자들과의 만남에 관해 얘기하고 싶습니다. 저는 종종 중국 독자들과 외국 독자들의 질문 내용에 어떤 차이가 있느냐는 질문을 받곤 합니다. 이런 질문은 외국에 나갔을 때도 받았고 중국에 있을 때도 받았지요. 나중에는 한 가지 오해가 생겼습니다. 제가 외국에 나가면 항상 사회와 정치에 관한 질문을 받지만 중국에서는 그런 질문을 받는 일이 없다는 겁니다. 사실은 중국 내의 독자들도 사회와 정치에 관해 묻는 경우가 적지 않습니다.

　　문학은 삼라만상을 다 담고 있습니다. 문학작품에서 세 사람이 걸어오고 한 사람이 저쪽으로 걸어가는 장면을 읽을 때, 우리는 이미 3 더하기 1은 4라는 수학적 사실에 도달해 있고, 설탕이 뜨거운 물에 녹는 장면을 읽을 때는 이미 화학에 도달해 있다고 할 수 있습니다. 낙엽이 떨어지는 장면이라면 이미 물리학을 언급하고 있는 겁니다. 수학, 화학, 물리학도 피해갈 수 없는 문학이 어떻게 사회와 정치는 담지 않을 수 있겠습니까? 하지만 문학은 결국 문학입니다.

　　중국이든 외국이든, 독자들이 가장 관심을 갖는 인물이나 운명, 이야기 같은 것들은 전부 문학에 속하는 요소들이지요. 소설 자체만 놓고 얘기하자면 저는 외국 독자와 중국 독자 사이에 아무런 차이가 없다고 느낍니다. 차이가 있다고 해도 그저 이 독자와 저 독자의 차이일 뿐입니다. 중국 독자들이 외국의 문학작품을 읽을 때, 그들은 어떤 면에 끌리는 걸까요? 답은 아주 간단합니다. 문학에 끌리는 것이지요. 전에도 말한 적이 있습니다만, 문학에 정말로 신비한 힘이 존재한다면 그건 시대와 민족, 문화와 역사의 차이에 괸게없이 그 작품에서 자기만의 감상을 이끌어낼 수 있게 하는 힘일 것입니다.

　　외국 독자들과 만날 때는 항상 가벼운 화제들이 등장하곤 합니다. 예컨대 중국에서 이렇게 독자와 만나는 자리를 가진다면 외국에서 있었던 독자와의 만남과 어떻게 다른가 하는 것이지요. 그럴 때 저는 이렇게 대답합니다. 중국은 인구가 많기 때문에 행사 도중에 자리를 뜨는 사람이 외국에서 행사에 참석한 사람들 전체를 합한 것보다 더 많을 거라고요. 또 제가 자주 받는 질문 중에는 독자와의 만남에서 가장 인상 깊었을 때는 언제였느냐 하는 것도 있습니다. 이런 질문을 받으면 저는 1995년에 처음 출국하여 프랑스를 방문했을 때라고 대답하곤 합니다.

　　생말로 국제문학축제의 대형 간이 천막 안에서 사인회를 할 때였습니다. 저는 판매용으로 한 무더기 쌓여 있는 제 프랑스어판 책 뒤에서 프랑스 독자들이 왔다 갔다 하는 모습을 바라보고 있었습니다. 어떤 사람들은 제 책을 집어 들고는 대충 훑어보다가 도로 내려놓고 가버리기도 했습니다. 조바심을 하며 잠시 더 기다렸더니 마침내 프랑스 소년 둘이 다가오더군요. 백지를 손에 든 두 소년은 통역사를 통해 자기들은 중국 문자를 한 번도 본 적이 없다 며, 혹시 중국 글자 두 자만 써줄 수 있느냐고 물었습니다. 제가 외 국에서 사인을 해본 건 이때가 처음이었습니다. 물론 제 이름을 쓰 진 않았죠. '중국中國'이라는 두 글자를 썼습니다.

원작과 겨루어
비겨야
좋은 번역이다

프랑크푸르트
Frankfurt

2009. 9. 27.

2세기 전, 괴테는 독일어로 번역된 페르시아 시인 하피즈^{Hafiz}의 시를 읽고서 독서를 통한 동양 여행을 시작했습니다. 그는 상당한 관심과 열정을 가지고 페르시아와 아랍의 다른 문학작품 번역본을 읽고 연구하는가 하면 마르코 폴로의 《동방견문록》도 읽었다고 합니다. 그의 독서 여행은 계속되어 중국에까지 이르렀고, 1796년에 그는 《호구전^{好逑傳}》을 읽었습니다. 그가 최초로 읽은 중국 소설이지요. 1827년에는 영어로 번역된 중국 소설 《화전기^{花箋記}》, 프랑스어로 번역된 중국 이야기 선집과 또 다른 소설 《옥교리^{玉嬌梨}》도 읽었습니다. 이러한 독서 여행에 힘입은 괴테는 유럽을 벗어나 직접 머나먼 동양 여행을 떠나게 되지요. 그러고 나서 그는 민족문학의 시대는 가고 세계문학의 시대가 오고 있다는 그 유명한 선언을 발표했습니다.

문학작품 번역과 관련한 또 다른 과거지사를 살펴봅시다. 이는 동^東에서 서^西로 향하는 과거지사입니다. 서구로 향한 중국의 발걸음은 출발이 약간 늦었다는 사실을 겸허하게 인정하고 넘어가야 합니다. 학자들의 고증에 의하면, 맨 처음 번역되어 중국에 발표된 유럽 소설은 1872년 4월 15일에서 18일 사이에 〈신보申報〉에 연재된 스위프트의 《걸리버 여행기》 제1부라고 합니다. 《걸리버 여행기》는 이후에 《흔석한담昕夕閑談》이라는 제목의 완역본으로 정식 출판되었지요. 1875년에 신보관申報館에서 활판인쇄 단행본으로 출간되어 73번째 '신보관총서'로 편입된 것입니다. 이 책의 작자는 '서국명사찬성西國名士撰成'으로 표기되었습니다.

중국 사람들은 보통 유럽에서 들어온 최초의 번역 소설이 알렉상드르 뒤마의 《몬테크리스토 백작》이라고 알고 있습니다. 임서林紓가 번역한 이 책은 《파리 차화녀 유사巴黎茶花女遺事》라는 제목으로 1897년에 출간되었지요. 앞서 신보관에서 《흔석한담》이 출간되고 22년 뒤의 일입니다. 아마도 《파리 차화녀 유사》는 《흔석한담》에 비해 독자들의 관심을 더 많이 받았을 것이고, 때문에 《흔석한담》은 첫 번째 번역서라는 지위를 잃게 된 것이겠지요.

재미있는 것은 중국 최초의 번역가로 알려진 임서는 애당초 외국어를 전혀 몰랐다는 사실입니다. 그는 프랑스에서 유학하고 돌아온 왕수창王壽昌이 설명해주는 내용을 들으면서 《파리 차화녀 유사》를 번역했습니다. 번역했다고 할 수도 있고, 창작했다고 할 수도 있겠습니다.

　　유럽에 비하면 중국은 외국 문학작품 번역을 비교적 늦게 시작했지만, 나중에는 오히려 유럽을 능가하게 되었습니다. 특히 문화대혁명 이후에는 유럽의 문학작품이 파도처럼 중국으로 밀려들었습니다. 19세기 유럽 문학은 물론, 더 앞선 시대의 작가인 괴테나 셰익스피어, 몽테뉴 등의 작품이 중국의 서점에 잔뜩 깔리기 시작했을 즈음 20세기 유럽의 모더니즘 문학은 이미 중국 서점가를 석권하고 있었지요. 요즘 중국의 서점에서는 저와 나이가 비슷한 유럽 작가들의 작품도 얼마든지 찾아볼 수 있습니다.

　　이어 중국에서도 번역된 문학이 원래 작품이 담고 있는 정신을 정확히 전달할 수 있느냐 하는 문제에 관한 토론이 전개되기 시작했습니다. 지난 30년 동안 저도 이와 유사한 논의를 자주 들어왔지요.

　　사실 프랑스어를 모르는 임서와 프랑스어에 능통한 왕수창의 협력으로 이루어진 번역은, 19세기 말에 이미 중국의 독자들에게 번역이란 두 가지 혹은 그보다 많은 언어가 협력해서 이루어지는 것이라는 문학 번역의 명제를 제시한 셈입니다. 이는 문학 번역이 서로 다른 시대, 서로 다른 문화, 서로 다른 인생 경험의 협력을 통해 이루어진다는 의미도 되지요. 어쩌면 바로 그렇기 때문에 어떤 구체적인 작품의 번역을 둘러싼 논란이 끊이지 않고 들리는 것인지도 모르겠습니다. 포대기에 싸인 아기였던 문학 번역이 거인으로 성장하자 논의의 목소리 또한 갈수록 우렁차졌지요.

이토록 오랜 세월 동안 사람들은 항상 시대의 차이와 문화의 차이, 개인적 경험의 차이를 강조하면서 번역의 과정이 어떻게 한 편의 문학작품이 갖고 있는 본래의 정신을 손상시키는지에 대해 이야기하곤 했습니다. 하지만 제 생각은 정반대입니다. 저는 문학이 끊임없이 성장해나갈 수 있는 것은 이런 차이의 존재 덕분이라고 생각하거든요.

*

잠시 번역에 대한 이야기는 접어두고 문학 읽기의 관점에서 말해봅시다. 모어^{母語}로만 읽기가 가능하다면 어떤 독서 경험이든 결국 문학작품에 대한 보충과 완성의 과정이 될 겁니다. 제 말 뜻은, 작가가 한 편의 작품을 완성한다는 것은 그저 출판과 발표라는 의미에서의 완성일 뿐이라는 것입니다. 우수한 문학작품은 개방적인 것으로서 완성되기가 불가능합니다. 한 명 또 한 명의 독자가 자신의 문화적 배경과 생활 속의 경험, 개인적 느낌을 바탕으로 독서라는 과정을 통해 이 작품을 점차적으로 완성해나가는 것이지요. 간단히 말해, 독자와 작가 사이의 차별성이 이러한 완성을 촉진한다고 할 수 있습니다. 문학의 가치와 의의도 이러한 차이를 통해 실현되는 것이지요.

독자로서, 때때로 저는 좋아하는 문학작품을 읽고 나서 작가와 한 자리에 앉아 작품을 읽은 소감을 말할 수 있는 기회를 얻기도 합니다. 이럴 때 제가 종종 마주치는 것은 그 작가의 아득한 표정입니다. 제가 그 책에서 읽어낸 것은 그가 그 작품을 쓰는 동안 한 번도 생각해보지 않은 문제이기 때문이지요. 그 반대의 경우도 마찬가지입니다. 어느 독자가 제 작품에서 저도 미처 알지 못하는 어떤 문학적 함의를 읽었다고 말할 때, 저 또한 놀라움을 금치 못합니다. 그럴 땐 이렇게 이야기하지요.

"대단히 정확한 판단입니다. 하지만 글을 쓰면서 저는 그렇게 생각하지 않았습니다."

*

다시 문학 번역에 대한 이야기로 돌아가봅시다. 저는 한 편의 문학작품이 다른 언어로 번역되는 과정에서 언어의 차이는 물론이고 문화의 차이와 시대의 차이, 개인적 경험의 차이가 더해지면서 출발어의 특성과 원작의 특징을 어느 정도 잃어버리게 된다는 점을 인정합니다. 이는 피할 수 없는 일입니다. 하지만 이런 사실을 기준으로 삼아 그 문학작품의 번역이 성공적인지 여부를 판단할 수는 없습니다. 문학작품의 가치는 그 작품의 총체적인 힘에 의해 발현되고, 그 문학작품이 잘 번역되었다면 그 번역 또한 총체적인 것에 포함됩니다. 어떤 작가가 글쓰기 과정에서 몇 가지 사소한 실수를 할 수 있는 것처럼, 번역가도 작품을 번역할 때 그럴 수 있지요. 이런 실수에 대해 놀라거나, 옳고 그름을 따지며 번역자를 탓할 필요는 없습니다. 인간의 두뇌는 컴퓨터가 아니기 때문이지요. 사실 요즘은 컴퓨터도 적지 않은 오류를 일으키지만요.

어떤 사람들은 계란 속에서 뼈다귀를 찾아내는 일°을 좋아하시요. 번역상 있을 수 있는 몇 가지 사소한 문제를 가지고 대단한 글을 써내는 겁니다. (이런 문제들이 얼마나 사소한지는 보는 사람의 입장에 따라 다를 수 있습니다.) 처음에는 번역가의 작업을 비판하는 것으로 시작된 일이 나중에는 문화 차이로 인한 커다란 도랑을 어떻게 건너야 하는가 하는 거창한 의제로 발전하곤 합니다.

이런 사람들은 아무리 모어로 된 작품을 읽는 독자라 해도, 읽는 과정에서 저도 모르게 어떤 내용은 무시하거나 생략하고 어떤 내용은 강조하게 된다는 사실을 생각해볼 필요가 있겠습니다. 읽을 때의 생각과 느낌이 작가가 쓸 때의 그것과 완전히 일치하는 사람은 없을 겁니다. 작가라 해도 몇 년 후에 자신의 작품을 다시 읽어보면 그 생각과 느낌이 처음 그 글을 쓸 때와는 상당히 달라져 있을 수 있지요. 따라서 번역된 문학은 차이의 존재로 인해 원작의 특성 중 몇 가지를 상실하지만, 번역의 차별성이 원작의 어떤 부분을 강화시킬 수 있다는 사실을 잊지 말아야 합니다. 번역가의 번역

° '꼬투리를 잡는다'는 뜻의 중국 속담.

과정은 왜 독자의 독서 과정과 비슷한 걸까요? 근본 원인은 제가 앞에서도 얘기했던 문학의 개방성 때문입니다. 이런 개방성 때문에 우수한 문학작품은 영원히 완성되지 않는 것이지요.

　　마지막으로 말하고 싶은 것은 이겁니다. 번역된 작품은 어떤 대목에서는 원작보다 훌륭할 수도 있고, 또 어떤 부분에서는 원작보다 못할 수도 있습니다. 그렇기 때문에 원작과 겨루었을 때 비기면 훌륭한 번역이라는 거지요.

한 민족의 전통에는
그들만의 개성이 있다

서울

1999. 6. 15.

이문구 선생님의 초청에 감사드립니다. 한국에 와서 저의 몇 가지 생각을 나눌 수 있는 기회를 주신 것에 심심한 감사의 뜻을 표합니다.

베이징에서 제가 받은 강연 제목은 '21세기 동아시아 문학의 미래를 열다'입니다. 이런 주제는 저를 몹시 부끄럽게 만듭니다. 동아시아 문학에 대해 이야기할 때면 제가 일본이나 한국문학에 대해 제대로 아는 것이 거의 없다는 사실을 깨닫기 때문이지요. 솔직히 말하자면 제가 일본과 한국문학에 대해 잘 모르는 이유가 몇 가지 있습니다. 북한도 하나의 원인일 수 있겠지요. 그 때문에 중국과 한국의 수교가 아주 늦게 이루어졌다는 사실이 양국의 문학 교류에 적지 않은 영향을 미쳤습니다.

중국 서점에서는 중국어로 번역된 한국 문학작품을 찾기가 어렵습니다. 제 책 《인생》 한국어판을 번역한 백원담 교수에 따르면 한국에서는 외국 문학작품을 출판할 때 서양 문학을 소개하는

데는 무척 열을 올리지만 중국문학에는 상당히 냉담하다고 하더군
요. 하지만 중국의 상황은 더 열악합니다. 최근 몇 년 동안 중국에
서는 한국 문학작품이 거의 출판되지 않았거든요.

　　이처럼 서양 선진국에 대한 관심이 이웃 나라에 대한 관심
보다 월등히 큰 것은 아시아 국가들에 공통적으로 나타나는 특징
이기도 합니다. 하지만 최근 몇 년 사이 상황이 달라지고 있습니
다. 중국 일부 지식인들의 눈길은 물론, 연구의 방향 또한 이웃나라
들로 옮겨 가기 시작했거든요. 작년●에는 〈창작과비평〉 주간인 백
낙청 교수와 최원식 교수가 베이징에 와서 중국 학자들과 폭넓은
교류를 나누기도 했습니다.

　　서로 관심을 가지고 만나는 정도에서 진정한 교류를 나누
게 되기까지, 저는 이 모임이 커다란 수확을 안겨주리라고 믿어마
지 않았습니다. 2년 전에 중국 문학文學출판사에서 출판한《세계화
시대의 문학과 사람全球化時代的文學和人》이라는 책 1장에서 백낙청
교수는 한국의 민족문학과 정부가 거액의 예산을 들이면서 표방
했던 '한국식' 민주주의는 절대로 같은 것이 아니라고 밝힌 바 있
습니다. 백낙청은 "정부가 제창하는 민족문학이 민족의 양심에 기
초하여 문학적 양심이 지향하는 민족문학과 거리가 있다면, '민족
문학'에 관한 담론은 더욱더 조심스러울 수밖에 없다. 민족 전통의

●　　1998년이다.

일부를 마음대로 발췌해서 보존하고 전시하면서 국민 생활의 현재와 미래에 대한 애매한 낙관론을 고취하는 것을 민족문학이라고 규정한다면 그것은 진지하고 엄숙한 문학이 아니기 때문에 민족 대다수의 성원들에게 이로울 것이 없다."라고 말했습니다.

이것이 제가 그 대회에서 얻은 첫 번째 수확이었습니다. 백낙청 교수가 이 책에서 민족문학에 대해 쓴 내용을 읽고서 저는 종종 중국의 문학적 현실을 생각하게 되었습니다. 때로는 백낙청 교수가 중국의 상황을 쓴 것 같다는 생각이 들기도 했지요. '민족 전통의 일부를 마음대로 발췌해서 보존하고 전시'하는 일에 중국의 각급 정부 관료들은 열정을 보이고 있습니다. 그리고 '국민 생활의 현재와 미래에 대한 애매한 낙관론을 고취하는 것을 민족문학이라고 규정하는 것'은 또한 적지 않은 중국 작가들이 추구하는 바이지요.

두 번째 수확을 거둔 것은 중국의 〈독서讀書〉 잡지에서 주최한 토론회에서였습니다. 어떤 중국 학자가 최원식 교수에게 남북한 분단 문제에 관해 물었을 때 최원식 교수가 한 대답은 대단히 놀라웠습니다. 그는 분단이 한민족에게는 그리 중요한 문제가 아니라고 했지요. 그는 한민족이 중국과 일본, 러시아, 그리고 태평양 건너에 있는 미국까지 4대 강국에 포위된 상태에서 생존하는 문제가 더 중요하다고 생각했습니다. 최원식 교수의 대답을 듣고 저는 한국 학자와 작가들이 제창하는 민족주의, 즉 백낙청 교수가 말하는 민족의 양심과 문학적 양심에 대해 더 잘 이해하게 되었습니다.

　　　동시에 위대한 헝가리 작곡가 버르토크^{Bela Bartok}가 떠올랐습니다. 풍부한 선율과 매혹적인 리듬을 무수히 창조한 이 음악가는 일생 중 많은 시간을 농촌에서 민간음악을 수집하면서 보냈지요. 그 덕분에 사람들은 대칭적 형식과 통일적인 주제主題를 사용해 만들어진 그의 작품이 어디에서 비롯된 것인지 알게 되었습니다. 농민들과 함께 생활한 덕분에 버르토크는 전형적인 마자르족과 슬로바키아, 트란실바니아, 루마니아 민간음악의 주제 수천 개를 손에 넣을 수 있었지요. 하지만 중부 및 동부 유럽의 민간음악과 버르토크 음악의 관계는 훨씬 더 복잡합니다. 많은 사람들은 민간음악의 선율에 현대적인 화성을 붙이는 일이 아주 간단하다고 생각합니다. 이런 사람들은 어쨌든 간에 '새로운' 주제선율을 창작하는 것보다는 화성을 붙이는 일이 더 쉽다고 믿지요. (이런 생각이야말로 사실 백낙청 교수가 지적하는 '일부를 마음대로 발췌하는' 식이라 할 수 있습니다.) 버르토크는 그렇게 생각하지 않았습니다. 그는 "현대음악에 대한 농민음악의 영향農民音樂對現代音樂的影響"이라는 글●에서 이렇게 썼습니다.

●　　*The Influence of Peasant Music on Modern Music* (1931)을 가리킨다. 버르토크는 음악 외에 수많은 편지와 에세이를 남겼다. 이 책에 실린 인용문은 중국어로 번역된 것을 우리말로 다시 옮긴 것이다.

민간음악의 선율을 다루는 일은 극도로 까다롭다. 나는 민간음악의 선율을 다루는 일이 대규모 작품을 창작하는 것보다 더 어렵다고 단호하게 말할 수 있다. 한 가지만 생각하면 왜 그런지 분명하게 알 수 있다. 민간음악의 선율은 작곡가 본인의 작품이 아니라 그전에 이미 존재한 작품이다. 이것이 가장 큰 어려움이다. 또 다른 어려움은 민간음악의 선율이 가진 특별한 개성에 있다. 우리는 처음부터 이러한 개성을 인식해야 하고 좀 더 깊이 들어가 이를 이해해야 하며, 마지막으로 편곡할 때는 이 개성을 가리지 말고 드러내야 한다.

저는 문학도 마찬가지라고 믿습니다. 뛰어난 작가는 반드시 자신이 속한 민족 전통의 개성을 이해해야 합니다. 그런 다음 자신의 글쓰기에서 이러한 개성을 드러내야 하지요. 중국에서는 수많은 사람들이 너무도 간단하게 현대적 문학 창작과 고전문학으로부터 이어져 내려온 전통을 대립시키고 있지만, 사실 이 양자는 서로를 보완하는 관계입니다. 한 민족의 문학 전통이란 고정되어 있거나 한번 형성되면 불변하는 것이 절대로 아니기 때문이지요. 문학 전통은 개방적인 것이라 영원히 완성될 길이 없지만 영원히 완성을 기다릴 수밖에 없습니다. 따라서 문학 전통의 연속선상에서나, 혹은 문학 전통의 자기 변혁 과정에서 맞닥뜨리는 어려움이 바로 문학의 현대성이라고 할 수 있습니다. 이처럼 문학 전통이 계속 어려움에 맞닥뜨려야 민족의 전통 혹은 문학의 전통이 건강히 성장할 수 있는 것입니다.

저는 음악이 버르토크로 하여금 일생에서 가장 아름다운 시간을 가난한 농촌에서 보내기로 한 이유 가운데 하나일 뿐이고, 더욱 심오한 또 다른 이유가 있다고 생각합니다. 이에 대한 버르토크의 설명은 아주 간단합니다.

헝가리 사람으로서 나는 아주 자연스럽게 헝가리 민요로 나의 작업을 시작했다. 하지만 곧이어 슬로바키아나 루마니아 같은 이웃 지역으로 영역을 넓혔다.

그러나 지리적으로, 또 역사적으로 이 좁은 틈새에 자리 잡아온 몇몇 중유럽과 동유럽 국가의 상황을 이해한다면 그들이 가진 민족 전통의 특별한 개성을 보다 분명하게 파악할 수 있을 겁니다.

지리적으로 볼 때 한쪽에는 독일과 이탈리아, 한쪽에는 러시아를 두고 가운데에 자리한 이 국가들에는 자연적인 국경이 얼마 없습니다. 그나마 있는 산맥이나 강도 중간에 끊겨 국경 역할을 못 하지요. 그러니 한쪽에서는 쳐들어오는 유목민을 막을 수가 없었고, 또 다른 쪽에서는 파죽지세로 밀고 들어오는 군대를 막을 수 없었던 것입니다. 역사적으로 보면 이들 나라는 스스로의 운명을 장악하지 못했습니다. 1815년의 비엔나회의를 가장 대표적인 예로 들 수 있지요. 이들 국가의 역사는 침략과 능욕의 역사로 구성되어 있는 것 같다는 생각이 듭니다.

저는 버르토크가 민간음악의 곡조에서 민족 전통의 개성을 발견했던 것과 비슷한 일을 오늘날 한국 작가들이 하고 있는 게 아닐까 하는 생각을 해봅니다. 저는 백낙청 교수의 책이나 최원식 교수와의 대화에서 이런 목소리를 들었습니다. 지리와 역사의 두 측면에서 볼 때, 헝가리와 한국은 유사한 부분이 많습니다. 제가 이 두 나라에서 강렬한 민족문학의 목소리를 들을 수 있는 것도 이런 배경 때문이라고 생각합니다. 저는 대부분의 국가에서 문학이 발전하는 과정에는 민족감정의 부활이 수반된다고 생각합니다. 하지만 한국에서는 민족감정의 부활이라는 기초 위에서 창작된 문학이 또 다시 그런 감정을 만들어내지요.

중국의 지리적인 조건은 한국과 다르지만 중국의 근대사 역시 침략과 능욕의 역사였습니다. 이상한 것은 중국 민족문학과 관련해서는 거의 한 가지 목소리만 두드러진다는 점입니다. 백낙청 교수가 말한 것처럼 '일부를 마음대로 발췌해서 보존하고 전시하는' 민족 전통이 두드러진다는 것이지요. 오늘날 중국에 존재하는 문제 때문에 저는 몹시 불안합니다. 작년에 이탈리아의 한 주간지 기자가 베이징에 와서 저를 인터뷰한 적이 있습니다. 이 기자는 베이징에서 또 다른 인터뷰를 했다고 하더군요. 오늘날 20세 전후 중국 젊은이들의 관심사가 무엇인지 알고 싶다는 거였습니다. 그녀는 중국 젊은이 20명을 인터뷰한 결과, 아주 놀라운 사실을 발견하게 됐지요. 중국의 문화대혁명에 관해 아는 사람이 한 명도 없었던 겁니다. 하지만 이 젊은이들 모두 미국의 상황에 대해서는 손바닥을 보듯 훤히 들여다보고 있었다더군요.

이때 저는 지금 세계를 휩쓸고 있는 세계화에 대해 생각했습니다. 미국을 이해하려는 것을 반대하는 게 아닙니다. 미국문학은 제게 적지 않은 영향을 미쳤거든요. 세계화가 가져올 진보에 반대하는 것도 아닙니다. 저는 단지 세계화가 어떤 바탕에서 이루어지는지, 동일성인지 차별성인지 분명하게 알고 싶을 뿐입니다. 저는 후자를 선택하고 싶습니다. 저는 각 나라와 민족의 차이 때문에 세계화라는 조화가 가능하다고 믿습니다. 숲을 이루는 조화와 마찬가지이지요. 숲에서 새와 나무 몇 종이 사라져 봤자 전체적으로 볼 때는 너무 미미한 유실이라 눈에 띄지 않겠지만 이 일로 인해 숲은 점차적으로 사라지게 될 것입니다. 따라서 오늘날 각 민족의 전통에 담긴 독특한 개성을 찾는 일은 대단히 중요하고 시급합니다. 그리고 각 민족의 이런 개성은 반드시 다른 민족과 교류되어야 하겠지요. 버르토크가 말한 '잡교雜交와 재잡교'가 바로 이것입니다. 그는 중유럽과 동유럽 지역에서 민간음악을 채집하면서 그

런 교류가 각 민족의 음악을 더욱 풍부하고 완성도 있게 해줄 거라
고 생각했습니다.

> 슬로바키아인은 헝가리 선율을 받아들여 이를
> '슬로바키아화'했다. 이처럼 슬로바키아화된
> 형식은 나중에 헝가리인에 의해 다시 수용되어
> '재(再)마자르화'되었다. 나는 이것이 '운이 좋은' 결과라고
> 생각한다. 이처럼 재마자르화된 헝가리 선율이 원래의
> 헝가리 선율과는 전혀 달라졌을 것이기 때문이다.

삶이란 그토록 강대합니다.

삶은 항상

슬픔 가운데

기쁨을 편집해 넣지요.

2

사람으로

살기

우리와 그들:
서울국제문학포럼에서

———————————

서울

2017. 5. 23.

———————————

서울국제문학포럼 사무국이 정해준 몇 가지 주제 가운데 서 저는 '우리와 그들'을 선택했습니다. 포럼 사무국은 서로 다른 계급과 민족, 집단, 제도… 사이의 관계에 대해 이야기해달라고 했 지요. 제가 이 주제를 선택한 이유는 이 양자 사이의 관계가 대립 적일 수도 있고 상호 보완적일 수도 있으며 서로 바뀌는 일도 있을 수 있기 때문입니다.

*

저는 중국의 문화대혁명 시기에 성장했습니다. 그 시대에 '우리'와 '그들他者'은 아주 단순하면서도 명징한 대립관계였습니 다. 우리가 무산계급이면 그들은 자산계급이고, 우리가 사회주의 면 그들은 자본주의였지요. 전자는 중국 내에 존재하는 대립 관계, 후자는 국제적인 대립 관계였습니다.

먼저 국제적인 대립 관계에 대해 이야기해보지요.

저는 성장하는 내내 줄곧 자본주의에 대해 뼈에 사무치는 깊은 원한을 가지고 있었지만 사실은 애당초 자본주의가 어떻게 생겨먹은 것인지조차 몰랐습니다. 제가 갖고 있던 원한은 순전히 당시의 교육이 배양해낸 것이었지요. 미국은 자본주의 세계의 만형이었기 때문에 미국에 대한 원한이 가장 강렬했습니다.

"미美제국주의를 타도하자"라는 구호를 매일 발행되는 신문에서는 물론이고, 전국의 크고 작은 도시와 농촌의 시멘트 담벼락과 벽돌담, 그리고 토담에서도 볼 수 있던 때였습니다. 물론 타도 대상은 미국의 통치계급이고 미국 국민들은 우리의 친구라는 것은 잘 알고 있었지요.

공산당 선전부는 날마다 미국의 인민들이 갖가지 모진 고난 속에서 살고 있다고 홍보했습니다. 저는 '온갖 모진 고난'이라는 말을 모든 미국인들이 피골이 상접한 몸에 누더기를 걸치고 있는 모습으로 받아들였습니다. 아마 저 자신의 생활 경험에 비추어 그렇게 이해했던 걸 겁니다. 당시 제 주변 사람들은 하나같이 비쩍 말랐고 여기저기 기운 옷을 입고 있었거든요. 즉 중국과 미국, 우리와 그들 사이에는 같은 하늘을 이고 살 수 없는 원한이 존재했습니다.

그래서 막 열두 살이 되던 어느 날, 갑자기 신문 1면에서 마오쩌둥과 닉슨 대통령이 악수하는 장면이 담긴 대문짝만 한 사진을 보는 순간 놀라움을 금할 수 없었지요. 우리와 그들이 어떻게 악수를 할 수 있단 말인가? 그전까지 저는 마오쩌둥이 닉슨을 만나면 단번에 목을 졸라 죽일 것이라고 생각했으니까요.

*

당시 중국에는 신문에서 매일 떠들어대는 무산계급과 자산계급의 대립 관계가 있었지만, 사실 그때 이렇다 할 자산계급이 있었던 건 아닙니다. 자산계급은 그저 하나의 허구에 지나지 않았어요. 이른바 자산계급이란 1949년 이전의 지주와 자본가들을 가리키는데, 이들은 재산을 박탈당한 뒤로도 여러 차례 이어진 비판투쟁에 전전긍긍하면서 불안한 삶을 살아야 했습니다. 그들의 자녀들 또한 계급의 꼬리를 감추고 있었습니다. 그들이야말로 진정한 고난 속에서 살고 있었지요. 제가 어릴 때 목격한 것들은 저에게 자산계급의 삶이 얼마나 비참한지를 실감하게 해주었습니다. 저는 제가 무산계급임을, '그들'에 속하지 않고 '우리'에 속해 있음을 대단한 행운으로 여겼습니다.

마오쩌둥이 세상을 떠나고 나서 중국은 덩샤오핑 시대를 맞게 됩니다. 덩샤오핑은 개혁개방을 통해 '일부 사람들이 먼저 부자가 될 수 있게' 만들었고, 정치 제일 사회를 금전 지상 사회로 바꾸었습니다. 자산계급은 더 이상 두려워할 필요 없이 빛나고 자랑

스러운 것이 되었고, 무산계급에 속한 사람들이 보편적으로 추구
하는 가치가 되었지요.

이렇게 가치관이 전도되면서 돈이 많다는 것이 곧 성공을
의미하게 되었고 사회적 지위를 의미하게 되었으며 사람들의 존경
을 받는다는 것을 의미하게 되었습니다. 설사 존경을 받지 못한다
해도 부러움은 살 수 있었지요. 개혁개방이 시작되고 40년이 지나
면서 우리 중 소수는 그들이 되었고 다수였던 우리는 그들이 되기
를 꿈꾸게 되었습니다. 그리고 적지 않은 우리는 그들을 미워하면
서도 그들이 되기를 희망하게 되었지요.

우리와 그들의 관계는 '30년은 황하의 동쪽이었다가 30년
은 황하의 서쪽이 된다'°는 중국의 오랜 속담으로 표현할 수도 있
습니다. 사실 세상 모든 사물의 변천사가 그렇지요. 제가 이 글을
쓰고 있는 지금, 베이징은 짙은 미세먼지 속에 잠겨 있습니다. 창밖
의 건물이 마치 키와 몸집이 제각각인 게릴라 요원들이 서 있는 것
처럼 보이지요. 이런 풍경을 보고 있자니 겨울의 비바람이 생각납
니다. 옛날엔 겨울의 비바람이야말로 추위 속의 추위로서, 무엇보

°   三十年河東, 三十年河西. 황하는 예로부터 하상이 높아 쉽게 범람하여 인
근 지역에 홍수가 잦았다. 한 차례 심한 홍수를 겪고 나면 물길이 바뀌어
황하 동쪽에 있던 지역이 서쪽이 되는 일이 많아 세상의 변화무쌍한 흥망
성쇠를 상징하는 말로 이런 속담이 생겨나게 되었다.

다도 무서운 존재였습니다. 하지만 요즘 겨울 비바람은 베이징의 미세먼지를 날려 신선한 공기를 마실 수 있게 해주기 때문에 더없이 고맙고 소중한 존재가 되었지요.

우리와 그들은 이처럼 대립하기도 하고 서로 처지가 바뀌기도 합니다. 그렇게 서로를 보완해주면서 어디에나 존재하지요. 문학 창작에서도 예외일 수 없습니다.

*

사람들은 제게 이런 질문을 하곤 합니다.

"글을 쓸 때 그 많은 독자를 어떻게 다 염두에 두시나요?"

이런 질문은 가정일 뿐, 실제로는 그렇게 하지 못합니다. 작가가 글을 쓰면서 어느 한 독자 혹은 몇몇 독자만을 염두에 둔다면, 그리고 작가가 이 독자들을 잘 안다면 글을 쓰면서 그들을 고려할 수 있을지도 모릅니다. 하지만 글을 쓸 때 대면하는 독자가 수만, 수십만, 수백만일 때, 작가가 그 독자들을 다 생각하기는 어렵습니다. 독자들의 수준과 성향이 천차만별이라 작가가 그들이 무엇을 원하는지 알 수 없을 뿐 아니라 작가나 작품에 대한 독자의 취향도 끊임없이 변하기 때문이지요.

어제는 제 작품을 좋아했던 사람이 오늘은 좋아하지 않을 수 있습니다. 혹은 오늘은 좋아하지 않지만 내일은 좋아하게 될 수도 있지요. 중국의 유명한 성어 가운데 '중구난조衆口難調'라는 말이 있습니다. 많은 사람의 입맛을 동시에 만족시킬 수 없다는 뜻입니다. 아무리 훌륭한 요리사가 만든 음식이라도 모든 손님의 혀끝을 만족시킬 수는 없는 법이니까요. 만족하는 손님 또한 질리도록 먹다 보면 만족하지 못하게 될 겁니다.

작가가 하나의 독자를 위해서 글을 쓰는 일은 가능합니다. 단 한 사람을 위해 쓰는 것이지요. 그 한 사람은 다름 아니라 작가 자신입니다. 이것이 바로 우리와 그들의 관계이지요. 글쓰기가 '우리'라면 독서는 '그들'인 것입니다. 그렇다면 글쓰기의 과정은 하나의 대립과 전환, 상호 보완의 과정이라고 할 수 있습니다. 모든 작가는 동시에 독자입니다. 혹은 독자로서 많은 독서를 통해 얻은 느낌과 인식이 기준이 되어 글쓰기에 녹아드는 것이라 할 수 있지요. 따라서 작가는 글을 쓸 때, 작자와 독자라는 이중 신분을 갖게 됩니다. 작자의 입장에서 글을 써나가지만 중간 중간 이 단락에는 문제가 있고 저 구절은 좀 어색하며, 이 단어는 적절치 않은 것 같을 때, 이는 독자의 입장에서 느끼는 것입니다. 글을 쓸 때 작자는 서술을 책임지고 독자는 서술에 대한 평가를 책임진다고 할 수 있습니다.

이것이 바로 글을 쓸 때의 '우리'와 '그들'입니다. 때로는 순풍에 돛 단 듯 순조로워 제때 수정을 하고 만족해하지만, 때로는 서로 대립하느라 앞으로 나아가지 못하기도 하지요. 우리는 문제가 없다고 하지만 그들은 큰 문제가 있다고 하는 경우입니다. 혹은 우리가 한 번 또 한 번 수정을 했는데도 그들이 여전히 만족하지 못할 때, 결국 우리는 참지 못하게 되는 것이지요.

이럴 땐 어떻게 해야 할까요? 가장 좋은 방법은 며칠 쉬었다가 다시 돌아와 대면하는 것입니다. 정치인들이 국가의 핵심 이익 때문에 서로 대치하면서 한 치도 나아가지 못할 때 흔히 그러듯, 논쟁을 한쪽으로 치워두고 다음 세대가 우리보다 더 지혜로울 것이라 믿으면서 그들에게 처리하도록 하는 것이지요.

며칠의 휴식이 확실히 큰 효과를 나타낼 때가 있습니다. 우리와 그들이 아주 빨리 합의에 이르게 되는 겁니다. 우리가 확실히 잘못 썼다고 인정하거나, 그들이 함부로 생트집을 잡았다고 인정하게 됩니다. 그런 다음 우리는 계속 써나가고 그들은 그것을 평가합니다. 때로 다툼이 있을 수도 있지만 그런 경우는 그다지 많지 않지요. 하지만 우리와 그들 사이에 일단 의견 차이가 생기면 필사적인 다툼이 될 가능성이 큽니다. 문화대혁명 시기에 미국과 중국이 대립한 것처럼 동풍이 서풍을 압도하거나 서풍이 동풍을 압도하는 결과가 나오는 것이지요. 물론 다툼이 얼마나 격렬하든 결국에 마오쩌둥과 닉슨이 우정의 악수를 나눴던 것처럼 우리와 그들도 결국 악수를 나누며 환히 웃게 될 겁니다.

*

여러 해 전에 저는 어느 셰프와 긴 시간 대화를 나눈 적이 있습니다. 그가 제게 물었습니다.

"어떻게 하면 훌륭한 작가가 될 수 있나요?"

제가 대답했지요.

"좋은 작가가 되고 싶으면 먼저 훌륭한 독자가 되세요."

그가 또 물었습니다.

"어떻게 해야 좋은 독자가 될 수 있나요?"

저는 이렇게 말했습니다.

"첫째, 평범한 작품 말고 위대한 작품을 많이 읽으세요. 오랫동안 위대한 작품을 많이 읽은 사람은 취향과 교양의 수준이 높아져서 글을 쓸 때 자연히 스스로 아주 높은 기준을 요구하게 되지만, 오랫동안 평범한 작품만 읽은 사람은 취향과 교양 수준도 평범해져 자기도 모르게 평범한 글을 쓰게 되지요. 남들의 결점은 나와 무관하지만 남들의 장점은 나 자신을 발전시키는 데 큰 도움이 되니까요."

그는 고개를 끄덕이며 제게 이렇게 말했습니다.

"셰프가 되는 것과 마찬가지로군요. 맛있는 음식을 먹어본 사람이 좋은 음식을 만들어낼 수 있거든요. 저는 종종 제 수하에 있는 요리사들을 다른 음식점에 보내 식사를 하게 해서 각자의 실력을 발전시킬 수 있도록 합니다. 항상 다른 음식점의 음식이 맛없다고 말하는 요리사는 발전이 없고, 항상 다른 음식점의 음식이 훌륭하다고 말하는 셰프는 크게 성장하는 것을 볼 수 있지요."

사람을
안다는 것

―――――――――――

밀라노
Milano

2017. 9. 14.

―――――――――――

2010년 5월, 예루살렘 국제문학축제에 참가했을 때 야드 바셈 홀로코스트 기념관을 찾았습니다. 산 위에 자리 잡은 기념관은 여러 개의 동으로 나뉘어 각기 다른 주제로 전시를 하고 있었습니다. 2차 세계대전 중에 학살된 유대인은 6백만 명이 넘습니다. 그 가운데 4백만여 명은 이름과 신분이 밝혀졌지만 백만 명 넘는 희생자들의 신원은 아직 확인되지 않았습니다.

기념관의 거대한 원추형 홀의 벽에는 재앙을 겪은 사람들의 초상이 걸려 있어서 보는 사람의 마음을 뒤흔듭니다. 희생된 유대인 아이들을 기념하는 둥근 공간의 벽면에는 아이들의 사진이 번갈아가며 떠오르고 한 줄기 빛이 그들의 얼굴을 비추며 따라다닙니다. 그 공간에는 죽은 아이들의 이름을 부르는 침통한 어머니의 목소리가 맴돌고 있습니다.

'야드 바셈'이라는 기념관의 이름은 "그들의 이름이 나의 성전과 나의 성벽 안에서 영원히 기억되도록 하겠다. 아들딸을 두

어서 이름을 남기는 것보다 더 낫게 하여 주겠다. 그들의 이름이 잊혀지지 않도록, 영원한 명성을 그들에게 주겠다"*라는 성경 구절에서 '이름을 기억한다'는 의미로 따온 것입니다.

　기념관에는 여러 나라의 의인義人을 기념하는 공간도 있습니다. 대학살 기간 동안 유대인을 구했던 비非유대인을 기념하기 위한 곳이지요. 이곳에서 기리는 전 세계의 의인은 약 2만 명에 달합니다. 그들이 남긴 말이 기둥과 벽에 새겨져 있지요. 물론 여기 새겨진 것이 전부 국제적 의인의 말은 아닙니다. 예컨대 이미 명구가 된 독일 목사 마틴 니묄러Martin Niemoller의 시도 새겨져 있지요.

> 맨 처음 나치들이 공산주의자들을 잡으러 왔을 때, 저는
> 　침묵했습니다.
> 저는 공산주의자가 아니었기 때문입니다.
> 그들이 사회민주주의자들을 잡으러 왔을 때도 저는
> 　침묵했습니다.
> 저는 사회민주주의자가 아니었기 때문이지요.
> 그들이 노동조합원들을 잡으러 왔을 때도 저는 아무 말도
> 　하지 않았습니다.
> 저는 노동조합원이 아니었기 때문입니다.

●　《새번역 성경》이사야 56장 5절.

그들이 유대인들을 잡으러 왔을 때도 저는 침묵했습니다.

저는 유대인이 아니었기 때문입니다.

마침내 그들이 저를 잡으러 왔을 때,

저를 위해 변호해줄 사람은 아무도 남지 않게 되었습니다.

말을 할 수 있는 사람들은 전부 그들의 손에 죽임을 당했기

　때문입니다.

그곳에 남은 이름 모를 사람들의 말 중에는 한 폴란드인이 남긴 잊을 수 없는 한마디도 있습니다. 배운 것이 별로 없는 그 폴란드 농민은 한 유대인을 자기 집 땅굴 속에 숨겨주었다고 합니다. 2차 대전이 끝나고 나서야 이 유대인은 땅굴에서 나올 수 있었지요. 이스라엘이 건국되자 이 폴란드인은 영웅 대접을 받으며 예루살렘에 초청되었습니다. 사람들이 그에게 왜 생명의 위험을 감수하면서까지 유대인을 구해주었냐고 묻자 그는 이렇게 말했습니다.

"저는 유대인이 뭔지 모릅니다. 저는 그저 사람이 무엇인지를 알 뿐입니다."

"저는 그저 사람이 무엇인지 알 뿐입니다"라는 이 한 마디가 모든 것을 설명합니다. 우리는 삶 속에서, 문학과 예술 속에서 이 문장의 함의를 담고 있는 수천수만의 사례를 찾을 수 있을 것입니다. 그 사례는 아름다울 수도 있고 추악할 수도 있지요. 우호적이고 친절한 말일 수도 있고 모욕적인 욕설이나 풍자적인 조롱일 수

도 있습니다. 타인의 미덕을 예찬하는 것일 수도 있고, 인간의 잔악함을 폭로하는 것일 수도 있지요. 폭력적인 행동이 나올 때면 결국 인성의 빛도 송곳이 주머니를 뚫고 나오듯 모습을 드러내기 마련입니다. 이 빛은 때로 아주 미약해 보이기도 하지만, 실제로는 더없이 강대하지요.

제가 예루살렘에 있는 동안 이스라엘 친구 하나가 실제로 있었던 이야기를 한 가지 들려주었습니다. 그의 삼촌은 아우슈비츠 생존자입니다. 그가 아우슈비츠 수용소에 끌려 들어갔을 때는 아직 어린아이라서 아버지와 함께였다고 합니다. 2차 세계대전이 끝나고 그는 한 번도 아우슈비츠 수용소에서의 경험을 얘기하지 않았습니다. 다른 수많은 집단수용소 생존자들도 마찬가지였지요. 말을 함으로써 고통스러운 과거의 일을 떠올리고 싶지 않았기 때문입니다. 그가 늙어 죽을병에 걸렸을 때, 다큐멘터리 감독인 그의 아들이 당시의 일을 얘기하도록 독려하자 그는 마침내 동의했습니다. 그는 카메라를 마주하고 눈물을 흘리며 모든 것을 털어놓기 시작했습니다. 현장의 촬영기사와 제작자들도 합세하여 한바탕 울음바다를 이루었지요.

그는 어느 날 나치 사병 몇 명이 오더니 수용소의 유대인들에게 길게 줄을 서게 했다는 것으로 얘기를 시작했습니다. 그런 다음 나치 장교는 게임을 시작했습니다. 권총을 든 장교가 부하에게 아무 숫자나 하나 말하라고 했더니 이 부하는 숫자 7을 말했답니다. 권총을 든 장교는 1에서 7까지 세면서 유대인들의 이마에 차례대로 총구를 겨누다가 일곱 번째 사람의 머리에 대고 방아쇠를 당겼습니다. 권총을 손에 든 나치 장교가 그에게 가까이 다가올 때, 그는 아버지가 자신을 옆으로 끌어당기는 것을 느꼈다고 합니다. 자리를 바꾸려는 것이었지요. 그러고 나서야 자신이 바로 일곱 번째 자리에 서 있었다는 것을 알게 되었고요. 나치 장교는 숫자를 세면서 다가와 그의 아버지의 이마에 방아쇠를 당겼습니다. 아버지는 그 자리에 쓰러져 그가 보고 있는 상태에서 숨을 거뒀습니다. 당시 그의 나이는 열 살에 불과했지요.

*

좀 가벼운 얘기를 해보지요. 역시 2010년의 일입니다.

저는 월드컵이 열리는 남아프리카공화국에 직접 가서 축구 경기를 관람하다 욕 몇 마디를 배웠습니다. 경기마다 양쪽 팬들이 단순한 단어로 된 욕을 서로에게 하다 보니 자연스레 기억하게 된 것이지요. 제 습관 탓도 있습니다. 어떤 욕이든지 배웠다 하면 곧바로 써먹을 줄 알거든요. 물론 지금은 욕을 다 잊어버렸고, 나중에는 써먹을 기회도 없어졌지만 말입니다.

10년쯤 전에 우리 집에서 사용하던 식탁은 이케아에서 사온 것이었습니다. 유리로 된 식탁 표면에는 수십 가지 언어로 '사랑'이라는 말이 인쇄되어 있었습니다. 처음에는 이 문자들을 보면서 세상에 얼마나 많은 사랑이 있을까 하는 생각을 했습니다. 재미있는 것은, 비록 전 세계 축구 팬들이 상대방 팀에게 욕을 해대긴 하지만 세상 모든 언어에는 '사랑'이라는 단어가 있다는 사실입니다. 이런 생각을 하자 중국의 사자성어 두 가지가 떠올랐습니다. 다름 아니라 이곡동공異曲同工과 수도동귀殊途同歸°입니다. 이어서 이 두 사자성어에 관한 이야기를 해봅시다.

중국 명청明清 시기의 우화를 엮은 《소림광기笑林廣記》라는 책에 이런 이야기가 나옵니다.

어떤 사람이 긴 장대를 들고 성문을 통과하게 되었습니다.
그런데 장대를 가로로 들어도 성문을 통과할 수 없고
세로로 들어도 통과할 방법이 없었지요. 이를 보고 있던 한
노인이 이렇게 말했습니다.
"나는 성현도 아니고 식견도 넓지 못하지만, 내가 보기에는
장대를 둘로 자르면 쉽게 통과할 수 있을 것 같구려."

프랑스에도 이와 유사한 우화가 있습니다. 현대 사회를 배경으로 한 이야기입니다.

°　　'곡은 달라도 교묘한 솜씨는 똑같다'와 '길은 다르지만 이르는 곳은 같다.'

한 운전기사가 트럭을 몰고 가다가 다리 밑의 교각 사이를
통과하지 못하고 있었습니다. 다리 밑을 지나기에는
트럭이 약간 높았기 때문입니다. 기사가 어쩔 줄 몰라 하고
있을 때 행인 하나가 걸음을 멈추고 잠시 골똘히 생각에
잠기더니 기사에게 말했습니다.
"내게 아주 좋은 생각이 있어요. 바퀴 네 개를 빼면 트럭이
이 구멍을 충분히 지나갈 수 있을 것 같네요."

시간적으로나 공간적으로나 상당한 거리가 있는 이야기들
입니다. 전자는 명청 시대의 이야기이고 후자는 20세기의 이야기
이지요. 또한 전자는 중국에서 있었던 이야기이고 후자는 프랑스
에서 있었던 이야기입니다. 하지만 결국 같은 결론으로 흐릅니다.
이는 무엇을 의미하는 걸까요? 아마도 많은 의미를 담고 있겠지만
저는 딱 부러지게 말할 수가 없네요. 아마 그 누구든 그럴 테지만
누구든 이런 한 마디는 할 수 있을 겁니다. 바로 사람은 모두 똑같
다는, 너무도 귀에 익은 말 말입니다.

*

저와 관련 있는 사례 두 가지가 더 있습니다.
먼저 《허삼관 매혈기》에 관한 얘기를 해보지요. 이 소설에

서 허옥란은 억울하다고 느낄 때마다 문지방에 앉아 울면서 하소연을 합니다. 집안의 사사로운 이야기를 밖으로 노출시키려는 의도에서 그러는 것이지요. 허옥란의 행동은 제 유년 시절의 추억을 바탕으로 쓴 것입니다. 당시 우리 이웃집의 상황이 바로 그런 모습이었거든요. 그런데 1999년에 이 소설의 이탈리아어판이 출간된 직후, 한 이탈리아 독자가 제게 나폴리에도 허옥란 같은 여자가 아주 많다고 애기해주더군요. 며칠에 한 번씩 문 밖에 나와 울며불며 비밀을 토로한다는 겁니다.

　　두 번째 이야기는《형제》에 관한 것입니다. 이 작품이 2005년에 중국에서 출판되었을 때 적지 않은 비판이 이 작품에 쏟아졌습니다. 2008년에 프랑스어판이 출간되자 프랑스의 한 여성 기자가 저를 인터뷰하다가 이 사실에 큰 호기심을 보이면서,《형제》가 중국에서 그토록 많은 비판을 받았다는데 대체 어떤 부분이 사람들의 마음에 들지 않았던 것이냐고 물었습니다. 저는 이 기자에게 몇몇 부분을 예로 들어 설명했지요. 우선 이광두가 화장실에 들어가 옆 칸을 엿보는 장면 얘기를 했습니다. 그랬더니 다른 얘기를 꺼내기도 전에 이 기자는 프랑스 남자들이 어떻게 여자 화장실을 훔쳐보는지 얘기해주는 것이었습니다. 이번에는 제가 호기심을 해소해야 할 차례였지요. 저는 이광두가 화장실을 훔쳐보는 이야기는 중국의 문화대혁명 때의 일이고 그 시기는 억압의 시대였다고 설명하면서 프랑스에서는 남녀가 잠자리를 갖는 것이 그리 어려운 일이 아닐 텐데 왜 굳이 화장실을 훔쳐보는 거냐고 물었습니다. 그녀는 그게 남성의 본성이라고 하더군요.

*

이런 비슷한 얘기는 얼마든지 더 할 수 있습니다. 저와 무관한 이야기가 관련 있는 이야기보다 많을 것이고, 천 한 가지 얘기를 하기란 불가능하겠지만 백 한 가지 정도는 충분히 할 수 있을 겁니다. 이런 관점에서 보자면, 사람이 무엇인지 안다는 것은 아주 간단한 일일 것 같지요. 하지만 그 소박하고 선량한 폴란드 농부의 관점에서 보자면 사람이 무엇인지 안다는 것은 그리 간단한 일이 아닙니다. '유대인'이란 말은 그 폴란드 농부의 지식 체계 속에 들어 있지 않았습니다. 그래서 그는 유대인이 뭔지는 몰랐지요. 하지만 사람이 무엇인지는 알았습니다. 때문에 생명의 위험을 무릅쓰고 유대인을 구했던 것이지요.

이처럼 용감한 행위는 무엇을 의미하는 걸까요? 우리는 그의 행동을 인간 본성의 힘이라고 규정할 수 있을 겁니다. 동시에 그가 정말로 사람이 무엇인지 알았음을 의미하죠. 하지만 이런 사람은 생각보다 그리 많지 않습니다.

안드레이 타르콥스키Andrei Tarkovsky 또한 사람이 무엇인지 아는 사람이었습니다. 그는 〈시간 여행 Tempo di Viaggio〉(1983)이라는 다큐멘터리에서 영상을 통한 사유에 관해 설명하면서 과거에 그가 들었던 두 가지 실화를 언급합니다. 첫 번째는 이야기는 이렇습니다.

> 한 무리의 반군이 형을 집행하는 대오 앞에서 총살을
> 기다린다. 그들은 병원 담장 밖에 파인 구덩이 앞에서
> 죽음을 기다리고 있었다. 때는 마침 가을이었다. 그들에게
> 외투와 신발을 벗으라는 명령이 내려졌다. 그 가운데 한
> 병사는 온통 구멍투성이인 양말을 신고 있었다. 그는 진흙
> 구덩이 사이를 한참 돌아다니며 몇 분 후면 더 이상 필요치
> 않을 외투와 신발을 내려놓을 깨끗한 자리를 찾았다.

가슴을 서늘하게 하는 이 이야기는 무척이나 의미심장합니다. 우리는 이 병사의 행동을 일종의 고별의식으로 이해할 수도 있고, 그에게 더 이상 필요 없어진 외투와 신발이 존재를 이어나갈 수 있도록 하는 것이라고 이해할 수도 있을 겁니다. 여러 각도에서 이 마지막 순간의 행위를 해석할 수 있지요. 평상시라면 외투와 신발은 이 병사에게 외투와 신발 이상이 못 될 겁니다. 하지만 처형을 눈앞에 두고 있는 병사에게 외투와 신발이 무얼 의미하는지는 굳이 말하지 않아도 알 수 있습니다. 이 병사가 외투와 신발을 놓

을 깨끗한 자리를 찾을 때, 그에게서는 죽음에 대한 두려움이 사라졌습니다. 그는 그저 외투와 신발을 잘 처리하고 싶을 뿐이었지요. 이는 소리도 문자도 없는 유언이었습니다.

타르콥스키가 들려주는 두 번째 이야기는 이렇습니다.

어떤 사람이 전차에 치여 다리가 부러졌다. 그는 사람들의 부축을 받아 길가 건물 밖 담장에 몸을 기대고 앉아 있었다. 여러 사람들이 지켜보는 가운데 그는 그곳에 그렇게 앉아 구급차가 오기를 기다렸다. 갑자기 더 참을 수 없는 상태가 되자 그는 주머니에서 손수건을 꺼내 부러진 다리를 덮었다.

타르콥스키가 이 두 가지 이야기를 한 목적은 영상예술이 '영상의 표면적인 해석만을 추구할 것이 아니라 배역과 상황을 충실하게 표현해야 한다'는 사실을 강조하기 위해서였습니다.

그런데 이 두 번째 이야기 때문에 저는 문득 에스파냐 작가 하비에르 마리아스의 소설《새하얀 마음》*의 서두가 생각났습니다. 제가 최근에 읽은 소설 가운데 서막이 가장 놀라운 작품입니다. 마리아스 또한 사람이 무엇인지 아는 작가이지요. 마리아스의

● 　이하 인용문《새하얀 마음》(김상유 옮김, 문학과지성사, 2015)에서 발췌.

이 걸작은 이렇게 시작됩니다.

> 그 일에 대해 나는 군이 알고자 하진 않았지만 결국
> 알게 되었다. 그 집의 딸들 중 하나가 더 이상 어린애가
> 아니었고 신혼여행에서 돌아온 지 얼마 되지 않았을 때,
> 욕실에 들어가 거울 앞에 서더니 블라우스를 열어젖히고
> 브래지어를 벗은 뒤, 자기 아버지의 권총으로 심장을
> 겨누었다. 그때 그녀 아버지는 손님 세 명과 다른 가족들과
> 함께 식당에 있었다. 그 딸이 식탁을 떠난 지 5분 정도 지나
> 총성이 들렸을 때, 아버지는 곧바로 일어서지 않았다.

마리아스 소설의 첫 부분은 단락을 구분하지 않고 다섯 페이지를 꽉 채워* 이 젊은 여자의 갑작스런 자살 현장에 있던 모든 사람들의 반응을 정제되고 정확한 표현으로 묘사합니다. 특히 여자의 아버지를 묘사한 부분이 그렇습니다. 그가 사람들과 함께 욕실로 달려갔을 때 그의 입에는 아직 삼키지 못한 고기가 남아 있었고 손에는 냅킨이 들려 있었습니다. 피범벅이 되어 욕실 바닥에 누워 있는 딸을 내려다보면서 그는 몸이 굳어 미동도 하지 못했지요.

•   한국어판의 경우 일곱 페이지이다.

그는 비데 위에 던져진 브래지어를 발견하기 전까지
손에 들고 있던 냅킨을 놓치지 않았다. 그리고 그때 그는
자신의 입을 닦아서 더러워진, 손에 쥐고 있던 그 냅킨으로
브래지어를 덮었다. 마치 조금 전까지, 그녀가 식탁에 앉아
있는 동안, 그리고 복도를 지나 욕실까지 두 발로 걸어갈
때까지도 걸치고 있었던 그 속옷을 보는 게 반쯤 나체로
쓰러져 있는 딸의 몸을 보는 것보다 더 부끄럽다고 여긴 것
같았다.

둘 다 가리는 행위이지만 동시에 활짝 열어 보이는 행위이
기도 합니다. 앞서 말한 두 가지 '가리는 행위'가 가장 멀고 가장 깊
은 인간 본성으로 통하는 길을 우리에게 활짝 열어주고 있다는 의
미입니다. 직접적이고 강력한 방식으로요. 다른 점이 있다면 타르
콥스키는 영화로 수치의 힘을 말하고 있고 마리아스는 서사로 놀
라움과 두려움의 힘을 얘기하고 있다는 것이죠. 가정을 해봅시다.
만일 구급차를 기다리던 사람이 손수건으로 부러진 다리를 가리는
게 아니라 손가락으로 부러진 다리를 가리킴으로써 사람들의 동정
을 구하려 했다면 이 이야기의 서술자는 타르콥스키가 아니었을
것이고, 그 아버지가 냅킨으로 비데에 떨어진 딸의 브래지어가 아
니라 반라의 몸을 가리려 했다면 이런 디테일은 마리아스의 묘사
가 아니었을 겁니다.

안드레이 타르콥스키는 1986년에 세상을 떠난 러시아 영화 감독으로서 그가 우리에게 남긴 영화는 오랜 세월이 지나도 잊히지 않고 큰 감명을 줍니다. 하비에르 마리아스는 1951년에 태어난 에스파냐 작가로서 지금도 왕성하게 창작 활동을 하고 있습니다. 영화감독으로서 타르콥스키가 이 이야기를 한 목적은 진정한 영상 예술이란 무엇인지를 천명하기 위해서였습니다. 영상의 구성과 형식이 유기적으로 결합되어야 함을 말하고 있는 것이지요. 또한 작가로서 마리아스가 묘사하는 이러한 디테일은 그 어느 것과도 비교할 수 없는 문학의 매력입니다. 삶을 통찰하여 진실을 드러내는 것이야말로 진정한 문학의 매력이지요.

*

이어서 가벼운 얘기를 몇 가지 더 해보겠습니다.

저는 맨 먼저 무겁게 가라앉은 대학살 기념관과 비참한 수용소에 관한 이야기를 했고, 이어서 가벼운 우화 두 개와 저와 관련 있는 이야기 두 가지를 했지요. 이어서 듣는 사람을 불안하게 만드는 세 가지 이야기를 했습니다. 마지막에는 좀 편안하게, 루쉰과 셰익스피어 이야기를 해볼까 합니다. 두 사람 모두 때로는 무겁고 때로는 가벼울 줄 알았던 사람들이지요. 또한 두 사람 모두 진정으로 사람이 무엇인지 알았던 작가였다는 데는 의심의 여지가 없을 겁니다.

　　루쉰의 〈광인일기〉에 나오는 얘기는 중국에서 강연을 할 때도 여러 차례 예로 들어 이야기한 적이 있습니다. 셰익스피어의 이야기도 예로 든 적이 있지요. 이번에 또 이 두 작가의 이야기를 하는 것은 제 경험을 이야기하기 위해서입니다.

　　〈광인일기〉에 나오는 미치광이가 이렇게 말합니다.

　　그렇지 않다면 자오 씨네 개가 왜 나를 두 번이나
　　쳐다봤겠어요? 내가 두려워하는 데는 다 이유가 있다고요.

　　전에도 얘기한 적이 있지만 루쉰은 이 한마디를 씀으로써 그 인물이 미치광이임을 보여주었습니다. 어떤 작가는 자신이 묘사하는 인물이 멀쩡한 정신 상태가 아님을 보여주기 위해 수천 수만 자를 써서 최선을 다하지만 결과적으로는 여전히 그 인물이 멀쩡해 보이는 경우가 많지요.

　　이어서 셰익스피어를 예로 들어보겠습니다. 그의 작품 〈베로나의 두 신사 The Two Gentlemen of Verona〉에는 장외극이 한 막 나옵니다. 얼굴이 퉁퉁 붓고 멍투성이가 된 사람이 개를 한 마리 끌고 무대 한가운데로 올라와 멈춰 서서는 개에게 마구 욕을 해대는 장면입니다.

이런, 똥개 한 마리가 많은 사람들 앞에서 제멋대로 구니
정말 큰일이군요! 이치대로 하자면 스스로 개라는 것을
인정하면 무슨 짓을 하든지 개로서의 약간의 총명함만
보이면 되겠지요. 하지만 이 녀석은 어떤가요? 제가
이 녀석보다 조금이라도 총명하지 않았다면 녀석의
과실이 전부 제 탓이 되고 말았을 겁니다. 그러면 녀석은
일찌감치 사람들에게 목이 졸려 죽었겠지요. 여러분이
제 대신 이 녀석을 평가해주세요. 녀석이 스스로 죽음을
자초한 것일까요? 녀석이 공작(公爵)의 식탁 밑에서 서너
마리 신사의 모습을 갖춘 개들과 함께 한꺼번에 오줌을
갈긴 겁니다. 손님 하나가 말했지요. "이게 어디서 온
비루먹은 개야?" 또 다른 손님이 말했습니다. "쫓아버려!
쫓아버려!" 세 번째 사람이 말했지요. "채찍으로 후려쳐서
내쫓아버려!" 공작이 말했습니다. "목을 졸라 죽여버려."
저는 이런 지린내에 익숙해져 있었기 때문에 크랩이
한 짓이라는 사실을 잘 알고 있었습니다. 그래서 개를
때리려는 사람들 앞에서 황급히 말했지요. "친구여, 이
개를 때릴 작정이시오?" 그가 말했습니다. "그래요." 내가
말했지요. "그건 개를 너무 억울하게 만드는 일입니다.
오줌을 싼 사람은 저거든요." 그는 나를 실컷 두들겨 패서
쫓아냈습니다. 세상에 자신의 노복을 위해 이런 억울함을

감내할 수 있는 주인이 몇이나 될까요?

　　루쉰과 셰익스피어가 묘사하는 광인들은 아주 조리 있고 분명하게 말할 줄 압니다. 이 두 작가는 이런 인물의 멀쩡하지 않은 정신 상태를 그들의 말에 담긴 의미를 통해 보여줍니다. 수많은 작가들은 광인의 정신 상태를 표현할 때 그 인물이 두서없는 말을 하게 하거나 중간에 문장부호를 전혀 넣지 않는 방식을 쓰곤 하지요. 이런 방법은 이미 일종의 공식이 되었습니다. 의미를 알 수 없는 말 한 무더기가 새까맣게 뭉쳐 있는 것입니다. 이들 작가들은 의미를 알 수 없는 말을 몇 쪽, 심지어 몇 십 쪽씩 늘어놓기만 하면 독자가 이 인물이 광인임을 알게 될 것이라고 생각하지만, 이는 그들의 바람에 불과하지요. 독자가 미쳤다고 느끼는 것은 작품 속의 인물이 아니라 그것을 쓴 작가일 겁니다.

*

　　2014년 11월에 이탈리아에 갔을 때, 저를 초청한 쪽에서는 아주 특별한 행사를 마련했습니다. 제게 베로나에 있는 정신병원에 가서 그곳의 환자들과 책에 대한 이야기를 나누라는 것이었습니다. 셰익스피어가 쓴 《베로나의 두 신사》의 무대가 된 바로 그 베로나입니다. 주최 측에서 저를 위해 섭외한 통역사는 몹시 긴장한 듯했지만 겉으로는 침착해 보였습니다. 그녀는 차를 몰고 호텔로 와서 저를 태우고 정신병원으로 가면서 "이건 정말 이상한 행사인 것 같아요."라는 말을 여러 차례 반복하더군요. 그녀는 병원 측에서 이 행사에 참가하는 사람은 전부 폭력적 성향이 전혀 없는 환자들이라는 점을 보장했다고 말해줬습니다. 저를 위로하기 위해 하는 말이었지만 저보다는 오히려 스스로를 위로하는 것처럼 들렸지요. 저는 농담으로, 병원 측에서 보장하는 것은 과거에 폭력적 성향을 나타내지 않은 환자를 말하는 것이고 오늘 나타날 수도 있는 폭력성에 대한 보장은 아니라고 말했습니다. 제 말에 그녀는 "아!" 하고 탄식을 내뱉더니 "이 행사는 너무 이상한 것 같아요."라고 다시 말했습니다.

정신병원 입구에 도착하자 폐쇄회로 카메라가 미리 등록한 자동차 번호를 읽었는지 철제 대문이 천천히 열리면서 기계음이 들려왔습니다. 차에 탄 채로 정문 안에 들어서자 거대한 정원이 펼쳐졌지요. 그리고 색깔이 다른 건물 몇 동이 눈에 들어왔습니다. 우리는 가장 큰 건물 앞에 차를 세웠지요. 그곳이 본관일 것이라는 생각이 들어서요.

우리는 먼저 원장 사무실로 갔습니다. 원장은 여성이었어요. 제게 악수를 권하며 와줘서 정말 고맙다고 하더군요. 이어서 그녀는 우리에게 자리를 권하면서 커피를 마실 건지 차를 마실 건지 물었습니다. 우리는 둘 다 커피를 마시겠다고 했습니다. 커피를 마시면서 원장은 매년 작가나 예술가를 한 명씩 병원으로 초청한다고 말해주었습니다. 환자들에게도 문학과 예술이 필요하다는 것이었지요. 원장은 제게 중국에서도 정신병원에 가서 강연한 적이 있느냐고 물었습니다. 저는 없다고 했습니다.

커피를 다 마시고 나서 우리는 함께 회의실로 갔습니다. 회의실 안에는 30여 명의 환자들이 앉아 있었습니다. 우리는 탁자 뒤로 가서 이 환자들과 얼굴을 마주하고 앉았지요. 원장은 제 왼쪽에 서 있었고요. 원장은 다른 곳에서 하는 문학 행사와 똑같은 방식으로 저를 청중에게 소개했습니다. 그때 이 환자들이 박수를 쳤는지 안 쳤는지는 기억이 나지 않습니다. 제 마음은 저를 빤히 쳐다보고 있는 그들의 눈동자에 완전히 빨려 들어가 있었거든요. 원장이 먼저 뭐라고 얘기를 하는 사이에 저는 휴대전화를 꺼내 그들의 모습을 사진에 담았습니다. 그들의 눈동자가 쇠못처럼 제 눈을 조준하고 있는 것 같았습니다. 다행히 그 뒤에 망치는 없었지만요.

원장은 저를 소개하고 나서 곧장 밖으로 나갔습니다. 회의실 문이 닫히자 건장한 남자 하나가 문가에 서서 엄숙한 눈빛으로 방 안의 환자들을 감시하고 있는 모습이 눈에 들어오더군요. 그는 흰 가운을 입고 있지 않았기 때문에 저는 그가 의사가 아니라 병원 관계자일 거라고 생각했습니다.

우리는 잠시 침묵했습니다. 이런 장소에서 강연을 하는 것은 처음이라 어떻게 얘기를 시작해야 좋을지 모르겠더군요. 통역사가 작은 목소리로 이제 시작해도 되겠냐고 묻길래, 저는 고개를 끄덕이며 그들을 향해 "저한테 질문을 좀 해주세요." 하고 말했습니다. 통역사가 통역을 했는데도 침묵은 여전히 이어졌습니다. 그래서 제가 다시 말했지요. 문학에 관한 질문도 좋고 문학 이외의 것에 관한 질문도 좋습니다.

잠시 후 첫 번째 질문이 나왔습니다. 한 여성 환자가 저에게 이탈리아 사람이냐고 물은 것입니다. 저는 고개를 가로저으며 중국인이라고 대답했지요. 이어서 남성 환자 하나가 물었습니다. 자기소개를 좀 해주실 수 있습니까? 저는 간단히 제 소개를 했습니다. 중국에서 온 작가로서 과거에는 중국 남방에 살았지만 지금은 베이징에 산다고 말했지요. 그다음부터는 모든 것이 순조로웠습니다. 그들의 질문은 대부분 문학에 관한 간단한 것들이었고 제 답변역시 간단했습니다. 제가 쓴 소설에 관해 묻는 사람은 하나도 없었습니다. 저는 그들이 제 책을 읽지 않았다는 사실을 잘 알고 있었지요. 저는 그들이 질문을 할 때마다 마치 제게 가까이 다가오려는 듯 몸 전체를 앞으로 기울인다는 사실을 깨달았습니다. 제가 대답을 한 뒤에도 그들의 몸은 원래의 자리로 돌아가지 않고 앞으로 기운 자세 그대로였습니다. 이 행사는 약 40분 동안 진행됐습니다.

마지막으로 질문을 한 사람은 문가에 서 있던 그 건장한 남자였습니다. 그때까지 저는 그가 줄곧 이 환자들을 감시하고 있는 듯한 느낌을 받았습니다. 그래서 저는 그가 병원 관계자인 줄로만 알았지요. 그는 제게 두 가지 질문을 했습니다. 첫 번째 질문은 중국에서 작가로 사는 건 어떠냐는 것이었습니다. 저는 아주 좋다고 대답했습니다. 밤에도 잘 수 있고 낮에도 잘 수 있다, 작가의 생활에는 자명종이 필요 없고 모든 것을 마음대로 할 수 있다고 했지요. 제 대답을 들은 그는 진지한 표정으로 고개를 끄덕이더니 두 번째 질문을 했습니다. 이탈리아의 어느 도시에 살고 있느냐고요. 가슴이 철렁했습니다. 줄곧 병원 관계자인 줄 알았던 이 사내가 알고 보니 환자였던 것이지요. 그 방 안에서 저와 통역사만 빼고 나머지는 전부 환자였습니다. 게다가 문은 닫혀 있고, 가장 건장한 사람은 병원 관계자인 줄 알았던 그 사람이었고요. 저는 그의 마지막 질문에 이탈리아가 아니라 중국의 베이징에서 살고 있다고 대답했습니다.

　밖에서 누군가 문을 두드렸습니다. 원장이었지요. 행사가 끝난 것입니다. 밖으로 나오면서 저는 통역사에게 물었습니다. 그들이 하는 말을 다 알아들으시나요? 통역사는 다소 놀라는 듯한 표정이었습니다. 그녀는 물론 알아들었다고, 그들은 이탈리아어로 말했다고 하더군요. 제 질문을 잘못 이해한 겁니다. 저는 다시 그들의 말에 두서가 없지 않았느냐고 물었습니다. 그녀는 그들이 아주 조리 있고 분명하게 말했다고 대답했고요. 제 통역사는 몰랐겠지요. 그 순간 제가 떠올린 것은 바로 앞에서 이야기했던 루쉰과 셰익스피어의 사례였습니다.

원장은 우리를 문 밖까지 배웅해주면서 다시 한 번 고맙다는 인사를 건넸습니다. 이어서 그녀는 이탈리아에서 제 다음 일정이 어떤지 물었습니다. 그러고는 제가 찾아가려고 하는 곳에 대해 일일이 찬사를 늘어놓았습니다. 그러다 보니 우리는 그 자리에 한참을 서 있었지요. 아마도 점심 식사 때인 것 같았습니다. 그전까지 저와 같은 방에 앉아 있던 환자들이 하나둘씩 제 앞을 지나갔거든요. 저를 못 본 척하고 지나가는 사람도 있고, 저를 향해 고개를 끄덕이며 지나가는 사람도 있었습니다.

남성 환자 하나가 여성 환자의 손을 꼭 잡고 가는 모습에 눈길이 갔습니다. 한 여성의 어깨를 팔로 감싼 채 걸음을 옮기는 남자 환자도 있었습니다. 나이는 쉰쯤 되어 보였고요. 두 사람은 더없이 친근한 모습으로 식당을 향해 걸어갔습니다. 호기심이 생겨서 저는 원장에게 이 병원에 부부가 함께 입원해 있는 경우도 있는지 물었습니다. 원장은 없다고 하더군요.

우리는 차에 올랐고, 커다란 철제 대문 앞에 이르렀습니다. 그런데 이번에는 문이 머뭇거리며 한참 동안이나 열리지 않았습니다. 통역사는 약간 짜증이 나는 모양이었습니다. 제가 농담으로 우리도 여기 남아서 살아야 하는 것 같다고 말했더니, 통역사는 갑자기 핸들에 얹혀 있던 손을 위로 번쩍 치켜 올리면서 소리치더군요.

"싫어요!"

이어서 기계가 움직이는 소리가 들렸습니다. 철제 대문이 천천히 열리고 있었지요. 정신병원을 벗어나자 통역사가 차를 몰면서 제게 말했습니다.

"조금 전에는 정말 긴장했어요."

그녀는 줄곧 몹시 긴장하고 있었습니다. 조금 전까지 아무 말도 하지 않은 것은 제게 영향을 주게 될까 봐 두려웠기 때문이라고 하더군요. 그녀는 정신병원을 완전히 벗어나서야 진심을 토로한 것이지요.

그다음 일정을 소화하면서도 저는 수시로 베로나의 그 정신병원에서 있었던 문학 행사가 떠오르곤 했습니다. 그전까지는 정신질환자들이 캄캄하고 끝이 보이지 않는 동굴 속에 사는 줄 알았는데 다정하게 걸어가던 친근한 두 남녀의 뒷모습이 제 이런 생각을 완전히 바꿔놓았습니다. 그곳에도 사랑이 있었던 겁니다. 그 두 남자와 두 여자는 각각 아내와 남편이 따로 있을지도 모릅니다. 그렇다면 그들의 아내와 남편 들은 정기적으로 그들을 만나러 올 겁니다. 어쩌면 그 가운데 한두 명, 혹은 서너 명은 이미 이혼을 했을지도 모릅니다. 아니면 아예 결혼을 하지 않았을지도 모르지요. 아니, 그런 건 중요하지 않습니다. 중요한 건 그곳에도 사랑이 있다는 사실입니다.

현실인지 아닌지
알 수 없는
세 가지 이야기

난징
南京

2017. 5. 13.

세 가지 이야기를 하고 싶습니다. 실제로 있었던 일이라고 생각하고 들으셔도 좋고, 허구의 이야기라고 단정하고 들으셔도 됩니다. 때로는 진짜가 가짜가 되고, 때로는 가짜가 진짜가 됩니다. 현실이 알고 보면 꿈일 때도 있고, 꿈이 실은 현실일 때도 있지요.

첫 번째 이야기는 제가 어렸을 때의 일입니다. 문화대혁명 시기였지요. 당시 우리 위대한 중국의 인재들은 모두 아시아, 아프리카, 라틴아메리카에 가 있었습니다. 우리는 그곳 사람들을 사심 없이 지원했습니다. 특히 아프리카 형제들에게는 우리 몸에 걸치고 있던 옷을 벗어 입혀주고 우리 밥그릇에 담긴 쌀밥을 먹여주며 우리의 농업 전문가들을 그곳에 보내 논농사를 가르쳐주고 우리의 의사들을 보내 질병을 치료해줄 정도로 대가를 바라지 않고 도와주었지요. 저의 아버지는 외과의사이셨습니다. 하마터면 아버지도 아프리카에 가실 뻔했지요. 하지만 이 소중한 기회는 다른 의사가

가로채버리는 바람에 실현되지 못했습니다. 아버지는 몹시 아쉬워하셨고, 저는 더 아쉬웠습니다. 저의 첫 번째 꿈은 이때 생겨나게 되었습니다. 다름 아니라 다 크면 의사가 되어 아프리카로 가서 소중한 생명을 하나하나 구하겠다는 것이었습니다. 저는 이것이 대단히 위대한 일이라고 생각했습니다. 그리고 어른이 되어 저는 정말로 의사가 되었습니다. 치과의사가 되었지요. 유감스럽게도 아프리카 형제들의 이를 뽑지는 못했습니다.

나중에 저는 작가가 되었습니다. 제가 작가가 되고 난 후인 2008년에 파리에서 프랑스 국제방송의 한 토고 출신 기자와 인터뷰가 있었습니다. 《형제》 프랑스어판의 홍보를 위한 것이었지요. 인터뷰가 끝나고 우리는 과거 중국과 아프리카의 관계를 떠올리며 대화를 나누었습니다. 그녀는 중국의 농업 전문가(남성)들이 자기 나라 사람들에게 벼농사 짓는 법을 가르쳐주었고 중국의 의사(남성)들이 병을 치료해주었다고 했습니다. 동시에 그 중국 남자들은 수많은 토고 여성들과 부적절한 관계를 맺었고, 수많은 아이들을 낳았다고도 하더군요. 바로 이 토고 출신 여성 기자의 사촌 동생이 중국과 아프리카의 우정 덕분에 태어난 결과물이라면서요. 문화대혁명이 끝나고 농업 전문가와 의사 들이 중국으로 돌아오면서 토고에 남긴 속담도 하나 있습니다. "중국인이 남긴 아이들이 중국이 남긴 쌀만큼이나 많다."

　두 번째 이야기로 넘어가볼까요. 저는 중학교 때 《서유기》를 읽었습니다. 삼장법사와 제자들이 서천으로 불경을 구하러 가는 이야기가 저를 끝없는 상상의 나래에 태웠습니다. 사실 저는 손오공이 되고 싶었습니다. 손오공이 될 수 없다면 삼장법사가 되는 것도 나쁘지 않을 것 같았지요. 그도 아니면 사오정, 사오정도 될 수 없다면 저팔계가 되어도 만족할 것 같았습니다. 서천으로 가서 부처를 만날 수만 있다면 말입니다. 저는 불교 신자가 아니라서 《서유기》를 읽고서야 이런 꿈을 가질 수 있었습니다.

　10년 전, 마침내 네팔에 갈 기회가 있었습니다. 비행기가 카트만두에 착륙하는 순간, 저는 룸비니Lumbini에 가고 싶다는 생각이 들었습니다. 그곳이 삼장법사가 서천으로 떠난 여행의 종착지였기 때문입니다. 석가모니의 탄생지와 그가 세운 불교 대학도 바로 그곳에 있지요. 카트만두에 며칠 머물고 난 우리 일행 네 사람은 룸비니로 갔습니다. 저의 꿈이 실현된 겁니다. 불교 대학이 있던 곳은 터만 남아 맨땅이 선명하게 드러나 있었습니다. 그 옆에 있는 부처의 탄생지는 커다란 천막으로 덮여 있었습니다. 우리 네 사람은 경건한 마음으로 주위를 한번 둘러보았습니다. 그런 다음 부처의 탄생지라는 천막 안으로 들어갔지요. 그 커다란 천막 안에 들어가 경건한 마음으로 한 바퀴 둘러보았습니다. 저 스스로도 제가 이렇게 경건했던 적은 없다고 느끼는 순간, 갑자기 주머니에 있는 휴대전화에서 문자 메시지가 도착했다는 알림음이 요란하게 울렸습니다.

무슨 메시지일지 궁금하여 얼른 휴대전화를 꺼내 확인해보았습니다. 베이징의 낯선 번호에서 온 성매매 광고 문자더군요. 학생도 있고 서양 아가씨도 있으니 얼마든지 고를 수 있다는 거였습니다.

세 번째 이야기로 넘어갑니다. 1998년 6월, 제가 이탈리아 토리노^Torino에 있을 때입니다. 마침 예수의 시신을 감쌌던 수의를 대성당에서 전시하고 있었습니다. 50년에 한 번씩 하는 전시라고 하더군요. 대단히 성대한 의식이라 유럽 각지에서, 심지어 세계 각지에서 사람들이 일제히 몰려들었습니다.

저도 《성경》을 읽었습니다. 《성경》을 위대한 문학작품으로 생각하고 완독했던 것이지요. 저는 기독교도는 아니지만 그날도 아주 경건하게 경외의 마음을 품고서 앞으로 나아갔습니다. 50년에 한 번 볼 수 있다고 하니 이것이 얼마나 많은 사람들의 꿈이겠습니까? 그들 사이에 있자니 이는 제 꿈이기도 하다는 생각이 들었습니다.

토리노대학교의 중국 연구자인 스테파니아 교수는 저를 위해 입장권을 준비해주었을 뿐만 아니라 망원경도 챙겨 왔습니다. 사람들은 입구에서부터 장사진을 치고서 일정한 발걸음으로 예수의 수의를 향해 다가가고 있었지요. 중간에 멈추는 일도 없었습니다. 가장 가까운 곳에 이르렀는데도 토리노의 수의는 여전히 10미터쯤 떨어진 곳에 놓여 있었습니다. 스테파니아 교수는 제게 망원경을 눈에 대고 걸으면서 보라고 권했습니다.

그날 토리노 대성당 밖에는 노점상들의 천막 또한 장사진을 치고 있었습니다. 예수와 관련 있는 물건은 물론, 별로 관련이 없는 갖가지 기념품과 상품도 팔고 있었지요. 제가 토리노에 있던 그날로부터 약 열 달 전, 영국의 다이애나 황태자비가 자동차 사고로 프랑스 파리에서 사망했습니다.[*] 그래서인지 노점마다 다이애나의 사진과 초상화가 가득하더군요. 다이애나가 가장 잘 팔리는 모양이었습니다. 다이애나의 눈 수백 수천 쌍이 지켜보는 가운데 저는 걸음을 옮겨 대성당 안으로 들어갔습니다. 그 느낌은 너무도 이상했습니다. 인류의 유행을 지나 인류의 수난 속으로 들어가는 기분이었달까요.

---

[*] 다이애나 황태자비는 1997년 8월 31일에 사망했다.

〈아빠는 출장 중〉과
기억의 착오

베오그라드
Beograd

2017. 6. 10.

제가 에밀 쿠스트리차^{Emir Kusturica}의 영화를 처음 본 정확한 날짜는 기억나지 않는군요. 아마도 1994년일 겁니다. 그렇게 생각하는 근거가 있습니다. 다름 아니라 제 아들이 세상에 태어나고 얼마 지나지 않은 때였거든요. 어떤 중국 영화감독이 제게 비디오테이프를 하나 주면서 유고슬라비아 감독이 만든 이 영화를 꼭 봐야 한다고 했습니다. 그래서 전 집에서 〈아빠는 출장 중〉°을 보게 되었지요. 중국어 자막이 없다 보니 영화에 등장하는 인물들의 대사를 전혀 알아들을 수 없었지만 어쩐 일인지 저는 거의 다 이해했습니다.

몇 해가 지나 베이징의 길거리 노점에서 영화 VCD를 뒤적거리다가 우연히 중국어 자막이 있는 〈아빠는 출장 중〉을 발견했습니다. 쿠스트리차의 또 다른 영화 〈언더그라운드〉°°도 있더군요.

°   1985년 칸영화제 황금종려상 수상작.

저는 이 VCD를 사다가 〈아빠는 출장 중〉을 다시 한 번 보았습니다. 화면 하단에 나오는 중국어 자막 한 줄 한 줄이 영화를 처음 봤을 때 제가 제대로 이해했다는 것을 증명해주었습니다. 그때 저는 확실히 대사 내용을 다 알아들으면서 영화를 보았던 것이죠.

중국 문화대혁명 시기에 성장했다는 제 개인적 경험 때문인지 서는 아수 빨리 〈아빠는 출장 중〉의 사회적 배경에 몰입할 수 있었습니다. 그 당시 초등학교에 다니던 제가 책가방을 메고 등교할 때마다 가장 걱정했던 일은 길거리에서 우리 아버지를 타도하는 내용의 표어를 발견하게 되는 일이었지요. 하루 또 하루 걱정으로 아침을 맞던 어느 날 마침내 이런 표어가 제 눈앞에 나타났습니다. 그때 형과 함께 학교로 가고 있던 저는 표어를 보고 몹시 위축되어 더 이상 앞으로 나아갈 수가 없었습니다. 학교가 이미 멀지 않은 거리에 있었는데도 더는 걸음을 옮길 수 없었어요. 저보다 두 살 위인 형은 아무렇지도 않은 표정으로 뭐가 두렵냐고 그러더군요. 형은 용감하게 학교를 향해 걸어갔지만 교문에 다다르기 전에 몸을 돌려 되돌아와서는 자기도 학교에 갈 생각이 없다고 했습니다.

형은 확실히 저보다 용감했습니다. 형은 그다음 날에 평소처럼 학교에 갔고 저는 아프다는 핑계로 며칠 동안 집에 숨어 있었

○○   1995년 칸영화제 황금종려상 수상작.

지요. 그러다 며칠이 지나고 조마조마한 마음으로 다시 학교에 갔습니다. 친구들이 저를 어떻게 대할지 알 수 없었으니까요. 제가 조심스럽게 교문을 지나 운동장에 들어서자 친구들 몇 명이 달려와 친절하게 제 이름을 불러주었습니다. 아픈 건 다 나았어? 그순간 저는 해방되었지요. 오랫동안 저를 짓누르고 있던 두려움과 불안은 한순간에 사라져버렸고 저는 재빨리 달려가 친구들 사이에 뒤섞여 응당 누려야 할 일상으로 돌아갔습니다.

　　저희 아버지는 운 좋게 구금되지 않았고, 대신 농촌으로 배치되었습니다. 〈아빠는 출장 중〉에서 아이가 엄마를 따라 아버지가 있는 수용소로 갔던 것처럼 저도 형과 함께 시골로 아버지를 만나러 갔지요. 영화와 다른 점이 있다면 우리 형제는 기차를 타지 않았고 엄마가 데려가지도 않았다는 것입니다. 엄마는 일터를 벗어날 수 없었기 때문에 동료에게 우리를 배에 태워 시골로 데려다주라고 부탁했습니다. 우리가 탄 배는 중국 남방의 하천을 운행하는 여객선으로 50~60개의 좌석이 있었습니다. 속도는 무척 느려서 그저 강가를 오가는 사람들보다 약간 더 빠를 뿐이었지요. 수시로 뱃머리에서 바람을 맞으면서 배가 일으키는 물보라와 멀리 드넓게 펼쳐진 들판을 바라보았던 것이 생생하게 기억납니다. 어머니의 동료인 아주머니는 제가 물에 빠질까 봐 걱정되셨는지 얼른 저를 보듬어서 선창으로 데려갔지만 아주머니가 주의를 기울이지 않을 때면 저는 재빨리 뱃머리로 갔다가 다시 아주머니의 품에 안겨 되돌아오곤 했지요.

중국어 자막이 있든 없든 저는 〈아빠는 출장 중〉을 보면서 제 과거의 이야기를 담은 다큐멘터리를 보고 있었던 겁니다. 그러므로 저는 이렇게 말하고 싶습니다. 한 편의 위대한 영화 뒤에는 천만 편의 영화가 존재한다고요. 영화를 보는 각기 다른 사람들의 각기 다른 인생 경험과 일상의 감상들이 만나고 부딪치면서, 공명의 소리를 내는 것이지요. 이런 공명의 소리는 많을 수도 있고 적을 수도 있습니다. 때로는 대사 한두 마디일 수도 있고 영화의 한두 장면일 수도 있지요. 심지어 이야기 전체일 수도 있고요.

이런 공명의 소리는 사람들을 유인하는 소리이기도 합니다. 관중을 영화의 한가운데로 끌어들여 자신의 인생을 다른 사람의 인생에 이입하게 하지요. 따라서 관중은 자신의 인생이 풍부해지는 느낌을 갖게 됩니다. 다른 사람의 삶이 자기의 삶 안으로 들어오기 때문입니다. 따라서 위대한 영화는 관중이 각자의 기억과 감정 속에서 또 다른 영화를 탄생시키도록 만듭니다. 그 영화가 온전하지 않아서 중간에 일부가 누락되거나 자잘한 편린뿐이거나 그저 몇 개의 장면과 대사뿐이라 해도, 영화가 되기에는 충분합니다.

제 말은, 모든 사람이 현실세계 외에 수많은 감정, 욕망, 상상이 들어 있는 허구의 세계를 하나씩 가지고 있고, 무언가가 그것을 불러서 깨워주기를 기다리고 있다는 겁니다. 영화와 문학, 음악, 미술 등 모든 형식의 예술이 자명종처럼 우리가 갖고 있는 허구의 세계를 깨우면, 그 속에 있던 감정과 욕망, 상상이 깨어나 세상 밖으로 나갈 기회를 얻게 됩니다. 그러고 나면 허구의 세계가 현실세계를 변화시키고 현실세계도 허구의 세계를 수정하기 시작하지요. 이렇게 허구세계와 현실세계가 상호 수정을 거치고 나면 자신도 모르게 풍부해지고 넓어진 인생이 기억 속에 저장됩니다. 물론 기억에는 착오가 있을 수 있습니다. 상호 수정의 과정에서 착오가 생길 수도 있고 시대와 문화의 차이나 개개인의 차이 때문에 나타날 수도 있지요.

예를 하나 들어봅시다. 중국의 문학박사 한 분이 저를 만나고 싶다며 자신의 지도교수를 통해 제게 연락을 한 적이 있습니다. 우리는 어느 찻집에서 만났는데 그가 아주 간단한 인터뷰를 제안해서 저도 응했습니다. 인터뷰에서 나눈 이야기 중에 하나는 작가가 글을 쓸 때 이야기의 범위를 어떻게 정하느냐 하는 것이었습니다. 저는 나보코프의 《롤리타》를 예로 들면서 험버트가 롤리타를 얻게 하기 위해 나보코프가 사용한 기교는 험버트를 롤리타의 엄마와 결혼시키는 것이었다고 했습니다. 험버트는 줄곧 롤리타의 엄마를 어떻게 죽게 만들 것인가 하는 것만 생각하지요. 저는 나보코프도 줄곧 롤리타의 엄마를 죽게 할 방법을 고민했을 거라고 확신합니다. 그녀가 죽지 않는다면 험버트가 롤리타를 얻을 수가 없고 나보코프도 글을 써나갈 수 없기 때문이지요. 때문에 소설 속에서 그녀는 죽을 수밖에 없습니다. 그녀를 죽게 만드는 것은 아주 사소한 디테일입니다. 우연히 험버트가 색정에 열광했던 시기의 일기를 읽고서 험버트의 목표가 자신이 아니라 딸 롤리타라는 사실을 알게 된 그녀는 통제할 수 없는 분노로 문을 박차고 거리로 뛰쳐나갔다가 자동차에 치여 죽고 맙니다. 등장인물의 죽음을 이런 식으로 처리하는 것은 평범한 텔레비전 연속극이나 통속 소설에서도 흔히 볼 수 있을 것입니다. 나보코프처럼 수준 높은 작가가 이런 방식을 택하긴 했지만 문제될 건 없습니다. 나보코프는 역시 나보코프니까요.

그는 이보다 앞서 등장하는 서사에서 적지 않은 복선을 깔아놓습니다. 험버트로 하여금 여러 차례 롤리타의 엄마를 죽이는 상상을 하게 하는 것이었지요. 예컨대 험버트는 롤리타의 엄마와 함께 수영을 하다가 물속으로 잠수해 들어가 그녀의 두 다리를 끌어당겨 익사시킨 다음, 그녀가 실수로 빠져 죽은 것으로 가장하려고 시도합니다. 나보코프는 이것만으로는 부족하다고 생각했을 겁니다. 그래서 나보코프는 자동차 사고 이후에 그 트럭 기사로 하여금 작은 칠판을 들고 험버트를 찾아오게 하지요. 그는 칠판에 분필로 자동차 사고 현장을 그리면서 험버트에게 롤리타 엄마의 죽음은 자신의 책임이 아니라고 설명합니다. 저는 이야기를 나누던 문학박사에게 자동차 사고 이후에 나온 이 작은 칠판이라는 디테일이 대단히 중요하다고 설명했습니다. 교통사고 후의 처리가 일반적인 상황과 다르다는 것을 강조한 것이었지요.

이 문학박사는 나중에 인터뷰 녹취록을 정리하여 제게 보내주었습니다. 그리고 이메일로는 자신이 《롤리타》를 조사해봤지만 그 트럭 기사가 험버트에게 가져온 것은 작은 칠판이 아니라 스스로 제작한 사고 상황도였다고 알려주었습니다. 그는 제 기억의 착오에 의해 만들어진 작은 칠판이 트럭 기사가 직접 제작한 사고 상황도보다 더 재미있다고 생각해서 인터뷰 내용을 고치지 않았다고 하더군요. 저도 그 생각에 동의합니다. 중국 독자의 시각에서 본다면 작은 칠판이 사고 상황도보다 확실히 더 재미있을 것이기 때문이지요. 하지만 영미권 독자들에게는 직접 제작한 사고 상황도가 더 재미있을 겁니다. 저는 이 문학박사에게 답장을 써서 나보코프의 원작을 존중하여 인터뷰에서 말한 작은 칠판을 원래대로 사고 상황도로 고치는 것이 바람직하다고 했습니다.

*

기억의 착오에 관한 예는 나중에 더 얘기하기로 하고, 우선은 문혁 시기의 지나간 일들에 관해 이야기해보겠습니다. 인성이 억압되고 말살되던 그 시대에 저는 수많은 불행을 목격했고 친구의 아버지나 어머니가 갑자기 타도되는 상황을 수시로 경험했습니다. 구금되는 사람도 있고 거리로 끌려 다니며 비판투쟁을 당하는 사람도 있었지요. 부모님이 이런 일을 당한 친구들은 책가방을 메고 학교에 오면 항상 고개를 푹 숙인 채 아무 말도 하지 않았습니다. 그러나 우리는 얼마 지나지 않아 어제 부모님에게 일어난 불행을 잊고서 운동장의 시끌벅적한 즐거움에 빠져들곤 했지요.

한 친구에게 일어났던 일이 지금도 두 눈에 선합니다. 이 친구의 아버지가 어떤 죄명으로 타도된 것인지는 잘 기억이 나지 않지만 그는 하루하루 이어지는 비판투쟁의 조리돌림과 구타의 치욕을 견디다 못해 세상을 등지기로 마음먹었습니다. 저는 그분이 세상을 떠나기 전날, 황혼 무렵에 그분을 보았습니다. 거리를 걸으면서 오른손으로 아들의 어깨를 꼭 감싸고 있었지요. 얼굴에는 맞아서 생긴 멍 자국이 선명했지만 그분은 웃으면서 아들에게 이야기를 하고 있었습니다. 제 친구는 뭔가를 먹고 있었습니다. 아버지가 방금 사준 것이 분명했지요. 두 사람은 저와 마주 보며 다가와 저를 스쳐 지나갔지만 제 친구는 맛있는 음식에 정신이 팔려 절 보지 못했습니다.

다음 날 이 친구는 울면서 학교에 왔고, 그제야 우리는 그의 아버지가 한밤중 가족들이 깊이 잠든 사이에 조용히 문을 나서 우물에 몸을 던졌다는 사실을 알게 되었지요. 이날 친구는 하루 종일 울었습니다. 소리 없이 울었지요. 여학생들은 고무줄놀이, 남학생들은 탁구에 열을 올리고 있을 무렵이었습니다. 정식 탁구대에서 하는 탁구가 아니라 긴 탁자 위에 네트 대신 벽돌을 늘어놓은 다음, 탁자 양쪽으로 남학생들이 길게 줄을 서서 한 사람에 한 번

썩만 공을 치는 방식이었지요. 진 사람은 곧장 줄에서 빠져야 하고 이긴 사람은 계속 칠 수 있었습니다. 우리는 울고 있는 이 친구도 불러서 줄을 서게 했지요. 친구는 걸어와 줄을 서면서도 울음을 그치지 않았지만 자기 차례가 되자 한 친구를 이기더니 그다음 친구도 이겼습니다. 그제야 우리는 친구의 웃음소리를 들을 수 있었습니다.

삶이란 그토록 강대합니다. 삶은 항상 슬픔 가운데 기쁨을 편집해 넣지요. 이것이 제가 〈아빠는 출장 중〉이라는 영화를 좋아하는 이유입니다. 쿠스트리차는 삶에서 가장 강대한 부분을 잘라낸 다음, 이를 평범함 속에 끼워 넣은 것입니다.

영화의 두 가지 장면이 기억납니다. 하나는 메쉬아와 아내가 격렬하게 말다툼을 벌이는 장면입니다. 두 사람은 당장이라도 가정이 무너질 것처럼 싸우지요. 제 기억이 틀리지 않다면 여기에서 쿠스트리차는 눈물을 흘리는 큰아들을 클로즈업합니다. 대단히 감동적인 클로즈업이었습니다.

또 하나는 가족들이 침대 위에 나란히 앉아 즐겁게 노래를 부르는 장면입니다. 중간에 앉은 메쉬아는 손풍금을 켜고 있습니다. 저는 중국어 자막이 없는 판본으로 이 장면을 보면서 가슴 깊이 자극을 받았습니다. 나중에 중국어 자막이 있는 판본으로 다시 보았을 때도 또 자극을 받았지요. 저는 늘 삶에 대한 비범한 통찰력을 지닌 감독만이 삶을 비범한 표현력으로 재현해낼 수 있다고 생각해왔습니다.

또 다른 장면도 있습니다. 메쉬아의 아내는 아들과 함께 기차를 타고 수용소로 남편을 만나러 갑니다. 그녀는 잠자리에 들기 전에 항상 몽유병을 앓는 아들 말리크의 발에 방울이 달린 줄을 묶어놓습니다. 그래야 말리크가 침대에서 내려올 때 방울 소리를 들을 수 있기 때문이지요. 오래 만나지 못한 메쉬아 부부다 보니 욕망의 불길은 거세게 타올랐습니다. 중국식으로 표현하자면 마른 장작이 불을 만난 셈이었겠지요. 메쉬아는 흐르는 물소리가 두 사람이 사랑을 나누는 소리를 삼킬 수 있게 수돗물을 틀어두었습니다. 하지만 두 사람이 막 뜨거운 단계로 접어들려는 순간, 말리크의 소란이 시작되지요. 발이 움직이니 방울 소리가 나기 시작한 것입니다. 두 사람은 하는 수 없이 몸을 일으켜 아들을 돌봐야 했습니다. 메쉬아의 아내가 마침내 아들을 잠재우고 나서 남편에게 돌아와 보니 그는 이미 깊은 잠에 빠져 있었습니다. 마른 장작이 불을 보고도 잠이 든 셈입니다.

쿠스트리차는 메쉬아가 수용소에서 감당해야 하는 무거운 육체노동과 정신적 압박을 표현하고 싶었습니다. 메쉬아가 잠들어버린 이 장면이 그 모든 것을 설명합니다. 물론 그 장면이 말하고자 하는 것이 이게 다는 아닙니다. 저는 쿠스트리차의 영화를 언어로 다시 이야기하는 게 얼마나 재미없는 일인지 알고 있습니다. 그럼에도 제가 얘기를 계속하는 것은 이어서 제가 이해하는 '삶의 강대함'을 말하기 위해서입니다. 예술 작품에서 삶의 강대함은 어떻게 표현되는 것일까요? 삶의 강대함이란, 거대한 물건이 사람들의 눈길을 끌며 거리를 지나는 식으로 드러나는 것이 아니라 눈에 보이지 않을 만큼 사소한 부분에서 송곳 끝이 튀어나오듯 소리 없이 드러나는 것입니다.

*

기억에 착오가 생겼던 다른 경우 이야기를 더 해보겠습니다. 마르케스의 《콜레라 시대의 사랑》은 1980년대에 처음으로 중국어판이 출간되었습니다. 당시 중국은 베른 저작권 협약국이 아니었기 때문에 정식 판권을 취득하지 않고도 출판이 가능했지만 재판이 계속 나오지는 않았지요. 그러다가 2012년에야 마침내 정식으로 다시 출간되었고, 출판사에서는 출간을 기념하는 독자와의 만남 행사에 저를 초대해주었습니다. 저는 20년 전에 이 책을 읽은 기억에 의지하여 중국의 젊은 세대에게 이 소설에 관한 이야기를 시작했습니다.

저는 마르케스가 침착하고 냉정한 필치로 젊은 아리사와 다사의 사랑을 묘사하고 있다고 말했습니다. 젊은 피가 끓는 두 사람이 죽는 한이 있어도 헤어지려 하지 않을 정도로 서로 사랑합니다. 하지만 독자들은 서두에서 이미 두 사람의 사랑이 중간에 끝나버린다는 사실을 알게 됩니다. 두 사람은 어째서 헤어지게 되는 걸까요? 다사의 아버지는 아리사를 죽이겠다고 위협하지만 아리사는 사랑을 위해 죽는 것보다 더 영광스러운 일은 없다고 자랑스럽게 말합니다. 다사의 아버지는 하는 수 없이 딸을 데리고 타향으로 가버리지만 여전히 두 사람의 연락을 막지는 못하지요. 그가 친척들에게 보낸 전보 때문에 행방이 노출된 것입니다. 전보원이었던 아리사는 각지의 전보원들에게 연락을 취했고, 이 두 젊은이의 사랑을 담은 전보는 전부 서로에게 전해집니다. 3년 남짓한 시간이 흐르면서 다사의 아버지는 딸이 이미 아리사를 잊었을 것이라 생각하고는 고향으로 돌아가기로 마음먹습니다. 마르케스의 묘사는 두 사람의 사랑을 거대한 절정으로 몰고 가지요. 독자들이 이제 두 사람은 헤어질 수 없을 거라 여길 때쯤, 마르케스는 사소한 방식으로 두 사람을 떼어놓습니다.

고향집으로 돌아온 다사는 하녀와 함께 시장으로 물건을 사러 가고, 이때 그녀를 발견한 아리사는 그녀 뒤를 밟습니다. 마르케스는 몇 쪽에 걸쳐서 이 가슴 뛰는 순간을 묘사합니다. 그런데 시장의 남정네들이 음탕한 눈빛으로 아름다운 다사의 뒤를 쫓는 모습에 아리사의 얼굴은 일그러지고 맙니다. 이때 마침 다사가 뒤를 돌아보다가 아리사의 무서운 얼굴을 발견하고는 마음속으로 절망하게 되지요. 세상에, 지난 3년 동안 낮이나 밤이나 그토록 그리워했던 사람이 이런 남자였단 말인가! 마르케스는 이처럼 가벼운 펜 놀림으로 강렬했던 사랑을 뒤집어버립니다.

제가 말을 마치고, 저와 함께 초대된 에스파냐 문학 전문가가 말을 받았습니다. 제 오랜 친구인 그는 마르케스의 작품에 아주 정통한 사람이었지요. 그는 웃으면서 제가 조금 전에 이야기한 《콜레라 시대의 사랑》의 디테일은 마르케스의 《콜레라 시대의 사랑》이 아니라고 하더군요.

확실히 그랬습니다. 정확하게 말하자면 다사가 시장이 아니라 '필경사의 거리'로 들어간 게 맞습니다. 음란한 그림엽서와 최음제, 콘돔 같은 더러운 물건들이 가득한 곳이었지요. 실제 소설 속에서 다사가 갔던 곳은 체통이 있는 아가씨가 출입할 만한 곳이 아니었지만 다사는 이런 사실을 몰랐지요. 그녀는 단지 한낮의 뜨거운 해를 피하기 위해 그곳에 들어간 것이고 아리사도 곧장 그 뒤를 따른 것입니다. 다사는 신이 나서 이런저런 물건들을 사다가 뒤따라온 아리사의 목소리를 듣게 되었습니다. 아리사는 이곳은 그녀 같은 여신이 올 만한 곳이 아니라고 했고, 고개를 돌린 다사가 본 것은 아리사의 차가운 눈빛과 시퍼런 얼굴, 그리고 굳게 다문 채 굳어진 입술이었습니다. 사랑이 흔들린 뒤 겁에 질린 표정이었지요. 하지만 다사는 그 표정을 보고 실망의 심연으로 빠져들고 맙니다. 그순간 그녀는 영원히 잊을 수 없으리라 여겼던 사랑이 자신에게 거짓말만 늘어놓은 것임을 깨달은 것입니다. 아리사가 웃으면서 다사와 함께 가려 하자, 그녀는 그를 저지하며 자신을 잊어달라고 말합니다.

제 기억에는 항상 착오가 발생하지요. 하지만 상관없습니다. 앞에서 얘기한 것처럼 위대한 작품의 이면에는 수천수만의 다른 작품이 존재하기 마련입니다. 이 수천수만의 작품은 서로 다른 수천수만의 착오에서 만들어지는 것이지요. 제가 여기서 이야기한 〈아빠는 출장 중〉도 마찬가지입니다. 제가 이 영화를 다시 본 지가 거의 20년이 되어갑니다. 비디오테이프는 이미 돌려주었고 VCD는 틀어볼 수 있는 기기가 없었지요. 하지만 앞으로도 제가 본 〈아빠는 출장 중〉에 관해 계속 얘기하고 싶습니다.

저는 몽유병을 앓는 통통한 말리크의 모습을 몹시 좋아합니다. 그럴 때 이 아이는 신이 걸었던 길을 걷고 있는 것 같다는 생각이 듭니다. 영화에서 개 한 마리가 갑자기 화면 속으로 뛰어드는 장면은 신의 한 수였지요. 예술가들은 항상 자신이 만들어낸 신의 한 수에 자부심을 느끼면서 스스로를 대단하다고 여기곤 합니다. 물론 그들이 자부심을 가질 이유는 충분합니다. 하지만 저는 이것이 일종의 은총이라고 믿고 싶습니다. 재능과 성실함에 대해 하늘이 내려주는 은총이라고요.

친애하는 쿠스트리차 감독에게 하고 싶은 말이 있습니다. 우연히 등장한 그 개가 촬영하기 전에 제작팀이 미리 준비한 거라고 하진 말아달라고요. 설사 그렇게 말한다 해도 저는 여전히 이개가 우연히 화면 안으로 들어온 것이라고 여길 겁니다. 제가 지금 얘기하는 것은 20년 전에 그 중국 감독이 유럽의 어느 도시에서 베이징으로 가져온 〈아빠는 출장 중〉이 아니기 때문이지요. 제가 지금 이야기하는 것은 제가 20년 가까이 기억 속에 저장했다가 베이징에서 이곳 베오그라드로 가져온 〈아빠는 출장 중〉인 것입니다.

재떨이를 주고는
금연이라니

뉴욕,
차이나 인스티튜트
New York,
China Institute

2016. 5. 12.

저는 미하일 불가코프가 모스크바 문련^{文聯}●에 관해 쓴 글을 읽고서, 어쩌면 이렇게도 베이징 문련●●과 똑같을 수 있을까 하는 생각을 했습니다. 장쉬둥이 《형제》에 관해 말할 때 이야기한 '명명^{命名, 이름 짓기}'은 대단히 전문적인 문제이자 많은 사람들이 소홀히 하는 문제이기도 합니다. 글을 써서 내놓고 나면 사람들은 문혁 시기의 중국과 오늘날의 중국이 다르다는 것을 누가 모르겠냐고 합니다. 대부분의 사람들이 그렇게 말할 겁니다. 하지만 글을 쓰기 전에는 아무도 이런 말을 하지 않지요.

그렇습니다. 그래서 모든 명명은 어쩌면 현실과의 대응 관계에서 이루어진다고 볼 수 있습니다. 작가는 마음대로 쓰는 것이 아니라 틀림없이 아주 많은 것들을 심사숙고한 뒤에 쓸 겁니다. 왜

●　'문학예술계연합회'의 약칭. '모스크바 작가연합'을 가리킨다.
●●　베이징문학예술계연합

그렇게 쓰는지, 왜 이런 명명의 방식을 사용하는지를 고려하지요. 그 배후에는 반드시 동기가 있기 마련입니다.

《형제》에 나오는 '류 작가'도 그렇습니다. 현성 변두리의 무명작가였던 그가 쓴 이광두에 관한 기사가 많은 신문에 전재된 덕분에 그는 수많은 송금환을 받게 되었습니다. 액수는 많지 않았지요. 몇 위안에서 몇 십 위안에 불과했습니다. 하지만 그는 무척 만족스러웠고, 거리에서 송금환을 손에 들고 휘두르며 매일 이런 명세서를 받아서 매일 우체국에 간다고, 유명인사가 되는 것은 정말 피곤한 일이라고 말하곤 합니다.●

방금 장쉬둥의 발제를 듣고 저는 불가코프가 쓴 글에 나온 모스크바 문련의 한 작가가 생각났습니다. 흑해로 가서 요양할 수 있는 기회를 얻은 그는 사람들을 만났다 하면 곧 흑해로 가서 한

● 《형제》(최용만 옮김, 푸른숲, 2017)에 나오는 내용이다. 류 작가는 《형제》의 등장인물로, 자신이 잘나간다는 것을 과시하기 위해 원고료로 지급된 송금환을 내보이며 다닌다.

"류 작가는 자신의 기사가 이렇게 수백 개 신문에 전재될 줄은 생각지도 못했다. 그 신문의 수가 거의 이광두가 데리고 논 여자들 수에 맞먹을 정도였다. 류 작가는 드디어 유명해졌고, 지난날 아무도 그를 몰라주었기에 가슴에 묻어두고 있었던 억울함을 풀게 되었으니 웃음이 만면한 가운데 손에 든 송금환을 흔들면서 우리 류진의 큰길을 걸었고 만나는 사람들에게 말을 건넸다. '송금환이 매일 오니까 우체국을 매일 가게 되네.' 그러고 나서 큰 소리로 한탄을 해댔다. '유명인사 노릇 하기도 참 피곤하구먼.'"
(《형제 2》, 224~225쪽)

달 요양을 하고 올 것이라고 자랑 삼아 말했지요. 사실 우리 중국의 문학계뿐만 아니라 다른 나라의 문학계에도 류 작가나 모스크바 문련의 그 작가와 비슷한 사람들이 너무나 많습니다. 우리 중국의 작가들 중에는 정기적으로 지도자에게 자신의 최근 성과를 보고하는 것이 습관이 된 사람도 있지요. 이들은 전부 류 작가의 행동으로 대표되는 사람들입니다.

*

한 시대에 대한 명명도 있습니다. 이 역시 쉽지 않은 일이지요. 《형제》에서는 1980년대와 1990년대 중국이 묘사됩니다. 중국의 80년대는 변화하고 있는 시기였지만 그 변화의 속도는 작은 강물이 흐르는 정도에 불과했습니다. 그러다가 90년대로 들어서면서 변화의 속도가 기차가 기적을 울리며 달리는 것과 같아졌지요.

따라서 저는 80년대의 변화를 상징하는 표지를 어떤 것으로 삼아야 할지 생각해보았습니다. 아주 중요한 일이었기에 이리저리 생각한 끝에 '양복'을 변화의 상징으로 선택했습니다. 중국인들이 중산복中山服에서 양복으로 갈아입기 시작한 것이 80년대였으니까요. 사실 복장의 변화는 중국인이 일상을 대하는 태도의 변화이자 사상의 변화이기도 합니다.

그 시절 우리 중국의 재봉사들은 원래 중산복을 만들던 사람들이었습니다. 특히 우리가 살던 작은 현성의 젊은이들은 결혼할 때부터 중산복이 아니라 양복을 입기 시작했지요. 중산복을 만들던 재봉사들이 양복을 만들곤 했지만 솜씨가 그다지 훌륭하지는 못했습니다.

그 무렵 일본과 한국의 중고 양복, 다시 말해서 우리가 '고물 양복'이라고 부르던 양복이 중국으로 엄청나게 밀려 들어왔지요. 저도 한 벌 사 입은 적이 있고 어우양장허도 사 입은 적이 있습니다. 품질이 대단히 좋고 새것이나 마찬가지인 옷이었지요. 착용감도 확실히 좋았습니다. 그런데 왜 저는 소설에서 이 양복에 대해쓸 때 한국의 고물 양복이라고 쓰지 않고 '일본 양복'이라고 썼던 걸까요? 한국의 고물 양복은 가슴 안쪽 주머니에 이름이 없었지만 일본의 고물 양복은 재킷 안쪽 주머니 위에 자수로 이름이 새겨져 있었기 때문입니다.

그 무렵 제 책을 일본어로 번역한 이즈카 유토리가 베이징에 왔습니다. 그 역시 양복을 입고 있었지요. 양복 안쪽의 주머니를 좀 보여달라고 했더니 그는 순순히 보여주었습니다. 안주머니에는 '이즈카飯塚'라고 수놓여 있었습니다.

양복에 관해 쓰기로 결정했다면 생동감 넘치게 표현해내야 하겠지요. 부조리한 표현을 쓸 수도 있고 과장해 표현할 수도 있을 겁니다. 따라서 양복에 수놓인 일본인 이름이라는 소재가 생긴 뒤로 저는 많은 것을 쓸 수 있었습니다. 류진劉鎭의 남자들은 일본의 고물 양복을 입고는 득의양양하여 거리에서 만나면 서로 어느 가문 사람이냐고 묻곤 합니다. 저는 마쓰시타松下 가문입니다, 그렇군요? 당신은 혼다本田 가문, 자동차 제왕인 도요타豊田 가문이로군요, 운운했지요.

류 작가와 조趙 시인은 각자 미시마三島 가문과 가와바타川端 가문을 자칭하며 서로에게 묻습니다. 최근에 어떤 글을 쓰셨나요? 제가 최근에 쓰려고 마음먹은 글의 제목은 '텐넨지天寧寺'라고 합니다. 아, 미시마 유키오三島由紀夫의 《긴카쿠지金閣寺》•와 두 자밖에 차이가 나지 않는군요. 이어서 또 다른 사람이 어떤 글을 쓰고 있느냐고 묻습니다. 저는 '나는 아름다운 류진에 산다我在美麗的劉鎭'라는 제목으로 글을 쓰고 있지요. 가와바타 야스나리의 《나는 아름다운 일본에 산다我在美麗的日本》와 겨우 두 단어밖에 차이가 나지 않습니다. 전부 이런 식입니다. 번역하기가 참 까다롭지요.

일본의 고물 양복에 제가 소설로 재현할 수 있는 성씨가 수놓여 있지 않았다면 저도 이런 이야기를 소설에 쓰지 못했을 것입니다. 이 시대상을 표현하는 데는 양복이 가장 좋을 수도 있지만 그래도 저는 포기했을 겁니다. 이야기 속에서 '명명'을 어떻게 다룰 것인가 하는 건 쉬운 문제가 아닙니다. 어떤 것이 좋은 표현 방

•　미시마 유키오의 《금각사》(허호 옮김, 웅진지식하우스, 2017)를 가리킨다.

식인지 찾아내는 일은 대단히 중요하지요. 소설은 아무래도 학술 논문이 아니라 엄연한 이야기이니만큼, 생동감 있고 재미있는 방식으로 표현해내야 하기 때문입니다. 일본 양복의 안주머니에 성과 이름을 수놓아준 일본인들에게 감사의 뜻을 표하고 싶습니다. 덕분에 제가 이야기를 마무리할 수 있었으니까요.

*

이어서 1990년대라는 한 시대를 어떻게 명명할 것인가 하는 똑같은 문제가 닥쳐왔습니다. 저는 곧 지난날을 회상했지요. 제가 텔레비전을 보면서 이리저리 채널을 옮기고 있을 90년대에 장쉬둥은 이미 미국에 가 있었습니다. 그 무렵 텔레비전에서 방영하는 프로그램은 전부 미인 선발 대회 일색이었습니다. 예컨대 네이멍구 방송국에서는 두 명의 러시아인이 참가하는 국제 미인 선발 대회를 방영하고 있었습니다. 외국인이 겨우 두 명뿐인데도 국제 대회로 쳤지요.

슬로바키아어판 《형제》의 번역가 부부는 중국에서 유학할 시절에 함께 쿤밍昆明 여행을 떠났다고 합니다. 당시 쿤밍에서는 마침 마라톤 대회가 열리고 있었지요. 마라톤 대회 조직 위원회에서는 이 두 외국인을 발견하고는 이들을 대회에 끌어들였습니다. 두 사람이 대회에 참여해주기만 하면 국제 대회가 될 거라고 하면서 말입니다.

이를 소재로 저는 '처녀미인대회'를 썼습니다.[●] 처녀미인대회를 위해 이광두는 심사위원을 선발할 수 있었고 심사위원들은 이광두에게 돈을 주게 되지요. 심사위원은 아주 많아 수천 명이나 됐습니다. 돈만 내면 심사위원이 될 수 있었던 것이지요. 결국 이들을 태울 차량이 부족해 트랙터까지 동원됩니다. 이리하여 저는 그 시대의 풍경을 아주 재미있는 장면으로 써낼 수 있었을 뿐만 아니라 아주 깊이 있게 묘사할 수 있었습니다. 최종심 심사위원들은 처녀 미인들과 잠자리를 하느라 바빴고 남은 촌뜨기 초심 심사위

● 《형제》에 나오는 이야기이다.

"끊임없이 답지하는 처녀들의 편지에 영감이 떠올랐는지 이광두는 전국 처녀막 올림픽을 개최하겠다고 했다. 그 말을 듣자마자 류 공보의 두 눈이 반짝 빛났다. 이광두는 주저리주저리 집무실을 왔다 갔다 하면서 우라질 이라는 말을 무려 스무 번이나 단숨에 내뱉었다. 우라질 놈의 기자들을 미친개들처럼 다시 불러들일 것이고, 우라질 놈의 텔레비전으로 처녀막 대회를 생중계하며, 우라질 놈의 인터넷으로도 생중계를 하고, 우라질 놈의 협찬사들로부터 우라질 놈의 돈을 받고, 우라질 놈의 현수막을 골목까지 걸며, 우라지게 예쁜 아가씨들에게 우라질 놈의 비키니 수영복을 입히고 온 거리를 활보하게 해서 우리 류진의 모든 우라질 놈의 인간들에게 우라질 놈의 눈요기 한번 배부르게 해주겠다면서 말이다."(《형제 2》, 248쪽)

"류 공보는 수첩과 볼펜을 들고 재빨리 이광두의 우라질 놈의 지시를 받아적고, 말하다 지친 이광두가 소파에 앉아 숨을 고르기를 기다렸다가 우선 이광두의 절묘한 발상에 대해 찬탄과 경의를 표한 뒤, 두 가지만 약간 수정하자는 자신의 의견을 개진했다. 우선 처녀막 올림픽 대회라는 명칭은 좀 부적절하니 제1회 전국처녀미인대회로 고치면 어떻겠느냐고 건의했다."(《형제 2》, 249쪽)

원들은 트랙터를 타고서 아주 진지하게 투표에 열중합니다. 하지만 그들이 던진 표가 전부 어디로 갔는지는 알 수 없지요.

물론 중국의 일부 비평가들은 제 소설의 이런 부분이 지나치게 혐오감을 준다고 말하기도 합니다. 저는 그들에게 이렇게 말하지요. 90년대에 텔레비전 채널을 돌리다 보면 항상 옌안이나 마오쩌둥이 등장하는 혁명 이야기와 관련된 연속극이 나왔지만, 화면 하단에 흐르는 광고는 하나같이 성병 치료에 관한 것으로 어느어느 병원이 좋다는 등의 내용이었다고요. 당시 텔레비전에서는 마오쩌둥이 연설을 하고 덩샤오핑이 등장하고 다볘산大別山°을 운운하는 내용이 많이 나왔지만 화면 하단에서는 항상 성병 치료 관련 광고를 볼 수 있었습니다. 우리는 이런 시대를 살고 있었던 것이지요. 그러니 저는 제 소설의 그런 묘사가 전혀 거칠다고 느끼지 않습니다.

중국은 무수한 사물이 한데 뒤섞여 있는 나라입니다. 고상한 것과 저속한 것이 종종 한데 섞여 있기도 하지요. 몇 년 전에 외국 친구 하나가 중국에 왔었습니다. 호텔 방에 들어간 그는 탁자 위에 놓인 재떨이를 발견했습니다. 그 바로 옆에는 '흡연 금지'라

°　안후이와 허난, 후베이가 만나는 지점에 위치한 산으로 토지혁명전쟁 시기의 두 번째 혁명 근거지였다.

고 적힌 작은 팻말이 세워져 있었다더군요. 이것이 오늘날의 중국입니다. 재떨이를 주고 나서 담배를 피우면 안 된다고 말하는 나라이지요.

내 친구
마위안

베이징
北京

2017. 11. 18.

저와 마위안°은 아주 오랜 친구 사이입니다. 아무리 듣기 싫은 말도 서로 기탄없이 할 수 있지요. 둘 중 하나가 화를 냈다면 우리의 우정이 오늘날까지 유지되지 못했겠지만요. 마위안이 늘 갖고 있는 한 가지 장점이 있습니다. 다름 아니라 '유치함'입니다. 저는 방금 그가 수다를 떠는 것을 반나절이나 들어주었습니다. 자기 책을 변호하는 이야기였어요. 저는 그가 정말 대여섯 살쯤 된 아이 같다는 생각이 들었습니다. 변한 것이 없어요. 그를 비판하는 사람들은 전부 계란 속에서 뼈를 찾고 있는데 그들을 상대해서 뭘 하겠습니까? 윈난雲南의 집은 아직 다 완공되지 않았지만 며칠 지나면 그는 다시 돌아갈 겁니다. 집이 다 지어지면 무슨 일이든 그

° 농민 출신 선봉문학 작가로 위화를 비롯한 여러 작가들 사이에 괴짜로 통한다. 현재 통지(同濟)대학교 교수로 재직하고 있다. 2012년에 오랜만에 발표한 신작소설《우귀사신(牛鬼蛇神)》이 문단은 물론 사회 전체에 큰 반향을 일으킨 바 있다.

와는 관계가 없게 되겠지요.

저는 아주 진지하게 마위안의 새 책[•]을 다 읽었습니다. 읽는 데 사흘이 걸렸지요. 사실 단숨에 다 읽어내려갈 수도 있지만 노안 때문에 한 시간 책을 읽으면 잠시 쉬어야 합니다. 이 책은 3백 쪽 정도 됩니다만 제게는 2백 쪽에 불과한 것처럼 느껴져 아주 빨리 다 읽을 수 있었습니다. 며칠 전에 마위안이 베이징에 와서 저에게 전화했을 때, 저는 그에게 새 작품이 아주 좋다고 말했습니다. 마위안이 여러 해 전에 베이징을 떠돌고 있을 무렵, 할 일이 없으면 가끔 우리 집을 찾아오곤 했습니다. 그때 그에게《인생》을 한 권 선물했습니다. 그는 다 읽고 나서 전화로 정말 잘 썼다고 말해주더군요. 우리 두 사람이 서로에 대해 평가하는 바는 이렇습니다. 다른 말은 하지 않았습니다.

이 책을 읽고 나서 든 색다른 느낌이 있습니다. 강호江湖[°]에 있는 사람이 쓴 책 같다는 느낌이었지요. 많은 것을 겪어야 써낼 수 있는 책이었습니다.

그래서 저는 제가 아는 마위안에 관해 얘기하고 싶어졌습니다. 1980년대 말에 제가 루쉰문학원에 있을 때, 그는 자주 저를

● 2017년 10월에 출간된《황당일가(黃棠一家)》를 가리키는 듯하다.

○ 정철의 시조에 나오는 '강호'는 자연을 말하지만 중국에서 흔히 말하는 '강호'는 이권과 의리, 폭력에 의해 운영되는 시정잡배들의 극단적 세속 세계로 관방과 정상적인 제도권 사회의 대척점에 서 있다.

찾아왔습니다. 그때 천샤오밍陳曉明은 사회과학원 대학원생으로 박사 과정을 밟고 있었습니다. 당시에는 그곳이 아주 멀게만 느껴졌지요. 지금은 베이징대학교의 일부가 되어 그다지 멀게 느껴지지 않지만요. 한번은 저와 거페이가 버스를 대여섯 번이나 갈아타고 천샤오밍을 만나러 간 적이 있습니다. 그는 기숙사에서 전자레인지로 닭고기를 구워 우리를 대접했습니다. 양도 아주 푸짐했지요. 천샤오밍은 정말 음식을 할 줄 아는 친구였어요.

마위안이 자주 루쉰문학원을 찾아왔다고 했지요. 그때는 모옌이 저와 같은 방을 쓰고 있었습니다. 어느 학기엔가 모옌이 집을 짓기 위해 고향으로 돌아간 적이 있습니다. 모옌이 고향에 간 사이에 마위안이 며칠 제 방에 묵었지요. 우리는 밤새 얘기를 나누었습니다. 열정적으로 문학 얘기만 하면서 다른 화제는 전혀 거론하지 않았지요. 날이 밝을 때까지 우리는 문학을 얘기했습니다. 문학 외에 거론할 만한 다른 화제도 없었어요. 정말 아름다운 시대였습니다. 천샤오밍이 시를 썼던 것도 기억납니다. 그에게 어디에 발표할 것이냐고 묻자 그는 자신감 넘치는 말투로 대학원 여학생들의 노트에 발표하겠다고 했지요.

당시 마위안의 직장은 티베트에 있었지만 그는 잠시 티베트를 떠나 선양沈陽으로 돌아오곤 했습니다. 마위안은 아주 진지한 사람이지만 평소에 하던 일을 중간에 포기하는 경우가 많았습니다. 그때는 그가 아주 열심히 랴오닝遼寧문학원을 위한 행사를 벌이고 있던 터라 그가 우리를 초청했습니다. 이것은 제가 스톄성*을 알게 된 뒤로 그의 첫 번째 장거리 여행입니다. 나와 모옌, 류전원 劉震雲 세 사람이 스톄성을 기차에 태웠습니다. 류전원은 몸집이 저와 모옌보다 훨씬 크고 건장합니다. 그가 스톄성을 업고 기차에 올랐고, 저와 모옌은 휠체어와 우리 네 사람의 가방을 들고 기차에 탔습니다.

선양에 도착해서는 마위안이 스톄성을 등에 업고 이동했습니다. 그는 류전원보다 더 건장하고 힘이 셌지요. 그곳 농구장에서 축구 시합을 했던 것도 기억납니다. 우리는 베이징 팀이었고, 선양의 마위안도 우리 팀에 가세했습니다. 마위안이 우리 팀에 축구를 아주 잘하는 사람 두 명을 끌어들였고요. 우리는 휠체어를 탄 스톄성에게 골키퍼를 맡겼습니다. 우리가 그에게 골키퍼를 맡기자 랴오닝문학원 친구들은 감히 골문을 향해 공을 차지 못했습니다. 스톄성이 다칠까 봐 겁이 났기 때문입니다. (마위안: "골문은 농구 골대 바로 아래에 있었고, 스톄성의 휠체어가 주변을 완전히 차단하고 있었어요.") 우리는 랴오닝문학원 친구들에게 스톄성이 그들의 공에 맞으면 죽을 수도 있다고 말했습니다. 때문에 그들은 우리 골문

●　　베이징 출생(1951~2010)의 작가. 문화대혁명 시기의 고된 노동으로 인해 만 18세에 하반신 마비로 휠체어 생활을 하게 된다. 우리나라에는 '사철생'이라는 이름으로 《현 위의 인생》(이혜임 옮김, 북코리아(선학사), 2012)이 번역, 출간되어 있다.

을 향해 공을 세게 차지 못했지요. 방어에만 치중할 뿐, 제대로 공격을 못 했던 겁니다. 반면에 우리는 경기 내내 그들의 골문을 맴돌았지요. 정말 놀기 좋은 시절이었습니다.

저녁에는 오이 서리를 했습니다. 당시 랴오닝문학원 주변은 전부 밭이었거든요. 우리는 통로에 커다란 물 항아리를 하나 가져다 놓고 서리한 오이를 하나 씻어서 스뎨성에게 건넸습니다. 스뎨성은 한 입 가득 베어 먹더니 평생 먹어본 오이 중에 가장 신선하다고 하더군요. 저는 그 오이가 줄기에서 떨어져 그의 입까지 가는 데 시간이 10분도 채 걸리지 않았다고 했지요.

이런 이야기는 너무나 많습니다. 선양에서 며칠을 보내고 나서 마위안은 다시 하이난海南으로 갔습니다. 마위안은 계속 떠돌아다니고 있었지요. 사실 그가 과거에 티베트 행을 선택했던 것은 지금 이 길을 걷기 위한 것이었습니다. 끝없는 떠돌이의 길 말입니다. 그는 항상 여행길에 있었습니다. 계속 정착하지 못하고 있었던 거지요. 그는 베이징에서도 한동안 떠돌아 다녔습니다. 그 기간이 바로 우리가 가장 자주 만날 수 있었던 시간이었습니다.

그는 원래 티베트 라싸의 군중예술관에서 일했습니다. 마위안은 고상하고 자부심이 강한 성격인 데다 키도 커서 평소에 보면 사람들이 전부 그보다 작아 보입니다. 그는 마음에 들지 않는 사람들을 무시하곤 했고 군중예술관 관장과의 관계도 좋지 않았습니다. 그는 이런 성격이라 라싸 시 위원회 서기°자리도 안중에 두지 않았습니다. 그러다 보니 군중예술관 관장 정도는 우습게 여기면서 걸핏하면 말다툼을 벌였지요. 하루는 군중예술관 관장이 몹시 화가 나서 마위안에게 더 이상 출근하지 말라고 했습니다. 마위안은 출근하지 말라는 말에 무슨 보물이라도 얻은 듯이 기뻐했지요. 그 뒤로 마위안은 정말로 직장에 출근하지 않았지만 월급은 그대로 받았습니다. 그런 다음 그는 베이징으로 왔습니다. 여전히 월급이 나오고 있었으니까요. 그는 그 예술관 관장을 구실로 삼으면서 출근을 안 했습니다. 출근하기 싫어서 안 하는 것이 아니라 관장이 출근하지 말라고 했다는 것이지요.

그는 하이난에도 가서 아주 오래 머물렀습니다. 하이난에 있는 동안 그에게는 한 가지 구상이 있었습니다. 앞서 천샤오밍이 말한 것처럼 〈중국문학의 꿈〉이라는 다큐멘터리를 찍는 것이었지요. 당시 저는 자싱에 있었고 마침 청용신과 거페이가 상하이에서 놀러와 우리 집에 묵고 있었습니다. 우리 세 사람은 마침 바둑을 두고 있다가 누군가 문을 두드리기에 나가서 문을 열어보고는 놀라움을 금치 못했지요. 마위안이 촬영팀을 이끌고 온 겁니다. 저는 그에게 어떻게 찾아왔느냐고 물었습니다. 그때는 휴대전화는 물론이고 집에도 전화가 없었습니다. 마위안은 곧장 기차를 탔다고 하

○ 라싸는 티베트의 수도이다. 시 위원회란 '중국 공산당 라싸 시 위원회'를 가리킨다.

더군요. 우리가 자싱에 있다는 사실을 대충 들어 알고 있었다는 겁니다. 다큐멘터리 〈중국문학의 꿈〉은 우리 집에서 촬영을 시작할 모양이었습니다. (마위안: "《80년대로 다시 돌아가다重返八十年代》라는 책이 있는데, 그 책의 내용이 바로 제가 촬영한 〈중국문학의 꿈〉의 내용을 담은 겁니다. 찍는 데 2~3년 정도 걸렸는데 첫 촬영을 위화의 집에서 시작했지요.")

촬영은 자싱에 있는 우리 집에서 시작되었습니다. 거기 있던 우리 세 사람이 첫 번째 촬영 대상이었지요. 이어서 촬영은 전 세계로 확대되어 다른 작가들도 찍게 되었습니다. 당시 바진은 아직 회둥華東의원에 입원하지 않은 상태였지만 이미 몸이 쇠약해져 리샤오린이 아니었다면 도저히 바진을 촬영하지 못했을 겁니다. 리샤오린 덕분에 마위안은 그 커다란 라이트로 바진을 비추면서 몇 시간이나 촬영을 할 수 있었지요. 그의 영화는 적지 않은 돈을 써가며 천신만고 끝에 완성되었지만 상영되지는 못했습니다. 왜일까요? 방송국에서 요구하는 해상도가 갈수록 높아지는 데 반해 그가 영화를 찍는 데 사용한 필름은 이미 때가 지난 물건이었기 때문입니다. 마위안은 폭이 넓은 4 대 3 비율의 필름을 사용했는데 촬영을 마치고 나니 필름 규격은 물론 제작 방식도 바뀌어버렸다고 하더군요.

그 무렵 가장 기억에 남는 일이 있습니다. 우리는 CCTV의 뉴스평론부 사람들을 구슬려 마침내 잡지 〈수확〉에 초점을 맞추는 집중 인터뷰를 촬영하게 되었습니다. 이렇게 하면 잡지 발행량을 크게 증가시킬 수 있었지요. 이 프로그램을 누가 맡는 게 좋을까 고심하면서 적절한 인물을 섭외한 결과 왕리펀王利芬이 낙점되었습니다. 왕리펀은 뉴스평론부에 소속되어 있었고, 베이징 대학교 교수인 셰몐謝冕의 지도를 받은 박사 출신으로서 뉴스평론부에서 유일하게 문학을 아는 사람이었습니다. 마위안에 대해 큰 관심을 갖고 있었던 그녀는 왜 최근 몇 년 동안 작품을 쓰지 않느냐고 물었습니다. 마위안은 그동안 다큐멘터리 영화 〈중국문학의 꿈〉을 찍었다고 대답했습니다. 왕리펀이 그 영화를 찍은 목적이 무엇이냐고 묻자 마위안은 중국문학을 위해 뭔가를 하고 싶어서였다고 대답했지요. 왕리펀은 아주 훌륭하게 그의 말을 받았습니다.

"중국문학을 위해 뭔가 하고 싶다면 소설을 몇 편 더 쓰시면 될 텐데요."

그 뒤에도 마위안의 떠돌이 생활은 계속되었습니다. 상하이로 간 그는 통지대학교 중문과 학과장이 되었습니다. 솔직히 말해서 천샤오밍이 베이징대학교 중문과 학과장이 된 것은 충분히 합리적인 일이라 아무도 놀라지 않았어요. 하지만 마위안이 중문과 학과장이 된 것은 그의 소설 《황당일가》의 첫 두 글자처럼 '황당'하지 않을 수 없었지요. 정처 없이 떠돌아다니는 사람이 중문과 학과장이 되었으니까요. 나중에 저는 이것이 참 잘된 일이라고 생각했습니다. 이때부터 떠돌이 생활을 청산하고 상하이에 정착했기 때문이지요.

　　그는 저를 통지대학교에 초청하여 강연을 시키기도 했습니다. 형제처럼 막역한 사이인 우리 두 사람은 통지대학교 호텔에서 점심을 먹고 방 안으로 들어가 서로 마주보고 침대에 걸터앉아 얘기를 나누기 시작했지요. 아주 오랜만에 그의 얼굴을 본 터였습니다. 그때 저는 깜빡 잊고 강연 제목을 묻지 않았고, 그 역시 강연 제목이 무엇인지 말해주지 않았습니다. 우리의 한담은 저녁 식사 시간까지 이어졌습니다. 식사를 마친 우리는 함께 강연장으로 이동했습니다. 사람들이 아주 많았지요. 마위안은 강단으로 올라가지 않고 청중석으로 가서 앉더군요. 행사의 진행은 미리 같은 과의 다른 교수에게 맡겨둔 터였습니다. 강연을 시작해야 할 때가 되어서야 저는 무슨 말을 해야 하는지 생각하게 되었습니다. 몸을 돌려 뒤를 돌아보니 강연 제목이 걸려 있었습니다. 즉흥적으로 임기응변의 능력을 발휘하는 수밖에 없었지요. 사실 마위안도 강연 제목이 무엇인지 몰랐답니다. 그는 이처럼 사소한 일에 애당초 관심이 없었던 거지요. 그저 저랑 며칠 식사를 함께 하면서 얘기를 나누고 싶었던 것뿐이었습니다. 얼마 지나지 않아 그는 자신이 그 자리에 어울리지 않는다는 것을 스스로 깨닫고 중문과 학과장 직을 사임했습니다. 자신이 감당할 수 있는 일이 아님을 알았던 것이겠지요.

　　그가 통지대학교에 있는 동안 상하이로 그를 몇 번 만나러 간 적이 있습니다. 한번은 쑤퉁과 함께 그의 집에 간 적도 있었지요. 대학에서 내준 사택에 막 들어간 참이었던 그는 자신의 인테리어 솜씨를 무척 자랑스럽게 여기더군요. 그는 집 안에 직각으로 되어 있는 벽 모서리를 전부 둥글게 바꿔놓고는 그런 디자인에 대한 지적재산권을 주장하면서 우리에게 구경을 시켜주었습니다. 우리는 직각인 모서리를 전부 둥글게 바꿔놓은 것을 보면 마위안이 정말로 이리저리 바꾸는 것을 좋아하는 것 같다고 이야기했지요. 여기에는 큰 장점이 있었습니다. 부딪쳐도 살갗이 벗겨지는 일은 없다는 겁니다.

우리 모두 마위안이 상하이 사람이 되었다고 생각했을 때, 그는 또 다시 사라져버렸습니다. 저는 그가 병이 났다는 사실을 몰랐습니다. 그는 어느 누구에게도 몸에 병이 생겼다는 말을 하지 않았어요. 그가 아프다는 사실을 알려준 사람은 통지대학교의 친구인 황창용黃昌勇이었습니다. 당시 그는 통지대학교의 선전부장이었지요. 황창용이 나를 찾아와서는 마위안에게 전화를 한 통 해볼 수 없느냐고 물었습니다. 무슨 일이 있느냐고 묻자 마위안이 도망쳤다는 겁니다. 어떻게 도망치게 되었냐고, 혹시 지명수배라도 받아서 도망친 것이냐고 묻자 그는 병이 나서 도망쳤다고 대답했습니다. 폐에 종양이 생긴 것으로, 대단히 심각한 병이라고 하더군요. 그는 마위안이 병원에 입원해서 치료받는 게 싫어서 상하이를 떠나 하이난으로 도망쳤다고 했습니다. 그러면서 지금 그가 대단히 위중한 상태이니 그에게 전화를 한 통 해서 다시 돌아오게 해달라고 부탁하는 것이었습니다. 그를 잘 설득해서 상하이에 있는 병원에 입원시켜 치료받게 하는 것이 최상인 상황이었지요. 저는 잠시 생각해보고 나서 그가 마위안와 아주 친하다는 건 알겠지만 제가 전화를 해도 아무 소용이 없을 것이라고 설명해주었습니다. 우선 제가 전화를 한다 해도 그가 받으리라는 보장이 없고, 전화를 받는 다 하더라도 돌아오지 않을 것이 뻔할 뿐만 아니라 오히려 저에게 병이 나거든 자기가 있는 곳으로 오라고 말할 것이 분명하기 때문이었습니다. 저는 제가 그 친구를 너무나 잘 아니까 살든 죽든, 일단 그가 가도록 내버려둬야 한다고, 그의 목숨은 하늘에 달려 있다고 말했습니다.

　　몇 년 후 그가 윈난으로 흘러 들어갔다는 소식을 듣게 되었습니다. 그저께 그는 마다완馬大灣과 함께 우리 집에 와서는 윈난에 짓고 있다는 집을 보여주면서 저를 초대하겠다고 하더군요. 저는 마음속으로 그곳이 그의 마지막 거처가 되어 이제는 떠돌이 생활을 마칠 수 있기를 기원했습니다.

　　지난 몇 년 동안 마위안의 생활은 변화무쌍하고 기복이 많았습니다. 정처 없이 떠돌아다녔기 때문에 아무도 그가 어디에 있는지 알지 못했지요. 우리처럼 오래된 친구들도 서로 만나면 항상 마위안이 어디로 갔는지, 어디에 있는지 묻곤 했습니다. 음식점에 가면 같은 테이블에 앉은 친구들 모두 그의 행방을 알지 못하는 게 예사였습니다. 천샤오밍이 어디 있느냐고 물으면 모두들 그가 베이징대학교에 있다고 하거나, 좀 더 많은 것을 아는 친구들은 그가 어제 막 상하이에서 강연을 마치고 돌아왔다고 말했지요. 하지만 마위안에 관한 얘기가 나오면 아무도 그의 행방을 알지 못했습니다.

여러 해 동안 저는 마위안을 걱정하고 안타까워하는 무수한 목소리를 들어왔습니다. 마위안이 글을 쓰지 않고 엉뚱한 일로 고생하고 있다는 얘기도 있었고, 쓸데없는 일로 고생하고 있는 건 분명하지만 그게 무슨 일인지는 모르겠다는 얘기도 있었습니다. 비꼬는 사람들도 있었지요. 온갖 목소리가 다 있었습니다. 하지만 제가 마위안의 이 책을 다 읽고 난 뒤에 느낀 것은, 안타까운 삶은 없다는 것이었습니다. 가치 없는 삶도 없습니다. 모든 삶은 뭔가로 가득 차 있습니다. 단지 우리가 그것을 발굴하느냐 못하느냐의 차이가 있을 뿐이지요. 그래서 이 책을 다 읽고 나니 강호에 사는 사람이 쓴 글 같다는 느낌이 든다고 한 겁니다.

해방° 전에 중국에서는 "십 년 공부에 성공하면 거인擧人°°이 되고, 성공하지 못하면 강호가 된다"라는 말이 유행했습니다. 앞서 천샤오밍이 마위안이 과거에 쓴 작품을 많이 언급했지만, 제

°   1949년 중화인민공화국 수립을 말한다.

°°   중국 명청 시대에 지방에서 실시하던 과거 시험인 향시(鄕試)에 합격한 사람.

가 보기에 《허구虛構》 같은 작품은 거인이 쓴 것이고 《황당일가》 같은 작품은 강호가 쓴 것 같습니다. 강호가 거인보다 낫다거나 거인이 강호보다 낫다는 뜻이 아닙니다. 우리가 살고 있는 이 사회에는 거인도 필요하고 강호도 필요합니다. 사회를 안정시키려는 관점에서 보자면 거인이 많고 강호가 적은 편이 좋겠지요. 지식인은 입을 놀리지만 강호에서는 종종 칼을 휘두르기 때문입니다.

독자와 만나다:
네 가지 질문과
네 가지 답변

우한,
만싱서점
武漢,
漫行書店

2017. 4. 14.

멋진 낭송에 감사드립니다. 여러분의 낭송이 원작보다 훌륭한 것 같습니다. 저는 제가 서로 다른 시기에 다른 스타일로 쓴 작품의 낭송에 귀를 기울이면서 한 시간 동안 30여 년의 글쓰기 여정을 다시 경험했습니다.

먼저 한 가지 일을 말씀드리고 싶습니다. 방금 후베이^{湖北} 작가 후청중^{胡成中}의 편지를 한 통 받았습니다. 그는 1995년에 〈백화원^{百花園}〉이라는 잡지에 "가휘^{家徽}"라는 제목의 산문을 한 편 발표했습니다. 그리고 히말라야 라디오방송국은 10시 독서 프로그램에 이 산문을 제가 쓴 것이라고 하면서 내보냈습니다. 이 방송의 다시듣기 횟수는 아주 짧은 시간에 74만 5천 클릭을 달성했다고 합니다. 하지만 이것은 저의 작품이 아니라 후청중의 작품입니다. 저는 히말라야 방송국이 실수를 한 것이 아니라 고의로 그렇게 한 것이라고 생각합니다. 위화라는 이름과 후청중이라는 이름을 혼돈하기는 쉽지 않거든요. 우리는 이런 행위를 질책해야 마땅합니다.

저는 후청중 선생이 그들을 고소했으면 합니다. 제게 증거를 제시하라고 요구한다면 언제든지 할 수 있습니다. 오늘 이곳으로 오는 길에 유명 문학 평론가 장칭화와 얘기를 나누었습니다. 듣자니 지금 소셜 미디어 위챗^{WeChat}•에서는 그의 친구들이 제가 한 말이라고 하며 메시지를 자주 보내온다고 하더군요. 하지만 그 가운데 절반은 제가 한 적이 없는 말입니다. 그런 잡다한 말들은 정말 저를 수치스럽게 만듭니다. 장칭화는 그런 식으로 제가 했다고 사칭하는 말들이 설령 자기가 한 말이라도 위챗에서 떠돌아다닌다면, 그역시 수치스러울 것이라고 했습니다. 물론, 방금 여러분이 낭송한 내용은 전부 저의 작품입니다.

*

우한 대학교 박사이신 이 독자는 제가 "허위의 작품^{虛僞的作品}"이라는 글에 쓴, 스테성이 "알약이 약병에서 저절로 나와야 한다"고 했던 말에 대해 질문하셨네요. 이 부분에 대해 의혹을 품으신 것 같습니다. 스테성이 마술을 부릴 줄 안다고 생각하신 모양이네요. 스테성이 제게 이런 마술을 보여주었냐고 물으셨습니다.

"허위의 작품"은 한 작가의 문학이론입니다. 1989년 6월에

• 　　중국에서 가장 많이 사용하는 메신저. 우리나라의 카카오톡과 비슷하다.

저는 베이징을 떠나 스자좡^{石家莊}에 갔었습니다. 가서 딱 한 달을 지냈지요. 그곳에서는 자다산^{賈大山}이 저를 보살펴주었습니다. 그는 여러 해 전에 세상을 떠났습니다. 그 한 달 동안 저는 적지 않은 글을 썼지요. 중편소설 〈우연한 사건^{偶然事件}〉[•]과 단편소설 〈두 사람의 역사^{兩個人的歷史}〉^{••}, 그리고 이 "허위의 작품"이라는 글을 썼습니다. 이 글은 경험이 창조력을 구속할 때의 위험성과 문학이 경험의 속박에서 벗어날 수 있는 방법 등을 얘기하고 있습니다.

스톄성은 우리 세대 작가들의 형님뻘입니다. 우리 두 사람은 여러 해 동안 친구로 지내왔지요. 당시 그는 용허궁^{雍和宮} 옆의 원자^{院子}에서 살았습니다. 방이 두 칸이었지요. 때때로 저는 스리푸^{十里堡}에 있는 루쉰문학원에서 나와 시내로 들어갈 때 그곳을 지나곤 했습니다. 가끔씩 스톄성이 근처에 산다는 것이 생각나 그의 집 문을 두드리곤 했었지요. 비교적 점잖은 분이셨던 스톄성의 아버지는 아들이 글을 써야 한다는 생각에 사람들이 자주 찾아와 방해하는 것을 싫어했습니다. 하지만 스톄성은 다른 사람들이 그러는 것처럼 다른 곳으로 몸을 피해 글을 쓰진 않았습니다. 그는 집에 있는 수밖에 없었고, 주로 침대에 몸을 기대고 글을 썼습니다. 그의 아버지는 찾아온 사람이 저인 것을 확인하고는 집 안으로 들

- 《무더운 여름》(조성웅 옮김, 문학동네, 2009)에 수록되어 있다.
- 《내게는 이름이 없다》(이보경 옮김, 푸른숲, 2007)에 수록되어 있다.

여보내주시곤 했습니다. 스테성도 저를 보고는 무척 반가워했지요. 그는 어떤 사람을 보면 무척 반가워했지만 어떤 사람은 절대로 만나고 싶어 하지 않았습니다. 제가 찾아갈 때는 매번 아주 다정했습니다. 스테성은 절대로 사람을 거부하지 못하는 성격이었지요.

1980년대에 우리는 둘 다 문학에 대해 뜨거운 열정을 갖고 있었지만 나중에는 이런 열정을 찾아보기 어려워졌습니다. 열성이 남아 있었다고 한다면 아마도 햇살이 비추는 정도의 열기였을 겁니다. 한번은 그의 집에 가서 저는 의자에 앉고 그는 침대에 기대 앉아 이런 저런 한담을 나누다가 글쓰기가 가진 한계에 관한 이야기를 하게 되었습니다. 당시 저는 선봉작가로 불리고 있었고 스테성은 우리의 선배 작가이자 굳건한 지지자로서 우리의 소설을 대단히 높게 평가해주었습니다. 그 무렵 나이가 많은 작가들이 대부분 우리를 배척하는 태도를 보인 것과 대조적이었지요. 왕멍처럼 우리를 지지하는 작가들은 소수에 불과했습니다. 왕쩡치汪曾祺나 린진란 같은 몇몇 작가들만이 우리를 이해했지요. 리퉈는 말할 것도 없었습니다. 그는 선봉문학의 첫 번째 나팔수였으니까요.

그때 스테성의 집에서 우리는 경험이 글쓰기를 속박하는 경우에 관해 얘기했습니다. 제 기억으로는 스테성이 왜 병마개를 비틀어 열어야만 알약이 나오는 거냐고 물었습니다. 당시 스테성은 한 가지 가설을 얘기했던 겁니다. 인류가 처음부터 이런 사유를 하지 않고 다른 방식의 사유를 했다면 지금 알약은 저절로 병에서 나왔을 거라는 것이지요. 약병을 열 필요가 없다면야 그랬겠지요. 경험의 제한은 먼저 우리의 사유를 제한하고 이어서 우리의 행위를 제한합니다. 이것이 당시 우리 두 사람이 주고받은 이야기의 내용이지요. 제게는 이제 이미 아름다운 추억이 된 일입니다. 스테성이 세상을 떠나고 여러 해가 지났는데도 이 이야기를 할 때면 그가 옛날처럼 제 바로 맞은편에 앉아 있는 듯한 느낌이 듭니다. 그날 스테성은 알약이 약병에서 나오는 모습을 보여준 게 아니라 그저 이야기만 했습니다. 스테성이 마술을 부린 건 아니지만 그의 사유는 분명 마술 같았습니다.

*

화중華中사범대학교 학생이 한 질문입니다. 윌리엄 포크너가 모옌과 저에게 각각 미친 영향에 대해 쓴 글을 읽으셨네요. 이분은 포크너가 모옌의 경우 냉정한 인물을 묘사하는 데 영향을 미쳤다고 생각하고, 저의 경우에는 심리묘사에 영향을 미쳤다고 생각하시는군요. 모옌과 제가 이 문제에 대해 서로 이야기를 나눈 적이 있는지 알고 싶어 하시네요.

저와 모옌은 둘 다 윌리엄 포크너를 존경하지만 다른 작가들도 좋아합니다. 루쉰문학원에 있을 때, 저는 그와 함께 기숙사에서 2년을 함께 지냈습니다. 당시 방에는 옷장이 하나뿐이었지요.

어느 날 복도에 빈 옷장 하나가 놓여 있는 것을 발견한 우리는 둘이 힘을 합쳐 이를 방 안으로 옮겨 옷장 두 개를 방 한가운데 나란히 세워놓았습니다. 이리하여 방이 옷장 두 개를 사이에 두고 두 개의 구역으로 나뉘게 되었지요. 그가 《술의 나라》를 쓸 때, 저는 첫 번째 장편소설 《가랑비 속의 외침》을 쓰고 있었습니다. 우리는 때때로 글을 쓰다가 지치면 의자에 등을 기대고 고개를 옆으로 돌리곤 했습니다. 그러면 두 개의 옷장 틈새로 상대방의 얼굴을 볼 수 있었지요. 서로를 바라보는 횟수가 늘어날수록 몹시 쑥스러워지곤 했습니다. 당시 그는 문화부 업무를 총괄하고 있었기 때문에 그곳에도 숙소가 있었습니다. 하지만 그는 그곳에 묵지 않고 줄곧 루쉰문학원에서 지냈지요. 때로는 직장으로 뭔가를 가지러 가기도 했습니다. 그럴 때면 저는 그가 그곳에서 자고 돌아오지 않았으면 하고 바랐지요. 하지만 그는 일터로 갔다가 매번 어김없이 루쉰문학원으로 돌아왔습니다. 한번은 그가 오래된 일력日曆을 하나 가지고 돌아왔습니다. 저는 어느 해의 일력인지 모르겠지만 폐지 더미 속에서 집어 온 것이려니 했지요. 그는 일력을 두 개의 옷장 사이에 걸어 남아 있던 빈틈을 완전히 가려버렸습니다. 그 뒤로 우리는 서로 상대방을 쳐다보지 않게 되었지요. 그리고 순조롭게 각자의 소설을 완성할 수 있었습니다.

1988년 말에서 1991년 초까지 우리는 윌리엄 포크너 같은 작가들에 대한 생각을 나누거나 누구를 좋아한다는 이야기를 하기도 했습니다. 다른 작가들도 이런 대화에 참여하곤 했지요. 예컨대 마위안은 베이징에 올 때마다 루쉰문학원의 우리 방으로 찾아오곤 했습니다. 그럴 때면 그는 침대 위에 쭈그리고 앉았습니다. 가지 않겠다는 뜻이었지요. 밤이 되면 우리 방에서 잤습니다. 정말 아름다운 시절이었어요. 다른 작가들도 찾아와 적지 않은 이야기들을 나누곤 했습니다. 저는 모옌과 윌리엄 포크너에 관해 여러 차례 얘기를 나눴을 겁니다. 하지만 이 작가가 우리에게 어떤 영향을 미쳤는지에 대해서는 얘기하지 않았지요. 모옌이 제게 코르타사르의 〈남부고속도로〉를 추천했던 기억이 납니다. 당시 그는 자신의 《송면대도送棉大道》가 이 소설의 영향을 받았다고 말한 바 있지요.

위대한 작가는 필연적으로 후대 작가들에게 영향을 미칩니다. 후대 작가들에 대한 이러한 영향은 받아들이는 사람에 따라 다르지요. 모옌에게 윌리엄 포크너가 끼친 영향은 틀림없이 저에게 그가 끼친 영향과 다를 겁니다. 제가 받은 영향은 주로 심리묘사에 어떻게 대처할 것인가 하는 것이었습니다. 이 문제는 전에 얘기했으니 여기서는 생략하기로 하지요. 윌리엄 포크너는 제게 심리묘사의 절묘한 기교를 가르쳐주었습니다. 간단히 말하자면 어쩔 수 없이 심리묘사가 등장해야 하는 때가 되면 등장인물의 심장 박동이 멈추고 눈이 번쩍 뜨일 정도로는 해야 한다는 것이었습니다.

*

화중과학기술대학교 통지의과대학 학생인 이분은 저의 치과의사 경력과 치과의사를 그만두고 글쓰기를 선택하게 된 사연에 대해 관심이 많은 것 같군요. 이 학생은 또 당시 치과의사와 환자의 관계가 지금과 어떻게 다른지도 궁금해하는 것 같습니다.

20여 년 전에 제 책이 미국에서 출판된 뒤로 제가 그 나라 기자들로부터 흔히 받는 질문 가운데 하나가 왜 치과의사 일을 그만두고 가난한 글쓰기를 택했냐는 것이었습니다. 그들은 1980년 대의 중국을 잘 이해하지 못하는 것 같습니다. 저는 그들에게 그 당시 중국 도시에서 일하는 사람들은 전부 똑같은 월급을 받았다고 설명했습니다. 치과의사나 작가나 가난하긴 마찬가지라고 했지요. 치과의사는 아주 힘든 직업이지만 문화관에서 하는 일은 하루 종일 한가하게 거리를 거니는 것이었습니다. 때문에 소설을 쓰게 된 것이지요. 소설이 발표되기만 하면 문화관에 들어가 한가한 세월을 누릴 수 있었기 때문입니다. 어차피 전부 가난뱅이일 바에는 자유로운 가난뱅이를 마다할 이유가 없었지요. 당연히 지금의 치과의사와는 달랐습니다. 2009년 미국 듀크 대학교에서 상하이에서 온 여학생 하나를 만났던 기억이 있습니다. 제가 그녀에게 1년 학비가 얼마나 되냐고 물었지요. 약 5만 달러가 든다고 하더군요. 그래서 저는 그녀에게 부친이 고관인지 아니면 사업을 하는지 다시 물었습니다. 그녀의 대답은 치과의사라는 것이었습니다.

　저는 5년 동안 치과의사로 일했습니다. 나름대로 아주 훌륭한 치과의사였지요. 모옌은 한때 제가 자칭 치과의사였다고 떠들어대지만 사실은 수의사였다는 소문을 퍼뜨렸습니다. 물론 농담을 했던 것이지요. 오랜 친구니까요. 저도 얼마든지 그에 대한 소문을 지어내 퍼뜨릴 수 있습니다. 물론 농담이겠지만 말이에요.

　치아를 뽑는 것은 그리 어려운 일이 아니었습니다. 당시에는 치과의사와 환자의 관계가 아주 단순했고 환자를 많이 본다고 돈을 많이 버는 것도 아니었습니다. 우리 치과 병원이 있었던 현성은 인구가 고작 8천 내지 만 명에 불과하고 환자들은 주로 농민이라 농사 일로 바쁜 달에는 환자가 거의 없었습니다. 당시 농촌에서 온 환자들은 기본적으로 치아가 이미 치료 불가능한 상태라 뽑는 수밖에 없었습니다. 이미 통증이 오래 지속되다가 더 참을 수 없게 되어서야 치아를 뽑으러 찾아오곤 했지요. 나이가 지긋한 농민 한 분은 치아를 뽑고 나서야 돈을 가지고 오지 않은 것을 알게 되었습니다. 치료비를 낼 돈이 부족하자 노인은 제게 돈을 좀 빌려달라고 하더군요. 저는 선뜻 빌려드렸습니다. 이 농민은 다음 날 돈을 갚기 위해 일부러 여객선을 타고 다시 찾아왔습니다. 생각해보세요. 그분에게는 병원까지 배를 타고 왕복하는 비용이 적지 않은 돈이었습니다. 이것이 당시의 신의였지요.

　나중에 제가 치과의사를 그만두고 작가가 된 뒤에도 저희 아버지는 계속 의사로 계셨습니다. 아버지는 외과 주임에서 병원 원장이 되셨고 이어서 서기로 승진하셨습니다. 대략 1990년대 초에 저는 이미 베이징에 정착해 있었습니다. 하이옌의 고향으로 돌아오면 아버지는 퇴근하고 돌아와 화를 내시면서 지금의 의사들은 너무 과분한 대우를 받고 있다고 말씀하셨습니다. 아버지는 사무실에서 아래층으로 내려오다가 어떤 농민이 약국 창구에서 돈을 지불하면서 손을 떠는 것을 보셨다고 합니다. 아버지는 이 환자의 병력과 처방전을 살펴본 다음 다시 병세를 물어보시고 나서 의사가 함부로 약을 처방했다는 사실을 알고는 의사를 질책하셨습니다. 당시 아버지는 아직 퇴임하지 않은 데다 신분이 서기라 모든 의사들이 아버지를 몹시 두려워했지요.

제가 어렸을 때 저희 아버지는 현에서 가장 유명한 외과의사셨습니다. 당시 우리 현에는 자동차가 없었고 어쩌다 외지에서 온 자동차를 볼 수 있었을 뿐입니다. 자전거도 아주 드물어 현 병원에 한 대밖에 없었습니다. 큰 수술을 하고 퇴원한 환자를 찾아가 보살피기 위해 마련한 자전거였지요. 어렸을 때 저는 공휴일인 일요일을 애타게 기다렸습니다. 공휴일이면 저희 아버지께서 자전거를 타고 시골로 큰 수술을 마치고 이미 퇴원한 환자들을 찾아가 그들의 회복 상황을 살펴보곤 하셨기 때문이지요. 이럴 때면 저는 아버지에게 저도 데려가달라고 졸라 자전거 뒷자리에 타고 얼굴 위로 불어오는 바람을 맞으며 가는 길 내내 특별한 즐거움을 누렸습니다. 아버지는 항상 세 시간 정도 달려야 환자의 집에 도착할 수 있었습니다. 환자 가족들이 따스하게 환대하던 모습이 지금도 눈앞에 선합니다. 아버지와 환자 사이의 관계는 바로 이런 모습이었습니다. 문화대혁명이 시작되자 조반파°들은 아버지를 시골로 배치했습니다. 아버지는 약상자와 수술 도구를 메고 시골 마을에 가서 가가호호 돌아다니며 환자들에게 간단한 수술을 해주시곤 했지요. 농민들은 전부 아버지를 잘 알고 있었기 때문에 멀리서 아버지가 오는 것을 보기만 해도 "화華 선생님이 오신다."라고 소리쳤습니다. 저희 아버지는 성이 화이고 저는 어머니의 성(余)을 따랐습니다. 부모님의 성을 합친 것이 바로 제 이름이지요.

맨 처음 조반파들이 아버지를 시골로 배치한 것은 이미 일종의 처벌이었습니다. 그러다가 문화대혁명이 심화됨에 따라 수많은 사람들이 비판투쟁을 당해 구금되자 그들은 처벌이 상대적으로 약했다고 생각했는지 아버지를 도로 불러들이려고 했습니다. 하지만 이번에는 저희 아버지를 찾을 수 없었습니다. 농민들이 아버지를 보호해주었기 때문이지요.

1983년에 막 문화관에 들어가자마자 저는 세 가지 계열의

° 　문화대혁명 시기에 마오쩌둥을 지지하던 혁명의 주도세력으로 기존의 모든 질서와 체제에 반대하여 개혁을 명목으로 비판투쟁을 진행하면서 반대세력을 주자파(走資派)로 몰아 공격했다.

민간문학을 수집하는 업무를 맡게 되었습니다. 대단한 프로젝트였지요. 문화대혁명 10년 동안 수많은 민간 예술인들이 나이가 들다 보니 우리의 민간문화를 구하기 위해 정부가 이런 프로젝트를 추진한 것이었습니다. 저는 《인생》의 첫머리에 쓴 것처럼 밀짚모자를 쓰고 물통을 멘 채 슬리퍼를 끌면서 시골을 돌아다녀야 했습니다. 때로는 향 단위의 문화참° 사람이 저와 함께 민간문학을 수집하는 데 동행했습니다. 가는 곳마다 문화참 사람이 마을에 저를 소개했지요. 이 분은 화 의사 선생님의 아드님입니다. 마을 사람들 모두 놀란 얼굴로 저를 쳐다보며 제가 바로 화 선생님의 아들이라는 얘기를 서로에게 알려주었습니다. 그 친절과 열정을 지금도 잊을수가 없습니다. 당시 제가 찾아갔던 마을 가운데 의사 화 선생님을 모르는 곳은 한 군데도 없었습니다.

아버지는 1996년에 퇴임하셨습니다. 제 기억으로는 《허삼관 매혈기》가 발표되고 오래지 않아서였던 것 같습니다. 아버지께서 정식으로 퇴임하시던 날 저는 전화를 드려 축하의 뜻을 전했습니다. 사실 그때도 아버지는 아주 건강하셨고 지금은 여든이 넘으셨는데도 몸에 큰 문제가 없습니다. 그저 허리 디스크 때문에 걷는 것이 갈수록 어려워질 뿐이지요. 아버지는 성격이 무척 낙관적

°　　　문화참(文化站, cultural station)은 국가가 설립하고 정부가 운영하는 향, 진, 도시 지역 각 단위의 문화사업기구로서 군중에 대한 선전업무에 주력했다.

이라 매일 전동 휠체어를 타고 산책을 하십니다. 저의 어머니가 그 곁을 지키고 계시지요. 어머니는 진정한 산보를 하시는 셈입니다. 우리 현 병원의 외과는 제 아버지께서 창설하셨습니다. 당시에는 조건이 매우 열악했지요. 아버지는 의사로서 간호사를 겸하셨을 뿐만 아니라 다른 노동도 해야 했습니다. 아버지는 걸핏하면 지금 의 의사들은 너무 편하다고 말씀하십니다. 진료나 수술만 하고 다 른 일을 안 해도 되니 말이지요. 지금은 병원의 침상도 아주 고급 입니다. 밑에 바퀴가 네 개씩 달려 있어 검사를 받거나 수술을 하 러 다니기에 아주 편리하지요. 옛날에는 어디에 이런 병상이 있었 겠습니까? 바퀴 달린 침대는커녕 손수레도 없었고 들것도 없었습 니다.

저의 아버지는 키가 1미터 80센티미터로 산둥山東의 거한巨 漢이셨습니다. 제 키가 작은 것은 어머니의 유전자 때문이지요. 어 머니는 키가 아주 작으시거든요. 당시에는 수술을 하려면 아버지 께서 직접 환자를 병상에서 안아 올려 수술대 위에 뉘여야 했습니 다. 수술이 다 끝나면 다시 환자를 병상에 뉘여주어야 했지요. 그때 는 병원에 간호사 수도 적고 인턴이나 레지던트도 없었기 때문에 환자가 위급해서 산소가 필요하면 아버지께서 커다란 산소통을 들 고 위층으로 뛰어올라가야 했습니다. 이런 온갖 번거로운 일들 때 문에 아버지는 나중에 허리 디스크를 앓게 되셨던 것입니다.

"너희 집, CNN에 나오더라":
이보 안드리치 문학상
수상 소감

비셰그라드
Visegrád

2018. 1. 27.

2001년, 중국 리장灘江출판사에서 노벨문학상 수상 작가 총서의 하나로 이보 안드리치의 《다리·아가씨》가 출간되었습니다. 저는 아주 오랫동안 이 위대한 작품의 제목을 '다리'로 알고 있었습니다. 서점에서 이 책을 처음 보았을 때, 전에 보았던 영화의 원작이라고 생각했었지요. 하이루딘 크르바바츠● 감독의 영화 〈다리Most〉와 〈발터, 사라예보를 보위하다Valter brani Sarajevo〉가 한동안 중국에서 큰 인기를 얻었을 때 영화관에서 여러 번 봤기 때문입니다.

작년●●에 중국 상하이문예출판사上海文藝에서 이보 안드리치의 작품인 보스니아 3부작 《드리나 강의 다리Na Drini uprija》, 《트라브니크 연대기Travnicka hronika》, 《사라예보의 여인Gospodica●●●》이 새로

●   Hajrudin Krvavac(1926~1992) 보스니아헤르체고비나의 영화감독.

●●   2017년을 가리킨다.

●●●   원제는 '아가씨'라는 의미이다.

출간되었습니다. 저는 덕분에 정확한 이름을 찾게 된 《드리나 강의 다리》를 다시 읽었고, 나머지 두 작품도 처음으로 읽게 되었습니다.

이보 안드리치는 평범하고 쉬우면서도 직설적인 방식으로 파란만장한 서사를 전개하여 문학계의 거장이 되었습니다. 많은 작가들이 글을 쓸 때 중요한 부분은 길게 쓰고 중요하지 않은 부분은 짧게 씁니다. 이보 안드리치는 그러지 않지요. 그는 사물, 인물, 풍경을 묘사하는 데 공평하게 공을 들입니다. 그에게는 중요한 것도 없고 중요하지 않은 것도 없었습니다. 쓸 가치가 있는 것과 그럴 가치가 없는 것이 있을 뿐이고, 그가 쓴 것은 전부 쓸 만한 가치가 있는 것이었습니다.

우리는 그의 작품에서 억지로 과장하거나 애써 치장한 부분을 찾아볼 수 없습니다. 그의 이야기는 모든 대상을 공평하게 묘사합니다. 친근함과 소원함, 멀고 가까움의 구별이 없는 것이지요. 그리고 모든 이야기가 대단히 고요하고 안정적이며 자연스럽습니다. 강물이 천천히 흐르고 바람에 나뭇가지가 흔들리는 소리를 듣는 것 같지요. 불후의 작품을 이런 방식으로 써내는 작가는 많지 않지만, 이보 안드리치는 단연 그 가운데 하나입니다. 이런 작가를 더 찾아본다면 토마스 만을 꼽을 수 있을 겁니다. 문장을 균일한 힘으로 쓰기 때문에 꾸밈이 없고, 따라서 문장의 기교로 작품의 결함을 가리는 일도 없습니다. 이런 이야기는 작가의 통찰력이 드러나기 때문에 큰 도전이 되겠죠.

《드리나 강의 다리》는 이 점에 있어서 모범이 되기에 충분한 작품이라고 할 수 있습니다. 이 소설은 4백 년이라는 시간이 흐르는 동안 서로 다른 시간대를 살아간 인물 수십 명의 이야기를 그립니다. 많은 작가들이 이런 소재로 이런 주제를 그려내기를 두려워하지만 이보 안드리치에게는 대단히 가볍고 자유로운 작업이었지요. 그는 이야기 속에서 어떤 배경을 골라 어떤 이야기와 인물을 택하든 꼭 들어맞게 묘사해내서 독자의 감탄을 자아냅니다. 그가 써낸 장면과 인물에 얼마나 생기가 넘치는지, 그는 각 인물의 운명을 생생하게 표현하면서도 격동하는 세월과 변화하는 역사를 명명命名합니다. 마치 나뭇잎의 색깔만 봐도 가을이 온 것을 알 수 있듯이 말입니다. 그는 구구절절 성실하기는 하나 바보 같아 보이는 편년체는 거들떠보지도 않았습니다. 이야기 속에 흐르는 4백 년의 시간 동안 중대한 사건은 무수히 많지만, 그의 글쓰기는 무거운 역도 경기가 아니라 오히려 높이뛰기나 멀리뛰기에 가깝습니다. 하지만 최종적으로 남는 것은 문학사에서 찾아보기 어려운 묵직한 작품이지요.

이보 안드리치는 자신이 그려낸 인물과 사물, 장면을 공평하게 바라봅니다. 이것이 바로 이야기를 해나가는 그의 관점입니다. 그가 세르비아 사람이라는 사실을 무시하고 단순히 《드리나 강의 다리》만 놓고 본다면, 글쓴이가 이슬람교인지 천주교인지 아니면 그리스정교인지 구분하기 어렵지요. 저는 그가 글을 쓸 때, 우선 자기 자신을 허구의 서술자로 설정한 다음 이 서술자가 허구의 작품을 써나가도록 하는 거라고 믿습니다. 이렇게 이중의 허구를 거치면서 작품에서는 작가의 종교와 민족적 정체성이 사라지는 겁니다.

이야기를 끌어나가는 관점에서뿐 아니라 감정을 서술할 때도 그는 공평한 시각을 유지합니다. 《드리나 강의 다리》도 그렇고 《트라브니크 연대기》에서도 그렇습니다. 《사라예보의 여인》에서도 이보 안드리치는 라이카의 이기심과 냉정함을 유감없이 그려내면서도 그에 대한 동정과 연민 또한 조금도 가리지 않고 드러내지요. 이것이 바로 제가 이해하는 이보 안드리치입니다. 그는 글을 쓰면서 최대한 편견을 버리려고 노력하는 작가입니다.

이보 안드리치는 1975년에 세상을 떠났지요. 그가 생전에 《드리나 강의 다리》의 이야기가 계속되리라고 예감했는지는 모르겠습니다. 1992년 4월부터 1995년 12월까지 그가 출생하고 성장하고 생활했던 곳에서 전쟁이 격화되었고 이어서 유고슬라비아는 사라졌습니다. 지금은 세계 각지에서 그를 소개할 때 '구舊 유고슬라비아의 위대한 작가'라고 부르지요.

우리의 친구이자 독립적인 인격과 기질을 가진 오스트리아 작가 페터 한트케Peter Handke는 유고슬라비아와 세르비아에 대해서 보고 알게 된 사실을 알리기 위해 혈혈단신으로 서양의 매체들과 싸웠습니다. 그는 1995년 연말에 세르비아 겨울 여행 이야기를 쓴 데 이어 1996년 여름에 또 다시 세르비아에 갔지요. 덕분에 그의 여행 이야기는 좀 더 풍부해졌습니다. 그는 또 보스니아헤르체고비나를 찾았고 비셰그라드에 와서 드리나 강의 다리 위에 서기도 했지요. 보스니아 말로 욕도 배웠다더군요. 그 가운데 한 마디가 "너희 집, CNN 뉴스에 나오더라."입니다. 집에 불이 붙어서 폭발하는 장면이 나왔다는 것이지요. CNN이 보스니아헤르체고비나 전쟁을 보도하면서 방화와 폭발 장면을 얼마나 많이 내보냈는지 짐작할 수 있는 대목입니다.

내 친구의 아들 하나가 어린 나이에 미국에 가서 지금은 대학에 다니고 있습니다. 그 아이가 미국에서 일어난 어떤 사건에 대한 소식을 좌파 매체인 NBC 뉴스로 본 다음, 우파 매체인 FOX 뉴스로 보게 되었다고 해요. 그러고 나니 NBC와 FOX가 전하는 소식이 과연 동일한 사건에 대한 것인가 하는 의혹이 생겼다더군요.

우리가 사는 이 세계는 편견으로 가득 차 있습니다. 게다가 이 모든 편견이 진리의 옷을 입고 있지요. 진리라는 것은 우리가 수시로 갈아입을 수 있는 겉옷에 불과하다는 말입니다. 사람들의 옷장에는 각양각색의 그럴듯한 옷이 가득 걸려 있습니다. 그러니 편견에 반기를 들어도 결코 이기지 못합니다. 우리가 말을 다 마치기도 전에 편견은 이미 옷을 갈아입어버리기 때문이지요. 시도해볼 수 있는 방법이 하나 있기는 합니다. 페터 한트케가 배운 보스니아어 욕으로 그들에게 반격을 가하는 것이지요. 너희 집, CNN에 나왔더라! 이 말은 대단히 수준 높은 욕입니다. 중국 속담으로 표현하자면 욕인데도 더러운 단어가 없는 셈이거든요.

이쯤에서 감사의 뜻을 전해야 할 것 같습니다. 제게 안드리치 문학상^{Andrić Prize}을 주신 이보 안드리치 재단과 에밀 쿠스트리차, 요반 델리치^{Jovan Delić}, 무하렘 바즈둘리^{Muharem Bazdulj}, 이 세 분의 심사위원께 심심한 감사의 뜻을 전하고 싶습니다. 이 영예 덕분에 저는 이보 안드리치와 더욱 친근해지게 되었습니다. 확실히 그렇습니다. 저는 이미 안드리치의 도시인 비셰그라드에, 안드리치 기념관에, 드리나 강가에 있습니다. 이곳 메흐메드 파샤 소콜로비차 다리 위에 말입니다.

루마니아 독자 여러분께 보내는 감사의 말

작년과 마찬가지로 중국에서 여러분께 몇 마디 전하게 되었습니다. 여러 가지 이유로 부쿠레슈티^{Bucuresti}에는 갈 수 없게 되어 유감입니다. 루마니아에서는 작년에 저의 첫 번째 루마니아어판 소설 《인생》이 출간된 데 이어 올해는 두 번째 책인 《허삼관 매혈기》가 나왔습니다. 내년에는 산문집도 출간될 예정이지요. 이미 출간된 소설 두 권의 공통점은 인간의 운명을 얘기하고 있다는 것입니다. 두 소설에 다른 점이 있다면 《인생》은 한 중국인이 어떻게 고난을 이겨왔는지를 얘기하고 있고, 《허삼관 매혈기》는 중국인들이 어떻게 살아왔는지를 얘기하고 있다는 것입니다. 한 가지 설명을 덧붙이자면 이 두 소설이 끝나는 시점이 둘 다 1980년대 초라는 사실입니다. 당시의 중국은 막 변화하기 시작한 터라 오늘날의 중국과는 전혀 다른 모습이었지요. 여러분이 이 두 작품을 다 읽고 나서 중국으로 여행을 하신다면 과거의 중국에서 현재의 중국까지 다 보실 수 있을 것입니다.

여러분께 진심으로 감사의 뜻을 전합니다. 여러분의 지지가 없었다면 루마니아에서 제가 계속 책을 내기란 불가능했을 겁니다.

바이로미 교수님, 감사합니다. 교수님의 번역은 아주 훌륭했습니다. 루마니아어를 이해하진 못하지만 저는 교수님과 나눈 대화를 통해 교수님이 뛰어난 중국 연구자라는 걸 알게 되었습니다.

무고레 교수님께도 감사의 뜻을 전합니다. 교수님이 번역한 《인생》은 바이로미 교수님이 번역한 《허삼관 매혈기》만큼 훌륭합니다. 교수님께서 전에는 부쿠레슈티 대학교 학생들에게 영화 〈인생〉을 보게 하다가 지금은 영화 말고 직접 번역하신 소설을 읽게 한다는 얘길 들었습니다. 아주 훌륭한 일이라고 생각합니다.

제 작품이 루마니아에서 뿌리를 내리고 열매를 맺게 해주신 데 대해 후마니타스Humanitas출판사에도 감사의 마음을 전하고 싶습니다. 제 작품의 편집을 맡은 드레사에게도 감사의 인사를 전합니다. 15년 전에 우리는 미국 아이오와 대학교의 국제창작프로그램에서 처음 만났지만 그 뒤로 별다른 교류는 없었지요. 제가 중국어 외에는 다른 언어를 전혀 모르기 때문입니다. 드레사는 여러 가지 언어에 능통했지만 애석하게도 중국어는 하지 못했지요.

2017. 11. 6.

덴마크 독자 여러분께 보내는 감사의 말

저는 지금 그 자리*에 서서 눈으로는 여러분의 친절하고 우정으로 가득한 표정을 바라보면서 귀로는 매력으로 충만한 닐스 씨의**의 목소리를 들었어야 합니다. 그런데 갑자기 병으로 쓰러지고 말았네요.

제 소설의 덴마크어판을 내주신 클림^{Klim} 출판사와 제 책의 편집자인 카스파, 그리고 여러분 모두 제게 너무나 친절하게 대해주셨습니다. 《인생》과 《허삼관 매혈기》, 《제7일》 등 제 소설을 연이어 출판해주셨을 뿐만 아니라 《형제》의 출판도 기획하고 계시지요.

친애하는 콘스탄틴, 당신은 저의 덴마크 여행을 위해 아주

---

* 이 글은 덴마크의 루이지애나 문학축제에 참석하기로 예정되어 있었지만 병으로 참석하지 못한 데 대해 덴마크의 독자에게 사과하는 편지이다.

** Niels Skousen. 덴마크의 유명 배우.

많은 일을 해주셨습니다. 저는 줄곧 오랜 친구인 웨이안나를 만날 수 있기를 고대했습니다. 우리는 28년의 우정을 간직하고 있지요.

로라와 시더스, 우리는 서로 만난 적이 없기 때문에 두 분과 만나는 장면을 상상한 적이 있습니다. 그 자리에 있는 여러분과 만나는 장면도 상상해보았습니다. 여러분은 닐스 씨가 낭송하는 제 작품을 들으면서 미소를 지을 수도 있을 것이고 얼굴을 찡그릴 수도 있을 것이며, 불안해질 수도 있을 것입니다. 저는 수많은 가능성을 생각할 수 있습니다. 하지만 저는 병으로 누워 있습니다. 그저 상상 속에서 멀리 오늘 오후의 루이지애나 문학축제를 상상할 뿐입니다. 크리스틴과 카스파는 제게 보낸 이메일에서 미안해할 필요 없다고 했습니다. 그러니 미안하다는 말은 하지 않겠습니다.

마지막으로 하고 싶은 말이 있습니다. 지금은 질병이 잠시 우위를 점하고 있지만 오래지 않아 충분히 제압할 수 있을 겁니다. 그러니 미래의 어느 날 닐스 씨 옆에 설 수 있을 것입니다. 다음에도 닐스 씨가 그 자리에 저와 함께 서기를 원했으면 합니다. 로라, 저를 위해 너무 많은 것들을 준비해줘서 고마워요. 감사합니다, 여러분!

2017. 8. 24.

스리푸(十里堡) 루쉰문학원

옮긴이의 말

베이징시 중심에 자리 잡고 있는 스리푸 루쉰문학원은 중국 당대문학의 중요한 산실 가운데 하나다. 지금은 샤오야오쥐芍药居에 새로운 건물과 시설을 갖추고 있지만, 모옌과 위화, 류전윈 등 오늘날의 중국 당대문학을 이끌고 있는 대표적인 작가들이 전부 이곳에 상주하면서 베이징사범대학교와 루쉰문학원이 공동으로 운영하는 석사과정 훈련반을 통해 문학적 고민과 실험, 사유를 펼쳤었다. 루쉰문학원은 명실상부한 중국 당대문학의 산실인 셈이다. 이 책의 번역을 마무리할 무렵 '제2회 국제 글쓰기 프로젝트寫作計'에 초청되어 이 책에 등장하는 위화가 모옌과 함께 쓴 방이 있는 건물 안에 45일 동안 거주하게 되었다. 혹시 이 책이 가져다준 인연이 아닐까 하는 생각이 든다. 중국이 작가협회와 루쉰문학원, 작가출판사, 인민문학출판사 등 문학의 생산과 소비, 교류를 위해 국가 차원에서 인프라를 잘 갖춰 유기적으로 연동시키는 것을 보면 한국문학이 세계화되기 위해서도 어느 정도 국가의 투자가 필요할 것 같다는 생각이 든다. 하지만 시스템이 인맥이나 파벌에 의해 운용되거나 체계적인 축적이 없다면, 그래서 국민의 혈세만 낭비하고 실질적인 효과를 거두지 못하는 전시행정의 또 다른 범례가 된다면 아무것에도 이르지 못할 것이다. 한국문학의 세계화를 위한 국가 시스템이 다양성과 포용력을 상실하여 모종의 권력이 되고 밥그릇이 되어 유명세를 타는 일부 작가들을 떠받드는 시녀의 메커니즘으로 전락한다면 한국문학에 기대할 수 있는 것은 아무것도 없을 것이다.

우리나라 독자들이 중국 작가의 문학세계를 체계적으로 깊이 있게 이해하는 것은 쉽지 않은 일이다. 이상하게도 원작의 번역 텍스트만 있을 뿐, 이런 텍스트의 열독을 인도하고 작가와 작품에 대해 폭넓은 해설을 제시하는 책은 거의 없기 때문이다. 작가와 작품에 대한 체계적이고 개연성 있는 미학적, 사상적 설명 없이 독자들이 알아서 텍스트를 느끼고 이해해야 하는 실정이다. 나도 개인적으로 여러 자리에서 위화를 자주 만나왔지만 그의 문학을 깊이 이해하진 못했다. 그와는 손금으로만 악수하는 사이였다. 그의 다른 산문을 번역하면서도 그에 대한 인식은 운이 대단히 좋은 작가라는 풍문에만 머물러 있었다. 다행히 대부분 비허구의 강연으로 이루어진 이 책을 번역하는 동안 위화는 물론, 같은 시대 다른 중국 작가들의 삶과 사회에 대한 고뇌와 사유, 예술적 시도와 몸부림의 역정, 그 디테일을 충분히 이해할 수 있었다. 위화의 문학적 연대기와 중국 당대문학이 발전하는 과정에 나타난 갖가지 현상과 그 원인, 동력을 구체적으로 이해할 수 있었다. 한 작가의 문학적 유력流歷이 허구만큼이나 재미있게 읽히는 것은 위화만의 솔직하고 가식 없는 진솔한 글쓰기 전략 때문일 것이다. 그가 중국 당대 작가들 가운데 상대적으로 가장 인기 있는 인물이 된 것은 우연이나 행운이 아니었다는 생각이 든다. 그는 훌륭한 작가임에 틀림이 없다. 그의 문학적 사유와 실천이 한국의 독자들과 작가들에게 전이되어 한국문학의 발전을 위한 거대한 에너지로 작용할 수 있기를 기대해본다.

2018년 5월 2일
베이징 스리푸 루쉰문학원 B18호실에서
김태성

옮긴이 김태성

서울에서 태어나 한국외국어대학교 중국어과를 졸업하고 같은 학교 대학원에서 타이완 문학 연구로 박사 학위를 받았다. 중국학 연구 공동체인 한성문화연구소(漢聲文化硏究所)를 운영하면서 중국문학 및 인문 저작 번역과 문학 교류 활동에 주력하고 있다. 중국에서 문화 번역 관련 사이트인 CCTSS의 고문, <인민문학> 한국어판 총감 등의 직책을 맡고 있다. 《인민을 위해 복무하라》, 《사람의 목소리는 빛보다 멀리 간다》, 《풍아송》, 《미성숙한 국가》, 《마르케스의 서재에서》 등 100여 권의 중국 저작물을 우리말로 옮겼다. 2016년에 중국 신문광전총국에서 수여하는 '중화도서특별공헌상'을 수상했다.

글쓰기의 감옥에서 발견한 것

첫판 1쇄 펴낸날 2018년 11월 15일
3쇄 펴낸날 2022년 5월 25일

지은이 위화
옮긴이 김태성
발행인 김혜경
편집인 김수진
편집기획 김교석 조한나 김단희 유승연 임지원 곽세라 전하연
디자인 한승연 성윤정
경영지원국 안정숙
마케팅 문창운 백윤진 박희원
회계 임옥희 양여진 김주연

펴낸곳 (주)도서출판 푸른숲
출판등록 2003년 12월 17일 제2003-000032호
주소 경기도 파주시 심학산로 10(서패동) 3층. 우편번호 10881
전화 031)955-9005(마케팅부), 031)955-9010(편집부)
팩스 031)955-9015(마케팅부), 031)955-9017(편집부)
홈페이지 www.prunsoop.co.kr
페이스북 www.facebook.com/prunsoop **인스타그램** @prunsoop

ⓒ푸른숲, 2018
ISBN 979-11-5675-769-6(03820)

* 잘못된 책은 구입하신 서점에서 바꾸어 드립니다.
* 본서의 반품 기한은 2027년 5월 31일까지입니다.